D1650467

CUJO

Né en 1947 à Portland (Maine), Stephen King a connu son premier succès en 1974 avec *Carrie*. En une trentaine d'années, il a publié plus de cinquante romans et autant de nouvelles, certains sous le pseudonyme de Richard Bachman. Il a reçu de nombreuses distinctions littéraires, dont le prestigieux Grand Master Award des Mystery Writers of America pour l'ensemble de sa carrière en 2007. Son œuvre a été largement adaptée au cinéma.

STEPHEN KING

Cujo

ROMAN TRADUIT DE L'ANGLAIS (ÉTATS-UNIS)
PAR NATALIE ZIMMERMANN

ALBIN MICHEL

Titre original :

CUJO
Viking Press, New York

© Stephen King, 1981.
© Éditions Albin Michel, 1982, pour la traduction française.
ISBN : 978-2-253-15156-2 – 1ʳᵉ publication LGF

Ce livre est dédié à mon frère, David,
qui me prenait toujours la main
pour traverser West Broad Street,
et qui m'a appris à faire une baguette magique
avec un simple bout de bois. Cela marchait tellement bien
que je n'ai jamais pu m'arrêter d'en fabriquer.

Je t'aime, David.

Dès qu'il s'agissait de souffrance, jamais ils
ne se trompaient
Les Vieux Maîtres : comme ils comprenaient
bien.
La place qu'elle prend chez l'homme ; com-
ment elle s'empare de lui
Pendant qu'un autre mange, ouvre une fenêtre
ou simplement s'avance d'un air lugubre...
W. H. AUDEN,
« Musée des Beaux-Arts ».

Le Vieux Blue est mort et a tant fait de
tintouin
Qu'il en a tout secoué le sol de mon jardin.
Avec une pelle d'argent une tombe lui ai
creusée
Avec une chaîne d'or en terre l'ai déposé.
À chaque maillon, j'ai crié son nom,
J'ai crié : « Ici, Blue, toi tu es un bon
chien, mon chien. »
Folklore américain.

« Il n'y a rien là qui soit mauvais pour
vous. »
Le professeur des céréales Sharp.

Il était une fois, il n'y a pas si longtemps de cela, un monstre qui vivait à Castle Rock, petite ville du Maine. En 1970, il tua une serveuse répondant au nom d'Alma Frechette ; en 1971, une femme appelée Pauline Toothaker et Cheryl Moody, une jeune étudiante ; en 1974, une jolie fille dénommée Carol Dunbarger ; en automne 1975, une institutrice appelée Etta Ringgold ; enfin, au début de l'hiver de cette même année, une écolière nommée Mary Kate Hendrasen.

Il ne s'agissait ni d'un loup-garou, ni d'un vampire, ni d'une goule ou autre créature innommable venue de forêts enchantées ou d'immensités enneigées ; ce n'était qu'un flic perturbé par des problèmes d'ordre mental et sexuel, un flic qui portait le nom de Frank Dodd. John Smith, un brave homme, révéla par quelque sortilège l'identité du coupable, mais celui-ci — peut-être était-ce préférable — se suicida avant qu'on ait eu le temps de l'arrêter.

Bien sûr, la ville fut atterrée mais l'allégresse prédomina bientôt, allégresse car le monstre qui avait hanté tant de rêves était mort, enfin mort. Le cauchemar d'une ville fut enseveli dans la tombe de Frank Dodd.

Pourtant, en ce siècle hautement civilisé, alors que tant de parents s'inquiètent du préjudice psychologique qu'ils pourraient faire subir à leurs enfants, il existait sûrement, quelque part à Castle Rock, un père ou une mère — peut-être une grand-mère — qui faisait taire les gosses en leur racontant que Frank Dodd viendrait les chercher s'ils ne prenaient pas garde ou n'étaient pas sages. Et nul doute que le silence tombait tandis que les enfants dirigeaient leur regard vers les fenêtres sombres en pensant à Frank Dodd, dans son imperméable de vinyle noir et luisant, Frank Dodd l'étrangleur... l'étrangleur... l'étrangleur.

Il est dehors... j'entends chuchoter la grand-mère pendant que le vent mugit dans le conduit de la cheminée et siffle contre le couvercle de la vieille marmite qui encombre le fourneau. *Il est dehors, et si tu n'es pas sage tu verras peut-être sa figure qui te regardera par la fenêtre de ta chambre quand tout le monde dormira dans la maison sauf toi ; ce sera peut-être lui que tu verras sourire en te regardant du fond du placard, tenant d'une main la pancarte STOP dont il se servait pour faire traverser les petits enfants et, de l'autre, le rasoir avec lequel il s'est tué... alors, du calme les enfants... chut... chut...*

Mais, pour la plupart, ce qui était terminé appartenait désormais au passé. Bien sûr il y eut des cauchemars, des enfants qui ne trouvaient pas le sommeil ; la maison vide des Dodd (sa mère eut une attaque peu après et en mourut) passa très vite pour être hantée et les gens l'évitèrent. Mais il ne s'agissait là que de phénomènes passagers — sans doute les séquelles inévitables d'une série de meurtres insensés.

Le temps passa. Cinq années s'écoulèrent.

Le monstre avait disparu, le monstre était mort. Dans son cercueil, Frank Dodd tombait en poussière.

Mais les monstres ne meurent jamais. Les loups-garous, les vampires, les goules, les créatures innommables venues d'immensités perdues. Les monstres ne meurent jamais.

Ce fut au cours de l'été 1980 qu'il revint à Castle Rock.

Cette année-là, au mois de mai, peu après minuit, Tad Trenton, quatre ans, eut envie d'aller aux toilettes. Il se leva puis, à demi endormi, baissant déjà son pantalon de pyjama, se dirigea vers le rai de lumière blanche que laissait passer la porte entrouverte. Il urina longuement, tira la chasse d'eau et retourna au lit. Il remonta bien haut les couvertures et ce fut à ce moment-là qu'il aperçut la créature dans son placard.

Se tenant assez bas, elle avait d'énormes épaules qui surplombaient une tête penchée et ses yeux paraissaient des trous d'ambre rouge — une chose qui aurait pu être mi-homme, mi-loup. Les yeux pivotèrent pour suivre l'enfant lorsque celui-ci se redressa, le scrotum hérissé, les cheveux dressés sur la tête, son souffle réduit à un léger sifflement glacé sortant de sa gorge ; des yeux fous qui riaient, un regard qui promettait une mort horrible et la musique de cris que personne n'entendit ; quelque chose dans le placard.

Le petit garçon perçut le grondement continu ; il respira l'haleine fétide et douceâtre. Suffoqué, agité de spasmes, Tad Trenton plaqua les mains sur ses yeux et hurla.

D'une chambre voisine, une exclamation étouffée — son père.

De la même pièce, un cri apeuré : « Qu'est-ce que c'est ? » — sa mère.

Le bruit précipité de leurs pas. À l'instant où ils entraient, l'enfant écarta les doigts et vit que la bête se trouvait toujours dans le placard, grondant et l'assurant que, même s'ils venaient, ils repartiraient sûrement et qu'alors…

On alluma la lumière. Vic et Donna Trenton s'approchèrent de son lit et échangèrent des regards inquiets en apercevant le visage livide et les pupilles dilatées de leur fils. « Je t'avais bien dit que trois hot-dogs, c'était trop, Vic ! » lança, ou plutôt aboya sa mère.

Alors son papa fut sur le lit, il le prit dans ses bras et lui demanda ce qui n'allait pas.

Tad trouva le courage de regarder à nouveau vers le placard béant.

Le monstre avait disparu. Au lieu de la bête furieuse, il ne découvrit que deux piles de couvertures informes, literie d'hiver que Donna n'avait pas encore portée au deuxième étage qui était condamné. Au lieu de la tête poilue, triangulaire, penchée de côté en une posture qui évoquait l'attitude interrogatrice des prédateurs, il reconnut son ours en peluche, posé sur le plus élevé des deux tas de couvertures. Au lieu des deux sinistres trous ambrés, se trouvaient les billes de verre brunes, si amicales, grâce auxquelles son nounours voyait le monde.

« Qu'est-ce qui ne va pas, Taddy ? répéta son père.

— Il y avait un monstre ! s'écria Tad. Là, dans le placard ! » Il éclata en sanglots.

Sa maman s'assit elle aussi ; ils le cajolèrent, le rassurèrent comme ils purent. Ils se comportèrent comme n'importe quels parents, lui expliquèrent que les monstres n'existaient pas, qu'il avait simplement fait un mauvais rêve. Sa maman lui raconta que, des fois, les ombres prenaient la forme des vilaines choses qu'on montrait à la télévision ou dans les bandes dessinées, et son papa lui certifia que tout allait bien, que rien, dans leur gentille maison, ne lui ferait jamais de mal. Tad acquiesça, convint de tout ce qu'ils voulurent, mais en sachant pertinemment qu'ils se trompaient.

Son père lui démontra comment, dans le noir, son ours en peluche s'était transformé en tête inclinée, enfoncée dans les épaules massives qu'évoquaient les deux piles de couvertures ; comment la lumière de la salle de bains se reflétant dans les billes de verre de son nounours leur avait donné l'éclat des yeux d'un animal bien vivant.

« Maintenant, regarde, reprit-il. Fais très attention, Taddy. »

Tad suivit le moindre de ses gestes.

Son père prit les couvertures et les repoussa tout au fond du placard. Tad perçut le léger tintement des cintres qui racontaient, dans leur langage de cintres, chacun des mouvements de son papa. C'était amusant et il esquissa un sourire. Soulagée, sa maman lui sourit à son tour.

Son papa sortit du placard, prit son ours et le lui fourra dans les bras.

« Et maintenant », annonça Papa en s'inclinant et s'accompagnant d'un grand geste de la main, qui fit rire Maman et Tad, « la *chaise* ».

Il posa la chaise contre la porte du placard de façon à la maintenir solidement fermée. Lorsqu'il revint près du lit de Tad, il souriait encore mais son regard avait pris une expression sérieuse.

« D'accord, Tad ?

— D'accord, répondit l'enfant en se forçant un peu. Mais c'était vraiment là. Je l'ai vu, Papa. Pour de vrai.

— C'est dans ta tête que tu as vu quelque chose, Tad », dit son papa qui lui caressa les cheveux de sa grande main rassurante. « Mais tu n'as pas vu de monstre dans ton placard, pas un vrai. Les monstres n'existent pas, Tad. Seulement dans les histoires, et dans ta tête. »

Le petit garçon examina tour à tour son père, puis sa mère une fois encore, leur grand visage qu'il aimait tant.

« Vraiment ?

— Vraiment, assura sa maman. Et maintenant, je voudrais que tu te lèves et que tu ailles faire pipi, mon grand.

— J'ai déjà fait. C'est pour ça que je me suis réveillé.

— Allons », commença-t-elle, car les parents, ça ne vous croit jamais, « fais-moi plaisir, tu veux ? »

Il y retourna donc et elle le regarda verser trois petites gouttes. « Tu vois ? tu avais envie », lui dit-elle en souriant.

Vaincu, Tad fit oui de la tête. Il se remit au lit, se laissa border et embrasser.

Au moment où son père et sa mère atteignaient la porte, la peur le reprit, l'enveloppant comme un manteau glacé, un voile de brume poisseuse. Comme un suaire exhalant les relents d'une mort inéluctable. *Oh, je vous en prie*, pensa-t-il, mais rien d'autre ne vint, simplement : *Je vous en prie, je vous en prie, je vous en prie.*

Peut-être son père entendit-il son appel, car Vic se retourna, une main sur l'interrupteur, et répéta : « Il n'y a pas de monstre, Tad.

— Non, Papa », prononça l'enfant en remarquant combien, à cet instant, son père avait les yeux perdus, lointains, comme s'il éprouvait le besoin d'être rassuré. « Non, il n'y a pas de monstre. » *Sauf celui qui se trouve dans le placard.*

La lumière s'éteignit.

« Bonne nuit, Tad. » La voix de sa mère lui parvint, douce et légère ; intérieurement il lui cria : *Attention, Maman, ils mangent aussi les dames ! Dans tous les films, ils prennent les dames pour les emmener et les manger ! Oh je vous en prie, je vous en prie, je vous en prie…*

Mais ils étaient partis.

16

Tad Trenton, quatre ans, fut donc abandonné dans son lit, le corps aussi tendu et raide qu'une construction en meccano. Les couvertures lui montaient jusqu'au menton, d'un bras il étreignait son nounours sur sa poitrine ; il savait que sur l'un des murs se trouvait Luc Skywalker[1] que sur un autre un tamia se tenait debout sur une moulinette en souriant gaiement (SI LA VIE TE DONNE DES CITRONS, FAIS DE LA CITRONNADE ! disait le malicieux tamia), et que toute l'équipe bariolée de la rue Sésame occupait le troisième mur : L'Oiseau, Bert, Ernest, Oscar, Grover. Des talismans, des gris-gris apaisants. Mais ce vent dehors, qui hurlait sur le toit et s'engouffrait dans les gouttières obscures ! Il ne dormirait plus cette nuit-là.

Petit à petit pourtant, la tension se relâcha, les muscles se détendirent. Son esprit se mit à dériver…

Et puis de nouveau, un hurlement, mais cette fois-ci plus proche que le mugissement du vent au-dehors, le ramena à cet état de veille où les yeux fouillent la nuit.

Les gonds de la porte du placard.

Criiiiiiiiiii…

Un son si léger, si grêle que, seuls, peut-être, les chiens et les petits garçons éveillés en pleine nuit auraient pu l'entendre. La porte de la penderie s'ouvrit lentement, gueule inerte découvrant, millimètre par millimètre, centimètre par centimètre, l'obscurité.

Le monstre se tenait dans le noir. Il se dissimulait là, au même endroit qu'auparavant. Il lorgnait Tad, et ses énormes épaules formaient une bosse au-dessus de sa tête penchée, ses yeux d'ambre rougeoyaient, animés d'une méchanceté obtuse. Je t'avais dit qu'ils s'en iraient, Tad,

---

1. Personnage du film de George Lucas, *La Guerre des Étoiles.* (*N.d.T.*)

chuchota-t-il, *ils finissent toujours par partir. Alors, moi, je reviens. J'aime bien revenir, Tad. Je t'aime bien. Maintenant, je reviendrai toutes les nuits, et je crois que, chaque nuit, je m'approcherai un peu plus près de ton lit... plus près... jusqu'au moment où, avant que tu aies eu le temps de crier pour les appeler, tu entendras un grondement, un grondement tout près de toi, Tad, et ce sera moi, et je me jetterai sur toi, je te mangerai, et alors tu seras dans mon ventre.*

Tad fixa du regard la créature du placard, avec une fascination mêlée d'horreur et d'apathie. Quelque chose lui était... presque familier. Quelque chose qu'il semblait presque connaître. Et cette impression paraissait ce qu'il y avait de plus insupportable. Parce que...

Parce que je suis fou, Tad. Je suis là. Je suis là depuis le début. Autrefois, je m'appelais Frank Dodd, je tuais les dames, et peut-être bien que je les mangeais aussi. Je suis là depuis le début, je ne m'en irai pas, je garderai mon oreille collée contre le sol. Je suis le monstre, Tad, le vieux monstre, et je t'aurai bientôt, Tad. Sens comme je m'approche... plus près... plus près...

Il ne savait si la bête du placard lui parlait avec une respiration sifflante, ou bien si la voix était celle du vent. Peut-être les deux, peut-être autre chose, cela n'avait aucune importance. Il écoutait les mots, paralysé par la terreur, au bord de l'évanouissement (mais l'esprit si clair pourtant) ; il dévisageait cette figure menaçante, noyée dans l'ombre et qu'il semblait connaître déjà. Il ne dormirait plus cette nuit-là ; peut-être ne dormirait-il plus jamais.

Mais un peu plus tard, entre le coup de minuit et demi, et celui d'une heure, sans doute parce qu'il était petit, Tad se laissa à nouveau gagner par la somnolence. L'assoupissement peuplé de grosses créatures velues aux crocs éclatants, et qui le pourchassaient, céda la place à un profond sommeil dépourvu de rêves.

Le vent s'entretint encore longuement avec les gouttières. Le croissant blanc de la lune printanière s'éleva dans le ciel. Quelque part, très loin, dans une prairie tranquille, baignée de nuit, ou sur un sentier de forêt plantée de sapins, un chien aboya furieusement puis se tut soudain.

Dans le placard de Tad Trenton, une créature aux yeux d'ambre était aux aguets.

« C'est toi qui as remis les couvertures ? » demanda Donna à son mari, le lendemain matin. Elle se tenait devant la cuisinière, à préparer du bacon. Tad se trouvait dans une autre pièce où il déjeunait d'un bol de Twinkles en regardant *La Nouvelle Visite du zoo* à la télévision. Les Twinkles faisaient partie de la gamme des céréales Sharp, et les Trenton bénéficiaient gratuitement de tous les produits Sharp.

« Hein ? » demanda Vic. Il était plongé dans la page sportive. New-Yorkais transplanté, il avait, jusqu'à présent, réussi à ne pas se laisser gagner par la fièvre des Red Sox de Boston. Mais il éprouvait un plaisir masochiste à constater que son équipe de base-ball, les Mets, était bougrement mal partie.

« Les couvertures, dans le placard de Tad. » Elle apporta sur la table le bacon encore grésillant dont une serviette en papier absorbait la graisse. « C'est toi qui les as remises sur la chaise ?

— Ah, non, répondit Vic en tournant sa page. Merci, ça sent la naphtaline que c'en est un plaisir là-dedans.

— C'est drôle. *Il* a dû les remettre tout seul. »

Vic posa son journal et leva les yeux vers sa femme. «Mais de quoi parles-tu, Donna?

— Tu te rappelles le mauvais rêve de cette nuit…

— Tu parles. J'ai cru que le gosse étouffait. Qu'il avait des convulsions ou un truc de ce genre.»

Donna hocha la tête. «Il croyait que les couvertures étaient une sorte de…» Elle frissonna.

«De croquemitaine, acheva Vic en grimaçant.

— Sans doute. Alors tu lui as donné son ours, et tu as mis les couvertures au fond du placard. Mais ce matin, quand je suis allée faire son lit, elles étaient de nouveau sur la chaise.» Elle rit. «J'ai regardé et pendant un instant, j'ai cru…

— *Voilà*, maintenant je sais d'où il tient ça», dit Vic en reprenant son journal. Il lui fit un clin d'œil complice. «Trois hot-dogs, tu parles!»

Plus tard, après le départ précipité de Vic pour son bureau, Donna demanda à Tad pourquoi il avait remis les couvertures sur la chaise, si elles lui avaient tant fait peur cette nuit.

Tad leva les yeux vers elle, et son visage, si vif et animé d'habitude, lui parut pâle, inquiet… vieilli. Son album de coloriages «La Guerre des Étoiles» était ouvert devant lui. Il avait commencé une image représentant la taverne interstellaire et coloriait Sispéo au Crayola vert.

«C'est pas moi, protesta-t-il.

— Mais Tad, si ce n'est pas toi, ni Papa et ni moi…

— Alors c'est le monstre, l'interrompit l'enfant. Le monstre de mon placard.» Il se replongea dans son album.

Elle le contempla, troublée, légèrement effrayée. C'était un enfant intelligent, peut-être doué d'une imagination trop débordante. Cela n'augurait rien de bon. Il faudrait qu'elle en parle à Vic ce soir. Qu'elle en discute même très sérieusement avec lui.

« Tad, tu te rappelles ce que t'a dit ton père, reprit-elle. Les monstres n'ont jamais existé.

— De toute façon, pas pendant le jour », déclara-t-il en la gratifiant d'un sourire si franc, si merveilleux, qu'il dissipa toutes les craintes de sa mère. Elle lui ébouriffa les cheveux et déposa un baiser sur sa joue.

Elle voulait en parler à Vic et puis Steve Kemp vint la rejoindre pendant que Tad se trouvait à la maternelle, alors elle oublia et Tad hurla encore cette nuit-là, hurla que le monstre était dans le placard, le monstre !

La porte de la penderie était légèrement entrouverte, les couvertures posées sur la chaise. Cette fois-ci, Vic les porta au deuxième étage, où il les fourra dans un autre placard.

« Elles sont enfermées là-haut, Taddy, assura Vic en embrassant son fils. Calme-toi maintenant. Rendors-toi et fais de beaux rêves. »

Mais Tad resta longtemps éveillé et, avant qu'il s'endorme, la clenche se leva, produisant un petit bruit sec et sournois, la porte s'ouvrit sur l'obscurité menaçante — nuit funeste où attendait une créature velue, aux dents pointues et aux griffes acérées, une créature exhalant des relents de sang caillé, de fatalité tragique.

Bonsoir, Tad, chuchota-t-elle de sa voix caverneuse ; dans l'embrasure de la fenêtre, la lune apparut tel l'œil blanc à demi clos d'un cadavre.

En ce printemps qui touchait à sa fin, la doyenne de Castle Rock était Evelyn Chalmers, que les anciens appelaient Tante Evvie et que George Meara, chargé de lui apporter son courrier — constitué principalement de catalogues, d'offres spéciales du *Reader's Digest* ou de dépliants religieux de la Croisade du Christ Éternel — et d'écouter ses monologues interminables, surnommait « cette vieille grande gueule ». « La seule chose que cette vieille grande gueule est capable de faire, c'est de prédire le temps », avait coutume de proférer George quand il se trouvait, complètement saoul, au Tigre Éméché avec ses potes. C'était un nom ridicule pour un bar, mais comme Castle Rock n'en comptait pas d'autre, il semblait que la petite bande n'en décollait pas.

Tout le monde était d'accord avec George. En tant que doyenne de Castle Rock, Tante Evvie avait hérité de la canne du *Boston Post* deux ans auparavant, quand Arnie Heebert, alors âgé de cent un ans et tellement gâteux que lui parler devenait aussi aléatoire que de s'adresser à une boîte de pâtée pour chats, s'était dirigé d'un pas incertain vers le patio situé derrière la maison de retraite de Castle Acres, et s'était brisé la nuque, vingt-cinq minutes exactement après avoir, pour la dernière fois, lâché ses vents.

Tante Evvie était loin d'être aussi gâteuse, et loin d'être aussi vieille, qu'Arnie Heebert, mais à quatre-vingt-treize ans elle avait atteint un âge honorable et, comme elle adorait brailler aux oreilles d'un George Meara résigné lorsque celui-ci lui apportait son courrier, elle n'avait pas eu la bêtise de quitter sa maison de la même façon que Heebert.

Mais elle savait prévoir le temps. Selon l'avis général — en fait, celui des vieilles gens qui se préoccupaient encore de ces choses — il y avait trois points sur lesquels Tante Evvie ne se trompait jamais : la première semaine d'été où il faudrait tailler les haies, savoir si les airelles seraient bonnes (ou pas), et quel allait être le temps.

Un matin, au début du mois de juin, elle se traîna le long de l'allée jusqu'à la boîte aux lettres en s'appuyant lourdement sur sa canne du *Boston Post* (qui, pensait Meara, quand cette vieille grande gueule passerait l'arme à gauche, reviendrait à Vin Marchant ; bon débarras) et en fumant une Herbert Tareyton. Elle beugla un salut à l'adresse de Meara — sa surdité l'avait apparemment convaincue que, par solidarité, le reste du monde était devenu sourd lui aussi — et ajouta en hurlant qu'ils allaient avoir l'été le plus chaud depuis trente ans. Chaud au début, chaud à la fin, s'époumona Evvie dans la tranquille somnolence qui précédait midi, et chaud au milieu.

« Vous croyez ? demanda George.

— *Quoi ?*

— *J'ai dit : Vous croyez ?* » C'était le second ennui avec Tante Evvie : elle vous obligeait à crier tout autant qu'elle. Il y avait de quoi se faire éclater une veine.

« *Que je sois pendue si c'est pas vrai !* » vociféra Tante Evvie. La cendre de sa cigarette tomba sur l'épaule de George Meara, une chemise qui sortait du nettoyage et qu'il avait mise toute propre ce matin-là ; il s'époussetta d'un air fataliste. Tante Evvie se pencha par la fenêtre de la voiture de façon à mieux lui casser les oreilles. Son haleine sentait le concombre au vinaigre.

« *Tous les mulots sont sortis des caves à provisions ! Tommy Neadeau a vu un cerf qui frottait ses bois pour en ôter le velours du côté de la mare Moosuntic et les premières grives sont arrivées ! Il y avait de l'herbe sous la neige quand ça a dégelé ! De l'herbe verte, Meara !*

— C'est vrai, Evvie ? » répliqua George puisqu'il fallait bien dire quelque chose. Il commençait à avoir mal à la tête.

« *Quoi ?*

— C'EST VRAI, TANTE EVVIE ? s'égosilla George Meara en postillonnant.

— *Pour sûr !* hurla Tante Evvie avec un plaisir évident. *Et tard, la nuit dernière, j'ai vu des éclairs de chaleur ! Mauvais signe, Meara ! Chaleur précoce est mauvais*

23

signe ! La chaleur tuera cet été ! Ça va être un été ter-
rible !

— *Faut que je parte, Tante Evvie !* cria Gèorge. *J'ai*
une lettre exprès pour Stringer Beaulieu ! »

Rejetant la tête en arrière, Tante Evvie Chalmers
ricana, les yeux levés vers le ciel printanier. Elle rit ainsi
au point de s'étrangler et un peu de cendre tomba sur sa
blouse. Elle cracha son mégot qui atterrit en rougeoyant
contre l'un de ses souliers de vieille dame — un soulier
noir comme du charbon et aussi serré qu'un corset —
une chaussure de vieux.

« *T'as une lettre exprès pour Frenchy Beaulieu ? Pour-*
quoi donc, y pourrait même pas lire son nom sur sa
propre tombe !

— *Il faut que je m'en aille, Evvie !* » fit George précipitamment, et il démarra en trombe.

« *Frenchy Beaulieu est l'imbécile le plus complet que*
Dieu ait jamais créé ! » tonna Tante Evvie, mais elle ne
s'adressait déjà plus qu'au nuage de poussière laissé par
le facteur. Il s'en était bien sorti.

La vieille femme resta quelques instants près de la
boîte aux lettres, à le regarder s'éloigner. Il ne lui avait
rien apporté ; elle recevait rarement du courrier désormais. Presque tous les gens susceptibles d'écrire qu'elle
connaissait étaient morts à présent. Elle s'attendait à les
rejoindre bientôt.

L'été qui approchait la mettait mal à l'aise, lui faisait
un peu peur. Elle pouvait mentionner les mulots qui quittaient les caves de bonne heure cette année, les éclairs de
chaleur dans le ciel printanier, mais elle ne pouvait parler de la touffeur qu'elle pressentait quelque part au-delà
de l'horizon, tapie telle une bête décharnée mais puissante,
le poil rongé par la gale, les yeux rouges, incandescents ;
elle ne pouvait parler de ses rêves, rêves de fournaise

sans ombres, et de soif; elle ne pouvait parler du matin où, sans raison, les larmes lui étaient venues, non pas des larmes qui soulagent, mais de celles qui piquent les yeux comme la sueur des pires mois d'août. Elle sentait venir un vent de folie qui bientôt soufflerait sur la région.

« George Meara, tu n'es qu'un salaud », prononça Evvie Chalmers, son accent du Maine donnant au dernier mot une résonance à la fois cataclysmique et grotesque.

Elle entreprit de retourner jusqu'à la maison, s'appuyant sur la canne du *Boston Post* qu'on lui avait remise lors d'une cérémonie organisée à la mairie, pour la simple raison qu'elle avait réussi à devenir vieille. Pas étonnant, songea-t-elle, que le maudit journal ait fait faillite.

Evvie Chalmers s'immobilisa sur le palier, contemplant un ciel de printemps encore dégagé aux tons pastel. Oh! mais elle le sentait venir : quelque chose de chaud. Quelque chose d'infâme.

L'année qui précédait cet été, quand la vieille Jaguar de Vic Trenton s'était mise à émettre un cliquetis inquiétant venant apparemment de la roue arrière gauche, ce fut George Meara qui conseilla à Vic de la porter au garage de Joe Camber, pas très loin de Castle Rock. « Il a une drôle de façon de faire, pour un mec d'ici », affirma George ce jour-là, alors que Vic attendait près de la boîte aux lettres. « Il vous dit combien ça va coûter, après il fait le boulot et à la fin, il vous fait payer exactement le prix qu'il vous avait dit au début. Drôle de façon de faire des affaires, pas vrai ? » Puis il s'était éloigné, laissant Vic se demander si le facteur parlait sérieusement ou s'il venait de faire à ses dépens quelque obscure plaisanterie yankee.

Mais il téléphona à Camber, et par une journée de

juillet (un mois de juillet beaucoup plus frais que celui de l'année suivante), Donna, Tad et lui s'étaient rendus chez les Camber. L'endroit était vraiment retiré ; Vic dut s'arrêter deux fois pour demander le chemin, et c'est alors qu'il baptisa ces abords éloignés de la ville le coin des Bouseux de l'Est.

Il pénétra dans la cour des Camber, la roue arrière cliquetant plus que jamais. Tad, alors âgé de trois ans, riait, assis sur les genoux de Donna Trenton ; une promenade dans la voiture « sans toit » de Papa le mettait toujours en joie, et Donna, elle aussi, se sentait parfaitement heureuse.

Un garçon de huit ou neuf ans jouait dans la cour avec une vieille balle de base-ball qu'il frappait à l'aide d'une batte plus ancienne encore. La balle fendait l'air, allait taper contre l'un des murs de la grange qui était aussi, du moins Vic le supposait-il, le garage de Camber, puis revenait vers l'enfant en roulant sur le sol.

« Bonjour, lança le garçon. Vous êtes Mr. Trenton ?

— Lui-même, répondit Vic.

— Je vais chercher mon père », jeta l'enfant avant de s'engouffrer dans la grange.

Les trois Trenton s'extirpèrent de la voiture et Vic se dirigea vers l'arrière de la Jag pour se poster près de la roue préoccupante ; il se sentait assez méfiant. Peut-être aurait-il mieux valu essayer de faire tenir l'auto jusqu'à Portland, après tout. L'endroit n'augurait rien de bon ; il n'y avait pas même une enseigne dehors.

Ses méditations furent interrompues par la voix de Donna qui l'appelait nerveusement. « Oh *mon Dieu*, Vic… », fit-elle plus pressante.

Il se retourna et aperçut un énorme chien qui surgissait de la grange. Pendant une fraction de seconde, il se demanda bêtement s'il s'agissait véritablement d'un chien, ou bien de quelque étrange et affreuse race de poneys. Puis, comme l'animal sortait de l'ombre protectrice de la grange, Vic remarqua ses yeux tristes et comprit que c'était un saint-bernard.

Donna avait instinctivement attrapé Tad et reculait en direction du capot de la Jag, mais l'enfant se débattait dans ses bras, tentant de se libérer.

«Veux voir le chien, Maman… Veux voir le *chien*!»

Donna adressa un coup d'œil inquiet à Vic qui haussa les épaules, indécis lui aussi. À ce moment, le garçon réapparut, flattant la tête du chien tout en se dirigeant vers Vic. La bête agita une queue gigantesque et Tad se démena de plus belle.

«Vous pouvez le laisser, madame, dit poliment le garçon. Cujo adore les gosses. Il ne lui fera pas de mal.» Puis, à l'intention de Vic : «Mon père arrive. Il est parti se laver les mains.

— Très bien, fit Vic. Dis donc, c'est un sacré gros chien. Tu es sûr qu'il n'y a pas de danger?

— Aucun danger», certifia le gamin, mais Vic, sans s'en rendre compte, s'était avancé en même temps que Donna quand leur fils, incroyablement petit, avait commencé de trottiner vers le chien. Cujo s'immobilisa, la tête tendue, sa grande queue balayant l'air d'avant en arrière.

«Vic…, laissa échapper Donna.

— Tout va bien», la rassura son mari en songeant : *J'espère*. L'animal paraissait assez grand pour pouvoir avaler Tad d'une seule bouchée.

Tad s'arrêta un instant, apparemment hésitant. L'enfant et le chien s'entre-regardèrent.

«Chien? interrogea Tad.

— Cujo, corrigea le fils de Camber en s'approchant de Tad. Il s'appelle Cujo.

— Cujo», répéta Tad. Le chien, maintenant tout près de lui, entreprit de lui donner de grands coups de langue baveux et affectueux sur le visage, faisant rire l'enfant qui essayait de repousser l'assaut. Il se tourna vers son père et sa mère en riant aux éclats, comme lorsque l'un d'eux le chatouillait. Il voulut faire un pas dans leur direction, mais s'emmêla les pieds. Il tomba et aussitôt le chien se dirigea vers lui, fut sur lui ; Vic, qui avait pris Donna par la taille, sentit le hoquet de sa femme plus qu'il ne l'entendit. Il se précipita… puis se figea.

La mâchoire de Cujo s'était refermée sur le dos du tee-shirt « Spider-Man » de Tad. L'animal souleva le petit garçon — Tad ressembla un instant à un chaton dans la gueule de sa mère — et le reposa sur ses pieds.

Tad courut vers ses parents. «Aime le chien ! Maman ! Papa ! J'aime le chien ! »

Le fils de Camber, les mains enfoncées dans les poches de son jean, avait observé la scène avec un léger amusement.

«Ça, c'est un grand chien», commenta Vic. Il souriait maintenant, mais son cœur battait encore la chamade. L'espace d'une seconde, il avait vraiment cru que la bête allait engloutir la tête de Tad comme s'il se fût agi d'une sucette. «C'est un saint-bernard, Tad, expliqua-t-il.

— Saint… bennar ! » cria Tad qui trotta vers Cujo, assis devant la porte de la grange telle une petite montagne. «Cujo ! *Cuuujo !* »

À côté de Vic, Donna se raidit à nouveau. «Oh ! Vic, tu crois que… »

Mais Tad se trouvait déjà près de Cujo, le serrant d'abord très fort dans ses bras puis examinant sa tête avec attention. Cujo se tenait assis sur son arrière-train (sa queue battant le gravier, sa langue pendante formant une tache rose) et Tad parvenait presque, en se mettant sur la pointe des pieds, à plonger son regard dans les yeux du chien.

« Ils ont l'air de bien s'entendre », déclara Vic.

Tad avait maintenant mis une main minuscule dans la gueule de Cujo qu'il inspectait comme s'il avait été le plus petit dentiste du monde. Une fois encore Vic éprouva un malaise, mais Tad revenait déjà vers eux en courant. « Le chien a des dents, raconta-t-il à son père.

— Oui, répondit Vic. Beaucoup de dents. »

Il se retourna vers le jeune garçon dans l'intention de lui demander d'où venait ce nom curieux, mais Joe Camber apparut, en train de s'essuyer les mains sur un bout de chiffon pour pouvoir serrer celle de Vic sans la maculer de cambouis.

Vic fut agréablement surpris de constater que Camber savait exactement ce qu'il faisait. Le garagiste écouta attentivement le cliquetis tandis que Vic et lui roulaient jusqu'à la maison située au pied de la colline, puis revenaient chez Camber.

« C'est le roulement, fit laconiquement Camber. Vous avez de la veine qu'il ne se soit pas déjà bloqué en route.

— Vous pouvez le réparer ? demanda Vic.

— Pour sûr. Peux même vous le faire maintenant, si ça vous gêne pas de rester dans les parages deux bonnes heures.

— Je pense que ce serait parfait », répondit Vic. Il jeta un coup d'œil vers Tad et le chien. Tad avait pris la balle avec laquelle jouait le fils de Camber à leur arrivée. Il la lançait aussi loin que possible (ce qui ne représentait pas une très grande distance), et le saint-bernard des Camber allait docilement la chercher pour la rendre à l'enfant. La balle devenait complètement baveuse. « Mon fils a l'air de bien s'amuser avec votre chien.

— Cujo adore les gosses, affirma Camber. Voulez-vous amener la voiture dans la grange, Mr. Trenton ? »

Le docteur va t'examiner maintenant, songea Vic, amusé, avant de faire entrer la Jag dans le bâtiment. La réparation ne prit en fin de compte qu'une heure et demie et le prix réclamé par Camber fut si raisonnable que c'en était étonnant.

Au cours de cet après-midi frais et nuageux, Tad ne cessa de courir en criant inlassablement le nom du chien : « *Cujo... Cuuujo... iciii, Cujo...* » Juste avant que les Trenton s'en aillent le fils de Camber, qui se prénommait Brett, fit monter Tad sur le dos de Cujo, tenant solidement le petit garçon par la taille pendant que le chien parcourait par deux fois l'arrière-cour de gravier. En passant devant Vic, l'animal croisa son regard... et Vic aurait juré que le chien riait.

Trois jours exactement après la conversation de George Meara avec Evvie Chalmers, une fillette, qui avait le même âge que Tad Trenton, se leva de la table où elle prenait son petit déjeuner — la table occupant le coin repas d'un pavillon d'Iowa City, dans l'Iowa — et dit : « Oh ! Maman, je ne me sens pas très bien. Je crois que je vais vomir. »

Sa mère la regarda sans paraître vraiment surprise. Deux jours auparavant, à l'école, on avait renvoyé le grand frère de Marcy à la maison avec une méchante grippe intestinale. Brock allait mieux maintenant, mais il venait de passer vingt-quatre heures éprouvantes à se vider frénétiquement des deux côtés.

« Tu es sûre, mon chou ? s'enquit la mère de Marcy.

— Oh ! je... » Marcy gémit et se dirigea en titubant vers l'entrée, étreignant son estomac. Sa mère la suivit,

vit la petite pénétrer dans la salle de bains et se dit : *Oh !
voilà, ça y est. Si je ne finis pas par l'attraper, ce sera un
miracle.*

Elle entendit les premiers vomissements et entra dans
la salle d'eau, réfléchissant déjà à tous les détails :
bouillons légers, la mettre au lit, le pot, des livres ; quand
il rentrerait de l'école, Brock pourrait porter la petite télé
dans la chambre de sa sœur et… Elle baissa les yeux et
fut tirée de ses réflexions avec autant de violence que si
elle avait reçu un uppercut.

La cuvette des toilettes dans laquelle venait de rendre
sa petite fille de quatre ans était emplie de sang ; le sang
avait aspergé le rebord de porcelaine ; il maculait les carreaux de faïence.

« Oh, Maman, je me sens mal… »

Sa fille se retourna, sa fille se retourna, se retourna, et
elle avait la bouche couverte de sang, il lui coulait sur le
menton, il tachait le bleu de sa robe à col marin, du sang,
Ô Seigneur par pitié aidez-moi, tout ce *sang*…

« Maman… »

Et cela recommença, un énorme flot sanglant qui
jaillissait de la bouche de sa fille pour retomber partout
en une sinistre pluie ; la mère de Marcy saisit alors la
petite et se rua dans la cuisine pour composer le numéro
de SOS médecins.

Cujo savait que la chasse aux lapins n'était plus de son
âge.

Il n'était pas *vieux* ; non ; même pour un chien. Mais à
cinq ans, il avait laissé derrière lui l'époque où, jeune
chiot, un papillon suffisait à déclencher une poursuite
effrénée à travers les bois et les champs qui s'étendaient
au-delà de la maison et de la grange. Il avait cinq ans, et

cela correspondait chez l'homme aux prémices de l'âge mûr.

Mais c'était le seize juin, aux premières heures d'une merveilleuse matinée où l'herbe disparaissait encore sous la rosée. La chaleur qu'avait prédite Tante Evvie à George Meara était effectivement arrivée — c'était le mois de juin le plus chaud depuis des années — et vers deux heures, cet après-midi-là, Cujo serait couché dans la cour poussiéreuse (ou dans la grange, si L'HOMME le lui permettait, ce qui lui arrivait parfois lorsqu'il avait bu, c'est-à-dire très souvent ces jours-ci), haletant sous le soleil brûlant. Mais n'anticipons pas.

Le lapin, une grande bête brune et dodue, était à cent lieues de s'imaginer que Cujo pouvait se trouver là, à près d'un kilomètre au nord de la maison, tout en bas du grand champ. Le vent soufflait du mauvais côté pour Jeannot Lapin.

Cujo progressait en direction du lapin, plus pour le sport que pour la chair fraîche. Le lapin mâchonnait avec insouciance le trèfle nouveau que le soleil impitoyable aurait, un mois plus tard, desséché et bruni. Si, quand le petit mammifère l'aperçut et détala, Cujo n'avait couvert que la moitié de la distance qui l'en séparait au départ, il aurait rebroussé chemin. Mais il ne se trouvait plus qu'à quinze mètres à peine de l'animal lorsque la tête et les oreilles du rongeur se dressèrent. Un instant, le lapin se tint parfaitement immobile ; statue figée dont les yeux noirs et vairons saillaient en deux billes comiques. Puis il disparut.

En aboyant furieusement, Cujo lui donna la chasse. Le lapin était très petit et Cujo avait une lourde masse à déplacer, mais rattraper cette proie paraissait *envisageable* et cela fournit au gros chien un surcroît d'énergie. Le lapin zigzagua. La course de Cujo se fit plus pesante, ses griffes s'enfoncèrent dans la terre noire du pré, il perdit d'abord du terrain puis revint rapidement. Les oiseaux s'envolaient au bruit aigu de ses violents aboiements ; si les chiens savent sourire alors un rictus déformait la gueule de Cujo. Le lapin fit de nouveaux écarts puis fila tout droit à travers le champ situé au nord. Cujo courut tant qu'il put, sentant déjà qu'il allait perdre cette poursuite-là.

Mais il essaya de toutes ses forces et se rapprochait à nouveau du lapin quand celui-ci s'engouffra dans un petit trou qu'abritait le flanc d'une douce colline. Le trou disparaissait sous de hautes herbes et Cujo n'hésita pas un instant. Il ramassa son grand corps fauve en une sorte de gros boulet poilu, et se laissa propulser à l'intérieur par la vitesse acquise… pour se retrouver soudain enfoncé comme un bouchon dans le col d'une bouteille.

Cela faisait dix-sept ans que Joe Camber possédait la ferme des Sept Chênes, située tout au bout de la Route municipale, n° 3, mais il n'avait jamais eu connaissance de ce trou. Sans doute l'aurait-il découvert s'il avait été fermier, mais ce n'était pas le cas. Il ne gardait aucun bétail dans la grande grange rouge qui lui servait de garage et de magasin de pièces détachées. Son fils Brett se promenait fréquemment dans les champs et les bois qui s'étendaient derrière la maison, mais lui non plus n'avait jamais remarqué le trou, quoiqu'il eût failli plusieurs fois y mettre le pied, ce qui aurait pu lui valoir une cheville brisée. Aux beaux jours, on prenait le trou pour une ombre ; par ciel couvert, l'orifice déjà masqué par le feuillage disparaissait complètement.

John Mousam, l'ancien propriétaire, connaissait son existence, mais n'avait pas pensé à en informer Joe Camber lorsque ce dernier lui avait racheté la ferme, en 1963. Il aurait pu lui en parler, par précaution, en 1970 quand Joe et sa femme, Charity, avaient eu leur fils mais, à cette époque, le cancer avait déjà emporté le vieux John.

Mieux valait que Brett ne soit jamais tombé dessus. Il n'y a rien de plus intéressant pour un jeune garçon qu'un trou dans la terre, et celui-ci donnait sur une petite grotte de calcaire naturelle. Elle atteignait jusqu'à six mètres de profondeur, et il paraissait tout à fait possible à un enfant assez menu de ramper à l'intérieur puis de glisser au fond sans plus jamais pouvoir en ressortir. De nombreux petits animaux avaient déjà subi cette mésaventure. Les parois calcaires de la grotte étaient faciles à dévaler mais leur ascension semblait irréalisable et le sol était jonché d'ossements : une marmotte, un putois, un couple de tamias, un autre d'écureuils et un chat. Le chat avait eu pour nom Mr. Propre. Les Camber l'avaient perdu deux ans auparavant et s'étaient imaginé qu'il s'était fait écraser par une voiture, ou s'était simplement sauvé. Mais il gisait là, près des os d'un gros mulot qu'il avait poursuivi à l'intérieur.

Le lapin de Cujo avait dégringolé tout au fond de la grotte et attendait maintenant, le corps tremblant, les oreilles dressées, le museau frémissant comme un diapason, tandis que les aboiements furieux de son assaillant emplissaient la caverne. L'écho donnait l'impression qu'une meute de chiens hurlait après lui.

De temps en temps, la petite grotte attirait aussi des chauves-souris — jamais beaucoup, car l'espace était réduit, mais le plafond inégal formait un endroit idéal pour qu'elles puissent s'y suspendre la tête en bas, et sommeiller ainsi à l'abri de la lumière du jour. Les chauves-souris constituaient une raison supplémentaire de se réjouir de la chance de Brett, et particulièrement cette année. Cet été-là, les petites bêtes brunes insectivores qui peuplaient la cavité étaient porteuses d'un virus de la rage extrêmement puissant.

Cujo avait les épaules coincées. Il agitait frénétiquement les pattes arrière, mais sans aucun résultat. Il aurait pu reculer, s'extirper du goulet, mais il ne voulait pas renoncer au lapin. Le saint-bernard flairait que sa proie était prise au piège, qu'il lui suffisait de la prendre. Sa vue n'était pas des plus perçantes et, de toute façon, son avant-train massif empêchait la lumière de filtrer ; il ne pouvait donc apercevoir le vide qui précédait ses pattes antérieures. Il sentait une odeur d'humidité, il sentait aussi les excréments, frais et plus anciens, des chauves-souris… mais par-dessus tout, il sentait le lapin. Chaud et savoureux. Le dîner est servi.

Ses aboiements réveillèrent les chauves-souris. Elles étaient affolées. On avait envahi leur antre. Elles se précipitèrent toutes ensemble, en piaillant, vers la sortie. Mais leur sonar leur indiqua un fait déroutant et effrayant à la fois : il n'y avait plus de sortie. L'assaillant occupait l'endroit où se trouvait auparavant l'entrée.

Elles tournaient et plongeaient dans les ténèbres, leurs ailes membraneuses produisant un bruit de tissu qui s'agite — comme, peut-être, des serviettes de table — sur un fil à linge, poussé par les rafales du vent. Par terre, le lapin se faisait tout petit et attendait que cela passe.

Cujo sentit des ailes se heurter au tiers de son corps qu'il avait réussi à introduire dans le trou, et il prit peur. Il n'aimait ni l'odeur de ces bêtes, ni leurs sons ; l'étrange chaleur qui semblait émaner d'elles lui déplaisait. Il aboya plus fort encore et tenta de mordre les formes qui piaillaient en voletant au-dessus de sa tête. Ses crocs se refermèrent sur une aile brun-noir. Les os, plus fins que ceux d'une main de bébé, furent broyés. La chauve-souris le cingla puis le mordit, écorchant le museau si sensible du chien en une longue balafre qui épousait la forme d'un point d'interrogation. Quelques secondes plus tard, elle dévalait en roulant la pente de calcaire, petit animal déjà mourant. Mais le mal était fait ; la morsure d'une bête enragée est plus dangereuse encore quand elle est portée à la tête, car la rage s'attaque au centre du système nerveux. Les chiens, plus vulnérables que leurs maîtres humains, ne peuvent pas même espérer une immunisation totale du vaccin qu'inoculent tous les vétérinaires. Et Cujo n'avait jamais été vacciné.

Ignorant tout ceci, mais sachant seulement que la chose invisible dans laquelle il venait de mordre avait un goût infect, répugnant, Cujo décida que le jeu n'en valait pas la chandelle. D'une formidable secousse des épaules, il se dégagea du trou, provoquant une petite avalanche de terre. Il s'ébroua, faisant voler de son pelage des particules de poussière et de calcaire. Du sang coulait de son museau. Le saint-bernard s'assit, leva la gueule vers le ciel et émit un hurlement étouffé.

Les chauves-souris évacuèrent leur abri en un petit nuage sombre, tourbillonnèrent, affolées, pendant quelques instants sous le lumineux soleil de juin, puis réintégrèrent leur perchoir. Elles étaient dépourvues d'intelligence et deux ou trois minutes leur avaient suffi pour oublier l'intrus et ses aboiements, pour se rendormir, suspendues par les talons, leurs ailes enserrant, tel le châle des vieilles dames, un corps menu de souris.

Cujo s'éloigna en trottinant. Il se secoua de nouveau puis se frotta le museau. Le sang se coagulait déjà et commençait à former une croûte, mais c'était douloureux. Les chiens ont une fierté disproportionnée avec leur intelligence, et Cujo se dégoûtait. Il ne voulait pas rentrer à la maison. S'il y retournait, l'un d'eux trois — L'HOMME, LA FEMME, LE GARÇON — verrait bien qu'il s'était fait mal.

Peut-être même que l'un d'eux l'appellerait VILAINCHIEN. Et pour le moment, il se considérait lui-même comme un VILAINCHIEN.

Aussi, au lieu d'aller à la maison, Cujo se rendit-il au ruisseau qui séparait la ferme de Camber de la propriété de Gary Pervier, le plus proche voisin des Camber. Il avança à contre-courant ; but à longs traits ; se roula dans l'eau fraîche pour essayer de se débarrasser de la poussière, de l'odeur âcre et chargée d'humidité de la roche crayeuse, du goût désagréable qui emplissait sa gueule, pour se débarrasser de la sensation d'être un VILAINCHIEN.

Peu à peu il se sentit mieux. Il sortit du ruisseau, et s'ébroua, les fines gouttelettes esquissant dans l'air un fugitif arc-en-ciel de fragile transparence.

L'impression d'être un VILAINCHIEN, de même que la douleur de son museau, se dissipa. Cujo partit en direction de la maison pour voir si LE GARÇON se trouvait dans les parages. Il s'était habitué au grand car scolaire jaune qui venait prendre LE GARÇON chaque matin, et le déposait chaque après-midi, mais toute cette semaine, le car, avec ses yeux clignotants et sa cargaison d'enfants braillards, ne s'était pas montré. LE GARÇON restait toute la journée à la maison. Il se tenait en général dans la grange, s'occupant avec L'HOMME. Peut-être le car jaune de l'école était-il revenu aujourd'hui. Peut-être pas. Il verrait. Le chien avait oublié le trou et le mauvais goût de la chauve-souris. C'était à peine s'il sentait son museau, maintenant.

Cujo se fraya sans difficulté un chemin à travers les hautes herbes du champ, faisant parfois s'envoler un oiseau mais se gardant bien de lui courir après. Il avait suffisamment chassé pour la journée, et son corps s'en ressentait, même si son cerveau ne s'en souvenait déjà plus. C'était un saint-bernard au sommet de sa forme, âgé de cinq ans, pesant près de cent kilos, qui, en ce matin du seize juin 1980, venait d'être contaminé par le virus de la rage.

Sept jours plus tard, à une cinquantaine de kilomètres de la ferme des Sept Chênes de Castle Rock, deux hommes se retrouvèrent au Sous-Marin Jaune[1], un restaurant du quartier des affaires de Portland. Le Sous-Marin offrait un grand choix de sandwiches géants, de pizzas et de Dagobert[2] servis dans des pitas. Un billard électrique trônait dans le fond. Au-dessus du comptoir, un écriteau indiquait que si vous arriviez à avaler deux Nightmares du Sous-Marin jaune, vous pouviez manger gratuitement. Juste en dessous, entre parenthèses, on avait rajouté : SI VOUS DÉGUEULEZ, VOUS PAYEZ.

Habituellement, Vic Trenton n'aimait rien tant qu'un de ces énormes sandwiches aux boulettes de viande, mais il sentait que, ce jour-là, ils ne lui procureraient rien d'autre que des brûlures d'estomac.

« On dirait bien qu'on est en train de paumer la partie, non ? » dit Vic à son interlocuteur qui contemplait sa tranche de jambon avec un manque d'enthousiasme évident. Il s'agissait de Roger Breakstone, et quand il regardait ainsi la nourriture, on pouvait s'attendre aux pires catastrophes. Roger pesait dans les cent dix kilos et, lorsqu'il était assis, ses genoux disparaissaient complètement. Un jour qu'ils se trouvaient au lit, pris d'un de ses fous rires de gosses, Donna certifia à Vic qu'à son avis, Roger s'était fait couper les genoux au Vietnam.

---

1. En américain, *submarine* désigne un sous-marin mais aussi un énorme sandwich. (*N.d.T.*)
2. Héros de la bande dessinée de Chic Young, *Blondie*, qui se confectionnait de gigantesques sandwiches fourre-tout. (*N.d.T.*)

« C'est mal barré, admit Roger, ça a l'air tellement mal barré qu'on a de la peine à y croire, mon vieux Victor.

— Tu penses vraiment que ce voyage va arranger quelque chose ?

— Peut-être que non, répondit Roger, mais si on n'y va pas, on va perdre le contrat Sharp pour de bon. On pourra peut-être sauver quelque chose. Essayer de récupérer un peu l'affaire. » Il mordit dans son sandwich.

« Ça va nous faire du tort de fermer la boîte pendant dix jours.

— Tu ne crois pas que le mal est déjà fait ?

— Bien sûr, on a pris un coup dur, mais il y a les spots pour les bouquins Book Folks à filmer à Kennebunk Beach…

— Lisa peut s'en charger.

— Je ne suis même pas sûr que Lisa puisse se débrouiller avec ses affaires de cœur, alors les spots des Book Folks…, protesta Vic. Mais même en admettant qu'elle *puisse* s'en sortir, la série des "Tout un Choix d'Airelles[1]" traîne toujours en longueur… La banque de crédit Casco… et tu es censé voir le grand patron de l'Association des agents immobiliers du Maine…

— Tss-tss, celui-là, il est à toi.

— Tu parles qu'il est à moi, se plaignit Vic. Je craque à chaque fois que je pense à ses pantalons rouges et ses souliers blancs. J'ai tout le temps envie de regarder dans le placard pour voir si je ne peux pas lui trouver deux panneaux qui en feraient un superbe homme-sandwich.

— Tout ça n'a aucune importance, et tu le sais très bien. De toutes ces campagnes, il n'y en a pas une qui atteigne le dixième de celle de Sharp. Qu'est-ce que je

_____

1. Le Maine est le premier fournisseur d'airelles, fraîches et cuisinées, des États-Unis. (*N.d.T.*)

pourrais ajouter ? Tu sais que Sharp et le gosse voudront nous parler à tous les deux. Je te prends une place, oui ou non ? »

La simple idée de ce séjour, cinq jours à Boston et cinq à New York, donnait à Vic des sueurs froides. Roger et lui avaient travaillé pendant six ans pour l'agence Ellison, à New York. Vic s'était maintenant installé à Castle Rock, tandis que Roger et Althea vivaient dans les environs de Bridgton, à près de vingt-cinq kilomètres de là.

Vic refusait désormais de songer au passé. Il sentait qu'il n'avait jamais véritablement vécu, qu'il n'avait jamais vraiment su où il allait, avant de venir habiter dans le Maine avec Donna. Il éprouvait maintenant le sentiment morbide que, depuis trois ans, New York n'attendait que le moment de le reprendre au piège. L'avion raterait son atterrissage, et serait englouti par un brasier mugissant, nourri au kérosène. Ou il se produirait un accident sur Triborough Bridge, et leur taxi ne serait plus qu'un accordéon jaune couvert de sang. Un voleur lui tirerait dessus au lieu de lui faire lever les mains en l'air. Une conduite de gaz exploserait et il serait décapité par une plaque d'égout projetée dans les airs comme un frisbee mortel de quarante-cinq kilos. Quelque chose. S'il retournait là-bas, la ville ne le laisserait pas repartir.

« Rog », commença Vic, reposant son sandwich aux boulettes après la première bouchée, « tu ne t'es jamais dit que ce ne serait pas la fin du monde si nous *perdions* le contrat Sharp ?

— Peut-être que le monde tournera toujours », répondit Roger qui inclina son bock pour y verser lentement sa bière, « mais nous ? Il me reste dix-sept ans à payer sur un prêt de vingt ans et j'ai des jumelles qui ne voudraient pour rien au monde quitter le lycée de Bridgton. Toi aussi, tu as des prêts à rembourser, un gosse, et une vieille

Jaguar décapotable qui pourrait bien finir par avoir ta peau.

— Oui, mais le secteur économique local…

— Le secteur économique local ; *tous des cons !* » s'écria violemment Roger en posant brutalement son bock de bière.

Les quatre personnes assises à la table voisine, trois d'entre elles portant des chemises de tennis UMP et l'autre un vieux tee-shirt délavé sur lequel on pouvait lire Dark Vaslor EST HOMO, se mirent à applaudir.

Roger les fit taire d'un geste impatient de la main puis se pencha vers Vic. « Ce n'est pas en faisant des campagnes pour Tout un Choix d'Airelles ou pour les agents immobiliers du Maine, qu'on fera démarrer l'affaire, tu le sais très bien. Si nous perdons le contrat Sharp, nous coulerons pour de bon. D'un autre côté, si on arrive à conserver ne serait-ce qu'un petit bout de Sharp pendant les deux années à venir, nous serons dans la course pour le budget du ministère du Tourisme, peut-être même pour une miette de la loterie nationale, si elle ne coule pas d'ici là. Les grosses légumes, Vic. On peut dire adieu à Sharp et à ses saloperies de céréales si tu veux, il y en a d'autres pour sauter dessus. Le grand méchant loup va chercher son dîner ailleurs ; tous les petits cochons vont pouvoir s'en donner à cœur joie.

— On a autant de chances de sauver quelque chose, déclara Vic, que les Cleveland Indians de remporter le championnat de base-ball cet automne.

— Mon vieux, je crois qu'on ferait mieux d'essayer. »

Vic garda le silence, réfléchissant tout en contemplant son sandwich dont la viande refroidissait. C'était totalement injuste, mais il pouvait se faire à l'idée d'injustice. Ce qu'il acceptait mal, c'était l'absurdité de toute la situation. L'affaire avait éclaté comme une tornade surgie dans un ciel dégagé, laissant derrière elle une zigzaguante traînée de destruction avant de disparaître. Ad Worx, Roger et lui devenaient susceptibles de figurer sur la liste des victimes, quoi qu'ils aient pu faire ; cela se lisait sur le visage replet de son ami ; Vic ne l'avait jamais vu aussi grave et aussi pâle depuis que Timothy, le fils de Roger et d'Althea, avait succombé à ce qu'on appelle la mort subite du nourrisson alors qu'il entrait dans son dixième jour. Trois semaines après le drame, Roger avait fait une crise de nerfs et s'était mis à sangloter, les mains plaquées sur sa grosse figure exprimant un tel chagrin, un tel désespoir, que Vic en avait eu la gorge serrée. Cela avait été un très mauvais moment. Mais la panique naissante qu'il discernait maintenant dans le regard de son associé n'annonçait rien de bon non plus.

Dans le monde de la publicité, des tornades arrivaient parfois de n'importe où. Une grosse entreprise comme l'agence Ellison, qui brassait des millions de dollars, pouvait passer à travers. Mais une petite comme Ad Worx n'avait aucune chance. D'une main, ils avaient porté un panier plein de petits œufs, et de l'autre un panier qu'un seul gros œuf emplissait — le budget Sharp — et il restait désormais à savoir si cet œuf était perdu corps et biens, ou si l'on allait quand même pouvoir ramasser l'omelette. Rien de ce qui s'était passé n'était de leur faute, mais les agences de pub faisaient de merveilleux boucs émissaires.

Vic et Roger s'étaient tout naturellement associés à la suite des six années pendant lesquelles ils avaient travaillé ensemble pour l'agence Ellison. Vic, grand, mince et plutôt calme, complétait parfaitement l'extraverti gras et jovial qu'était Roger Breakstone. Ils s'entendaient tant sur le plan personnel que sur le plan professionnel. Ils avaient commencé par une affaire de peu d'importance :

il s'agissait de présenter dans la presse écrite, une campagne publicitaire pour l'Association d'aide aux hémiplégiques.

Ils avaient proposé une image très dure, en noir et blanc, représentant un petit garçon appuyé sur d'énormes et cruelles béquilles, debout tout contre la ligne de démarcation d'un terrain de base-ball pour minimes. Il portait une casquette aux couleurs des New York Mets, et son expression — Roger avait toujours soutenu que c'était l'expression de l'enfant qui avait fait vendre la pub — ne trahissait aucune tristesse ; elle était simplement rêveuse, presque joyeuse, en fait. La légende était simple : BILLY BELLAMY NE MARQUERA JAMAIS LE COUP GAGNANT. En dessous : BILLY EST HÉMIPLÉGIQUE. Et encore en dessous, en caractères plus petits : *Aidez-nous un peu, d'accord ?*

Les dons en faveur des hémiplégiques avaient enregistré une hausse notable. Tant mieux pour eux, tant mieux pour Vic et Roger. L'équipe Trenton-Breakstone était partie. Une demi-douzaine de campagnes fructueuses suivirent, Vic se chargeant généralement de la conception, de l'idée d'ensemble, la réalisation et le côté pratique revenant à Roger.

Pour la société Sony, la photographie d'un homme assis, les jambes croisées, sur la bande médiane d'une autoroute à seize voies. Vêtu d'un complet, il portait sur les genoux un gros poste radio Sony et sur ses lèvres flottait un sourire séraphique. On pouvait lire : POLICE BAND, LES ROLLING STONES, VIVALDI, MIKE WALLACE, LE KINGSTON TRIO, PAUL HARVEY, PATTI SMITH, JERRY FALWELL.

Pour la Voit, le fabricant d'équipement nautique, une pub qui montrait l'antithèse absolue du play-boy des plages de Miami. Prenant une pose arrogante et déhanchée sur fond de sable doré d'un quelconque paradis tropical, le modèle était un homme d'une cinquantaine d'années arborant des tatouages, un ventre de buveur de bière, des bras et des jambes flasques ainsi qu'une cicatrice toute plissée au milieu d'une cuisse. Cet aventurier fatigué berçait dans ses bras une paire de palmes Voit. Le texte commençait ainsi : MOI, MONSIEUR, JE PLONGE POUR GAGNER MA VIE. JE NE SUIS PAS UN MINET. Tout un paragraphe suivait, que Roger considérait comme du bla-bla, mais c'était ces deux premières phrases qui devaient accrocher le lecteur. Vic et Roger avaient eu l'intention de mettre : JE NE SUIS PAS UN DRAGUEUR, mais la Voit n'en avait pas voulu. Dommage, se plaisait à dire Vic devant un verre. Ils auraient vendu beaucoup plus de palmes.

Puis il y eut Sharp.

La Sharp Company de Cleveland venait en douzième place sur le grand marché américain de la biscuiterie et des céréales lorsque le vieux Sharp s'était décidé, non sans répugnance, à abandonner la petite agence locale de publicité qui s'occupait de sa promotion depuis plus de vingt ans, pour venir à New York s'adresser à l'agence Ellison. Le vieil homme aimait à rappeler qu'avant la deuxième guerre, Sharp était plus important que Nabisco. Son fils prenait le même plaisir à lui faire remarquer que la guerre s'était terminée trente-cinq ans auparavant.

Le budget — d'abord limité à six mois d'essai — avait été confié à Vic Trenton et Roger Breakstone. Au bout de cette période probatoire, Sharp était passé de la douzième position à la neuvième. Un an plus tard, quand Vic et Roger avaient repris leurs billes pour s'installer dans le Maine et monter leur propre agence, la Sharp Company occupait la septième place sur le marché.

Ils avaient lancé une campagne de grande envergure. Pour les galettes Sharp, Vic et Roger avaient créé Sharpy le Tireur de galettes, un policier assez maladroit dont les six-coups, grâce aux spécialistes des effets spéciaux, projetaient des galettes au lieu de balles — des Chocka Chippers dans certains spots, des Ginger Snappies dans d'autres, des Oh Those Oatmeals dans un troisième. La séquence s'achevait toujours sur l'image de Sharpy le Tireur de galettes, se tenant tristement devant un tas de biscuits, un pistolet pendant au bout de chaque bras. «Eh bien, les méchants sont partis», déclarait-il presque tous les jours à des millions d'Américains, «mais j'ai les galettes. Les meilleures galettes de l'Ouest… et d'ailleurs, je suppose». Sharpy croquait un biscuit. Son expression extatique laissait entendre qu'il expérimentait l'équivalent gastronomique d'un premier orgasme. Fondu.

Pour les gâteaux — seize sortes allant du quatre-quarts au sablé en passant par le cheese cake — ils avaient conçu ce que Vic appelait le spot George et Gracie. Un fondu nous laisse découvrir George et Gracie quittant une soirée très chic où la table du buffet croule sous les mets les plus délicieux. Un nouveau fondu enchaîné nous présente un de ces petits appartements sales et dépourvus de tout confort, faiblement éclairé. George est installé devant une table de cuisine ordinaire recouverte d'une nappe à carreaux. Gracie sort du freezer de leur vieux réfrigérateur un quatre-quarts Sharp (ou un sablé, ou un cheese cake) qu'elle pose sur la table. Ils sont toujours en tenue de soirée. Ils échangent un sourire chargé de chaleur, d'amour et de compréhension, deux cœurs battant à l'unisson. L'image se brouille et apparaît sur fond noir : PARFOIS VOUS NE DÉSIREZ RIEN D'AUTRE QU'UN GÂTEAU SHARP. Pas un seul mot n'est prononcé pendant toute la durée du spot. Cette pub leur avait valu un prix.

Ainsi que celle du professeur des Céréales Sharp, saluée dans la profession comme «la publicité la plus responsable qui ait jamais été faite pour un public d'enfants». Vic et Roger l'avaient considérée comme le couronnement de leur réussite… mais c'était le professeur des céréales Sharp qui revenait aujourd'hui les harceler.

Interprété par un acteur d'une soixantaine d'années, le spot du professeur des céréales Sharp constituait une publicité terne et résolument adulte dans la profusion des séquences d'animation destinées aux enfants pour promouvoir des chewing-gums, des jouets, des poupées, des personnages téléguidés… et des marques rivales de céréales.

Le spot commençait sur la salle de classe déserte d'une école primaire, scène à laquelle les jeunes téléspectateurs qui regardaient Bugs Bunny le samedi matin pouvaient aussitôt s'identifier. Le professeur des céréales Sharp portait un complet, un pull fin décolleté en V et une chemise à col ouvert. Il se dégageait de son aspect comme de son discours une légère autorité ; Vic et Roger s'étaient adressés à une quarantaine d'enseignants et à une demi-douzaine de psychiatres pour enfants ; ils avaient découvert que c'était là le type même du père avec lequel les enfants se sentaient le plus à l'aise, le type même du père que la plupart n'avaient pas chez eux.

Le professeur, assis sur son bureau, cherchait à créer une certaine complicité — le jeune téléspectateur pouvait s'imaginer que, derrière le complet de tweed vert, se cachait un vrai copain — mais il s'exprimait d'un ton sérieux et posé. Il ne donnait pas d'ordres. Il ne bêtifiait pas. Il ne jouait pas les enjôleurs. Il n'essayait pas de les embobiner, de leur raconter des histoires. Il parlait aux millions de gamins en tee-shirt, gourmands de céréales, qui regardaient les dessins animés à la télé le samedi matin, comme à des *personnes à part entière*.

«Bonjour les enfants, commençait tranquillement le professeur. Je fais de la promotion pour des céréales. Écoutez-moi bien s'il vous plaît. Je suis le professeur des céréales Sharp, alors je sais beaucoup de choses sur les céréales. Les céréales Sharp — les Twinkles, les Cocoa Bears, les Bran-16, et le mélange Sharp All-Grain — sont les meilleures céréales d'Amérique. Elles sont bonnes pour votre santé. » Après un silence, le professeur des céréales Sharp souriait… et l'on *savait* que ce sourire était celui d'un véritable ami. « Vous pouvez me croire parce que je connais mon métier. Votre maman le sait ; je pensais que vous voudriez en être informés aussi. »

Un jeune homme entrait alors et tendait au professeur un bol de Twinkles, de Cocoa Bears ou autres. Le professeur y plongeait la main puis, dirigeant son regard vers chacun des foyers du pays, concluait : « Il n'y a rien là qui soit mauvais pour vous. »

Le vieux Sharp ne s'était pas préoccupé de cette dernière phrase ni de l'idée que ses céréales pouvaient contenir un produit toxique. Par la suite, Vic et Roger s'étaient efforcés de le ramener à plus de prudence mais sans arguments rationnels. La publicité sortait du domaine du rationnel. Vous faisiez souvent ce qui vous semblait juste mais sans pouvoir déterminer pourquoi cela paraissait juste. Vic et Roger sentaient tous deux que la dernière assertion du professeur avait une influence à la fois très primaire et considérable. Venant du professeur, elle assurait une garantie totale et définitive, une protection à toute épreuve. Elle sous-entendait que jamais le produit ne vous ferait de mal. Dans un monde où les parents divorcent, où les adolescents vous en font parfois voir de toutes les couleurs sans motif apparent, où l'équipe de base-ball minime adverse marque le point quand c'est vous qui faites le jeu, où les gentils ne gagnent pas systématiquement comme à la télévision, où l'on ne vous invite pas toujours à l'anniversaire où vous vouliez vous rendre, dans un monde où tant de choses vont si mal, les

Twinkles, les Cocoa Bears et le mélange All-Grain resteront; et ils seront toujours aussi bons. «Il n'y a rien là qui soit mauvais pour vous.»

Le fils de Sharp ayant aidé un peu (Roger disait qu'après, on aurait pu croire que c'était le fils qui avait conçu et réalisé tout le spot), le projet du professeur des céréales Sharp fut approuvé et ensuite matraqué au cours des programmes du samedi matin ainsi que dans certaines émissions projetées en semaine simultanément sur plusieurs chaînes, par exemple *Les Graveurs d'Étoiles, Les USA d'Archie, Les Héros du Tipi* et *L'Île de Gilligan.* Les céréales Sharp créèrent plus de remous encore que les autres produits Sharp et le professeur devint une véritable institution américaine. On fit de son slogan «Il n'y a rien là qui soit mauvais pour vous», une de ces phrases passe-partout équivalant à peu près à «Gardez votre calme» ou «Pas de quoi en faire toute une histoire».

Lorsque Vic et Roger décidèrent de monter leur propre affaire, ils respectèrent leurs engagements et ne reprirent contact avec leurs anciens clients qu'une fois réglées légalement — et amicalement — leurs relations avec l'agence Ellison. Les six premiers mois à Portland avaient constitué pour eux tous une période de stress épouvantable. L'enfant de Vic et de Donna, Tad, n'avait alors qu'un an. Donna, qui avait du mal à vivre loin de New York, se montrait tour à tour triste, excitée ou complètement terrorisée. Le vieil ulcère de Roger — blessure de guerre datant des années passées sur les grands champs de bataille de la publicité — s'était réveillé quand Althea et lui avaient perdu le bébé, transformant le gros homme en armoire à pharmacie haletante. Vic trouvait que, vu les circonstances, Althea réagissait plutôt bien, mais Donna lui avait fait remarquer que le petit apéritif qu'Althea prenait régulièrement s'était transformé en deux verres avant le dîner et trois après. Les deux couples étaient déjà venus en vacances dans le Maine, ensemble ou séparément, mais ni Vic ni Roger ne s'étaient rendu compte combien les habitants du Maine acceptaient mal les étrangers qui s'installaient chez eux.

Comme le souligna Roger, ils auraient certainement coulé si Sharp n'avait décidé de les suivre. Et au quartier général de la compagnie, à Cleveland, les positions s'étaient curieusement renversées. C'était maintenant le vieil homme qui désirait continuer à travailler avec Vic et Roger, et le gosse (qui approchait les quarante ans) qui voulait les larguer prétextant, non sans logique, que ce serait de la folie de confier leur budget à une petite agence minable, enterrée à neuf cents kilomètres au nord du pouls new-yorkais. Le gosse se moquait du fait que Ad Worx fût affiliée à un bureau d'études de marché new-yorkais comme s'en étaient moquées les autres maisons pour lesquelles Trenton et Breakstone avaient monté des campagnes de pub ces dernières années.

« Si la fidélité était du papier hygiénique, avait amèrement constaté Roger, eh bien mon vieux, on n'aurait pas les fesses propres. »

Mais Sharp était venu, leur apportant la provision dont ils avaient tant besoin. « Nous avons fait avec la même agence de pub ici, à Cleveland pendant quarante ans, déclara le vieux Sharp, et si ces deux garçons veulent quitter cette ville de sauvages, ils font simplement preuve de bon sens. »

Tout était dit. Le vieux avait parlé. Le gosse n'avait plus qu'à la fermer. Et pendant les trente mois qui venaient de s'écouler, Sharpy le Tireur de galettes avait continué de décharger ses revolvers, George et Gracie ne s'étaient pas arrêtés de déguster des gâteaux Sharp, tandis que le professeur des céréales Sharp répétait inlassablement qu'il n'y avait rien là qui fût mauvais pour vous. Les spots sortaient maintenant d'un petit studio indépendant de Boston, le bureau d'études de marché de New York se montrait un collaborateur efficace, et, trois ou quatre fois par an, Vic ou Roger se rendait à Cleveland pour s'entretenir avec Carroll Sharp et son gosse — les tempes du gosse en question commençant à grisonner sérieusement. Le reste des relations entre les clients et l'agence s'effectuait par l'intermédiaire des postes et télécommunications américaines. Le procédé pouvait paraître curieux, sans doute incommode, mais il semblait bien fonctionner.

C'est alors que surgirent les Red Razberry Zingers.

Vic et Roger connaissaient bien sûr les Zingers depuis un certain temps, quoiqu'elles n'aient fait leur apparition sur le marché qu'en avril 1980, soit six semaines auparavant. La plupart des céréales Sharp ne contenaient que très peu de sucre ou même pas du tout. Le mélange All-Grain, qui marquait l'entrée de Sharp dans le domaine de la céréale «naturelle», reçut un accueil plus que favorable. Les Red Razberry Zingers visaient cependant un secteur du marché au palais plus sucré : les acheteurs de préparations à base de céréales tels les Count Chocula, les Frankenberry, les Lucky Charms et autres «petits déjeuners» qu'on pouvait classer aussi bien parmi les céréales que les sucreries.

À la fin de l'été et au début de l'automne 1979, on avait testé avec succès les réactions du public à ce nouveau produit à Boise dans l'Idaho, à Scranton en Pennsylvanie, et à Bridgton, la ville du Maine où Roger avait élu domicile. Breakstone avait d'ailleurs assuré à Vic en frissonnant qu'il ne laisserait pas les jumelles s'en approcher, même avec des pinces longues de trois mètres (il éprouva malgré tout une certaine satisfaction quand

Althea lui raconta les cris qu'avaient poussés les gamines en apercevant les boîtes sur le rayon du supermarché). « Ça contient plus de sucre que de grains, et ça ressemble à la façade d'une caserne de pompiers. »

Vic acquiesça et répliqua en toute innocence, sans s'imaginer qu'il prédisait l'avenir : « La première fois que j'ai regardé dans une de ces boîtes, j'ai cru qu'elle était pleine de sang. »

« Alors, qu'est-ce que tu fais ? » répéta Roger. Il avait avalé la moitié de son sandwich tandis que Vic ressassait cette sombre suite d'événements. Il devenait de plus en plus convaincu qu'à Cleveland, le vieux Sharp et son fils n'attendaient que le moment d'exécuter les messagers pour les mauvaises nouvelles qu'ils apportaient.

« Je suppose qu'on ferait mieux d'essayer. »

Roger lui tapota l'épaule. « Je savais que tu ne me laisserais pas tomber, dit-il. Mange maintenant. »

Mais Vic n'avait pas faim. On avait prié les deux associés de se rendre à Cleveland pour participer à une « réunion d'urgence » qui devait se tenir trois semaines après le quatre juillet, fête de la déclaration d'indépendance — nombre des cadres et des directeurs commerciaux des succursales Sharp prenaient leurs vacances et ce délai ne serait pas trop long pour réunir tout le monde. L'une des questions à l'ordre du jour concernait directement Ad Worx : la lettre indiquait « une mise au point de leur association jusqu'à ce jour ». Ce qui signifiait, du moins Vic le craignait-il, que le gosse allait profiter de la débâcle des Zingers pour les écarter enfin.

Environ trois semaines après la commercialisation des Red Razberry Zingers, lancées avec enthousiasme — quoique d'un ton grave — par le professeur des céréales Sharp («Il n'y a rien là qui soit mauvais pour vous.»), une première mère, au bord de l'hystérie et certaine que son enfant souffrait d'hémorragie interne, avait conduit sa petite fille à l'hôpital. La fillette, qui en fait avait attrapé un virus bénin, s'était mise à vomir ce que sa mère avait d'abord pris pour un flot de sang.

Il n'y a rien là qui soit mauvais pour vous.

Cela se passait à Iowa City. Le lendemain, sept nouveaux cas se déclarèrent. Le jour suivant, vingt-quatre. À chaque fois, les parents des enfants victimes de vomissements et de diarrhées s'étaient précipités à l'hôpital, persuadés que les petits avaient une hémorragie interne. Puis les cas se multiplièrent de façon hallucinante — des centaines, bientôt des milliers. Les céréales n'étaient à l'origine ni des vomissements ni des coliques mais la colère montante négligeait généralement ce fait.

Il n'y a absolument rien là qui soit mauvais pour vous.

L'épidémie se propagea vers l'est. Le problème venait du colorant qui donnait aux Zingers leur teinte rouge violente. Le colorant lui-même était inoffensif mais ce détail fut lui aussi laissé de côté. Quelque chose s'était produit et l'organisme humain, au lieu d'assimiler le colorant rouge, le rejetait. Le produit défectueux n'entrait dans la composition que d'une seule fournée de céréales, mais il s'agissait d'une fournée colossale. Un médecin expliqua à Vic que si l'on procédait à l'autopsie d'un enfant mort peu après avoir ingurgité un grand bol de Red Razberry Zingers, on découvrirait un appareil digestif aussi rouge qu'un panneau de stop. Cet effet ne pouvait en aucun cas se prolonger, mais une fois encore on préféra ignorer ce détail.

Roger se disait que, tant qu'à couler, autant le faire en luttant jusqu'au bout. Il avait proposé de voir tout cela à fond avec les responsables du studio Image-Eye de

Boston, qui avaient réalisé les spots. Il voulait aussi rencontrer le professeur des céréales Sharp, qui s'était tellement identifié à son rôle que l'affaire l'avait affecté tant sur le plan mental qu'émotionnel. Enfin, se rendre à New York pour voir les personnes chargées du marketing. Et surtout, cela représentait quinze jours à passer au Ritz-Carlton de Boston et au Plaza de New York, quinze jours pendant lesquels Vic et Roger ne se quitteraient pas d'une semelle et analyseraient les données pour tenter de trouver des solutions, comme au bon vieux temps. Roger espérait qu'il en sortirait une campagne de relance qui époustouflerait le vieux Sharp et son gosse. Plutôt que d'aller à Cleveland la nuque dégagée, prête à recevoir le couperet de la guillotine, mieux valait arriver avec des plans de bataille susceptibles de renverser la situation. Voilà pour la théorie. Dans la pratique, ils se rendaient compte tous les deux que leurs chances de réussir étaient aussi minces qu'une feuille de papier à cigarette.

Vic avait d'autres problèmes. Il sentait que, depuis huit mois environ, sa femme et lui s'éloignaient l'un de l'autre. Il l'aimait toujours, et adorait Tad, mais leurs rapports n'avaient cessé d'empirer et il devinait que des événements pénibles — et des périodes difficiles — l'attendaient encore. Juste derrière la ligne d'horizon, peut-être. Ce voyage, ce grand tour qui les conduirait à Boston, à New York puis à Cleveland au moment même où il aurait dû rester à la maison faire des choses en famille, n'était sans doute pas une très bonne idée. Ces derniers temps, quand il contemplait le visage de sa femme, Vic découvrait une étrangère qui lui mentait derrière les angles, les courbes et les méplats qu'il connaissait si bien.

Et une question le tourmentait la nuit, quand il ne parvenait pas à trouver le sommeil, ce qui devenait de plus en plus fréquent. Avait-elle un amant ? Ils ne couchaient plus très souvent ensemble ces dernières semaines. En avait-elle pris un ? Il espérait que non mais que croyait-il ? Sincèrement ? Dites toute la vérité, Mr. Trenton, ou vous paierez cher les conséquences.

Vic n'en était pas sûr. Il ne voulait pas en être sûr. Il craignait qu'une certitude puisse entraîner la rupture de son mariage. Il était vraiment amoureux d'elle, n'avait jamais même envisagé une aventure extra-conjugale et se savait prêt à lui pardonner beaucoup. Mais pas à être cocufié sous son propre toit. Tout sauf porter les cornes ; elles vous sortent des oreilles et vous devenez le drôle de monsieur dont les gamins se moquent dans la rue. Il…

« Pardon ? dit Vic, s'arrachant à sa rêverie. Je n'ai pas entendu, Rog.

— J'ai dit : "Ces saloperies de céréales rouges." Fermez les guillemets. Mot pour mot.

— D'accord, fit Vic. Je bois à leur santé. »

Roger leva son bock. « Je t'en prie », l'encouragea-t-il.

Vic s'exécuta.

Une semaine environ après le déjeuner peu réjouissant de Vic et de Roger au Sous-Marin Jaune, Gary Pervier s'installa sur la pelouse envahie par les mauvaises herbes qui s'étendait devant sa maison, au pied de la Colline des Sept Chênes, sur la route municipale n° 3, pour siroter un cocktail composé d'un quart de jus d'orange surgelé et de trois quarts de vodka Popov. Il resta assis, à l'ombre d'un orme que la végétation menaçait d'étouffer, sur les lanières effilochées d'une chaise longue achetée par correspondance et qui offrait maintenant ses derniers moments de bons et loyaux services. Il buvait de la Popov parce qu'elle était bon marché. Il en avait rapporté une grosse provision du New Hampshire, où l'alcool coûtait moins cher, lors de sa dernière randonnée là-bas. Dans le Maine, la Popov se trouvait à bas prix, mais elle était encore *sacrément* moins chère dans le New Hampshire, État qui se posait là dès qu'il s'agissait des plaisirs de la vie — une loterie nationale florissante, de l'alcool et des cigarettes pour presque rien, des attractions touristiques. Ça, c'était un pays. La chaise longue s'était peu à peu enfoncée dans l'herbe luxuriante, soulevant deux belles mottes de terre. Derrière, la maison paraissait elle aussi laissée à l'abandon ; une ruine grisâtre, à la peinture écaillée et au toit affaissé. Les volets pendaient. La cheminée s'accrochait au ciel comme un ivrogne tente de se relever d'une chute. Des bardeaux, que la dernière tempête de l'hiver avait arrachés à la toiture, tenaient encore miraculeusement aux branches de l'orme mourant. C'est pas le Taj Mahal, disait parfois Gary, mais qu'est-ce qu'on en a à faire ?

En cette étouffante journée de la fin du mois de juin, Gary était soûl comme un âne. Cet état n'avait, le concernant, rien d'exceptionnel. Il ne connaissait Roger Breakstone ni d'Ève ni d'Adam. Il en allait de même pour Vic et Donna Trenton et d'ailleurs le vieil homme n'en avait rien à foutre. Gary Pervier connaissait les Camber et leur chien Cujo ; la famille vivait tout en haut de la colline, au bout de la route. Joe Camber buvait pas mal en compagnie de Gary et celui-ci songea, l'esprit un peu brumeux, que Camber s'était déjà bien engagé sur la pente de l'alcoolisme, pente que Gary avait depuis longtemps dévalée jusqu'en bas.

« Rien qu'un soûlard bon à rien, et j'en ai rien à foutre ! » lança le vieil homme à l'adresse des oiseaux et des bardeaux, dans l'orme malade. Il avala quelques gorgées de son cocktail, fit un pet, écrasa un insecte. L'ombre traversée par les rayons du soleil mouchetait son visage. Derrière la maison, des carcasses de voitures disparaissaient presque entièrement sous les herbes folles. Le lierre, devenu gigantesque, recouvrait la quasi-totalité du mur ouest de la baraque. Une seule fenêtre émergeait à peine, et par beau temps, elle étincelait comme un diamant poussiéreux. Deux ans auparavant, pris d'une colère d'ivrogne, Gary avait balancé par la fenêtre un bureau qui se trouvait à l'étage — il ne se souvenait plus pourquoi, maintenant. Il avait lui-même remplacé les carreaux car les courants d'air glacés de l'hiver approchant s'engouffraient dans la maison, mais le bureau, lui, gisait toujours là où il était tombé. L'un des tiroirs bâillait, semblant tirer la langue.

En 1944, en France, Gary Pervier, alors âgé de vingt ans, avait pris tout seul un nid de mitrailleuses allemand. Pour couronner cet exploit, il avait entraîné le reste de son unité pendant quinze kilomètres avant de s'écrouler, vaincu par les six balles qu'il avait reçues lors de l'attaque de l'abri. Cet acte de bravoure lui valut l'une des plus hautes décorations de sa patrie reconnaissante. En 1968, il demanda à Buddy Torgeson, à Castle Falls, de faire un cendrier avec la médaille. Buddy se montra choqué. Gary lui répliqua qu'il en aurait bien fait faire des chiottes pour pouvoir pisser dedans mais qu'elle était trop petite. Buddy répandit l'histoire, suivant peut-être en cela le souhait de Gary, ou peut-être pas.

Quoi qu'il en soit, cela suscita l'admiration de tous les hippies du coin. Cet été-là, ils passaient leurs vacances avec leurs parents fortunés dans la région des lacs, avant de retourner, en septembre, dans les facs où ils étudiaient apparemment la contestation, la came et le cul.

Après que Buddy Torgeson, qui, à ses heures perdues, faisait de la soudure sur commande, mais travaillait en fait à la station service Esso de Castle Falls, eut transformé la médaille de Gary en cendrier, on put lire une version de l'histoire dans *L'Écho* de Castle Rock. L'article était rédigé par un bouseux du journal qui voyait dans le geste de Gary une manifestation antimilitariste. Ce fut alors que les hippies commencèrent à débarquer chez Gary, sur la route municipale n° 3. La plupart venaient lui crier qu'il avait fait « un truc génial ». D'autres voulaient lui dire qu'il « y allait un peu fort ». D'autres encore, moins nombreux, protestèrent qu'il « charriait vraiment ».

Gary leur montra à tous la même chose, sa Winchester 30-06. Il leur conseilla de débarrasser le plancher. Pour lui, ils n'étaient tous que des trous du cul cradingues et couverts de morpions, de sales petits rouges aux cheveux longs. Et ce n'était pas de leur faire péter la cervelle qui l'empêcherait de dormir. Au bout d'un moment, les hippies cessèrent de venir et ce fut la fin de l'affaire de la médaille.

L'une des balles allemandes avait arraché le testicule droit de Gary Pervier ; un toubib en avait retrouvé les restes dans le caleçon de GI du blessé. Le gauche avait à peu près tenu le coup et il arrivait de temps en temps à Gary de s'en servir pas trop mal. Enfin, de toute façon, disait-il souvent à Joe Camber, il n'en avait pas grand-chose à foutre. Sa patrie reconnaissante l'avait décoré. En février 1945, la direction d'un hôpital parisien l'avait remercié en lui donnant droit à une pension d'invalidité à quatre-vingts pour cent et en faisant de lui un drogué à mort. Pour la fête du Quatre-Juillet 1945, une petite ville américaine lui prouva sa gratitude en lui dédiant un défilé (Gary avait alors vingt et un ans, l'âge de voter, des tempes déjà grisonnantes et le sentiment d'être une vraie petite frappe). Le conseil municipal de la ville en question dispensa à vie le héros de l'impôt sur la propriété. Heureuse initiative car, sans cela, Gary aurait perdu son toit vingt ans auparavant. Il avait troqué la morphine, qu'on refusait désormais de lui fournir, contre du tord-boyaux et s'était mis en devoir d'accomplir la tâche de sa vie, soit se tuer aussi lentement et aussi agréablement que possible.

Aujourd'hui, en 1980, il avait cinquante-six ans, des cheveux tout gris et était méchant comme une teigne. Les trois seules créatures qu'il pouvait encore supporter étaient Joe Camber, son fils Brett et le chien de Brett, Cujo.

Il se renversa dans sa vieille chaise longue délabrée, faillit tomber en arrière puis sirota quelques goulées d'alcool. Il avait obtenu gratuitement dans un McDonald le verre dans lequel il buvait. Une sorte d'animal pourpre figurait sur le verre ; on appelait ça une grimace. Gary prenait souvent ses repas au McDonald de Castle Rock, où l'on trouvait encore des hamburgers pas chers... Les hamburgers y étaient bons, mais pour ce qui était des grimaces... et des cheeseburgers... Gary Pervier s'en fichait éperdument.

Sur sa gauche, une énorme masse fauve se frayait un chemin parmi les hautes herbes et bientôt Cujo, que sa promenade avait conduit par ici, surgit dans la cour à l'abandon. Le chien aperçut Gary et aboya une fois, poli-ment. Puis il s'approcha en remuant la queue.

« Cujo, te voilà mon vieux cochon », le salua Gary. Il posa son verre et fouilla dans ses poches en quête de bis-cuits pour chien. Il en gardait toujours quelques-uns à portée de main pour Cujo. Ça, c'était un chien, une brave bête comme on n'en fait plus.

Gary trouva deux biscuits dans la poche de sa chemise et les tendit à l'animal.

« Assis mon beau. Assis. »

Qu'il se sente cafardeux ou de mauvaise humeur, la

vue de cette bête de cent kilos faisant le beau comme un petit lapin l'amusait toujours.

Cujo obéit, et Gary remarqua la blessure courte, mais assez vilaine, qui cicatrisait sur le museau du chien. Il lui lança les biscuits en forme d'os et Cujo les attrapa sans effort. Le saint-bernard en coinça un entre ses pattes de devant et entreprit de mordiller l'autre.

«Bon chien, lui dit Gary en se penchant pour lui caresser la tête. Bon...»

Cujo se mit à gronder. Venant du fond de la gorge, c'était un son caverneux, presque un écho. Le chien leva la gueule vers Gary et ses yeux exprimaient une telle froideur, un tel calcul, que le vieil homme sentit un frisson lui parcourir l'épine dorsale. Il ôta vivement sa main. Mieux valait ne pas jouer au plus fin avec un chien de la taille de Cujo, à moins d'avoir envie de se torcher les fesses avec un crochet pour le restant de sa vie.

«Qu'est-ce qui se passe, mon vieux?» s'étonna Gary. Il n'avait jamais entendu Cujo grogner, pas une seule fois depuis cinq ans que la bête appartenait aux Camber. À dire vrai, il n'aurait jamais cru que ce bon vieux Cujo aurait pu lui gronder après.

Cujo agita la queue puis s'approcha de Gary pour se faire caresser, comme s'il regrettait sa défaillance momentanée.

«Ah! je te retrouve», fit Gary en ébouriffant la fourrure du grand chien. La semaine avait été torride et, d'après George Meara, qui le tenait de Tante Evvie Chalmers, le pire restait à venir. C'était sans doute vrai, songea Gary. Les chiens souffraient de la chaleur plus encore que les hommes, et il était sûrement naturel qu'une bonne poire comme Cujo devienne irritable une fois de temps en temps. Mais cela lui avait vraiment fait drôle d'entendre Cujo grogner de la sorte. Si Joe Camber lui avait raconté une chose pareille, il ne l'aurait pas cru.

« Va chercher l'autre biscuit », commanda Gary en le lui désignant.

Cujo fit demi-tour, se dirigea vers le gâteau, le prit dans sa gueule — faisant couler un long trait de salive — puis le recracha. Il jeta à Gary un regard d'excuse.

« Eh bien, tu veux pas bouffer ? s'exclama Gary, incrédule. *Toi ?* »

Cujo ramassa le biscuit et le mangea.

« Voilà qui est mieux, l'encouragea Gary. C'est pas un petit coup de chaleur qui va te tuer. Et moi non plus sacré nom, mais j'ai les hémorroïdes qui dégustent. Oh ! et puis j'en ai rien à foutre si elles deviennent aussi grosses que des balles de ping-pong. T'as déjà vu ça ? » Il écrasa un moustique.

Cujo se coucha près de la chaise longue de Gary et celui-ci reprit son verre. Il allait falloir rentrer pour se rafraîchir, comme on disait dans ces conneries de clubs sportifs.

« Rafraîchir mon cul », lança Gary. Il fit un geste en direction du toit de la maison et un filet du mélange poisseux de jus d'orange et de vodka coula sur son bras tanné, décharné. « Vise un peu cette cheminée, mon vieux Cujo. Elle est en train de se casser la gueule. Et tu sais quoi ? Je m'en fiche complètement. Toute la baraque pourrait bien s'écrouler que c'est sûrement pas moi que ça emmerderait. Tu piges ce que j' te raconte ? »

Cujo frappa le sol de sa queue. Il ne comprenait pas ce que L'HOMME lui disait, mais les rythmes étaient familiers et l'intonation apaisante. Il entendait ces diatribes une bonne dizaine de fois par semaine depuis… eh bien, aussi loin que remontaient les souvenirs de Cujo, depuis toujours. Cujo aimait cet HOMME qui gardait constam-

60

ment de la nourriture sur lui. Quelques instants auparavant, le chien avait semblé rechigner devant le biscuit, mais si L'HOMME désirait qu'il mange, il s'exécutait. Alors il pouvait se coucher près de lui — comme maintenant — et écouter le discours rassurant. Dans l'ensemble, Cujo ne se sentait pas très bien. Il n'avait pas grogné après L'HOMME à cause de la chaleur, mais parce qu'il se sentait mal. Pendant une fraction de seconde — rien qu'un instant — il avait éprouvé l'envie de mordre L'HOMME.

« Tu t'es pris le museau dans des ronces, on dirait, remarqua Gary. Qu'est-ce que tu chassais ? Une marmotte ? Un lapin ? »

Cujo remua encore la queue. Les criquets chantaient dans les buissons luxuriants. Derrière la maison, le chèvrefeuille poussait dans toutes les directions, attirant les abeilles somnolentes de cet après-midi d'été. Tout semblait concourir au bien-être de Cujo, mais pourtant, cela n'allait pas. Pas bien du tout.

« Et puis toutes les dents de ce marchand de cacahuètes[1] minable pourraient bien tomber, avec celles de Raie-Gagne aussi, que j'en aurais vraiment rien à foutre », déclara Gary avant de se lever en chancelant. La chaise longue s'écroula. Si vous aviez deviné que Gary Pervier s'en fichait éperdument, vous auriez vu juste. « Excuse-moi mon vieux. » Il rentra pour se confectionner un nouveau cocktail. La cuisine, envahie par les mouches, était un véritable capharnaüm de sacs poubelle éventrés, de boîtes de conserve vides, et de cadavres de bouteilles.

Lorsque Gary ressortit, un verre plein à la main, Cujo avait disparu.

---

1. Jimmy Carter. (*N.d.T.*)

En ce dernier jour du mois de juin, Donna Trenton rentrait du centre de Castle Rock (que les autochtones appelaient « la grand-rue », mais elle avait réussi jusqu'à présent à éviter ce tic) où elle venait de déposer Tad au club de vacances et de faire quelques courses au supermarché. Elle avait chaud et se sentait fatiguée ; la vue du vieux fourgon de Steve Kemp, un Ford orné de fresques criardes représentant un désert, la mit en rage.

Sa colère couvait depuis le matin. Vic lui avait parlé de son voyage imminent au petit déjeuner, et comme elle s'indignait de devoir rester toute seule avec Tad pendant dix jours au moins, peut-être quinze ou Dieu savait combien, son mari lui avait expliqué clairement leur situation. Il l'avait effrayée et c'était une chose qu'elle ne supportait pas. Jusqu'à ce matin, Donna avait considéré l'histoire des Red Razberry Zingers comme une plaisanterie — une bonne blague faite aux dépens de Vic et de Roger. Elle ne se serait jamais imaginé qu'une affaire aussi absurde pût avoir des conséquences aussi graves.

Puis Tad avait rechigné pour aller au club, se plaignant que le vendredi précédent, un garçon plus grand l'avait fait tomber. Le gamin en question s'appelait Stanley Dobson et Tad craignait que ce Stanley ne recommence aujourd'hui. Il avait pleuré et s'était accroché à elle lorsqu'ils s'étaient arrêtés devant le terrain de l'Association des anciens combattants où se tenait le camp ; elle avait dû décrocher un à un les petits doigts de son chemisier, se donnant l'impression d'être une vraie nazie : *Tu fas âller à ton camp, ja ? Ja mein Mamma !* Tad paraissait parfois si *jeune* pour son âge, si fragile. Ne devait-on pas attendre justement des enfants qu'ils se montrent précoces et pleins de ressources ? Les doigts maculés de chocolat de son fils avaient taché son chemisier. Les empreintes lui rappelèrent les marques sanglantes qui figuraient parfois sur les couvertures des romans policiers bon marché.

Pour arranger les choses, en rentrant à la maison sa petite Ford, une Pinto, s'était mise à tressauter, à avancer par à-coups comme si elle souffrait de hoquet. Cela avait fini par se calmer mais il n'y avait aucune raison pour que cela ne recommence pas, et…

… Et pour couronner le tout, Steve Kemp était là.

«Bon, fini les conneries», grommela-t-elle en saisissant son cabas plein ; puis elle sortit de la voiture. Vingtneuf ans, grande, jolie, brune aux yeux gris, Donna réussissait à paraître relativement fraîche malgré la chaleur accablante, sa blouse tachée et son short anthracite qui lui collait aux hanches et aux fesses.

Elle grimpa quatre à quatre les marches du perron et s'engouffra dans la maison. Steve s'était installé dans le fauteuil de Vic. Il sirotait l'une des bières de Vic et fumait une cigarette qui sans doute lui appartenait. La télévision marchait et là, en couleurs, se déroulaient les drames de *L'Hôpital*.

«Et voilà la princesse», s'exclama Steve avec ce sourire de côté qu'elle trouvait au début si charmeur et redoutable à la fois. «J'ai cru que tu n'allais jamais…

— Fous le camp d'ici tout de suite», fit-elle sans élever la voix. Donna pénétra dans la cuisine, posa son sac sur la paillasse et entreprit de le vider. Elle ne parvenait pas à se rappeler la dernière fois qu'elle avait éprouvé une telle colère, une rage qui lui nouait l'estomac en une boule douloureuse. Peut-être lors d'une de ses interminables disputes avec sa mère. L'une de ces véritables scènes d'horreur qui se passaient avant qu'elle parte pour l'école. Quand Steve arriva par-derrière et entoura de ses bras bronzés le ventre nu de la jeune femme, elle ne réfléchit pas ; elle lui enfonça les coudes dans l'abdomen. Donna ne se calma pas lorsqu'elle comprit qu'il avait deviné son geste. Il jouait beaucoup au tennis et elle eut l'impression de frapper un mur de pierre recouvert d'une couche de caoutchouc rigide.

Elle fit volte-face et leva les yeux vers le visage barbu et souriant. Elle mesurait un mètre soixante-dix-sept et dépassait Vic de deux bons centimètres lorsqu'elle portait des talons, mais Steve approchait les un mètre quatre-vingt-treize.

« Tu n'as pas entendu ? Je t'ai dit de *sortir* d'ici !

— Et pourquoi donc ? demanda-t-il. Le chérubin est parti se fabriquer des pagnes en perles ou jouer à Guillaume Tell avec un arc et des flèches… ou à n'importe quoi d'autre… et le petit mari est en train de s'éreinter au bureau… alors il est l'heure pour la plus jolie *Hausfrau* de Castle Rock et pour le poète champion de tennis, lui aussi de Castle Rock, de faire sonner le début de la rencontre sexuelle.

— J'ai vu que tu t'étais garé juste dans l'allée, fit remarquer Donna. Pourquoi ne pas tout simplement afficher sur ton fourgon JE BAISE DONNA TRENTON ou quelque chose d'aussi intelligent que ça ?

— J'avais de bonnes raisons de me garer là, répondit Steve sans se départir de son sourire. J'ai rapporté ta commode à l'arrière. Débarrassée de tout ce qu'il y avait dessus. Exactement comme je voudrais que tu sois, ma très chère.

— Tu peux la laisser devant la porte, je m'en occuperai. Je te fais un chèque pendant que tu vas la chercher. »

Le sourire de son amant s'altéra quelque peu. Pour la première fois depuis qu'elle était rentrée, le charme superficiel s'effaça légèrement, laissant entrevoir la véritable personnalité qu'il dissimulait. Et ce qu'elle découvrait ne lui plaisait pas du tout ; l'idée qu'elle ait pu entretenir des rapports avec un tel personnage l'atterrait. Elle avait menti à Vic, était sortie en cachette pour coucher avec Steve Kemp. Donna espérait que ce qu'elle éprouvait maintenant correspondait à un réveil, comme après un méchant accès de fièvre ; à une prise de conscience : elle était la compagne de Vic. Mais si elle approfondissait un peu, elle était tout simplement en train de se rendre compte que Steve Kemp — ce poète édité, réparateur de meubles, tapissier, bon joueur de tennis amateur, partenaire idéal pour femmes seules l'après-midi — était une ordure.

« Reprends-toi, lui conseilla-t-il.

— Bien sûr, personne ne peut plaquer Steve Kemp, si séduisant, si sensible, répliqua-t-elle. Ce doit être une plaisanterie. Mais cela n'en est pas une. Alors mon cher et séduisant Steve Kemp, il ne te reste plus qu'à déposer la commode devant la porte, prendre ton chèque et disparaître.

— Ne me parle pas comme ça, Donna. » Il posa la main sur le sein de la jeune femme et serra. Cela fit mal. À sa colère se mêla une sensation de frayeur. (Mais n'avait-elle pas peur depuis le début ? La rage était-elle seule responsable des frissons qui la parcouraient ?)

Elle repoussa la main d'une claque.

« T'avise pas de me casser les pieds, Donna. » Il ne souriait plus. « Il fait trop chaud.

— *Moi* ? *Te* casser les pieds ? C'est toi qui étais là quand je suis rentrée. » Avoir peur de lui achevait de la mettre hors d'elle. Il avait une barbe noire et fournie qui lui dissimulait tout le bas du visage jusqu'aux pommettes et elle s'aperçut soudain que, même si elle avait vu son pénis de près — l'avait pris dans sa bouche —, elle ne connaissait pas vraiment les traits de Steve.

« Qu'est-ce que ça veut dire ? s'emporta-t-il. Ça te chatouillait un peu et maintenant que je t'ai grattée je peux aller me faire voir, c'est ça ? Ce que je ressens, moi, t'en as rien à foutre ?

— De l'air », dit-elle, puis elle l'écarta d'une bourrade pour pouvoir ranger le lait dans le réfrigérateur.

Cette fois-ci, il ne s'y attendait pas. Le coup lui fit perdre l'équilibre et il dut reculer d'un pas. Brusquement, son front se plissa et ses joues s'enflammèrent. Donna l'avait parfois vu ainsi sur les courts de tennis qui se trouvaient derrière le lycée de Bridgton. Quand il ratait une balle facile. Elle l'avait regardé jouer à plusieurs reprises — y compris deux sets où il avait écrasé avec une facilité déconcertante son mari soufflant et pantelant — et, les rares fois où elle l'avait vu perdre, songer aux relations qui les unissaient l'avait mise extrêmement mal à l'aise. Il avait publié des poèmes dans plus d'une vingtaine de petites revues, et un livre, *À la poursuite du couchant*, dans une maison de Baton Rouge appelée Les Éditions d'Au-Dessus du Garage. Il était diplômé de l'université de Drew, dans le New Jersey, avait des idées bien arrêtées sur l'art moderne, la question d'un éventuel référendum sur le nucléaire dans le Maine, la filmographie d'Andy Warhol, et prenait une double faute de la même façon que Tad accueillait l'heure du coucher.

Il fondit sur Donna, la prit par l'épaule et la força à se retourner. Elle laissa échapper le carton de lait qui éclata en tombant sur le sol.

« Voilà, regarde-moi ça, lança Donna. Belle façon de s'en aller pour un crack comme toi.

— Écoute, tu ne crois pas que je vais me laisser virer comme ça. Tu…

— *Fous le camp !* » lui hurla-t-elle en pleine figure, lui couvrant les joues et le front de postillons. « *Qu'est-*

66

ce qu'il faut que je fasse pour que tu comprennes ? On ne
veut pas de toi ici ! Faut te faire un dessin ? Dégage et va
combler une autre bonne femme ailleurs !

— Espèce de petite salope», grinça-t-il. Sa voix
résonnait lugubrement, son visage se tordait. Il ne voulait pas lui lâcher le bras.

«Tu n'as qu'à garder la commode. Fous-la à la
décharge.»

Elle parvint à se dégager et saisit l'éponge rangée au-
dessus de l'évier. Ses mains tremblaient, elle avait mal
au ventre et sa tête commençait à la faire souffrir. Elle
songea qu'elle allait bientôt vomir.

Elle s'agenouilla et entreprit d'essuyer le lait répandu.

«Eh bien, tu ne te prends pas pour rien, dit Steve.
Depuis quand t'as un cul en or ? Tu aimais ça pourtant.
Tu en redemandais.

— Tu as bien raison d'employer le passé, champion»,
répondit-elle sans lever les yeux. Ses cheveux dissimulaient son visage et elle préférait cela. La jeune femme
ne voulait pas qu'il pût se rendre compte combien elle
était pâle, à quel point elle se sentait malade. Elle avait
l'impression d'avoir été plongée en plein cauchemar.
Donna était certaine que si elle avait pu se contempler
dans un miroir à cet instant précis, elle y aurait découvert
une horrible sorcière grimaçante. «Va-t'en, Steve. Je ne
le répéterai pas.

— Et si je refuse ? Tu vas appeler le shérif Bannerman ? C'est ça. Tu n'auras qu'à dire : Bonjour, George,
je suis la femme de Mr. Businessman et le type avec qui
je baisais de temps en temps ne veut pas s'en aller. Vou-
driez-vous venir le faire déguerpir s'il vous plaît. Alors,
c'est ça que tu vas lui dire ?»

La peur la tenaillait vraiment maintenant. Avant
d'épouser Vic, elle exerçait la profession de bibliothécaire

scolaire, et sa terreur était toujours, lorsqu'elle intimait pour la troisième fois — et de sa plus grosse voix — aux enfants l'ordre de se taire, *tout de suite*, qu'ils ne lui obéissent pas. Ils l'avaient toujours écoutée — suffisamment du moins pour surmonter le moment critique — mais qu'aurait-elle fait s'il n'en avait rien été ? Quelle solution lui serait-il restée ? Cette question la terrorisait. Elle craignait qu'elle pût un jour se poser et cela la tourmentait même la nuit. Donna avait à chaque fois hésité à employer sa voix la plus terrible et ne s'y était résolue qu'en cas de dernière extrémité. Car c'était là, dans un cri perçant, que s'arrêtait la civilisation ; là que le bitume redevenait poussière. Si les enfants refusaient d'obéir à votre plus grosse voix, il ne vous restait plus qu'un seul recours, le hurlement.

Elle éprouvait à cet instant une peur analogue. La seule réponse qu'elle pût fournir à cet homme qui la narguait était de hurler s'il s'approchait trop près. Mais le fallait-il ?

« Va-t'en, répéta-t-elle d'un ton plus sourd. Je t'en prie. C'est fini.

— Et si moi je décide que non ? Si j'ai envie de te violer là, par terre dans cette flaque de lait ? »

Elle l'observa à travers sa frange de cheveux. Dans un visage encore livide, ses yeux agrandis s'auréolaient d'un cercle de chair blanche. « Alors tu devras te battre. Et si j'ai la possibilité de t'arracher les couilles ou de te crever un œil, dis-toi bien que je n'hésiterai pas. »

Une fraction de seconde, juste avant que les traits de l'homme ne se durcissent, Donna crut y déceler de l'incertitude. Il la savait rapide et d'une assez bonne trempe. Au tennis, il la battait mais elle lui donnait du fil à retordre. Ses yeux et ses testicules n'avaient sans doute rien à craindre, mais il ne s'en tirerait pas sans éraflures sur la figure. Le tout était de savoir jusqu'où il désirait aller. Elle perçut dans l'atmosphère de la cuisine une odeur lourde et âcre, une bouffée sauvage, puis prit conscience avec effroi qu'il s'agissait de sa terreur et de sa rage qui jaillissaient de ses pores.

« Je vais ramener la commode à l'atelier, décida-t-il. Pourquoi n'enverrais-tu pas ton beau petit mari la chercher, Donna ? On pourrait avoir une petite conversation lui et moi. On parlerait de châssis. »

Il quitta la pièce et claqua si violemment la porte d'entrée donnant sur la salle de séjour qu'il faillit briser la vitre. Le moteur du fourgon rugit bientôt, tournant d'abord au ralenti, puis accélérant enfin tandis que Steve enclenchait la première. Il fit hurler les pneus en démarrant.

Donna finit de nettoyer le sol, lentement, se levant parfois pour essorer l'éponge imbibée de lait dans l'évier d'inox. Elle regarda le liquide se précipiter vers l'orifice d'écoulement. Un tremblement inextinguible, dû tant au soulagement qu'à la réaction nerveuse, l'agitait tout entière. Elle avait à peine entendu la menace voilée de Steve Kemp de tout raconter à Vic. Elle ne parvenait qu'à ressasser l'enchaînement d'événements qui avait abouti à une scène si pénible.

La jeune femme croyait sincèrement qu'elle s'était laissé entraîner par hasard dans cette liaison avec Steve Kemp. C'était comme une canalisation d'eau sale qui explose. Elle songea qu'un égout analogue passait sans aucun doute sur le parterre de gazon bien tenu de chaque ménage américain.

Elle ne voulait pas venir s'installer dans le Maine et avait été affolée quand Vic lui en avait parlé. Malgré plusieurs séjours là-bas (peut-être était-ce justement ces vacances qui l'en avaient persuadée). Donna s'était imaginé une région boisée et désolée où la neige, l'hiver, pouvait atteindre six mètres de profondeur et où les gens restaient virtuellement coupés du monde. L'idée de conduire son bébé dans un milieu si inhospitalier la glaçait. Elle avait envisagé — elle en avait même fait part à Vic — de soudaines et violentes tempêtes de neige le contraignant à rester à Portland pendant qu'elle serait immobilisée avec Tad à Castle Rock. Et si Tad avalait des comprimés lors d'une telle tempête, s'il se brûlait à la cuisinière ou Dieu sait quoi encore ? Ses réticences correspondaient peut-être aussi à un refus catégorique de quitter la vie trépidante et excitante de New York.

Mais, à bien réfléchir, elle n'avait pas prévu le plus difficile. Le pire avait été la conviction exaspérante qu'Ad Worx échouerait et qu'ils devraient rentrer la queue entre les jambes. Ils avaient évité cela car Vic et Roger s'étaient tués à la tâche. Mais cela signifiait aussi qu'on la laissait à la maison avec un enfant déjà grand et trop de temps libre.

Elle pouvait compter les vrais amis qu'elle avait eus depuis l'enfance sur les doigts d'une seule main. Elle savait que ceux-là le resteraient toujours, quoi qu'il arrive, mais elle n'avait jamais pu se lier rapidement ou facilement. Elle avait songé à demander des équivalences de ses diplômes — cela ne posait pas de problèmes entre New York et le Maine ; il suffisait de remplir quelques papiers. Elle aurait pu alors s'adresser au recteur de l'académie du Maine et proposer sa candidature à un poste d'auxiliaire au lycée de Castle Rock. Mais l'idée était ridicule et les quelques chiffres que lui indiqua sa calculatrice de poche contraignirent Donna à abandonner son projet. L'essence et la nourrice engloutiraient les vingt-huit dollars qu'une journée de cours pourrait lui rapporter.

Me voilà devenue la légendaire ménagère américaine

type, avait-elle songé lugubrement un après-midi de l'hiver dernier en regardant la neige fondue s'écraser contre les doubles fenêtres de la véranda. Rester à la maison, faire déjeuner Tad de saucisses de Francfort-haricots ou de soupe Campbell-tartines de fromage, apprendre un peu de vécu en retrouvant Lisa dans *Le Monde d'aujourd'hui* et Mike dans *Les Jeunes et la délinquance*, trépigner devant les jeux télévisés. Elle aurait pu aller voir Joanie Welsh qui avait une petite fille du même âge que Tad, mais elle ne se sentait jamais très à l'aise avec Joanie. Plus âgée que Donna de trois ans, elle pesait cinq kilos de plus. Cet excès de poids ne semblait pas la gêner. Elle affirmait que son mari la préférait ainsi. Joanie paraissait satisfaite de sa vie à Castle Rock.

Petit à petit, la saleté avait commencé à s'accumuler dans le conduit. Donna s'en prit à Vic pour des broutilles, escamotant les vrais problèmes car ils étaient trop difficiles à définir et plus difficiles encore à avouer tout haut. Des problèmes comme la sensation d'être désorientée, la peur, le vieillissement, comme la solitude, et la terreur qu'elle inspire ; comme fondre en larmes sans raison en entendant à la radio un ancien tube datant du lycée. Se sentir jalouse de Vic, car lui au moins se battait tous les jours pour construire quelque chose, jouant les chevaliers errants porteurs d'un bouclier aux armes de la famille tandis qu'elle restait coincée ici, à tenir compagnie à Tad, l'égayer lorsqu'il était de mauvaise humeur, prêter une oreille attentive à ses babillages, préparer ses repas. Cela évoquait la vie des tranchées. Attendre et écouter en constituaient l'essentiel.

Tout le temps elle s'était dit que la situation s'améliorerait quand Tad serait plus vieux ; le fait de découvrir qu'il n'en était rien la plongea dans l'effroi. L'année précédente, l'enfant passait trois matinées par semaine à la maternelle Jack et Jill; cet été il restait cinq après-midi par semaine au club de vacances. Dès qu'il était parti, la maison semblait atrocement vide. L'embrasure des portes ouvertes bâillait sans Tad pour la remplir; la cage d'escalier béait quand Tad ne se trouvait pas assis sur une marche, sa culotte de pyjama à demi descendue, en train de dévorer intensément un livre d'images.

Les portes étaient des gueules, l'escalier une gorge. Les chambres vides devinrent des pièges.

Alors Donna se mit à laver des planchers qui n'avaient pas besoin d'être lavés. Les produits de nettoyage l'obsédèrent. Elle pensa à Steve Kemp, avec qui elle avait eu un flirt sans conséquence, quand il était arrivé, en automne dernier, dans un fourgon immatriculé en Virginie et avait monté une petite affaire de réparation de meubles. Elle s'était surprise à regarder la télé sans la voir, l'esprit trop occupé à songer au contraste que formait la peau bronzée de Steve avec le blanc de ses tennis, ou à la façon dont ses fesses se soulevaient quand il courait. Elle avait fini par se décider. Et maintenant…

La jeune femme sentit le cœur lui monter aux lèvres et elle se précipita vers la salle de bains, la main plaquée contre sa bouche, les yeux fixes, écarquillés. Elle vomit un peu, salissant tout ce qui se trouvait à portée. Elle fixa les souillures du regard et rendit encore, dans un grognement.

Son estomac une fois calmé (ses jambes furent prises alors de tremblements, un mal chassant l'autre), Donna se regarda dans le miroir de la salle de bains. Le néon jetait sur son visage une lumière crue et peu flatteuse. Un teint cadavérique, des yeux cerclés de rouge. Ses cheveux collés au crâne formaient un casque disgracieux. Elle sut à quoi elle ressemblerait quand elle serait vieille et le plus terrifiant fut qu'à cet instant précis, si Steve Kemp avait été là, elle se serait donnée à lui, simplement pour qu'il la serre dans ses bras, l'embrasse et lui assure qu'elle n'avait aucune raison d'avoir peur, que le temps n'était qu'un mythe et la mort un rêve, que tout allait bien.

Un son jaillit du fond de sa gorge, un sanglot si aigu qu'il n'avait pu naître dans sa poitrine. Un hurlement de folle.

Elle baissa la tête et pleura.

Charity Camber se laissa tomber sur le grand lit qu'elle partageait avec son époux, Joe, et contempla ce qu'elle tenait entre les mains. Elle rentrait tout juste du super-marché, celui que fréquentait également Donna Trenton. Elle avait les pieds et les mains gourds, les joues glacées comme quand elle prenait trop longtemps l'autoneige avec Joe. Mais le lendemain serait le premier juillet ; l'autoneige était rangée dans le hangar du fond, soigneu-sement recouverte d'une bâche.

Ce n'est pas possible. Ce doit être une erreur.

Mais il n'y avait pas d'erreur. Elle avait vérifié une demi-douzaine de fois et il n'y avait pas d'erreur.

Après tout, il fallait bien que ça arrive à quelqu'un, *n'est-ce pas ?*

Oui, bien sûr. À *quelqu'un*. Mais à *elle ?*

Elle entendait Joe qui frappait sur quelque chose dans son garage, un son puissant qui résonnait dans la chaleur de l'après-midi, un marteau façonnant une pièce de métal léger. Un silence et puis, étouffé : « Merde ! »

Le marteau s'abattit une fois encore, puis il y eut une pause plus longue. Enfin son mari hurla : « *Brett !* »

Elle se ratatinait toujours un peu quand il élevait ainsi la voix pour appeler son fils. Brett aimait énormément son père, mais Charity n'avait jamais su exactement ce que Joe éprouvait pour l'enfant. C'était une pensée affreuse, mais qui exprimait néanmoins la vérité. Une nuit, environ deux ans auparavant, elle avait fait un cauchemar horrible, l'un de ceux qu'elle n'était pas près d'oublier. Dans son rêve, son mari plongeait une fourche en plein dans la poitrine de Brett. Les dents traversaient le corps du petit garçon pour lui ressortir dans le dos, soulevant son tee-shirt comme des piquets tendent la toile d'une tente. *Ce petit salaud n'est pas venu quand je l'ai appelé*, lui expliquait le mari de son rêve. Elle s'était alors réveillée dans un sursaut au côté de son véritable époux qui, vêtu de son seul caleçon, dormait profondément, cuvant sa bière. Par la fenêtre, un rayon de lune tombait sur le lit où elle s'était assise, clair de lune qui perçait l'obscurité froide et sale, et elle avait compris ce que peut signifier avoir peur, compris que la peur se présentait sous les traits d'un monstre aux dents jaunes envoyé par un Dieu en colère pour dévorer les imprudents et les faibles. Joe l'avait battue plusieurs fois au cours de leur vie conjugale, et elle avait retenu la leçon. Peut-être n'était-elle pas un génie, mais sa mère n'avait sûrement pas élevé des *imbéciles*. Elle exécutait maintenant les ordres de Joe sans discuter. Elle supposait que Brett agissait de même. Mais elle craignait parfois pour son enfant.

Charity s'approcha à temps de la fenêtre pour voir Brett traverser la cour en courant puis s'engouffrer dans la grange. Cujo, abattu et souffrant apparemment de la chaleur, le suivait péniblement.

Assourdi : « Tiens-moi ça, Brett. »

À peine perceptible : « Bien sûr, papa. »

Le martèlement reprit aussitôt, cet impitoyable bruit de pic à glace : *Bing ! Bing ! Bing !* Elle imagina Brett maintenant deux objets l'un contre l'autre — un burin contre un palier refroidi ou une cheville sur un gros boulon et son mari, une Pall Mall coincée entre ses lèvres minces, ses manches relevées, balançant un marteau de près de trois kilos. Et s'il avait bu… s'il ratait ne serait-ce que d'un millimètre sa cible…

Elle se représenta le cri d'agonie de son fils au moment où le marteau lui écrasait la main, la transformant en une masse de chair éclatée et sanglante ; Charity croisa les bras sur sa poitrine pour chasser la vision de son esprit.

Elle baissa à nouveau les yeux sur ce qu'elle tenait et se demanda si elle trouverait comment l'employer. Plus que tout au monde elle aurait voulu aller voir sa sœur, Holly, dans le Connecticut. Cela faisait six ans maintenant, c'était en été 1974 — elle s'en souvenait parfaitement car, hormis l'agréable week-end en question, cet été s'était avéré particulièrement pénible pour elle. C'était en 1974 que Brett avait commencé à l'inquiéter la nuit — agitation, cauchemars et surtout crises de somnambulisme de plus en plus fréquentes — et que Joe s'était mis à s'enivrer. Le sommeil de l'enfant avait fini par se calmer et le somnambulisme par s'arrêter. Joe, lui, avait continué de boire.

Brett avait alors quatre ans ; il était aujourd'hui âgé de dix ans et ne se rappelait même pas sa tante Holly, qui était mariée depuis six ans. Elle avait eu un petit garçon, qui portait le même prénom que son mari, et une fillette. Charity ne connaissait ni l'un ni l'autre, ses propres neveux, sinon sur les photos que Holly lui envoyait parfois.

Elle n'osait plus demander à Joe d'y aller. Il en avait assez de l'entendre en parler et elle craignait qu'une nouvelle allusion ne déclenchât des coups. La dernière fois qu'elle avait proposé de prendre éventuellement quelques jours de vacances dans le Connecticut remontait à seize mois. Joe Camber n'était pas très porté sur les voyages.

Rien pour lui ne valait Castle Rock. Une fois l'an, il se rendait dans le nord, à Moosehead, pour chasser le cerf avec ce vieil ivrogne de Gary Pervier et quelques autres compères. En novembre dernier, il avait voulu emmener Brett. Charity s'y était opposée et avait tenu bon, malgré les grommellements de Joe et les regards vexés de Brett. Elle n'allait pas laisser son fils partir quinze jours avec cette bande, à écouter des plaisanteries graveleuses, un langage ordurier et à voir en quelles bêtes pouvaient se métamorphoser des hommes qui avaient bu plusieurs jours, voire plusieurs semaines de suite. Tous errant dans les bois, armés de fusils chargés. Des fusils prêts à partir, des chasseurs ivres, il finissait toujours par se produire un accident, avec ou sans gilets et chapeaux fluorescents. Brett ne serait pas la prochaine victime. Pas son fils.

Le marteau n'avait pas cessé de battre l'acier, en cadence. Le bruit s'interrompit. Charity se détendit légèrement. Puis le martèlement reprit.

Elle songea qu'un jour ou l'autre, Brett finirait par partir avec eux, et elle perdrait son fils. Il entrerait dans leur cercle et elle ne représenterait plus pour lui que la bonne à tout faire, la domestique. Ce jour viendrait, elle le savait et elle l'appréhendait. Mais elle avait au moins réussi à faire reculer l'échéance d'une année.

Et cet automne ? Arriverait-elle à le garder à la maison en novembre prochain ? Peut-être pas. En tout cas, il serait préférable — pas parfait mais au moins préférable — de pouvoir conduire Brett d'abord dans le Connecticut. L'emmener là-bas et lui montrer comment…

… comment…

Oh ! dis-le puisque personne ne l'entendra.

(comment vivent les gens bien.)

Si Joe les laissait partir tous les deux… mais ce n'était même pas la peine d'y penser. Joe avait le droit de s'absenter tout seul ou avec des amis, mais elle non, même si Brett la chaperonnait. Cela constituait l'une des règles de base de leur mariage. Elle ne parvenait pas à chasser l'idée que tout serait tellement mieux sans lui — sans lui assis dans la cuisine de Holly à se saouler de bière, à dévisager Jim, le mari de Holly, de ses petits yeux bruns et insolents. Ce serait tellement mieux sans lui, si pressé de repartir que Jim et Holly auraient hâte de les voir s'en aller…

Elle et Brett.

Rien qu'eux deux.

Ils pourraient prendre le car.

Elle se dit : En novembre dernier, il voulait emmener Brett chasser avec lui.

Elle se dit : Ne pourrait-on pas trouver un arrangement ?

Charity frissonna, le froid la pénétra soudain jusqu'aux os. Pouvait-elle *vraiment* lui proposer un tel marché ? Permettrait-elle à Joe d'emmener Brett avec lui à Moosehead s'il les laissait en échange se rendre à Stratford en car… ?

L'argent — maintenant il y en avait — suffirait au voyage, mais pas à le convaincre. Il prendrait toute la somme et elle n'en verrait plus la couleur. À moins qu'elle ne joue sa carte exactement comme il fallait. Exactement…

Ses pensées se précipitèrent. Les coups de marteau s'arrêtèrent. Elle aperçut Brett quitter la grange en courant et sentit confusément naître en elle une vague de soulagement. Charity avait la prémonition que, s'il devait un jour arriver quelque chose à son fils, ce serait dans cet endroit sombre dont le plancher maculé de graisse disparaissait sous la sciure de bois.

Il existait un moyen. Il existait *sûrement* un moyen.

Elle voulait tenter le coup.

Elle tenait à la main un billet de loterie. Debout près de la fenêtre, elle le tourna et le retourna pensivement entre ses doigts.

Lorsque Steve Kemp rentra à sa boutique, il était fou de rage. Il vivait dans la banlieue ouest de Castle Rock, sur la route 11. Le propriétaire des locaux était un fermier qui avait des biens à la fois à Castle Rock et à Bridgton ; un imbécile fini.

À l'intérieur de la boutique, la cuve de nettoyage de Steve (un récipient de tôle ondulée qui paraissait suffisamment grand pour y faire bouillir toute une colonie de missionnaires) monopolisait l'attention. Disposées autour de la cuve tels de petits satellites encerclant une grosse planète, on découvrait ensuite ses commandes : des bureaux, des armoires, de la vaisselle, des placards, des bibliothèques, des tables. L'atmosphère sentait bon le vernis, les produits décapants, l'huile de lin.

Du linge propre attendait Steve dans un vieux sac de voyage TWA ; le séducteur avait prévu de se changer après avoir fait l'amour à cette ravissante petite conne. Il jeta le sac avec violence à travers l'atelier. L'objet heurta le mur du fond avant d'atterrir sur une commode. Steve fondit sur le sac, y donna un grand coup qui le fit tomber. Il le cueillit du pied et le projeta contre le plafond, puis le laissa s'écraser au sol où il l'abandonna, gisant sur le côté tel le cadavre d'une marmotte. Steve resta debout, le souffle court, respirant l'air lourd de la boutique, à fixer d'un regard vide les trois chaises qu'il avait promis de rempailler avant la fin de la semaine. Il avait passé ses pouces à l'intérieur de sa ceinture, mais gardait les poings serrés. Sa lèvre inférieure pendait. Il ressemblait à un gosse boudant après une engueulade.

«La salope», lâcha-t-il en se précipitant sur le sac. Il allait lui donner un nouveau coup de pied mais se ravisa et le ramassa. Il traversa l'atelier et entra dans le trois-pièces contigu. Il faisait encore plus chaud dans la maison. Ce mois de juillet était une vraie fournaise. Cela finissait par vous monter à la tête. La cuisine était encombrée de vaisselle sale. Les mouches tournoyaient autour d'un sac poubelle rempli de boîtes de thon et de corned beef. Dans la salle de séjour trônait un énorme téléviseur, un vieux Zenith en noir et blanc que Steve avait sauvé de la décharge publique. Un gros chat coupé au pelage tacheté et répondant au nom de Bernie Carbo dormait sur le poste de télé, si profondément qu'on l'eût cru mort.

La chambre à coucher lui servait aussi de bureau. Le lit pliant défait montrait des draps raides de sperme. Quel que fût le nombre de ses aventures (qui, ces deux dernières semaines, avoisinait le zéro), il pratiquait assidûment la masturbation. Il considérait cet exercice comme un signe de créativité. De l'autre côté du lit se trouvait son bureau qu'occupait une vieille machine à écrire Underwood. De part et d'autre du meuble s'empilaient des manuscrits qu'on retrouvait aussi, rangés dans des boîtes ou maintenus par de simples bandes élastiques, entassés dans un coin de la chambre. Steve écrivait beaucoup et déménageait constamment; ses écrits — surtout des poèmes, quelques articles, une pièce surréaliste dont les personnages ne prononçaient pas plus d'une dizaine de mots et un roman qui connaissait déjà six versions mais aucune satisfaisante — constituaient la majeure partie de ses bagages. Cela faisait cinq ans qu'il n'avait pas vécu suffisamment longtemps quelque part pour vider complètement cartons et valises.

Un jour, lors du précédent mois de décembre, il avait découvert dans sa barbe les premiers poils gris. Cela l'avait plongé dans une déprime qui dura plusieurs semaines. Il ne s'était plus rasé depuis, comme si le fait de couper le poil pouvait provoquer le grisonnement. Il avait trente-huit ans. Il se refusait à penser qu'il était aussi vieux, mais parfois cette évidence arrivait à le prendre par surprise. L'idée d'être aussi âgé — moins de sept cents jours le séparaient de la quarantaine — le terrifiait. Il avait toujours cru que seuls les autres pouvaient atteindre quarante ans.

Cette garce, se répétait-il inlassablement. Cette *garce*.

Steve avait laissé tomber des dizaines de femmes depuis le jour où, encore lycéen, il s'était fait dépuceler par une remplaçante française, jolie fille un peu mystérieuse et assez fragile, mais lui n'avait pas été plaqué plus de deux ou trois fois. Il avait le don de pressentir la rupture prochaine et de s'en aller le premier. Cela constituait un moyen de défense, comme de se défausser d'une bonne carte plutôt que de tenter l'impasse. Il fallait le faire à temps si l'on ne voulait pas se laisser avoir. C'était une manière de se protéger. De même qu'on essaie de ne pas penser à son âge. Steve s'était rendu compte que Donna s'éloignait, mais il l'avait prise pour une femme facile à manipuler, du moins pour quelque temps, en faisant agir certains facteurs d'ordre sexuel et psychologique. La peur, pour appeler les choses par leur nom. S'être laissé ainsi surprendre le mettait en rage en même temps que cela le blessait. Il gardait l'impression d'avoir été fouetté jusqu'au sang.

Il se déshabilla, jeta son portefeuille et ses vêtements sur le bureau, entra dans la salle de bains et prit une douche. Lorsqu'il revint dans la chambre, il se sentait un peu mieux. Il enfila un jean et une chemise de guingan délavée qu'il tira de son sac de voyage. Il ramassa son linge sale, le fourra dans l'une des poches extérieures de la sacoche et s'immobilisa pour contempler pensivement son portefeuille. Plusieurs cartes de visite en étaient tombées. Trop nombreuses, elles avaient toujours tendance à sortir.

Le portefeuille de Steve Kemp en recelait une véritable collection. Steve récupérait presque systématiquement les cartes de visite et les y entassait. Elles faisaient de jolis signets et le dos convenait parfaitement pour noter une adresse, un renseignement ou un numéro de téléphone. Il en prenait parfois deux ou trois quand il se trouvait chez un plombier ou s'il tombait sur un représentant de compagnie d'assurances, les gratifiant d'un grand sourire mielleux.

Un après-midi où il était allé retrouver Donna, il avait remarqué sur le téléviseur la carte du mari trompé. Donna prenait sans doute une douche. Il s'était emparé du bristol, sans véritable motif sinon sa manie de collectionneur.

Steve ouvrit son portefeuille et fouilla dans ses cartes, certaines portant le nom de conseillers d'administration de Virginie, d'autres celui d'agents immobiliers du Colorado et d'une douzaine de représentants de professions différentes. Il crut un instant qu'il avait perdu celle du gentil petit mari, mais elle avait simplement glissé entre deux coupures d'un dollar. Steve s'en saisit puis l'examina. Une carte blanche, imprimée en bas de casse bleu très élégant : un Mr. Businessman triomphant. Sobre mais imposante. Rien de clinquant.

roger breakstone   ad worx   victor trenton
1633 congress street
télex : ADWORX portland, maine 04001 tel (207) 799-8600

Steve tira une feuille d'une rame de papier de mauvaise qualité et mit un peu d'ordre en face de lui. Il jeta un bref coup d'œil en direction de sa machine à écrire. Non. Une frappe de machine était aussi reconnaissable qu'une empreinte digitale. C'est grâce à son « a » minuscule légèrement tordu qu'on a coincé le coupable, inspecteur. Le jury n'a délibéré que le temps de prendre une tasse de thé.

Ceci n'aurait rien à voir avec la police, en aucun cas, mais la prudence s'imposait d'elle-même. Du papier bon marché, disponible dans toutes les papeteries, pas de machine à écrire.

Il prit un feutre pointe fine dans la boîte à café qui occupait un coin de son bureau et inscrivit en grosses lettres capitales :

> SALUT, VIC.
> PAS MAL ROULÉE, TA PETITE FEMME.
> ÇA M'A BOTTÉ DE LA BAISER JUSQU'À L'OS.

Il s'interrompit et se tapota les dents du bout de son feutre. Il commençait à retrouver la forme. La grande forme. Bien sûr, Donna était jolie, mais il se doutait que cela ne suffirait pas à Trenton. Il n'était pas difficile d'écrire à quelqu'un, et cela revenait moins cher qu'une tasse de café. Mais il devait exister un détail… il y avait toujours quelque chose. Que trouver ?

Steve sourit brusquement ; quand il souriait ainsi, tout son visage s'éclairait et l'on comprenait sans peine pourquoi depuis la jolie suppléante française les femmes ne lui avaient jamais posé beaucoup de problèmes.

Il écrivit :

À QUOI TE FAIT PENSER LE GRAIN DE BEAUTÉ
QU'ELLE A JUSTE AU-DESSUS DU MONT DE VÉNUS ?
POUR MOI, ÇA RESSEMBLE À UN POINT D'INTERROGATION
TU NE TE POSES PAS DE QUESTIONS ?

Cela suffisait ; du moment qu'on a le ventre plein, un repas vaut un festin, disait souvent sa mère. Il trouva une enveloppe et y glissa le message. Après un instant d'hésitation, il y joignit la carte d'Ad Worx et traça, en lettres capitales également, l'adresse du bureau de Vic. Réfléchissant quelques secondes, il décida de faire preuve d'un peu de pitié à l'égard de ce pauvre bougre et ajouta la mention PERSONNEL sous l'adresse.

Steve lança la lettre sur le rebord de la fenêtre et s'appuya contre le dossier de sa chaise avec une impression de profond bien-être. Il pourrait écrire ce soir, il le sentait.

Dehors, un camion immatriculé dans un autre État s'engouffra dans l'allée. Un petit camion transportant à l'arrière une énorme armoire de l'Indiana. Quelqu'un avait fait une affaire chez ces particuliers qui vendaient leurs vieilleries. Tant mieux pour lui.

Steve se dirigea tranquillement vers la boutique. Il prendrait leur armoire et leur argent avec plaisir, mais doutait vraiment d'avoir le temps d'accomplir le travail. Une fois la lettre postée, un petit changement d'air ne lui ferait pas de mal. Mais sans trop s'éloigner, du moins pour le moment. Il pensait qu'il méritait bien de rester suffisamment longtemps dans les environs pour se payer une dernière visite à Mlle Grandesguiboles… quand il serait sûr que le gentil petit mari ne rôderait pas dans les parages, évidemment. Steve avait déjà joué au tennis avec lui et il ne payait pas de mine — maigre, de grosses lunettes, des mains de jeune fille — mais on ne pouvait jamais prévoir le moment où le gentil petit mari se mettrait hors de lui et se préparerait à commettre un acte antisocial. Nombreux étaient ces charmants époux qui gardaient toujours un fusil chez eux. Aussi Steve s'assurerait-il que le terrain était libre avant de s'y aventurer. Il se permettrait une seule et unique visite puis mettrait un point final à toute cette affaire. Peut-être se rendrait-il dans l'Ohio pendant quelque temps. Ou en Pennsylvanie. Ou encore à Taos, dans le Nouveau-Mexique. Mais comme le farceur qui a offert à quelqu'un une cigarette truquée, il désirait rester assez près (mais à distance prudente, bien entendu) pour la voir exploser.

Le chauffeur de la camionnette et sa femme fouillaient l'atelier du regard, en quête de Steve. Celui-ci apparut, souriant, les mains enfoncées dans les poches de son jean. La femme lui rendit aussitôt son sourire. « Bonjour, je peux vous aider ? » demanda-t-il en se disant qu'il posterait la lettre dès qu'il se serait débarrassé d'eux.

Ce soir-là, alors que le soleil, boule rouge et brûlante, se couchait à l'occident, Vic Trenton, la chemise nouée par les manches autour de la taille, examinait le moteur de la Pinto de sa femme. Donna, d'allure fraîche et juvénile dans son short blanc et sa chemisette à carreaux sans manches, se tenait près de lui. Elle était pieds nus. Tad, vêtu de son seul maillot de bain, menait son tricycle à un train d'enfer le long de l'allée du jardin, dans un jeu imaginaire qui mettait en scène des personnages de ses livres et d'autres, sortis des programmes télévisés pour les enfants.

«Bois ton thé glacé avant qu'il fonde, conseilla Donna à Vic.

— Hon-hon.» Le verre était posé sur le côté du capot. Vic avala quelques gorgées, reposa le verre sans regarder, le faisant tomber… dans les mains de sa femme.

«Hé ! s'exclama-t-il. Joli coup.»

Elle sourit. «Je sais quand tu penses à autre chose, c'est tout. Admire. Pas une seule goutte ne s'est renversée.»

Ils échangèrent un regard joyeux et complice — une seconde de bonheur, se dit Vic. Peut-être n'était-ce que le fruit de son imagination, ou bien prenait-il ses désirs pour des réalités, mais il lui semblait que ces petits moments heureux se multipliaient ces derniers temps. Moins de mots durs. Plus rares les silences froids ou tout simplement — mais peut-être était-ce pire — indifférents. Il ne savait pas à quoi il devait cette amélioration mais il en éprouvait comme de la gratitude.

«Encore d'un niveau de club de seconde division, répliqua-t-il. Tu as encore des progrès à faire si tu veux jouer la finale, mon chou.

— Bon, alors qu'est-ce qui cloche avec ma voiture, chef ?»

Il avait ôté le filtre à air, qui reposait maintenant sur le sol. «J'ai jamais vu un frisbee comme ça», avait dit Tad fort à propos, quelques instants auparavant, en faisant tourner son tricycle autour. Vic se replongea dans le moteur et tapota le carburateur du bout de son tournevis en geste d'impuissance.

«C'est dans le carburateur. Je crois que c'est la soupape qui reste coincée.

— C'est grave ?

— Pas trop, répondit-il, mais quand elle se coince, elle empêche le refroidissement. C'est la soupape qui contrôle l'arrivée de l'essence dans le carburateur et quand l'essence n'arrive plus, le moteur cale. C'est quasiment écrit dans la constitution, mon chéri.

— Papa, tu me pousses sur la balançoire ?

— J'arrive tout de suite.

— Youpi ! Je vais derrière ! »

Tad partit vers l'arrière de la maison où se trouvait le portique que Vic avait monté l'été précédent avec l'aide de schémas explicatifs ; il s'y mettait après dîner ou pendant les week-ends en s'envoyant des gin-tonic et en écoutant sa radio déverser près de lui les hurlements des commentateurs sportifs. Tad, qui avait alors trois ans, s'asseyait solennellement sur le rebord de l'escalier qui menait à la cave, ou sur les marches du porche, le menton posé dans ses mains, allant parfois chercher quelque chose, mais restant surtout à regarder, silencieusement. L'été dernier. Un été agréable, pas aussi étouffant que celui-ci. Il avait alors semblé que Donna commençait à s'habituer et à se rendre compte que le Maine, Castle Rock, Ad Worx… toutes ces choses, pourraient leur être profitables à eux trois.

Puis cette période de déveine, dont le plus désagréable était l'impression harcelante, presque pathologique, que la situation allait plus mal encore qu'il ne voulait se l'avouer. Dans la maison, les objets lui parurent avoir été subtilement déplacés comme si une main étrangère y avait touché. Il avait eu l'idée idiote — mais l'était-elle *vraiment ?* — que Donna changeait les draps trop souvent. Ils restaient toujours propres et, une nuit, l'éternelle question lui était venue, résonnant lugubrement dans sa tête : *Qui dort dans mon lit ?*

Les choses semblaient s'arranger, maintenant. Sans l'affaire des Red Razberry Zingers et ce sale voyage qui assombrissait son horizon, il sentait que cet été aussi aurait pu être heureux. Peut-être même pourrait-il le devenir. Il arrivait qu'on gagne. Les espoirs n'étaient pas condamnés à rester vains. Vic croyait en cela, même si l'expérience ne lui avait jamais permis de vérifier cette théorie.

« Tad ! cria Donna, arrêtant net l'enfant. Range ton tricycle dans le garage.

— Oh ! *Maa*-man !

— Tout de suite, sir, s'il vous plaît.

— Seur, répéta Tad en pouffant dans ses doigts. Mais toi, tu n'as pas rangé ton auto, Maman.

— Papa travaille dessus.

— Oui, mais…

— Écoute ta mère, Tad, coupa Vic en ramassant le filtre à air. Je serai là-bas dans cinq minutes. »

Tad enfourcha son tricycle et le conduisit dans le garage en imitant une sirène d'ambulance.

« Pourquoi le remets-tu en place ? interrogea Donna. Tu ne le répares pas ?

— C'est un travail de précision, expliqua Vic. Je n'ai pas les outils nécessaires. Et même si je les avais, je casserais probablement tout au lieu de réparer.

— Saloperie, prononça-t-elle d'un ton morose en tapant dans un pneu. Ce genre de truc arrive toujours quand la garantie ne marche plus, ce n'est pas vrai ? » La Pinto venait de dépasser les trente mille kilomètres et il leur restait encore six mois de traites à payer.

« Ça aussi, ce doit être écrit dans la constitution », répondit Vic. Il ajusta le filtre et serra le petit papillon.

« Je suppose que je pourrai la conduire jusqu'à South Paris pendant que Tad sera à son club. Mais je devrai quand même louer quelque chose, avec toi parti. Tu crois qu'elle tiendra jusqu'à South Paris, Vic ?

— Sans problème. Mais ce n'est pas la peine d'aller si loin. Va chez Joe Camber. C'est à moins de dix kilomètres et il fait du bon travail. Tu te souviens de ce roulement sur la Jaguar? Il l'a décoincé avec un engin fabriqué à partir de vieux bouts de poteaux télégraphiques et ne m'a fait payer que dix dollars. Tu parles, si j'étais allé à Portland, mon compte en banque aurait pris une sacrée gifle.

— Ce type me met mal à l'aise, dit Donna. Sorti du fait qu'il avait un petit coup dans l'aile, je veux dire.

— Qu'est-ce qu'il a fait pour te mettre si mal à l'aise?

— Sa façon de me regarder. »

Vic éclata de rire. «Mon chou, avec toi, il y a vraiment de quoi faire.

— Merci du compliment, répliqua Donna. Ce n'est pas forcément désagréable pour une femme d'être *regardée*. C'est la sensation d'être déshabillées qui nous rend nerveuses. » Elle s'interrompit, contemplant d'un air étrange, pensa-t-il, la lumière d'un rouge violent du couchant, puis elle se retourna vers lui. «Il y a des hommes qui donnent l'impression d'avoir constamment un petit film intitulé *Le Viol des Sabines* dans la tête, et que l'on tient justement le… le rôle principal. »

Il eut le sentiment curieux et déplaisant qu'une fois encore, elle faisait allusion à plusieurs choses en même temps. Mais il ne voulait pas approfondir la question ce soir, pas au moment où il commençait à émerger de ce mois pourri.

«Je suis certain, mon chéri, qu'il ne ferait pas de mal à une mouche. Il a une femme, un gosse…

— Oui, tu as sans doute raison. » Mais elle croisa les bras, sur la poitrine, serrant ses coudes dans ses paumes, ce qui trahissait toujours chez elle une certaine nervosité.

«Écoute, proposa Vic. Je vais amener ta voiture là-bas samedi prochain, et je la lui laisserai s'il le faut, d'accord? Il pourra sûrement s'en occuper tout de suite. Je prendrai une bière avec lui, et je jouerai avec son chien. Tu te rappelles ce saint-bernard ? »

Donna fit la grimace. « Je me souviens même de son nom. Il a failli faire tomber Tad à force de le lécher. Tu te rappelles ? »

Vic hocha la tête. « Pendant tout l'après-midi, Tad n'a pas arrêté de lui courir après en criant : *Cuuujo... icii Cujooo !* »

Ils partirent d'un même rire.

« Je me sens tellement bête des fois, soupira Donna. Si je savais me servir d'un levier de vitesses normal, je pourrais simplement prendre la Jag pendant que tu seras parti.

— C'est aussi bien comme ça. La Jag est capricieuse. Il faut savoir lui parler. » Il referma le capot de la Pinto d'un coup sec.

« *Nooon, espèce d'*IMBÉCILE *!* gémit-elle. Ton thé glacé, il était là ! »

Il prit un air de surprise tellement comique qu'elle céda au fou rire. Il ne tarda pas à l'imiter. Ils riaient tant qu'ils durent se raccrocher l'un à l'autre comme un couple d'ivrognes. Tad, les yeux ronds, arriva de derrière la maison pour voir ce qui se passait. Au bout d'un instant, convaincu que, malgré les apparences, ils allaient à peu près bien, il se joignit à l'hilarité générale. C'est vers ce moment-là que Steve Kemp, à moins de trois kilomètres de là, posta sa lettre.

Plus tard, comme l'obscurité s'installait, que la chaleur s'atténuait légèrement et que les premières lucioles commençaient de fendre l'air dans la cour de derrière, Vic alla pousser son fils sur la balançoire.

« Plus haut, Papa ! Plus haut ! »

« — Si tu vas plus haut, tu vas passer par-dessus le portique, mon gamin.

— Alors, juste en dessous, Papa ! Juste en dessous ! »

Vic poussa très fort la petite planche, propulsant Tad vers le ciel où l'on apercevait les premières étoiles, puis la laissant revenir très loin dans l'autre sens. La tête rejetée en arrière, les cheveux au vent, Tad lançait des cris de joie.

« Oui, c'était bien, Papa ! Encore, encore ! »

Vic redonna de l'élan à la balançoire, mais en la prenant cette fois-ci par-devant ; l'enfant s'éleva dans la nuit chaude et tranquille. Tante Evvie Chalmers habitait tout près, et les cris où se mêlaient la peur et le plaisir furent les derniers sons qu'elle perçut avant de mourir ; son cœur lâcha, ou plutôt, l'une des parois si minces de son cœur céda brusquement (et presque sans douleur) alors qu'elle se tenait assise dans sa cuisine, une tasse de café dans une main, une Herbert Tareyton extra-longue dans l'autre ; elle s'appuya contre le dossier de la chaise et sa vue s'obscurcit ; les cris d'un enfant lui parvinrent, d'abord des cris joyeux puis, au fur et à mesure qu'elle se sentait partir, attirée par une force impérieuse mais non hostile, des hurlements de terreur et d'angoisse ; enfin tout fut fini, et sa nièce, Abby, la découvrirait le lendemain, son café aussi glacé que son corps, sa cigarette transformée en un fragile cylindre de cendre, son dentier dépassant de sa bouche flétrie, telle une fente prête à mordre.

Juste avant d'aller se coucher, Tad s'assit avec Vic sur le perron qui donnait sur le jardin. Vic sirotait une bière, Tad, du lait.

« Papa ?

— Quoi ?

— Je voudrais tant que tu ne partes pas, la semaine prochaine.

— Je vais revenir.

— Oui, mais… »

Tad baissait la tête, luttant contre les larmes. Vic lui posa la main sur le cou.

« Mais quoi, mon grand ?

— Qui est-ce qui va dire la formule qui chasse le monstre du placard ? Maman ne la sait pas ! Il n'y a que toi qui la sais ! »

Les larmes jaillirent et coulèrent le long des joues du petit garçon.

« C'est tout ? » demanda Vic.

La Formule pour le Monstre (Vic l'avait d'abord baptisée les Injonctions au Monstre, mais Tad n'arrivait pas à le dire) était née à la fin du printemps, quand l'enfant avait commencé à faire des cauchemars et avoir peur du noir. Il affirmait qu'il y avait quelque chose dans son placard, que parfois, la nuit, la porte de la penderie s'ouvrait toute grande et qu'il apercevait alors à l'intérieur une bête aux yeux jaunes qui voulait le manger. Donna s'était dit que le livre de Maurice Sendak, *Max et les Maximonstres*, en était peut-être la cause. Vic s'était demandé si Tad avait pu entendre rapporter de façon quelque peu exagérée l'histoire de ces meurtres en série qui avaient eu lieu à Castle Rock, et en déduire que le criminel — devenu depuis une sorte de croquemitaine local — occupait son placard, plus vivant que jamais. Il avait fait part de ses doutes à Roger (pas à Donna) qui avait répondu que c'était possible ; avec les gosses, *tout* était possible.

Au bout de quinze jours de ces terreurs nocturnes, Donna avait elle aussi fini par voir des fantômes ; un matin, agitée d'un rire nerveux, elle lui avait raconté que dans le placard de Tad, les choses semblaient parfois avoir changé de place. Eh bien, c'est Tad, avait répliqué Vic. Tu ne comprends pas, l'interrompit Donna. Il n'y entre plus jamais, Vic… Jamais. Il a trop peur. Elle avait ajouté que, souvent, le placard sentait vraiment mauvais les matins qui suivaient les nuits de cauchemars et d'insomnies angoissées de leur fils. Comme si l'on y avait enfermé un animal. Troublé, Vic s'était rendu dans la chambre de Tad pour renifler l'odeur qui régnait à l'intérieur de la penderie. Il commençait à soupçonner que Tad souffrait peut-être de somnambulisme, que, pris par un rêve étrange, l'enfant allait peut-être uriner dans le placard. Vic n'avait rien senti d'autre que la naphtaline. Le réduit, dont une cloison était enduite de plâtre et l'autre laissait paraître le lattage, avait environ deux mètres quarante de profondeur et était aussi étroit qu'un compartiment Pullman. Aucun croquemitaine ne s'y trouvait et, apparemment du moins, Vic en ressortit entier. Quelques toiles d'araignée s'accrochèrent à ses cheveux. Ce fut tout.

Au début, Donna avait conseillé à Tad de penser à de «jolis rêves», pour refouler ses peurs, puis elle avait essayé les prières. Tad avait repoussé la première suggestion en prétendant que le monstre lui volait ses jolis rêves, et la deuxième en arguant que si Dieu ne croyait pas aux monstres, alors les prières ne servaient à rien. Elle avait perdu son calme — en partie sans doute parce qu'elle non plus ne se sentait pas très rassurée. Un jour qu'elle rangeait des chemises dans le placard, la porte s'était doucement refermée derrière elle et la jeune femme avait passé plusieurs secondes affreuses à chercher la sortie. Elle avait alors perçu une odeur — un parfum vivant, chaud et violent. Une odeur fauve. Elle lui rappela un peu la sueur de Steve Kemp lorsqu'ils venaient de faire l'amour. Donna déclara donc à Tad d'un ton coupant que, puisque les monstres n'existaient pas, il n'avait qu'à ne plus y penser, serrer bien fort son nounours dans ses bras, et dormir.

Vic imaginait très bien — ou se rappelait clairement — la porte qui, dans l'obscurité, ressemblait à la bouche béante d'un idiot, à un endroit où d'étranges choses se mettaient à bruisser, où, sur les cintres, les vêtements prenaient l'allure de pendus. Il se souvenait vaguement des ombres que pouvaient projeter sur le mur les lumières de la rue durant les quatre heures interminables qui suivent minuit, des craquements que produisait la maison en vieillissant ou qu'émettait peut-être — *peut-être* seulement quelque chose qui grimpait.

Il avait donc opté pour les Injonctions au Monstre, ou plus simplement, la Formule pour le Monstre. Quoi qu'il en soit, il ne s'agissait de rien de plus (rien de moins non plus) qu'une incantation très primaire destinée à éloigner le mal. Vic l'avait inventée un jour, à l'heure du repas, et, au grand soulagement, mêlé de déception, de Donna cela fonctionnait là où toutes ses propres tentatives, user de psychologie, employer sa science de l'efficacité parentale, et, finalement, l'autorité brute, avaient échoué. Chaque nuit, telle une bénédiction, Vic la lisait au-dessus du lit de Tad qui était couché, nu, sous un simple drap dans l'atmosphère suffocante de la chambre.

« Tu ne crains pas qu'à la longue, cela ne lui fasse plus beaucoup d'effet ? » lui avait demandé Donna. Sa voix trahissait à la fois de l'amusement et de l'irritation. Cela se passait à la fin du mois de mai, à un moment où leurs rapports s'étaient considérablement tendus.

« Les publicitaires se moquent du long terme, avait rétorqué Vic. Ce qu'ils cherchent, c'est une solution immédiate, vraiment immédiate. Et ça, je sais bien le faire.»

«Ben oui, personne pour dire la Formule, c'est ça le problème, c'est *beaucoup* le problème», reprit Tad en essuyant ses larmes, avec écœurement et un peu d'embarras.

«Bon, écoute-moi, commença son père. Je l'ai écrite. c'est grâce à cela que j'arrive à la répéter tous les soirs. Je vais la recopier sur une feuille de papier que je punaiserai au-dessus de ton lit. Comme ça, Maman pourra te la lire tous les soirs, quand je serai parti.

— Ouais ? Tu le feras ?

— Bien sûr. Puisque je te l'ai dit.

— Tu ne vas pas oublier ?

— Ne t'inquiète pas, mon grand. Je m'y mets dès ce soir.»

Tad enlaça son père, qui l'étreignit très fort.

Cette nuit-là, quand Tad se fut endormi, Vic entra tout doucement dans la chambre de l'enfant et punaisa au mur une feuille de papier. Il la plaça près du calendrier illustré de Tad, là où le petit ne pourrait pas ne pas la voir. Sur la feuille de papier figurait en grandes lettres soigneusement tracées :

FORMULE POUR LE MONSTRE
Pour Tad

Monstres, n'entrez pas dans cette chambre !
Vous n'avez rien à faire ici.
Pas de monstres sous le lit de Tad !
C'est bien trop petit là-dessous.
Pas de monstres cachés dans le placard de Tad !

94

C'est beaucoup trop étroit.
Pas de monstres derrière la fenêtre de Tad !
Il n'y a pas de place pour vous là-bas.
Pas de vampires, de loups-garous ou de bêtes qui mordent
Vous n'avez rien à faire ici.
Rien n'approchera Tad, ou ne lui fera du mal de toute la
   nuit.
Vous n'avez rien à faire ici.

Vic contempla longuement son œuvre en songeant qu'avant de partir il devrait rappeler encore au moins deux fois à Donna de lire à l'enfant ces Injonctions chaque soir. Pour bien la convaincre de l'importance que revêtait aux yeux de Tad la Formule pour le Monstre.

Au moment de sortir, il s'aperçut que la porte du placard était ouverte. Juste une fente. Il la ferma convenablement et quitta la chambre de son fils.

Beaucoup plus tard, cette nuit-là, la porte se rouvrit. Des éclairs de chaleur jetaient des lueurs sporadiques, dessinant d'étranges ombres dans cette gueule ouverte.

Mais Tad ne se réveilla pas.

Le lendemain matin, à sept heures et quart, Steve Kemp effectuait une marche arrière pour prendre la route 11. Il parcourut plusieurs kilomètres en direction de la route 302. Là, il tournerait à gauche et se dirigerait vers Portland, au sud-est, de l'autre côté de l'État. Il se disait qu'il irait pieuter dans un foyer de jeunes chrétiens pendant quelque temps.

Une pile bien nette d'enveloppes prêtes à partir — non pas rédigées en lettres capitales cette fois-ci, mais tapées sur sa machine — attendait sur le tableau de bord du fourgon. Sa machine à écrire, ainsi que le reste de son matériel, se trouvait maintenant à l'arrière du véhicule. Il ne lui avait pas fallu plus d'une heure et demie pour plier bagage, sans oublier Bernie Carbo qui, pour l'instant, sommeillait dans sa caisse, près des portes arrière. Steve et Bernie n'aimaient pas se charger.

Les adresses figurant sur les enveloppes trahissaient le travail d'un professionnel. Seize ans d'écriture avaient au moins fait de Steve un excellent dactylo. Il s'approcha de la boîte aux lettres dans laquelle il avait posté la veille le message anonyme destiné à Vic et y glissa les enveloppes. Partir sans régler le loyer de la maison et de l'atelier ne l'aurait pas gêné le moins du monde s'il avait décidé de quitter l'État mais, comme il se rendait à Portland, il lui semblait plus prudent de rester dans la légalité. Cette fois-ci, il pouvait se permettre de rouler tranquillement ; il avait planqué six cents dollars en liquide dans la petite cavité située derrière la boîte à gants.

En plus du chèque qu'il devait pour le loyer, il renvoyait les acomptes qu'il avait perçus pour des commandes importantes. Un mot poli informant qu'il était désolé d'avoir pu causer le moindre ennui, mais que sa mère venait de tomber très gravement malade (n'importe quel Américain bien constitué se laissait toujours avoir par les histoires de mamans malades) accompagnait chaque chèque. Ceux qui lui avaient apporté du travail à faire pouvaient récupérer leurs biens à la boutique — ils trouveraient la clef au-dessus de la porte, à droite, et étaient priés de la remettre en place avant de partir. Merci, merci, blablabla, des conneries, des conneries. Certains protesteraient mais il n'y aurait pas de quoi fouetter un chat.

Ses lettres postées, Steve éprouva la satisfaction d'avoir bien préparé son coup. Il s'engagea sur la route de Portland en chantonnant au rythme de la radio. Il poussa le compteur du fourgon jusqu'à cent kilomètres à l'heure, espérant que la circulation resterait aussi fluide et lui permettrait d'arriver à Portland suffisamment tôt pour trouver un court libre au Club de tennis du Maine. La journée, en fin de compte, s'annonçait bien. Si Mr. Businessman n'avait pas encore reçu sa petite lettre explosive, elle lui parviendrait sans doute aujourd'hui. Joli, se dit Steve, et il éclata de rire.

À sept heures et demie, au moment où Steve Kemp rêvait à son tennis, Vic Trenton songeait qu'il lui faudrait penser à appeler Joe Camber au sujet de la Pinto de sa femme, et Charity Camber préparait le petit déjeuner de son fils. Cela faisait une demi-heure que Joe était parti pour Lewiston, souhaitant y trouver un pare-brise 72 Camaro chez un ferrailleur ou dans l'un des cimetières auto de la ville. Cela arrangeait bien les plans de Charity, plans qu'elle élaborait lentement et précautionneusement.

Elle posa devant Brett une assiette d'œufs brouillés et de bacon puis s'installa près du garçon. Légèrement surpris Brett leva les yeux du livre qu'il était en train de lire. Quand elle avait préparé son petit déjeuner, sa mère se mettait habituellement à ses occupations matinales. Mieux valait en général éviter de lui parler avant qu'elle n'ait avalé son deuxième café.

« Je peux te dire deux mots, Brett ? »

L'étonnement de l'enfant se mua en stupéfaction. Il la dévisagea et remarqua une expression jusque-là inconnue sur les traits de sa mère. Elle paraissait nerveuse. Il referma son livre et répondit : « Bien sûr, M'man.

— Cela te plairait-il… » Elle s'éclaircit la gorge et recommença.

«Cela te plairait-il de descendre dans le Connecticut, à Stratford, chez ta tante Holly et ton oncle Jim? De voir tes cousins?»

Le visage de Brett s'éclaira. En tout, il n'était sorti du Maine que deux fois dans sa vie; la dernière il s'était rendu dans le New Hampshire, à Portsmouth, avec son père, pour une adjudication de voitures d'occasion d'où ils avaient rapporté une Ford 58 dont il ne restait que la moitié du moteur. «Ouais! s'exclama-t-il. Quand?

— Je pensais à lundi, répondit-elle. Juste après le week-end du Quatre-Juillet. Nous partirions une semaine. Cela te conviendrait?

— Je *pense* bien! Bon Dieu, je croyais que Papa avait plein de travail de prévu pour la semaine prochaine. Il a dû…

— Je n'ai pas encore parlé de cela à ton père.»

Le sourire de Brett s'évanouit. Il prit une bouchée de bacon et se mit à manger. «Eh bien, je sais qu'il a promis à Richie Simms de s'occuper du moteur de sa moissonneuse International. Et Mr. Miller, de l'école, devait lui amener sa Ford pour qu'il vérifie la transmission. Et…

— Je pensais que nous partirions tous les deux, coupa Charity. En prenant le car à Portland.»

Brett semblait dubitatif. Dehors, Cujo monta lentement les marches du perron et s'effondra en poussant un grognement à l'ombre du porche, sur le plancher de bois. Il regarda par la porte vitrée LE GARÇON et LA FEMME de ses yeux las, bordés de rouge. Il se sentait très mal maintenant, vraiment très mal.

«Bon Dieu, Maman, je ne sais pas si…

— Ne dis pas bon Dieu tout le temps. C'est une grossièreté.

— Pardon.

« — Aurais-tu *envie* d'y aller ? Si ton père était d'accord ?

— Oh oui, beaucoup ! Tu crois qu'on pourrait ?

— Peut-être. » Elle fixait pensivement du regard la fenêtre au-dessus de l'évier.

« C'est loin, maman, Stratford ?

— Dans les cinq cents kilomètres, je suppose.

— Bon… Je veux dire, eh bien, c'est rudement loin. Est-ce que…

— Brett. »

Il la dévisagea avec insistance. À nouveau, la voix et l'expression de sa mère révélaient une certaine tension. La même nervosité.

« Quoi, maman ?

— Saurais-tu s'il manque quelque chose à ton père, au garage ? Quelque chose qu'il voudrait vraiment acheter ? »

La lueur qui brillait dans les yeux de Brett s'atténua légèrement. « Eh bien, il a toujours besoin de clefs à molette… et puis il faut un nouveau jeu de joints à boulet… Un masque à souder neuf ne serait pas de trop car le vieux est fendu…

— Non, je voulais dire quelque chose de gros. De cher. »

Brett réfléchit un instant puis son visage prit un air joyeux. « Eh bien, je crois que ce qu'il aimerait vraiment avoir, c'est un nouveau moufle Jörgen. Pour pouvoir sortir le moteur de la moissonneuse de Richie Simms foutr… enfin plus facilement, quoi. » Il s'empourpra et reprit très vite : « Mais tu ne pourras jamais lui acheter un truc comme ça, M'man. Ça coûte du pognon. »

Elle avait horreur de cette expression qui sortait tout droit de la bouche de Joe.

« Combien ?

— Eh ben, dans le catalogue c'est marqué dix-sept cents dollars, mais Papa pourrait sûrement l'avoir au prix de gros chez Mr. Belasco, à La Machine de Portland. Papa dit que Mr. Belasco a peur de lui.

— Et tu trouves vraiment ça intelligent ? » lui demanda-t-elle d'un ton brusque.

Brett se redressa, légèrement effrayé par la violence de Charity. Il ne se rappelait pas avoir déjà vu sa mère se comporter ainsi. Cujo lui-même, couché sous le porche, baissa les oreilles.

« Alors, tu trouves ça malin ?

— Non, Maman », lâcha-t-il, mais Charity savait pertinemment qu'il mentait et cela lui était pénible. Si vous arriviez à effrayer suffisamment quelqu'un pour qu'il vous fasse des prix de gros, vous agissiez simplement en bon commerçant. Elle avait perçu l'admiration dans la voix de son fils, même s'il n'en était pas conscient. *Il veut lui ressembler. Il croit son père très fort quand il fait peur aux gens. Oh ! mon Dieu.*

« Il n'ait pas besoin d'être très intelligent pour faire peur à quelqu'un, assura Charity. Il suffit de prendre une grosse voix et d'être de méchante humeur. Il n'y a rien là d'admirable. » Elle baissa le ton et lui donna une petite tape de la main. « Continue de manger. Je n'avais pas l'intention de te gronder. Ce doit être la chaleur, je suppose. »

Il se mit à manger, mais lentement et avec application, en jetant de temps en temps des coups d'œil vers sa mère. Il fallait regarder où l'on mettait les pieds, ce matin.

« Tu as une idée de ce que serait le prix de gros ? Treize cents dollars ? Mille ?

— Je ne sais pas, Maman.

— Et ce Belasco, tu crois qu'il livre ? Pour une commande aussi importante ?

— Ouais, j'imagine. Si on avait cet argent-là. »

Elle enfonça la main dans la poche de sa robe de chambre. Le billet de loterie s'y trouvait. Les chiffres qui y figuraient, 76 en vert, et 434 en rouge, correspondaient à ceux qu'avait tirés la Commission de la loterie d'État quinze jours auparavant. Incapable d'y croire, elle avait vérifié les numéros des dizaines de fois. Cette semaine-là, elle avait acheté un billet à cinquante cents comme elle le faisait chaque semaine depuis la création de la loterie, en 1975, et, cette fois-ci, elle avait gagné cinq mille dollars. Charity n'avait pas encore été toucher l'argent, mais elle ne s'était pas non plus séparée du billet depuis le moment où elle avait appris l'heureuse nouvelle.

« Nous avons cet argent », affirma-t-elle. Brett la fixa d'un regard ébahi.

À dix heures et quart, Vic sortit de son bureau et se rendit chez Bentley pour y prendre son café matinal ; il lui paraissait impossible de boire l'infâme breuvage qu'on servait au bureau. Il avait passé la matinée à chercher des pubs pour les productions d'œufs Decoster. Les idées venaient difficilement. Il haïssait les œufs depuis l'enfance, époque où sa mère l'obligeait à en ingurgiter un, quatre fois par semaine. Jusqu'à présent, il ne parvenait pas à trouver mieux que LES ŒUFS VOUS DONNENT UN AMOUR... SANS FAILLE. Loin d'être excellent. Sans faille lui avait donné l'idée d'une photo truquée représentant un œuf séparé en son milieu par une fermeture Éclair. L'image était bonne, mais où pouvait-elle mener ? Vic n'avait pas encore su le découvrir. Quand la serveuse lui apporta son café et un beignet aux airelles, il pensa qu'il devrait en parler à Taddy. Le petit aimait les œufs.

Bien sûr, ce n'était pas vraiment cette histoire d'œufs qui le déprimait mais la perspective de partir pendant douze jours. Il le fallait. Roger avait réussi à le convaincre. Ils devraient se jeter dans la mêlée et défendre leur camelote à fond.

Cette vieille pipelette de Roger, Vic l'aimait presque comme un frère. Roger aurait été ravi de l'accompagner jusque chez Bentley, de prendre un café avec lui, de lui rebattre les oreilles de ses bavardages continuels. Mais cette fois-ci, Vic éprouvait le besoin de rester seul. De réfléchir. Ils allaient passer la majeure partie de ces deux semaines ensemble, à partir de lundi, et ce serait une période difficile, largement suffisante même pour deux frères de cœur.

Ses pensées se tournèrent à nouveau vers le fiasco des Red Razberry Zingers et il n'essaya pas de trouver un autre sujet de réflexion, sachant qu'examiner calmement, presque rêveusement, une mauvaise situation pouvait amener — du moins chez lui — à une nouvelle vue des choses, à les considérer sous un nouvel angle.

Ce qui s'était passé était relativement grave et l'on avait retiré les Zingers du marché. Relativement grave, mais pas désespéré. Cela rappelait l'affaire des champignons en boîte ; personne n'était vraiment tombé malade, il n'y avait pas eu de morts et les consommateurs eux-mêmes se rendaient compte qu'une société pouvait de temps en temps se ramasser. Souvenons-nous de l'histoire des verres que l'on distribuait dans les McDonald's il y a quelques années. La couleur sur les verres s'avéra contenir un taux anormalement élevé de plomb. Les gobelets avaient rapidement disparu de la circulation, relégués dans les limbes de la promotion peuplés de créatures, comme l'Alka-Seltzer Ultra-rapide ou le chewing-gum Gros-Dick, le préféré de Vic.

La société McDonald's avait souffert de ce scandale, mais personne n'avait accusé Ronald McDonald de ten-

102

ter d'empoisonner ses tout jeunes consommateurs. Et en fait, personne n'avait blâmé non plus le professeur des céréales Sharp même si certains comédiens, allant de Bob Hope à Steve Martin, avaient essayé de lui tirer dans les pattes, ou si Johnny Carson avait un soir prononcé un long monologue — prudemment ambigu — à propos des Red Razberry Zingers lors de son apparition à l'émission *Le Show de la Soirée*. Inutile de préciser que la pub du professeur des céréales Sharp disparut du petit écran. Tout aussi inutile d'ajouter que l'acteur qui incarnait le professeur supporta extrêmement mal la façon dont la situation s'était retournée contre lui.

On pourrait imaginer pire, avait déclaré Roger une fois le premier choc à peu près passé et le délire téléphonique entre Portland et Cleveland calmé.

Quoi ? lui avait demandé Vic.

Eh bien, avait répondu Roger, le visage impassible, *on pourrait travailler pour la Bon Vivant Vichyssoise*.

« Encore du café, monsieur ? »

Vic leva les yeux vers la serveuse. Il allait dire non puis se ravisa. « Une demi-tasse, s'il vous plaît », commanda-t-il.

Elle le servit et se retira. Vic remua le liquide machinalement sans le boire.

Une période de terreur, heureusement très courte, avait précédé les déclarations que firent un certain nombre de médecins, dans les journaux et à la télévision affirmant tous que le colorant ne présentait aucun danger. Un cas semblable s'était déjà produit auparavant ; les stewards d'une compagnie d'aviation commerciales s'étaient tous retrouvés couverts d'étranges taches orangées ; on découvrit qu'il ne s'agissait que de la teinture des gilets de sauvetage dont ils faisaient la démonstration aux passagers avant le décollage. Et plus loin dans le temps, on rencontrait le cas où le colorant d'une marque de saucisses de Francfort avait produit des effets similaires à celui des Red Razberry Zingers.

L'avocat du vieux Sharp avait intenté un procès de plusieurs millions de dollars contre les fabricants du colorant, affaire qui traînerait sans doute au moins trois ans et finirait par se régler hors du tribunal. Aucune importance ; le procès permettrait d'informer le public que l'erreur — erreur *absolument momentanée*, erreur *dépourvue de tout danger* — n'incombait pas à la compagnie Sharp.

Néanmoins, les actions Sharp avaient considérablement baissé à la Bourse. Elles n'avaient depuis récupéré que la moitié à peine de la perte initiale. Quant aux céréales elles-mêmes, leurs ventes avaient enregistré une chute soudaine puis avaient peu à peu retrouvé les chiffres d'avant le scandale. En fait, le mélange Sharp All-Grain marchait mieux que jamais.

Alors il n'y avait rien là qui fût mauvais pour vous.

Mauvais. Très mauvais.

C'était le professeur des céréales Sharp qui n'allait pas. Le pauvre homme ne pourrait jamais effectuer son come-back. Les rires succédaient à la peur, et le professeur, avec son air grave et son ton scolaire, était devenu la risée des Américains.

George Carlin dans son numéro de cabaret : « Nous vivons dans un monde de fous, oui, un vrai monde de fous », Carlin penche la tête sur son micro, médite quelques instants puis se redresse. « Les sbires de Reagan nous emmerdent avec leur campagne télévisée, d'accord ? Dans la course aux armements, les Russes sont en train de nous passer devant. Alors Jimmy se montre lui aussi à la télé pour défendre *son* bifteck et il déclare : Mes chers concitoyens, le jour où les Russes nous dépasseront dans la course aux armements, la jeunesse américaine chiera rouge. »

Gros rire du public.

« Alors Ronnie appelle Jimmy au téléphone et il lui demande : M. le Président, qu'est-ce que vous donnez à Amy au petit déjeuner ? »

L'hilarité atteint son comble. Carlin s'interrompt. Puis d'une voix basse et insinuante, vient l'apothéose du sketch :

« Il n'y a rien là, rien du tout, qui soit mauvais pour vous. »

L'assistance hurle son contentement et c'est un tonnerre d'applaudissements. Carlin secoue tristement la tête. « De la merde rouge, mon pote. Ouaou ! Penchez-vous un peu là-dessus. »

Tout le problème résidait *là*. George Carlin constituait un problème. De même que Bob Hope, Johnny Carson ou Steve Martin. La moindre plaisanterie de café du commerce devenait un danger.

Et puis il ne fallait pas perdre de vue que les valeurs Sharp avaient baissé de neuf points et n'en avaient repris que quatre et quart. Les actionnaires allaient réclamer la tête de quelqu'un. Voyons… qui choisissons-nous de leur laisser en pâture ? Qui le premier a-t-il eu l'idée du professeur des céréales Sharp ? Ne pensez-vous pas que ces deux types feraient parfaitement l'affaire ? Ne vous occupez pas du fait que le professeur tenait depuis quatre ans quand le scandale a éclaté. Ne vous attardez pas non plus sur le fait qu'au moment où le professeur des céréales Sharp (auquel s'ajoutaient Sharpy le Tireur de galettes, George et Gracie) apparaissait pour la première fois à l'écran, les valeurs Sharp valaient trois points et quart de moins que leur cote actuelle.

Ne vous préoccupez pas de tout cela. Gardez simplement à l'esprit la déclaration publique faite sur le marché des affaires, déclaration selon laquelle Ad Worx avait perdu le contrat Sharp : cela ferait sans doute remonter la cote d'un point et demi ou deux. Lorsqu'une nouvelle campagne aurait effectivement commencé, les investisseurs y verraient le signe que la compagnie sortait de l'impasse et les cours gagneraient peut-être un point supplémentaire.

Évidemment, se disait Vic en remuant son café, il ne s'agissait là que de théorie. Mais même si cette théorie s'avérait, Roger et lui restaient persuadés que le rapide bénéfice que Sharp pourrait tirer d'une nouvelle campagne publicitaire mise en œuvre précipitamment par des agents qui ne connaîtraient pas la compagnie Sharp comme Roger et lui la connaissaient, et ne seraient pas non plus très au courant du marché de la céréale en général, tendrait bientôt vers zéro.

Soudain, la nouvelle optique qu'il cherchait s'imposa dans son esprit, spontanée, inattendue. Sa tasse de café s'immobilisa à mi-chemin de ses lèvres, ses yeux s'agrandirent. Il vit deux hommes — Roger et lui peut-être, ou encore le vieux Sharp et son gamin décrépit — combler une fosse. Les pelles travaillaient vite. La lueur d'une lanterne vacillait dans les rafales d'un vent nocturne. Les fossoyeurs improvisés jetaient de furtifs coups d'œil en arrière, tentant de percer du regard le crachin qui tombait. Il s'agissait d'un enterrement effectué en pleine nuit, d'un acte clandestin qu'on accomplissait dans l'obscurité. Ils ensevelissaient le professeur des céréales Sharp en secret, et *c'était la dernière chose à faire.*

« La dernière », murmura-t-il.

Cela paraissait évident. S'ils l'enterraient dans le plus grand mystère, le professeur ne pourrait jamais dire ce qu'il avait à exprimer : qu'il était désolé.

Vic sortit son stylo de la poche intérieure de son pardessus, prit une serviette en papier et se mit à écrire :

Il faut que le professeur des céréales Sharp s'excuse.

Il contempla sa phrase. Les lettres s'élargissaient à mesure que l'ouate absorbait l'encre. Juste en dessous, il ajouta :

Des obsèques décentes.

Puis une dernière ligne :

Un enterrement DE JOUR.

Il ne savait pas encore très bien ce que cela signifiait ; la métaphore ne donnait pas encore tout son sens, mais ses meilleures idées lui venaient toujours ainsi. La solution se cachait là, il en était sûr.

Cujo était allongé sur le sol du garage, dans la pénombre. Il faisait chaud à l'intérieur mais tout de même moins que dehors… où le soleil jetait une lumière trop vive. Cela n'était jamais arrivé auparavant ; en fait, il n'avait jamais vraiment prêté attention à la luminosité jusqu'à présent. Mais Cujo la remarquait maintenant. Sa tête lui faisait mal. Ses muscles étaient douloureux. La lumière éclatante lui blessait les yeux. Il souffrait de la chaleur. Son museau l'élançait à l'endroit de sa blessure.

Élançait et suppurait.

L'HOMME était parti quelque part. Peu après, LE GARÇON ET LA FEMME eux aussi s'étaient absentés, le laissant tout seul. LE GARÇON avait déposé une grande assiette de nourriture dehors, et Cujo avait mangé un peu. Mais il s'était senti plus mal encore et avait préféré ne pas finir son écuelle.

Il perçut le ronronnement d'un camion qui s'engageait dans l'allée. Cujo se leva puis se dirigea vers la porte de la grange, sachant déjà qu'il s'agissait d'un étranger. Le chien connaissait le son de la camionnette de L'HOMME et celui de la voiture familiale. Il s'arrêta dans l'embrasure de la porte, la tête pointée vers la trop vive clarté qui lui brûlait les yeux. La camionnette remonta l'allée en reculant puis s'immobilisa. Deux hommes descendirent de la cabine et contournèrent la fourgonnette. L'un d'eux fit coulisser la porte arrière du véhicule. Le violent bruit de ferraille résonna douloureusement dans les oreilles du saint-bernard. Il gémit et regagna bien vite l'ombre protectrice de la grange.

La camionnette était envoyée par La Machine de Portland. Trois heures plus tôt, Charity et un Brett complètement stupéfait s'étaient rendus au bureau principal de La Machine de Portland, avenue Brighton, où Charity avait signé un chèque pour un nouveau moufle à chaîne Jörgen — le prix de gros se montait finalement à 1 241,71 dollars exactement, toutes taxes comprises. Juste avant d'aller à La Machine de Portland, Charity était passée par la rue Congress où elle avait été remplir le formulaire qui lui permettrait de toucher l'argent de la loterie. Brett, à qui Charity avait formellement interdit d'entrer avec elle dans le magasin d'État de spiritueux, resta dehors, sur le trottoir, les mains enfoncées dans les poches.

L'employé affirma que Charity recevrait le chèque de la Commission de la loterie par le courrier. Dans combien de temps ? Quinze jours au grand maximum. La somme serait amputée de huit cents dollars correspondant aux prélèvements divers calculés à partir de la déclaration d'impôts de son mari qu'elle avait fournie. L'annonce de ce décompte n'ennuya pas Charity le moins du monde. Elle avait retenu son souffle jusqu'au moment où l'employé avait vérifié les numéros sur sa propre liste ; elle ne parvenait toujours pas à croire que ceci pouvait lui arriver, à elle. Mais l'homme avait hoché la tête en signe d'approbation, l'avait félicitée puis était même allé jusqu'à appeler son directeur pour qu'il puisse la rencontrer. Rien de tout cela ne comptait. Ce qui importait maintenant était qu'elle n'avait plus la responsabilité du billet et qu'elle pouvait enfin respirer. Le petit bout de papier avait retrouvé la protection de la Commission de la loterie. Elle recevrait son chèque par la poste… phrase merveilleuse, magique, talismanique.

Pourtant, elle éprouva encore une légère angoisse en regardant le billet corné, devenu mou à force d'être resté dans sa main moite tandis qu'on l'agrafait au formulaire avant de faire disparaître le tout en lieu sûr. La bonne fortune l'avait choisie. Pour la première fois de sa vie, peut-être la dernière. Le voile opaque de son existence quotidienne s'était légèrement soulevé, lui faisant entrevoir un monde ensoleillé et riant. Mais Charity gardait les pieds sur terre, sachant au fond d'elle-même qu'elle haïssait son mari autant qu'elle le craignait, et que, pourtant, ils vieilliraient ensemble, qu'il mourrait, lui laissant ses dettes et — chose à laquelle elle ne parvenait pas à se résoudre même au plus secret de son cœur, mais qu'elle redoutait aujourd'hui par-dessus tout — un fils qu'il aurait pourri.

Si elle avait gagné le gros lot, le Super-Tirage, celui auquel on procédait deux fois par an, ou si elle avait gagné dix fois les cinq mille dollars du tirage ordinaire, elle aurait pu nourrir l'espoir d'écarter pour de bon ce rideau trop épais, de prendre son fils par la main et de le conduire très loin, loin de la route municipale n° 3 et du garage Camber, spécialiste des voitures étrangères, loin de Castle Rock. Elle serait peut-être allée dans le

Connecticut avec Brett dans le but de demander à sa sœur combien coûtait la location d'un petit appartement à Stratford.

Mais seul un coin du rideau s'était effacé. Rien de plus. Elle n'avait rencontré la chance qu'un instant fugitif, aussi merveilleux et magique qu'une danse de conte de fées exécutée à l'aurore sous un gros champignon couvert de rosée… qu'une seule fois, la dernière fois. Elle éprouva donc un serrement de cœur en voyant disparaître le billet, malgré les insomnies qu'il lui avait causées. Charity comprit qu'elle continuerait d'acheter son billet de loterie hebdomadaire jusqu'à la fin de ses jours, mais qu'elle ne remporterait jamais plus de deux dollars à la fois.

Aucune importance. À cheval donné on ne regarde pas à la dent. Pas si l'on est éduqué.

Puis ils se rendirent à La Machine de Portland où elle signa le chèque en se disant qu'il lui faudrait s'arrêter à la banque sur le chemin du retour, pour faire transférer de l'argent de leur compte d'épargne sur leur compte courant et permettre ainsi au chèque du moufle d'être encaissé sans problème. En quinze ans, Joe et elle avaient économisé un peu plus de quatre mille dollars. Juste assez pour payer les trois quarts de leurs dettes, si l'on excluait l'hypothèque de la ferme. Elle n'avait bien sûr aucun droit de considérer cette somme à part, mais elle le faisait toujours. Elle ne parvenait pas à se représenter l'hypothèque autrement que sous forme de mensualités. Mais ils pouvaient entamer leurs économies maintenant, s'ils le voulaient ; il leur suffirait de déposer le chèque de la Commission de la loterie quand ils le recevraient. Ils ne perdraient jamais qu'une quinzaine de jours d'intérêts.

Lewis Belasco, le responsable de La Machine de Portland, assura qu'il ferait livrer le moufle l'après-midi même, et il tint parole.

Joe Magruder et Ronnie DuBay firent glisser le moufle à chaîne sur le vérin pneumatique de la camionnette, qui amena lentement l'engin au niveau du sol poussiéreux puis s'immobilisa dans un souffle d'air.

« Sacrée grosse commande pour ce vieux Joe Camber », fit remarquer Ronnie.

Magruder acquiesça. « Sa femme a dit de le mettre dans la grange. C'est son garage. J' crois qu'y faut s'accrocher, Ronnie. C'est vachement lourd. »

Joe Magruder saisit un côté, Ronnie l'autre, puis, grognant et soufflant, ils se dirigèrent vers le bâtiment, traînant la machine autant qu'ils la portaient.

« On fait une pause ? prononça Ronnie avec difficulté.

— J' vois pas où je fous les pieds. Faudrait s'habituer au noir si on veut pas se casser la figure sur un tas de ferraille. »

Ils posèrent lourdement l'engin sur le sol. Après la lumière vive du dehors, Joe ne distinguait plus rien. Il parvint peu à peu à deviner de vagues silhouettes — une voiture montée sur des crics, un établi, des poutres qui grimpaient jusqu'au grenier.

« Ça doit être… », commença Ronnie, qui s'interrompit brusquement.

Émanant de l'obscurité, d'un endroit situé de l'autre côté de l'automobile sans roues, se fit entendre un grondement, bas et guttural. Ronnie eut l'impression qu'un vent glacé parcourait son corps que l'effort avait trempé de sueur. Ses cheveux se dressèrent sur sa nuque.

« Nom de Dieu, t'entends ça ? » murmura Magruder.

Ronnie pouvait voir Joe maintenant, et les yeux de son ami lui apparurent agrandis par la terreur.

« J'entends. »

Le bruit résonnait aussi sourdement qu'un puissant moteur de hors-bord tournant au ralenti. Ronnie savait que seul un très gros chien pouvait produire un son pareil. Et quand ce genre d'animal vous accueillait ainsi, ce n'était généralement pas pour s'amuser. Il n'avait remarqué aucune pancarte ATTENTION CHIEN MÉCHANT en arrivant, mais ces péquenots ne prenaient pas toujours la peine d'en mettre une. Il pria le Seigneur qu'une bête grondant ainsi fût attachée.

« Joe ? Tu es déjà venu ici ?

— Une fois. C'est un saint-bernard. Grand comme une maison. Mais il ne faisait pas ça avant. » Joe eut un hoquet. Ronnie perçut un clappement bizarre sortant de la gorge de son compagnon. « Oh, bon Dieu. Regarde ça, Ronnie. »

Ronnie tourna la tête dans la direction indiquée et crut apercevoir un spectre, une image de cauchemar. Il savait qu'on ne doit jamais montrer à un chien qu'on a peur — il la sent jaillir de nos pores — mais il fut saisi d'un tremblement irrépressible. Il ne pouvait s'en empêcher. Ce chien était un monstre. Il se tenait tout au fond de la grange, derrière la voiture. Aucun doute, il s'agissait bien d'un saint-bernard : la largeur des épaules, l'épaisse fourrure dont l'ombre ne dissimulait pas la couleur fauve. La bête gardait la tête baissée. Elle fixait les deux hommes d'un regard haineux. Elle ne portait aucune chaîne.

« Recule doucement, commanda Joe. Pour l'amour de Dieu, cours pas. »

Ils commencèrent à reculer mais le chien entreprit d'avancer au même rythme qu'eux. Sa démarche était raide ; d'ailleurs il ne marchait pas, songea Ronnie, il *traquait*. L'animal ne se laissait pas distraire. Son moteur tournait et semblait prêt à accélérer. Sa tête restait enfoncée dans ses épaules. Jamais le grondement ne monta ni ne baissa d'intensité.

Pour Joe Magruder, le pire moment fut lorsqu'il atteignit la lumière aveuglante du soleil. Ébloui, il perdit le chien de vue. Si la bête choisissait cet instant pour se jeter sur lui…

Tendant le bras en arrière, il sentit l'aile du camion. Cela suffit pour lui faire perdre tout contrôle. Il se précipita vers la cabine.

Ronnie DuBay fit de même de l'autre côté. Il parvint à la portière et chercha la poignée pendant quelques secondes interminables. L'homme s'y agrippa, poursuivi par ce grondement qui évoquait tant un moteur de quatre-vingts chevaux tournant au ralenti. La portière ne voulait pas s'ouvrir. Le chien allait lui arracher les fesses. Son pouce trouva enfin le bouton, la portière céda et il se rua, pantelant, dans la cabine.

Il jeta un coup d'œil dans son rétroviseur et aperçut le saint-bernard, immobile, à l'entrée de la grange. Il se tourna vers Joe qui était installé derrière le volant et lui souriait d'un air embarrassé.

« C'est jamais qu'un chien, déclara Ronnie.

— Ouais. Ça aboie plus fort que ça mord.

— Tout juste. Allez, on y retourne pour finir de ranger ce moufle.

— Va te faire foutre, répliqua Joe.

— Enculé toi-même. »

Ils éclatèrent de rire. Ronnie lui passa une cigarette.

« Qu'est-ce que t'as dit, qu'on partait ?

— Et comment ! » répondit Joe en mettant le contact.

À mi-chemin de Portland, Ronnie lança, presque pour lui-même : «Ce chien n'est pas normal.»

Joe conduisait, le coude posé sur le rebord de la fenêtre. Il dévisagea brièvement son ami. «J'ai eu peur, et j'ai pas honte de le dire. Moi, ça me file les foies ces petites bestioles quand les proprios sont pas là, et ça m'donne envie de leur foutre mon pied là où j' pense, pas toi? Je veux dire, si les gens n'attachent pas leur chien quand il est mauvais comme une teigne, alors ils méritent ce qui leur arrive, tu crois pas? Cette espèce de *bête*… non mais t'as vu ça? J' parie que ce mastodonte faisait bien dans les cent kilos.

— Peut-être qu'y vaudrait mieux que je donne un coup de fil à Joe Camber, dit Ronnie. Pour lui raconter ce qui s'est passé. Ça pourrait bien lui éviter de se faire bouffer le bras. Qu'est-ce que t'en penses?

— Qu'est-ce qu'il a fait pour toi, Joe Camber, ces derniers temps?» s'enquit Joe Magruder avec un large sourire.

Ronnie hocha pensivement la tête. «Ça, c'est sûr qu'y me fait pas d'aussi bonnes pipes que toi.

— La dernière fois qu'on m'en a fait une, c'était ta femme. Pas dégueulasse non plus.

— Va te faire enculer, hé pédé.»

Ils se tordirent de rire. Personne n'appela Joe Camber. Lorsqu'ils arrivèrent à La Machine de Portland, l'heure de la fermeture approchait, c'est-à-dire l'heure où l'on traîne. Il leur fallut un quart d'heure pour noter la livraison dans les livres de comptes. Quand Belasco vint leur demander si Joe Camber avait bien réceptionné la machine, Ronnie Magruder lui certifia que oui, et Belasco, qui était un emmerdeur de première, s'en alla. Joe Magruder souhaita à Ronnie un bon week-end et surtout un joyeux Quatre-Juillet. Ronnie lui assura qu'il comptait bien le passer tout entier au pageot. Ils allèrent pointer avant de partir.

Ni l'un ni l'autre ne pensèrent plus à Cujo avant d'entendre parler de lui dans le journal.

Vic consacra la plus grande partie de l'après-midi à finir de préparer le voyage d'affaires avant le week-end. Roger était un véritable maniaque des petits détails. Il avait fait réserver les billets d'avion et les chambres d'hôtel par une agence. Ils avaient un vol pour Boston le lundi matin à sept heures dix à l'aéroport de Portland. Il était convenu que Vic passerait prendre Roger à cinq heures trente dans la Jag. Vic se disait qu'il était inutile de partir si tôt, mais il connaissait Roger et ses petites manies. Ils continuaient à ne parler du voyage que de façon assez vague, évitant volontairement les points précis. Vic préférait garder pour lui l'idée qui lui était venue au café, et il conservait la serviette en papier soigneusement pliée dans la poche de sa veste. Roger se montrerait plus réceptif quand ils seraient partis.

Vic voulait quitter le bureau de bonne heure mais décida de passer prendre le courrier d'abord. Lisa, la secrétaire, avait déjà fini sa journée, prenant un peu d'avance sur le week-end. Il devenait impossible de trouver une secrétaire qui daigne rester jusqu'à cinq heures sonnantes, même en semaine. Pour Vic, il ne s'agissait là que d'un indice supplémentaire de la décadence de la civilisation occidentale. Sans doute Lisa, jeune (vingt et un ans) et jolie, était-elle en train de se mêler au flot de la circulation, faisant route vers le sud en direction de Old Orchard ou des Hamptons, vêtue d'un jean moulant et d'un minuscule dos-nu qui soulignait sa poitrine plate.

Va, petite Lisa du disco, songea Vic en esquissant un léger sourire.

Une seule enveloppe non décachetée l'attendait sur le buvard de son bureau.

Il s'en empara avec curiosité, remarquant d'abord la mention PERSONNEL qui figurait dans un coin, puis le fait qu'on avait tracé l'adresse en grosses lettres capitales.

Il la tourna et la retourna entre ses doigts, sentant s'insinuer en lui une impression désagréable qui altérait son état général de bien-être un peu las. Du plus profond de lui-même, sans qu'il en soit vraiment conscient, lui vint une envie pressante de déchirer cette lettre en deux, quatre, huit morceaux puis de mettre ceux-ci au panier.

Mais il ouvrit l'enveloppe et en extirpa une simple feuille de papier.

À nouveau des majuscules manuscrites.

Le message très bref — six phrases — lui porta un coup juste au niveau du plexus solaire. Vic ne s'assit pas mais plutôt s'effondra sur sa chaise. Un petit grognement s'échappa de ses lèvres, comme s'il cherchait de l'air. Il lui sembla que son esprit s'emplissait à la fois de vacarme et de vide, ce qui l'empêcha durant quelques instants de comprendre ou de saisir le sens de quoi que ce fût. Si Roger était entré à ce moment-là, il aurait certainement cru que Vic venait d'avoir une crise cardiaque. Et cela n'aurait pas été entièrement faux. Son visage avait pris une teinte cadavérique. Sa mâchoire pendait. Des cernes bleuâtres soulignaient maintenant ses yeux.

Il relut les quelques lignes.

Une fois encore.

Au début, son regard fut attiré par la première question :

C'est une erreur, songea-t-il, éperdu. *Personne d'autre que moi ne sait cela… à part, bien sûr, sa mère. Et son père.* Puis, blessé, il éprouva les premières piqûres de la jalousie : *même son bikini cache cela… son* minuscule *bikini.*

Vic se passa la main dans les cheveux. Il posa la lettre et enfouit la tête dans ses deux paumes ouvertes. Il se sentait toujours la poitrine compressée, douloureuse. Il avait l'impression que son cœur ne canalisait plus du sang, mais de l'air. L'homme n'était plus que crainte, souffrance et confusion. Mais des trois sentiments, la crainte dominait nettement, une peur terrible et envahissante.

Les caractères se découpaient sur la feuille blanche pour lui crier :

ÇA M'A BOTTÉ DE LA BAISER JUSQU'À L'OS.

C'était maintenant cette ligne que ses yeux refusaient de quitter. Il perçut le ronronnement d'un avion qui venait de décoller de l'aéroport, s'élevait puis s'éloignait vers une destination inconnue. Il pensa : ÇA M'A BOTTÉ DE LA BAISER JUSQU'À L'OS. *Vulgaire. Vraiment très vulgaire.* Cela évoquait une taillade laissée par une lame émoussée. LA BAISER JUSQU'À L'OS, l'image était laide. Elle ne s'embarrassait d'aucune fioriture. Vic avait l'impression d'avoir reçu un jet d'acide en pleine figure.

Il s'efforça de réfléchir de façon cohérente et
(ÇA M'A BOTTÉ)
n'y réussit
(DE LA BAISER JUSQU'À L'OS)
absolument pas.

Puis ses yeux se portèrent sur la dernière phrase et il ne parvint pas à les en détacher comme s'il essayait, d'une certaine manière, d'en faire pénétrer le sens dans son cerveau. Cette terrible sensation de peur ne cessait d'interférer.

TU NE TE POSES PAS DE QUESTIONS ?

Oui. Tout d'un coup, une multitude de questions lui venait. Mais il ne souhaitait pas même entendre la première réponse.

Une pensée lui traversa l'esprit. Et si Roger n'était pas rentré chez lui ? Il arrivait fréquemment au gros homme de pousser la porte du bureau de Vic avant de s'en aller quand il voyait la lumière allumée. Il n'aurait pas été surprenant qu'il le fît justement ce soir, avec le voyage qui les attendait. Vic en eut des sueurs froides et un souvenir absurde lui revint en mémoire : les innombrables fois où, adolescent, il s'était enfermé dans la salle de bains pour se masturber, incapable de se contenir mais terriblement effrayé à l'idée qu'on pût savoir ce qu'il faisait là-haut. Si jamais Roger entrait, il se rendrait tout de suite compte que quelque chose n'allait pas. Vic ne le voulait à aucun prix. Il se leva et s'approcha de la fenêtre, qui donnait, six étages plus bas, sur le parking de l'immeuble. L'auto jaune vif de Roger ne se trouvait plus à sa place. Il était donc rentré.

Sortant de sa torpeur, Vic tendit l'oreille. Plus aucun bruit ne résonnait dans les bureaux d'Ad Worx. Il y régnait cette qualité de silence qui ne semble exister que dans les quartiers d'affaires aux heures creuses. On n'entendait pas même le son des pas du vieux Mr. Steigmeyer, le gardien. Vic songea qu'il devrait penser à pointer avant de partir. Qu'il devrait…

Le silence fut brisé. Vic ne comprit pas aussitôt de quoi il s'agissait. Puis il reconnut un sanglot. Le gémissement d'un animal blessé à la patte. Regardant toujours par la fenêtre, il vit les autos stationnées dans le parking, en double puis en triple, au travers d'un voile de larmes.

Mais pourquoi donc ne devenait-il pas fou ? Pourquoi fallait-il qu'il éprouve une telle *peur* ?

Un mot, tout droit sorti du théâtre de boulevard, s'imposa à son esprit. *Cocu*, se répéta-t-il. *Elle m'a cocufié.*

Les sanglots lui montaient à la gorge. Il tenta de les réprimer sans que cela lui apporte le moindre soulagement. Baissant la tête, il agrippa la grille du convecteur installé sous la fenêtre et qui lui arrivait à la taille. Il serra, serra jusqu'à ce que ses doigts lui fissent mal, jusqu'à ce que le métal émît une plainte de protestation.

Depuis combien de temps n'avait-il pas pleuré ? Il n'avait pu se retenir pour la naissance de Tad. Il s'était effondré quand son père, après trois jours de lutte sans merci contre la mort, avait fini par succomber à un infarctus, et les larmes de ses dix-sept ans d'alors ressemblaient à celles d'aujourd'hui, brûlantes et récalcitrantes ; plus qu'une simple peine, c'était une blessure qui s'épanchait. Mais à dix-sept ans, il paraissait plus facile de laisser couler ses pleurs et son sang. À cet âge-là, on s'attend encore à devoir verser sa part des deux…

Les sanglots s'interrompirent. Il crut que c'était fini. Puis un cri sourd jaillit de sa poitrine, un son rauque et vibrant. *C'est pas moi ? Bon sang, c'est pas moi qui ai crié comme cela ?*

Ses joues étaient trempées de larmes. Un nouveau cri retentit, puis un autre. S'accrochant à la grille du convecteur, il donna libre cours à sa douleur.

Trois quarts d'heure plus tard, il était assis dans le parc des Deering Oaks. Il venait de téléphoner à Donna qu'il arriverait tard. Elle lui demanda pour quelle raison, puis pourquoi il avait une voix si drôle. Il lui répondit qu'il serait rentré avant la nuit, ajouta qu'elle ne l'attende pas et fasse manger Tad, puis raccrocha avant qu'elle ait eu le temps de lui poser d'autres questions.

Il s'était donc assis dans le parc.

Les pleurs avaient consumé presque toute sa peur. Il ne subsistait plus en lui que des scories de colère, étape logique du processus chimique de sa conscience. Mais le mot colère ne convenait pas exactement. Il était enragé, furieux. Il lui semblait qu'un aiguillon l'avait piqué. Une partie de lui-même avait compris qu'il aurait été dangereux de rentrer tout de suite chez lui… que cela aurait été dangereux pour eux trois.

Quel plaisir n'eût-il pas éprouvé à poursuivre le carnage jusqu'au bout ; quelle jouissance (regardons les choses en face) n'eût-il pas ressenti à frapper le visage de la traîtresse !

Il s'était installé près de la mare aux canards. De l'autre côté, se déroulait une partie de frisbee endiablée. Vic remarqua que quatre des adolescentes qui jouaient — et deux des garçons — portaient des patins à roulettes. C'était la grande mode cette année. Une jeune fille, vêtue d'un bustier, s'approcha en poussant une petite charrette pleine de sachets de cacahuètes, de biscuits et de boissons en boîte. Son visage exprimait la douceur, la fraîcheur, l'innocence. L'un des joueurs de frisbee lui envoya le disque ; elle l'attrapa prestement et le relança aussitôt. Dans les années soixante, songea Vic, elle aurait sûrement vécu dans un village où elle aurait passé son temps à ôter les insectes des plants de tomates. Aujourd'hui, elle entrait probablement dans la catégorie des PME.

La première année, Vic et Roger venaient souvent prendre leur casse-croûte dans ce parc. Et puis Roger avait remarqué que, malgré l'aspect agréable de la mare, celle-ci dégageait une odeur putride, légère mais indubitable... et que la maisonnette qui occupait le centre du plan d'eau était non pas blanchie à la chaux, mais couverte de guano. Quelques semaines plus tard, Vic avait aperçu un rat mort, flottant près de la rive parmi les emballages de chewing-gums et de préservatifs. Il ne se rappelait pas y être retourné depuis.

Le frisbee, d'un rouge éclatant, traversa le ciel.

L'image qui avait provoqué sa colère le hantait. Il ne parvenait pas à la chasser de son esprit. Elle était aussi sale que les mots choisis par son correspondant anonyme, mais s'accrochait à lui. Il les voyait faisant l'amour dans le lit qu'il partageait avec Donna. Ils baisaient dans son lit. Le film qui défilait devant ses yeux était aussi cru que ceux projetés dans les salles de cinéma porno. Il l'imaginait, elle, poussant de petits cris rauques, le corps luisant d'un mince voile de transpiration, très belle. Les muscles tendus, saillants. Dans ses yeux plus sombres, l'expression affamée qu'elle prenait toujours quand le plaisir la gagnait. Vic connaissait ces regards, ces poses, ces gémissements. Il pensait jusqu'alors — *pensait* — qu'il était le seul à les connaître.

Puis il s'imaginait le pénis de l'homme — sa bite — qui la pénétrait. *En selle*, ces mots s'imprimaient dans sa tête, refusant de s'estomper. Il se représentait les deux corps se mouvant sur un fond sonore de Gene Autry : *Je me suis remis en selle...*

Cela lui donna la chair de poule. Le sentiment d'avoir été outragé le plongeait dans une véritable *fureur*.

Le frisbee s'éleva avant de retomber. Vic suivit sa course des yeux.

Il avait bien soupçonné quelque chose, oui. Mais entre concevoir des doutes et savoir, la différence était de taille. Il aurait au moins appris cela. Il pourrait toujours écrire un essai portant sur ce qui sépare le soupçon de la preuve. Il souffrait d'autant plus qu'il commençait vraiment à croire que toutes ses suppositions étaient dépourvues de fondement. Et même si elles étaient justifiées, tant qu'elles restaient au stade des suppositions, elles ne pouvaient lui faire de mal. N'est-ce pas vrai ? Quand un homme traverse une pièce très sombre dont le plancher est percé d'un grand trou, et qu'il évite la chute de quelques centimètres, il n'a pas besoin de savoir qu'il a failli tomber. Inutile de se faire peur. Du moins tant que les lumières sont éteintes.

En tout cas, Vic n'était pas tombé, on l'avait poussé. La question se posait : qu'allait-il décider ? Toute une partie de lui-même blessée, tuméfiée, rugissante, se révoltait et refusait de considérer la situation en « adulte », de reconnaître que ce genre de dérapages survenait dans la plupart des mariages, provoqué par l'un des conjoints ou par les deux à la fois. Qu'ils aillent se faire voir avec leur courrier des lecteurs de *Penthouse*, c'est de ma femme qu'il s'agit, elle s'est envoyée quelqu'un d'autre.

(Je me suis remis en selle.)

Dès que j'avais le dos tourné, quand Tad n'était pas à la maison…

Les images recommencèrent à défiler : draps froissés, corps tendus, sons étouffés. Des mots obscènes, des expressions d'une effrayante vulgarité s'agglutinaient dans sa tête, comme une foule de monstres autour d'un accident : *petite pute, fourre-lui la chatte, ma queue dans ta fente, du foutre plein son con, suce ma pine…*

Le corps de ma femme ! pensa-t-il, dévoré par la souffrance, les jointures blanches. *Le corps de ma femme !*

Mais malgré sa rage — et quoique à contrecœur — il se rendait compte qu'il ne pouvait pas rentrer à la maison et dérouiller Donna. Il envisageait de prendre Tad et de partir, sans fournir la moindre explication. Qu'elle essaye seulement de l'en empêcher, si elle avait suffisamment de cran pour le faire. Il ne croyait pas qu'elle s'y risquerait. Emmener Tad, prendre une chambre dans un motel, chercher un avocat. En finir proprement, et ne plus regarder en arrière.

Mais s'il prenait Tad comme cela, le soir, pour le conduire dans un motel, l'enfant ne serait-il pas effrayé ? Ne demanderait-il pas pourquoi ? Il n'avait que quatre ans mais était assez grand pour comprendre quand quelque chose allait mal, extrêmement mal. Et puis il y avait le voyage d'affaires — Boston, New York, Cleveland. Vic se moquait éperdument de ce qu'il pouvait apporter, maintenant. Le vieux Sharp et son môme pouvaient aller sur la lune si cela leur chantait. Mais il n'était pas seul impliqué dans l'histoire. Il avait un associé. Et cet associé était marié, père de deux enfants. Quelle que fût la douleur de Vic, il ne perdait pas de vue ses responsabilités du moins en ce qui concernait la nécessité de tenter de sauver le contrat Sharp — ce qui revenait à essayer de sauver Ad Worx même.

Et, quoiqu'il ne voulût pas y répondre, se dessinait une nouvelle question : pourquoi au juste désirait-il emmener Tad, sans même chercher à entendre la version de Donna ? Parce que ses coucheries n'étaient pas une bonne image à donner à Tad ? Sûrement pas. La vraie raison était qu'il avait aussitôt compris que le meilleur moyen de faire souffrir la jeune femme (autant que lui souffrait en ce moment) serait de toucher à leur fils. Mais voulait-il faire de Tad l'équivalent affectif de la barre de fer ou de la massue ? Il ne le pensait pas.

D'autres interrogations.

Le message. Réfléchir cinq minutes à cette note. Non pas à ce qui y est écrit, pas à ces six lignes d'obscénités tracées au vitriol, mais au *pourquoi* d'une telle lettre. Le type tuait la poule — excusez le jeu de mots — aux œufs d'or. Qu'est-ce qui avait pu le pousser à agir ainsi ?

Parce que la poule ne pondait plus, bien sûr. Et le monsieur X qui avait envoyé ce message était fou de colère.

Donna avait-elle plaqué le type ?

Vic essaya d'envisager une autre solution mais en vain. Si l'on en retirait l'aspect inattendu et choquant, ce ÇA M'A BOTTÉ DE LA BAISER JUSQU'À L'OS ne constituait-il pas le coup typique du chien du jardinier ? Quand tu ne peux plus manger les choux, pisse dessus pour que les autres ne puissent plus en profiter non plus. Illogique mais tellement réconfortant. La nouvelle atmosphère, plus détendue, qui régnait depuis quelques jours à la maison s'expliquait par cette version des faits. Il émanait de Donna un sentiment de soulagement presque palpable. Elle avait éconduit M. X, et celui-ci s'était lâchement vengé en envoyant une lettre anonyme au mari.

Dernière question : cela faisait-il une différence ?

Il tira le message de la poche de sa veste, la retourna longuement entre ses mains sans le déplier. Vic contempla le frisbee rouge vif qui traversait le ciel et se demanda ce qu'il allait bien pouvoir faire.

« Mais, bon Dieu, qu'est-ce que c'est que ce truc-là ? » fit Joe Camber.

Les mots sortaient espacés, dépourvus de toute intonation. Joe se tenait dans l'embrasure de la porte, jetant vers sa femme un regard interrogateur. Charity était en train de lui mettre son couvert. Brett et elle avaient déjà mangé. Joe, qui venait d'arriver avec un plein camion de ferraille, avait voulu rentrer le véhicule au garage et était tombé sur ce qui l'attendait.

«C'est un moufle à chaîne», répondit-elle. Charity avait envoyé Brett jouer toute la soirée chez son copain Dave Bergeron. Elle préférait qu'il soit ailleurs, si jamais les choses tournaient mal. «Brett m'a dit que tu en voulais un. Un moufle Jörgen, il a dit.»

Joe traversa la pièce. C'était un homme maigre mais solide, tout en muscles et en nerfs, pourvu d'un grand nez aquilin, qui se déplaçait d'un pas souple et silencieux. Son chapeau vert rejeté très en arrière sur la tête laissait apparaître une raie qui, avec le temps, reculait. Une traînée de graisse maculait son front. Son haleine empestait la bière, ses petits yeux bleus fixaient sa femme avec dureté. Il n'était pas homme à aimer les surprises.

«Tu vas m'expliquer, Charity, commanda-t-il.

— Assieds-toi. Ton dîner va refroidir.»

Son bras se détendit comme un piston. Il enfonça ses doigts puissants dans le bras de la jeune femme. «Qu'est-ce que tu prépares en douce? Je t'ai dit de m'expliquer, bon Dieu.

— Cesse de jurer, Joe Camber.» Il lui faisait mal mais elle ne lui donnerait pas le plaisir de le laisser transparaître sur ses traits ou dans ses yeux. Il avait un côté bestial qui, s'il l'avait excitée quand elle était jeune, ne lui faisait plus le même effet aujourd'hui. Au cours de toutes ces années passées ensemble, elle avait appris qu'elle pouvait parfois prendre le dessus en lui faisant simplement croire qu'elle était courageuse. Pas toujours, mais quelquefois.

«Bordel, tu vas me dire ce que tu manigances, Charity!

— Assieds-toi et mange, répliqua-t-elle tranquillement, et je vais tout t'expliquer.»

Il prit place et elle lui apporta son assiette qui contenait un steak dans le faux-filet.

«Depuis quand on mange comme Rockfeller? s'étonna-t-il. J'crois que tu vas avoir pas mal de choses à me raconter.»

Elle lui servit son café ainsi qu'une pomme de terre cuite coupée en deux. «Tu ne trouveras pas l'emploi d'un moufle?

— J'ai jamais dit que j'en avais pas besoin. Mais on peut pas se payer un truc pareil.» Il se mit à manger sans quitter sa femme des yeux. Il allait la frapper et elle le savait. Il fallait qu'elle profite de ce qu'il n'était pas encore ivre. Il ne porterait la main sur elle que lorsqu'il rentrerait de chez Gary Pervier, imbibé de vodka et meurtri dans sa fierté masculine.

Charity s'assit en face de lui et lui avoua : «J'ai gagné à la loterie.»

Il interrompit sa mastication puis ses mâchoires se remirent en mouvement. Il engloutit une bouchée de steak. «C'est ça, rétorqua-t-il. Et demain, ce brave Cujo va nous chier des jetons en or.» Il désigna de sa fourchette le chien qui, sous le porche, ne cessait de descendre et remonter les quelques marches. Brett préférait ne pas l'emmener chez les Bergeron, car ils élevaient des lapins et cela affolait complètement le saint-bernard.

Charity plongea la main dans la poche de son tablier, en extirpa le double du formulaire que l'employé avait rempli et le tendit à son mari.

Joe déplia la feuille de papier de ses doigts épais puis la parcourut du regard. Il s'arrêta sur le chiffre. «Cinq…», commença-t-il avant de refermer la bouche dans un clappement.

Charity l'examina sans mot dire. Il ne lui sourit pas. Il ne quitta pas sa chaise, ne vint pas l'embrasser. Pour un homme comme lui, songea-t-elle amèrement, la chance ne pouvait que cacher un piège.

Il finit par lever la tête. «T'as gagné cinq mille dollars?

— Oui, moins les impôts.

— Ça fait combien de temps que tu joues à la loterie?

— Je prends un billet à cinquante cents toutes les semaines... et d'ailleurs, ne t'avise pas de me faire des réflexions avec toute la bière que tu achètes.

— Fais attention à ce que tu dis, Charity», répliqua-t-il. Aucun battement de paupières ne venait troubler l'intensité de son regard d'un bleu brillant. «Fais gaffe à c' que tu dis, ou tu pourrais te retrouver avec la gueule tout enflée en un rien de temps.» Il se remit à mâcher et Charity, sous le masque qu'elle s'était composé, se détendit légèrement. Pour la première fois, elle avait osé braver le lion, et il ne l'avait pas mordue. Enfin, pas encore. «Cet argent, quand est-ce qu'on l'aura?

— Le chèque arrivera dans un peu moins de quinze jours. J'ai acheté le moufle sur l'argent de notre compte d'épargne. Avec ce papier, on ne risque rien. C'est ce que m'a assuré l'employé.

— Alors t'es allée acheter le machin?

— J'ai demandé à Brett ce qui te ferait le plus plaisir. C'est un cadeau.

— Merci.» Il continua de manger.

«Je t'ai fait un cadeau, reprit Charity, maintenant c'est à toi de m'en faire un, Joe. D'accord?»

Il ne cessa ni de manger ni de la regarder. Il ne prononça pas un mot. Ses yeux restaient dépourvus de toute expression. Il avait gardé son chapeau, vissé sur l'arrière de son crâne.

Elle détachait soigneusement chacune de ses paroles, sachant pertinemment que se dépêcher constituerait une erreur. « Je voudrais partir une semaine. Avec Brett. Aller voir Holly et Jim, dans le Connecticut.

— Non », répondit-il, et il continua son repas.

« Nous pourrions prendre le car. On logerait chez eux. Cela ne reviendrait pas cher. Il restera plein d'argent. De cet argent tombé du ciel. Cela coûterait trois fois moins cher que le moufle. J'ai téléphoné à la gare routière pour savoir le prix de l'aller et retour.

— Non. J'ai besoin de Brett ici. »

De fureur elle serra violemment les mains sous la table, mais s'efforça de conserver un visage calme et serein. « Tu t'arranges très bien sans lui pendant l'année scolaire.

— J'ai dit non, Charity », déclara-t-il, et elle se rendit compte avec une amertume mêlée d'humiliation qu'il y prenait plaisir. Il savait combien elle désirait ce voyage, combien elle avait tout prévu. Il lui plaisait de la voir souffrir.

Elle se leva et se dirigea vers l'évier, non parce qu'elle avait quoi que ce soit de particulier à y faire, mais pour tenter de gagner du temps et de retrouver son calme. Elle fit couler l'eau. Avec les ans, l'émail avait pris une teinte jaunâtre. L'eau ici était aussi dure que Joe.

Peut-être déçu, trouvant qu'elle avait abandonné trop facilement, Camber se lança dans des explications. « Il faut que le gosse commence à prendre des responsabilités. Ça lui fera pas de mal de m'aider cet été, au lieu d'aller traîner toute la journée chez Davy Bergeron. »

Elle ferma le robinet. « C'est moi qui l'ai envoyé là-bas.

— *Toi ?* Pourquoi ?

— Parce que je me doutais que cela se passerait ainsi,

jeta-t-elle en faisant demi-tour. Mais je lui ai dit que tu serais d'accord, avec l'argent et le moufle.

— Si tu savais, alors tu lui as menti, dit Joe. La prochaine fois, j'espère que tu réfléchiras avant de causer. » La bouche pleine, il lui sourit et prit un morceau de pain.

« Tu peux venir avec nous, si tu veux.

— C'est ça. Et j'aurai qu'à dire à Richie Simms de faire une croix sur sa première récolte cet été. Et puis, je me demande bien pourquoi j'irais les voir, ces deux-là ? D'après ce que j'ai pu en voir et c' que tu m'en as dit, j'ai dans l'idée qu'ils valent pas grand-chose. Et si tu les aimes bien, c'est que tu voudrais devenir une espèce de petite bêcheuse, comme eux. » Le ton de sa voix montait graduellement. La nourriture jaillissait de sa bouche. Lorsqu'il se mettait dans cet état, il lui faisait peur et habituellement elle s'avouait vaincue. Mais pas ce soir. « Et surtout tu voudrais faire du gosse un morveux dans leur genre. Voilà c' que je pense. Tu voudrais le monter contre moi, hein ? J'ai pas raison ?

— Pourquoi ne l'appelles-tu jamais par son nom ?

— Bon, maintenant tu vas me faire le plaisir de la fermer Charity », cria-t-il en la fusillant du regard. Le rouge lui était monté aux pommettes et au front. « Tu m'obéis, maintenant.

— Non, coupa-t-elle. Ce n'est pas fini. »

Ahuri, il laissa tomber sa fourchette. « *Quoi ?* Qu'est-ce que t'as dit ? »

Elle marcha vers lui s'offrant, pour la première fois depuis leur mariage, le luxe de se laisser envahir par la colère. Mais il s'agissait d'une rage intérieure qui la brûlait, la dévorait comme de l'acide. Charity sentait cette fureur qui la consumait. Elle n'osa pas élever la voix. Si elle criait, c'était la fin à coup sûr. Elle parla donc d'un ton sourd.

«Oui, tu peux toujours penser ce que tu veux de ma sœur et de mon beau-frère. Vas-y, pense ce que tu veux. Mais regarde-toi, qui manges là avec tes mains sales et ton chapeau sur la tête. Tu ne veux pas qu'il vienne et puisse voir comment vivent les autres. Exactement comme moi, je ne veux pas qu'il voie comment toi et tes amis vous vous conduisez quand vous êtes entre vous. Et c'est pour cela que je ne l'ai pas laissé partir avec vous à la chasse en novembre dernier.»

Elle s'interrompit et il se contenta de rester là, une tranche de pain à la main, le menton dégoulinant de jus de viande. Elle se dit que seule la stupéfaction de l'entendre prononcer de telles choses empêchait son mari de se jeter sur elle.

«Alors, je te propose un marché, reprit-elle. Je t'ai acheté ce moufle, et je suis prête à te remettre tout l'argent qui restera — la plupart ne le feraient même pas — mais puisque tu te montres si peu reconnaissant, je vais te faire encore une faveur. Tu le laisses descendre avec moi dans le Connecticut et je ne m'opposerai pas à ce que tu l'emmènes à Moosehead pour la chasse au cerf.» Un frisson glacé la parcourut ; elle eut l'impression de vouloir signer un pacte avec le diable.

«Tu mérites une correction», lâcha-t-il d'un air surpris. Il s'adressait à elle comme à une enfant qui aurait mal compris un problème très simple. «Je l'emmènerai avec moi si je veux, et quand je veux. Tu n'as pas compris ça ? C'est *mon* fils. Nom de Dieu. *Si* je veux, *quand* je veux.» Il sourit légèrement, content de la sonorité de ses phrases. «T'as compris maintenant ?»

Elle plongea son regard dans ses yeux. «Non, répondit-elle. Tu ne feras pas ce que tu veux.»

Il se leva brusquement, renversant sa chaise.

«C'est fini tout cela», continua-t-elle. Elle avait envie

de reculer mais cela la perdrait. Un faux mouvement, un seul signe d'abandon et il serait sur elle.

Il dégrafait sa ceinture. «Je vais te frapper, Charity, fit-il avec regret.

— Je t'empêcherai par tous les moyens de l'emmener. J'irai voir le directeur de l'école et me plaindrai qu'il sèche les cours. J'irai voir le shérif Bannerman et dirai qu'on l'a enlevé. Mais surtout… je veillerai à ce que Brett ne veuille pas y aller.»

Il tira la ceinture des passants de son pantalon et la tint de façon que la boucle se balançât d'avant en arrière, tout près du sol.

«Tu ne pourras pas l'emmener là-bas avec tous ces ivrognes, toutes ces bêtes, tant qu'il n'aura pas quinze ans, si je ne le laisse pas partir, poursuivit-elle. Tu peux toujours me battre avec ta ceinture, Joe Camber, si ça te chante. Cela n'y changera absolument rien.

— Tu crois ça?

— Je suis là, debout, et je peux te le certifier.»

Mais il sembla soudain qu'il ne se trouvait plus dans la pièce avec elle. Son regard, devenu rêveur, s'était perdu au loin. Elle l'avait déjà vu ainsi auparavant. Il venait juste de penser à autre chose, à un fait nouveau qui l'obligeait à reconsidérer les termes de l'équation. Elle pria pour que cette nouvelle donnée entrât de son côté du petit signe égal. C'était la première fois qu'elle lui tenait tête de la sorte et elle avait peur.

Le visage de Camber s'éclaira d'un sourire. «T'es une vraie petite salope, hein?»

Charity resta muette.

Il entreprit de remettre sa ceinture. Il souriait toujours, les yeux vagues: «Tu crois que tu peux baiser comme les autres petites salopes? Comme ces petites salopes mexicaines?»

Inquiète, elle continua de se taire.

« Et si je suis d'accord pour vous laisser partir. Tu crois qu'on pourrait faire un tour au pieu ?

— Que veux-tu dire ?

— Ça veut dire d'accord, répondit-il. Toi et lui. »

Il traversa la pièce de son pas rapide et souple et elle frissonna en songeant qu'il aurait pu le faire aussi vite quelques instants plus tôt, qu'il aurait pu si vite abattre sa ceinture sur elle. Qui donc aurait pu l'arrêter ? Ce qu'un homme faisait avec — ou à — sa femme ne regardait personne d'autre. Elle n'aurait rien pu tenter, rien pu dire. À cause de Brett. Au nom de son amour-propre.

Il lui posa une main sur l'épaule. Il la laissa glisser sur le sein de sa femme et serra. « Viens, souffla-t-il, je bande.

— Brett…

— Il rentrera pas avant neuf heures. Allez. J' t'ai dit, tu pourras partir. Tu peux bien me dire un petit merci, non ? »

Un désir absurde franchit ses lèvres avant qu'elle ait eu le temps de le retenir : « Enlève ton chapeau. »

Il l'envoya voler à travers la cuisine, sans regarder. Il souriait toujours, découvrant des dents jaunes dont deux fausses, en haut, sur le devant. « Si on avait le fric maintenant, on pourrait s'envoyer en l'air sur un lit de dollars, remarqua-t-il. J'ai vu ça dans un film, une fois. »

Il la conduisit là-haut, dans leur chambre ; elle s'attendait qu'il se montrât vicieux mais ce ne fut pas le cas. Il lui fit l'amour comme d'habitude, rapidement et brutalement, mais sans perversité. Il ne la blessa pas intentionnellement, et, ce soir-là, pour peut-être la dix ou onzième fois depuis leur mariage, elle eut un orgasme. Les yeux clos, sentant le menton de l'homme s'enfoncer dans le haut de sa tête, elle s'abandonna au désir mais étouffa le cri qui lui montait aux lèvres. L'entendre manifester du plaisir aurait pu rendre Joe méfiant. Elle n'était pas certaine qu'il sache que les femmes éprouvaient parfois une sensation similaire à celle qui finissait toujours par submerger les hommes.

Peu après (mais une heure encore avant que Brett ne rentrât de chez les Bergeron), il la quitta sans mentionner où il allait. Elle devinait que ce devait être chez Gary Pervier, là où la beuverie commencerait. Allongée sur le lit, Charity se demanda si le voyage pourrait vraiment valoir ce qu'elle venait de braver et de promettre. Les larmes s'apprêtèrent à jaillir mais elle les refoula. Elle resta ainsi, tendue, les yeux brûlants, à regarder la lune d'argent s'élever dans toute sa majesté, lune déjà haute quand Brett rentra, annoncé par les aboiements de Cujo et le claquement de la porte de derrière. *La lune s'en fout*, songea Charity, mais la pensée fut loin de l'apaiser.

« Que se passe-t-il ? » s'enquit Donna.

Elle avait une voix lasse, presque brisée. Ils étaient tous deux assis dans la salle de séjour. Vic n'était rentré qu'au moment de coucher Tad, et une demi-heure s'était écoulée. Le petit dormait dans sa chambre, la Formule pour le Monstre punaisée tout près de son lit, la porte du placard soigneusement fermée.

Vic se leva puis s'approcha de la fenêtre qui ne s'ouvrait plus maintenant que sur la nuit. Elle sait, se dit-il, maussade. Peut-être pas exactement la manière dont je l'ai appris, mais elle doit commencer à s'en douter. Sur le chemin du retour, il s'était demandé s'il devait lui énoncer les faits, faire une scène, essayer de vivre avec l'abcès… ou se contenter d'enterrer l'histoire. Après avoir quitté le parc, il avait déchiré la lettre et s'était débarrassé des morceaux en les jetant par la fenêtre de sa voiture, sur la route 302, qui le conduisait chez lui. Trenton, tu salis la voie publique, avait-il songé. Maintenant, le choix ne lui appartenait plus. Il distinguait le pâle reflet de la jeune femme dans la vitre sombre, petit cercle blanc baigné de lumière électrique jaune.

Il se tourna vers elle, ne sachant absolument pas ce qu'il allait lui répondre.

Il sait, supposait Donna.

Elle avait eu le temps de s'en persuader car ces trois heures d'attente lui étaient apparues comme les trois heures les plus longues de son existence. Elle avait compris qu'il savait au son de sa voix lorsqu'il avait téléphoné pour prévenir qu'il arriverait tard. Elle avait d'abord éprouvé un sentiment d'affolement — de cette panique brute et oppressante qui s'empare des oiseaux pris au piège dans un garage. Elle aurait pu transcrire ses pensées comme dans les bandes dessinées, en italique suivi de points d'exclamation : *Il sait ! Il sait ! Il SAIT ! !* Elle avait fait dîner Tad, noyée dans un brouillard de terreur, s'efforçant de deviner la suite des événements, mais sans y parvenir. Je vais faire la vaisselle, décida-t-elle. Et puis je l'essuierai. Après, je la rangerai. Ensuite je vais lire des histoires à Tad. Et pour finir je m'enfuirai au bout du monde.

Un sentiment de culpabilité avait succédé à l'affolement. Puis la terreur avait repris le dessus. L'apathie s'était enfin emparée d'elle, à mesure que plusieurs de ses circuits émotionnels se fermaient. Avec cette apathie lui vint un certain soulagement. Le secret n'existait plus. Elle se demanda si c'était Steve qui avait appris la vérité à Vic ou si celui-ci avait deviné tout seul. Donna pensa qu'il s'agissait plutôt de Steve, mais cela n'avait aucune importance. Elle était heureuse que Tad fût au lit, profondément endormi, mais craignait qu'il ne s'éveillât, le lendemain matin, dans une ambiance désagréable. Cette idée la replongea dans l'état d'affolement du début. Elle se sentait perdue, malade.

Il se tourna vers elle et lui dit : « J'ai reçu une lettre aujourd'hui. Une lettre anonyme. »

Il ne parvint pas à finir et traversa une fois de plus la pièce. Donna se surprit à penser qu'il était vraiment beau et que c'était dommage de lui voir déjà tant de cheveux gris. Cela allait bien à certains, mais vieillissait Vic prématurément, et…

… mais pourquoi donc se préoccupait-elle de ses cheveux maintenant ? Ce n'était pas de *cela* qu'il s'agissait, si ?

Très doucement, d'une voix qu'elle entendait trembler, elle lui avoua tous les principaux détails, les crachant comme un horrible médicament trop amer pour qu'on pût l'avaler. « Steve Kemp. Le type qui retapait la commode de la petite pièce. Cinq fois. Jamais dans notre lit, Vic. Jamais. »

Vic voulut prendre le paquet de Winston sur la tablette qui prolongeait le sofa, et le fit tomber par terre. Il le ramassa, sortit une cigarette et l'alluma. Ses mains tremblaient. Vic et Donna n'osaient se regarder. *Il ne faut pas*, se dit-elle, *nous devrions nous regarder*. Elle ne parvenait pourtant pas à le faire la première. La peur et la honte la paralysaient. Lui n'éprouvait que de la peur.

« Pourquoi ?

— Cela a une importance ?

— Pour moi, oui. Je veux comprendre. À moins que tu ne veuilles me quitter. À ce moment-là, je suppose que cela n'en a aucune. Ça m'a rendu fou, Donna. J'essaie de me… de me contenir, car si on ne parle pas maintenant, on ne le fera plus jamais. Veux-tu me quitter ?

— Regarde-moi, Vic. »

Faisant un gros effort, il obéit. Peut-être se sentait-il aussi furieux qu'il venait de l'avouer, mais Donna ne put lire sur le visage de son mari qu'une peur mêlée de chagrin. Il lui apparut soudain, avec la violence d'un coup, que Vic se trouvait au bord du gouffre. L'agence capotait, ce qui représentait déjà une situation pénible, et maintenant, c'était le tour de son mariage. Elle ressentit pour lui une bouffée de tendresse, pour lui, cet homme qu'elle avait parfois haï et, du moins pendant les trois heures précédentes, qu'elle avait craint. Elle eut l'impression de recevoir une révélation. Et surtout, elle espérait qu'il croirait toujours avoir été fou furieux, et non… et pas ce que trahissait son visage.

« Je ne veux pas te quitter, répondit-elle. Je t'aime. Je crois que j'ai redécouvert cela voici quelques semaines. »

Un instant il parut soulagé. Il s'approcha de la fenêtre puis retourna près du canapé. Il s'y laissa tomber et la fixa des yeux.

« Alors pourquoi ? »

La révélation fut submergée par une vague de colère sourde. *Pourquoi*, c'était bien là une question d'homme. Il fallait sans doute en rechercher l'origine dans le concept de la virilité chez l'homme occidental. *Je dois savoir pourquoi tu as fait ça.* Comme si elle n'était qu'une simple voiture dont la soupape coincée provoquait des hoquets, ou un robot dont les programmes se seraient emberlificotés et qui servirait du steak au petit déjeuner et du café au lait pour le dîner. N'était-ce pas en fait le sexisme qui conduisait les femmes à la folie, songeat-elle soudain. Peut-être. C'était cette exigence impossible des hommes de tout comprendre.

« Je ne suis pas sûre de pouvoir expliquer. J'ai peur que tu ne trouves tout stupide, mesquin et trivial.

— Essaie. Est-ce que… » Il se racla la gorge, prit l'air d'un homme qui se remonte les manches, puis finit par lâcher le morceau. « Je ne te satisfaisais plus. C'est ça ?

— Non, rétorqua-t-elle.

— Mais quoi, alors ? ne put-il s'empêcher de demander. Pour l'amour de Dieu, *quoi ?* »

D'accord… tu l'auras voulu.

« La peur, lâcha-t-elle. Je crois que c'était surtout de la peur.

— De la peur ?

— Quand Tad est allé à l'école, je n'avais plus rien pour m'empêcher d'être effrayée. Tad était comme… comment dit-on ?… un bruit blanc. Tu sais, le son que fait la télévision quand tu la règles sur une chaîne qui n'émet pas encore.

— Il n'allait pas vraiment à l'école », rectifia tranquillement Vic, et elle sut qu'il était prêt à se mettre en colère, prêt à l'accuser de vouloir se décharger sur Tad, et que lorsqu'il serait dans cet état retentiraient des mots qu'il aurait mieux valu ne pas prononcer, du moins pas maintenant. Se connaissant, elle savait qu'elle devrait mentionner certains faits. Ce serait l'escalade. On eût dit qu'ils se renvoyaient un objet devenu très fragile qui risquait de tomber à tout instant.

« Justement, reprit-elle : il · n'allait pas vraiment à l'école. Je l'avais encore presque toute la journée, et quand il n'était plus là… cela faisait un contraste… » La jeune femme leva les yeux vers Vic. « En comparaison, le silence paraissait d'autant plus pesant. C'est à ce moment-là que j'ai commencé à avoir peur. Je ne cessais de penser que la maternelle serait pour l'année d'après. Une demi-journée tous les jours au lieu de trois fois par semaine. Et puis l'année suivante, les cinq jours complets de la semaine scolaire. Toutes ces heures qu'il me faudrait remplir. J'ai eu peur.

— Alors tu t'es dit que tu allais tuer ces heures creuses en te tapant un mec ? » avança-t-il méchamment.

La remarque la blessa mais elle poursuivit sans en tenir compte, sans élever la voix, s'efforçant de tout retracer du mieux qu'elle pouvait. Il lui posait une question, elle y répondrait.

« Je n'avais aucune envie de faire partie d'un comité de bibliothèque ou de bienfaisance, de m'occuper de la vente des petits gâteaux ou de tenir la caisse, ou encore de veiller à ce que tout le monde ne prépare pas la même chose pour le grand dîner de réunion du samedi soir. Je ne voulais pas voir ces visages déprimants à longueur de journée et écouter toujours ces mêmes commérages sur qui fait quoi en ville. Je ne voulais pas me faire les griffes sur la réputation de qui que ce soit. »

Les mots coulaient tout seuls maintenant. Elle n'aurait pas pu les arrêter, même si elle l'avait voulu.

« L'idée de vendre des Tupperware m'effrayait, de même pour les produits de beauté ou tous ces thés de bonnes femmes, et je n'ai pas besoin de me joindre à ces associations de dames qui cherchent à perdre du poids. Tu… »

Elle s'interrompit une fraction de seconde pour mieux maîtriser ce qu'elle allait lui dire, éprouver la valeur de l'idée.

« Tu ne sais rien du vide, Vic. Je ne crois pas du moins. Tu es un homme et les hommes *s'engagent*. Les hommes s'engagent pendant que les femmes courent après la poussière. Nous faisons le ménage dans des pièces désertes en écoutant parfois le vent qui souffle au-dehors. Mais parfois on a l'impression qu'il souffle à l'intérieur, tu comprends ? Alors on met un disque de Bob Seger ou de J. J. Cale mais on entend toujours le bruit du vent et puis les idées viennent, oh ! pas de bonnes idées, non, mais elles viennent quand même. Alors tu vas nettoyer les waters, la baignoire, l'évier et puis un jour, tu te retrouves devant la boutique d'un antiquaire à regarder des petits bibelots de porcelaine et tu te dis que ta mère en avait une pleine étagère, que tes *tantes* en avaient elles aussi de pleines étagères, et ta *grand-mère* également. »

Il l'examinait attentivement et son expression révélait une telle perplexité que Donna se sentit gagnée par le désespoir.

« Je te raconte des *sentiments*, pas des faits !

— Oui, mais pourquoi…

— Je suis en train de t'*expliquer* pourquoi ! J'essaie de te dire que je passais tellement de temps devant le miroir que je me voyais vieillir, que je me rendais compte qu'on ne me prendrait plus jamais pour une gamine, qu'on ne me demanderait plus jamais mon permis de conduire quand je commanderai de l'alcool dans un bar. J'ai eu peur de voir que moi aussi j'étais devenue adulte. Tad à la maternelle, cela signifiait qu'il allait entrer à l'*école*, puis au *lycée*…

— Tu voudrais dire que tu as pris un amant parce que tu te sentais vieille ? » Il la dévisageait d'un air incrédule. Elle lui fut reconnaissante car sa réflexion n'était sans doute pas fausse ; elle avait trouvé flatteur l'attrait qu'avait éprouvé pour elle Steve Kemp, et s'était prêtée au début avec beaucoup de plaisir à ce petit flirt. Mais cela ne constituait en aucun cas toute l'explication.

Donna saisit les mains de son mari et, plongeant son regard dans le sien, lui parla avec toute sa sincérité. Elle pensait — *savait* — que plus jamais peut-être, elle ne s'adresserait aussi sincèrement (aussi honnêtement) à un homme. « C'est plus que cela. C'est de savoir qu'on n'a plus à attendre de devenir adulte, de se réconcilier avec la vie. C'est de se rendre compte que nos choix sont de jour en jour plus restreints. Pour une femme — non, pour *moi* — tout cela représente quelque chose de très pénible à affronter. Être épouse, parfait. Mais toi, tu vas travailler, et même quand tu es à la maison, tu es encore au travail. Être mère, parfait aussi. Mais chaque année nous ampute un peu plus de ce rôle, au fur et à mesure que le monde nous prend davantage de notre enfant.

« Les hommes… ils savent où ils en sont. Ils gardent à l'esprit l'image de ce qu'ils doivent incarner. Ils ne parviennent jamais à cet idéal, c'est ce qui les brise et cela explique peut-être pourquoi tant d'hommes meurent malheureux ou avant l'heure, mais ils *savent* à quoi cela doit ressembler d'être grand. Ils ont des sortes de paliers, trente ans, quarante, cinquante ans. Ils ne perçoivent pas le bruit du vent, ou si cela leur arrive, ils prennent une lance et chargent en se disant qu'il doit s'agir de moulins ou de n'importe quelle autre connerie qu'on peut abattre.

« Une femme, elle — en l'occurrence moi — essaie de faire reculer au maximum le moment fatidique. Les bruits de la maison ont commencé à me faire peur dès que Tad n'était plus là. Une fois, tu sais — c'est ridicule —, je me trouvais dans sa chambre à changer les draps, et je me suis mise à penser à mes anciennes copines de lycée. Je me suis demandé ce qu'elles étaient devenues, où elles vivaient maintenant. J'étais perdue dans mes rêveries quand la porte du placard de Tad s'est ouverte brusquement… J'ai hurlé et je me suis enfuie. Je ne sais pas pourquoi… enfin, si, sans doute. Une seconde, j'ai pensé que Joan Brady allait sortir du placard, qu'elle aurait la tête arrachée, du sang plein ses vêtements et qu'elle dirait : J'ai été tuée dans un accident de voiture en revenant de la pizzeria Sammy ; j'avais dix-neuf ans et je m'en moque complètement.

— Bon sang, Donna ! s'exclama Vic.

— J'avais peur, c'est tout. La panique est venue lorsque j'ai commencé à regarder les bibelots ou à penser suivre des cours de poterie, de yoga ou autre. Quand on fuit l'avenir, on ne peut plus se réfugier que dans le passé. Alors… alors je me suis mise à flirter avec cet homme. »

Elle baissa les yeux puis enfouit soudain son visage dans ses mains. Les mots jaillirent, étouffés, mais encore compréhensibles.

« C'était amusant. J'avais l'impression de me retrouver à la fac. C'était comme un rêve. Un rêve stupide. Steve n'avait pas l'air d'exister vraiment. Il faisait disparaître le bruit du vent. Le flirt m'amusait, les rapports… Je n'aimais pas. J'avais des orgasmes, mais je n'aimais pas. Je ne pourrais pas expliquer pourquoi sinon que je n'ai jamais cessé de t'aimer et que je comprenais que j'étais en train de fuir… » Elle leva vers Vic un visage baigné de larmes. « Lui aussi fuit sans arrêt. Il en fait un métier. C'est un poète… enfin c'est ainsi qu'il se définit. Je n'ai pas compris grand-chose aux vers qu'il m'a montrés. C'est un saltimbanque qui rêve qu'il va encore à la fac et qu'il manifeste contre la guerre du Viêtnam. Voilà sans doute pourquoi ç'a été lui. Je crois que tu sais tout maintenant. Une petite histoire minable, mais c'est la mienne.

— J'aurais envie de lui mettre mon poing dans la figure, dit Vic. Ça me ferait sûrement du bien de le voir saigner du nez. »

Elle eut un pauvre sourire. « Il est parti. Après dîner, tu n'étais pas encore rentré, Tad et moi sommes allés chercher du fromage blanc. Il y a une pancarte À LOUER à la fenêtre de sa boutique. Je t'ai dit qu'il ne restait jamais longtemps au même endroit.

— Son message n'avait rien de poétique », fit remarquer Vic. Il jeta un bref coup d'œil vers sa femme puis baissa à nouveau la tête. Elle voulut lui caresser la joue mais il s'esquiva. Cela la blessa plus que tout le reste, plus qu'elle aurait pu le croire. La honte et la peur ressurgirent, par vagues énormes, compactes. Mais elle ne pleurait plus. Donna songea qu'elle ne verserait plus de larmes avant très longtemps. La blessure était trop profonde, le traumatisme trop violent.

« Vic, reprit-elle. Je suis désolée. Je t'ai fait du mal et j'en suis désolée.

— Quand as-tu rompu ? »

Elle lui raconta le jour où elle avait trouvé Steve dans la salle de séjour en rentrant, sans mentionner la crainte qu'elle avait eue d'être violée par son amant.

« La lettre était donc sa façon de se venger. »

Elle écarta la mèche de cheveux qui lui barrait le front et acquiesça d'un signe de tête. Son visage était blafard et de larges cernes violacés soulignaient ses yeux. « Je suppose.

— Montons nous coucher, proposa Vic. Il est tard et nous sommes fatigués tous les deux.

— Tu vas me faire l'amour ? »

Il secoua lentement la tête. « Non, pas ce soir.

— Très bien. »

Ils se dirigèrent ensemble vers l'escalier. Parvenus au bas des marches, Donna demanda : « Qu'allons-nous faire, Vic ? »

Il hocha la tête. « Je ne sais vraiment pas.

— Faut-il que j'écrive : Je promets de ne plus jamais recommencer, cinq cents fois sur le tableau noir et que je sois privée de vacances? Allons-nous divorcer? Faisons-nous une croix dessus pour toujours? Quoi?» Elle ne se sentait pas surexcitée, seulement fatiguée, mais sa voix prenait un ton perçant qui lui déplaisait et qu'elle ne maîtrisait pas. Le pire était la honte, honte d'avoir été découverte et de constater combien Vic en souffrait. Elle le haïssait autant qu'elle-même de l'avoir rendue si honteuse, car elle ne se croyait pas responsable des facteurs qui l'avaient conduite à prendre la décision finale — si l'on considérait qu'il s'était bien agi d'une décision.

«Nous y réfléchirons ensemble», déclara-t-il mais elle ne s'y trompa pas; ce n'était pas à elle qu'il parlait. «Cette liaison…» Vic la dévisagea d'un air suppliant. «Il n'y en a pas eu d'autre, n'est-ce pas?»

C'était la question impardonnable, celle qu'il n'avait pas le droit de poser. Courant presque, elle se précipita en haut des escaliers avant de pouvoir lui jeter en pleine figure toutes les accusations et récriminations idiotes qui, loin d'arranger quoi que ce soit, ne feraient que recouvrir de boue la misérable franchise qu'ils s'étaient efforcés de montrer jusque-là.

Ni l'un ni l'autre ne dormirent beaucoup cette nuit-là. Vic était à mille lieues de se souvenir qu'il avait oublié de téléphoner à Joe Camber pour lui demander s'il pourrait réparer la Pinto de sa femme.

Quant à Joe Camber, il s'était installé comme Gary Pervier dans l'une des chaises longues délabrées qui encombraient le jardin mal tenu de ce dernier. À la belle étoile, ils sirotaient des cocktails à la vodka dans des verres McDonald. Des lucioles traversaient l'obscurité et les lourdes grappes de chèvrefeuille qui s'accrochaient à la clôture de Gary emplissaient l'air chaud de parfums lourds et écœurants.

En temps normal, Cujo aurait poursuivi les insectes, en poussant parfois de brefs aboiements ce qui faisait immanquablement se tordre de rire les deux hommes, mais ce soir, il restait allongé près d'eux, le museau entre ses pattes. Ils crurent qu'il dormait mais ils se trompaient. Il préférait simplement ne pas bouger car la douleur lui vrillait les os, faisait bourdonner sa tête. Il ne parvenait même plus à se rappeler les rites pourtant simples de sa vie de chien ; quelque chose perturbait ses instincts les plus élémentaires. Dès qu'il s'endormait lui venaient des rêves d'une réalité étonnante et désagréable. Il s'y était même vu massacrer LE GARÇON, lui arracher la gorge puis extirper de son corps des paquets de viscères fumants. Le saint-bernard s'était alors réveillé, gémissant et agité de contractions nerveuses.

Il se sentait continuellement assoiffé, mais n'osait déjà plus s'approcher de son écuelle d'eau car, lorsqu'il succombait, il avait l'impression d'avaler des lames de rasoir. Au contact de l'eau, ses dents le faisaient souffrir. Le liquide suscitait des éclairs de douleur qui lui transperçaient les yeux. Il restait donc couché sur l'herbe sans s'occuper des lucioles ou de quoi que ce soit d'autre. Les voix des HOMMES ne constituaient qu'une légère rumeur au-dessus de sa tête. Pour Cujo, elles ne représentaient pas grand-chose, comparées à son mal qui empirait.

« Boston ! s'exclama Gary Pervier en ricanant. *Boston !* Qu'est-ce que tu vas aller foutre à Boston, et qu'est-ce qui te fait croire que j'ai de quoi faire une virée pareille ? Je crois vraiment pas que j'ai assez de fric pour faire quoi que ce soit tant que j'aurai pas reçu mon chèque.

— Va te faire voir, tu roules sur l'or », répliqua Joe. Il avait déjà pas mal bu. « T'as qu'à piocher dans le magot que tu planques dans ton matelas, c'est tout.

— Y a rien d'autre que des punaises là-dedans », assura Gary avant d'émettre à nouveau son petit ricanement. « C'en est bourré et je m'en fiche complètement. Un autre petit coup ? »

Joe tendit son verre. Gary gardait tous les ingrédients à portée de la main. Il confectionna les cocktails dans le noir avec l'assurance et la dextérité du buveur accompli.

« Boston ! » s'écria-t-il une fois encore, rendant son verre à Joe. « Tu vas te payer un peu de bon temps là-bas, hein, Joey ? » fit Gary d'un ton malicieux. Il était le seul homme de Castle Rock — du monde entier peut-être — qui pût se vanter d'oser appeler Camber Joey. « Te faire une petite bringue, sûrement. Je t'ai jamais vu aller plus loin que Portsmouth.

— J'ai déjà été à Boston une fois ou deux, corrigea Joe. Tu ferais mieux de faire gaffe, Pervers, ou j' te fous mon chien au cul.

— Tu pourrais même pas le faire sauter sur un sale négro qu'aurait un rasoir dans chaque main », rétorqua Gary. Il se pencha et ébouriffa rapidement le poil de Cujo. « Et qu'est-ce qu'en dit ta femme ?

— Elle sait pas qu'on part. Elle a pas besoin de le savoir.

— Ah, ouais ?

— Elle emmène le gosse dans le Connecticut voir sa sœur et son espèce de débile de mari. Ils seront partis une semaine. Elle a gagné un peu de pognon à la loterie. J' fais aussi bien de te l' dire maintenant. De toute façon, ils disent tous les noms à la radio. C'est dans le papier qu'elle a dû signer.

— Alors comme ça elle a gagné à la loterie ?

— Cinq mille dollars. »

Gary émit un sifflement et Cujo coucha les oreilles.

Joe raconta à Gary ce que Charity lui avait dit au dîner laissant de côté la dispute pour présenter la discussion comme un marché honnête dont il aurait été l'instigateur : le gosse pouvait descendre dans le Connecticut avec elle une semaine, mais viendrait une semaine avec lui à Moosehead cet automne.

« Et toi, tu vas descendre à Boston et profiter aussi un peu du fric, petit salaud », récapitula Gary. Il donna à Joe une bourrade et éclata de rire. « Ah, ça, t'es un sacré numéro.

— Pourquoi que j' le ferais pas ? Tu te souviens de la dernière fois que j'ai pris un jour de vacances ? Pas moi. J'ai pas trop de boulot cette semaine. J'ai prévu de passer une journée et demie à m'occuper du moteur de l'International de Richie. Une bricole sur une soupape, mais avec le nouveau moufle, ça prendra pas plus de quatre heures. Je lui dirai d'amener la moissonneuse demain, et je m'y mettrai dès l'après-midi. J'ai aussi une transmission à réparer, mais c'est pour un professeur du lycée. Ça peut attendre. Et puis encore deux ou trois bêtises qui sont pas pressées non plus. Je donnerai un coup de fil aux clients pour les prévenir que je prends un peu de congé.

— Et qu'est-ce que tu vas faire en ville ?

— Eh ben, j'irai peut-être voir jouer les Dead Sox au stade de Fenway. Ferai sûrement un petit tour par la rue Washington…

— La zone de combat ! Putain, j'ai bien connu ! » Gary s'étrangla de rire et se tapa sur les cuisses. « Voir des trucs cochons et essayer de s'attraper une chaude-pisse !

— Ça serait pas très marrant, tout seul.

146

— Ben, j' crois que je me laisserai tenter si tu veux bien m'avancer un peu de pognon jusqu'à ce que je touche mon chèque.

— Ça marche comme ça», conclut Joe. Gary avait beau boire comme un trou, il se montrait régulier dès qu'il s'agissait d'argent.

«Je crois que ça fait bien quatre ans que j'ai pas été avec une femme, fit Gary d'un ton rêveur. J'ai laissé un bon morceau de la machine à fabriquer du sperme là-bas, en France. Alors, avec ce qui reste, des fois, ça marche, des fois non. Ce serait marrant de voir si le fusil est encore chargé.

— Ouais», répondit Joe. Il avait les oreilles qui bourdonnaient maintenant, et il ne parvenait plus à articuler. «Et pense au base-ball. Tu sais la dernière fois que j'ai été à Fenway ?

— Non.

— Dix-neuf-cent-soi-xante-huit», assura Joe en se penchant en avant pour ponctuer chaque syllabe d'une tape sur le bras de son ami. Il en profita pour renverser la moitié de son verre. «Le gosse était pas encore né. Ils ont joué contre les Tigers et ont perdu quatre à six, les salauds.

— Quand tu veux partir ?

— Lundi, vers trois heures de l'après-midi, je pense. La femme et le gosse voudront sûrement partir le matin. Je les conduirai à la gare des cars de Portland. Ça me laissera le reste de la matinée et une partie de l'après-midi pour finir ce que j'ai à faire.

— Tu prendras la voiture ou la camionnette ?

— La voiture.»

Le regard de Gary se perdit dans le vague. «Bouteilles, base-ball et baise», murmura-t-il. Il se redressa sur son siège. «Et qu'est-ce qu'on en a à foutre si j'y vais ?

— Tu veux venir?

— Ouais. »

Joe Camber poussa une exclamation de joie et tous deux se mirent à rire. Ils ne remarquèrent ni l'un ni l'autre la façon dont Cujo releva la tête en les entendant et le léger grognement qu'il se mit à émettre.

Ce lundi, le matin se leva sur un paysage de gris sombres ou clairs; le brouillard était tellement épais que Brett Camber n'arrivait pas à distinguer le chêne qui se dressait dans la cour, face à la fenêtre de sa chambre; l'arbre ne se trouvait pourtant pas à plus de trente mètres.

Tout dormait dans la maison, mais lui, Brett, ne se sentait plus du tout fatigué. Il allait accomplir un voyage et chaque fibre de son être vibrait à cette nouvelle. Rien que sa mère et lui. Ce serait chouette, il le savait, et inconsciemment, tout au fond de lui-même, il se réjouissait de ce que son père ne les accompagnât pas. Il serait libre d'être lui-même; il n'aurait pas à s'efforcer d'atteindre ce mystérieux idéal de virilité auquel son père avait déjà atteint mais que lui ne parvenait pas même encore à comprendre. Il se sentait bien — merveilleusement bien et plein de vie. Brett n'éprouvait que compassion pour ceux qui ne s'apprêtaient pas à partir par cette belle matinée opaque qui se transformerait en fournaise dès que le brouillard se serait levé. Il avait déjà prévu de s'asseoir près de la vitre, dans le car, et de ne pas perdre un seul kilomètre du trajet depuis la gare de la rue Spring, jusqu'à Stratford. Il avait mis très longtemps à s'endormir, la nuit dernière, et il n'était pas encore cinq heures… mais il finirait par exploser s'il restait une heure de plus au lit.

Faisant aussi peu de bruit que possible, l'enfant enfila

un jean, son tee-shirt imprimé au nom des Castle Rock Cougars, une paire de socquettes de sport blanches et des baskets. Il descendit à la cuisine et se prépara un bol de céréales au chocolat. Malgré ses efforts pour manger doucement, il était certain que l'on percevait dans toute la maison le croustillement de ses grains de riz soufflés, aussi fort qu'il résonnait dans sa tête. Brett entendit là-haut son père grogner puis se retourner dans le grand lit qu'il partageait avec sa mère. Les ressorts gémirent. La mâchoire du petit garçon s'immobilisa. Après un instant de réflexion, il décida de prendre son deuxième bol de céréales sous le porche et fit très attention à ne pas faire claquer la porte en la refermant.

Le brouillard épais rendait les parfums de l'été plus distincts : l'air était déjà chaud. À l'est, juste au-dessus du léger moutonnement que formait la rangée de sapins tout au bout du champ, Brett aperçut le soleil, petite boule argentée qui évoquait la pleine lune lorsqu'elle est haute dans le ciel. L'humidité semblait encore palpable, lourde et enveloppante. Dès huit ou neuf heures, le brouillard se serait dissipé, mais l'humidité, elle, subsisterait.

Pour le moment, l'enfant ne voyait qu'un monde blanc et mystérieux qui lui livrait ses charmes cachés : l'odeur entêtante de la haie prête à subir la première taille de l'année, de l'engrais, des roses de sa mère. Il percevait même les senteurs atténuées du gigantesque chèvrefeuille de Gary Pervier qui recouvrait lentement la clôture, la noyait sous une marée de grappes avides et écœurantes.

Brett posa son bol et se dirigea vers ce qu'il savait être la grange. À mi-chemin, il se retourna et ne distingua plus de la maison qu'un contour imprécis. Il était seul au milieu de tout ce blanc, avec un minuscule soleil d'argent pour veiller sur lui. Il respirait la poussière, la rosée, le chèvrefeuille et les roses.

Puis le grondement retentit.

L'enfant sentit son cœur bondir dans sa poitrine, il recula d'un pas, tous ses muscles tendus. Comme un petit garçon qui se trouve soudain plongé en plein conte de fées, sa première pensée fut : *un loup*, et il jeta autour de lui des regards affolés. Il ne put rien discerner d'autre que du blanc.

Cujo jaillit du brouillard.

Brett émit un gémissement. Le chien avec qui il avait grandi, qui avait poussé avec tant de patience la petite voiture fabriquée par Joe d'un Brett triomphant et joyeux alors âgé de cinq ans, le chien qui l'attendait tous les jours, qu'il vente ou qu'il neige, près de la boîte aux lettres pendant l'année scolaire... ce chien n'avait que peu de ressemblance avec l'apparition boueuse et hirsute qui se matérialisait lentement dans la brume matinale. Les grands yeux tristes du saint-bernard apparaissaient maintenant rouges, rétrécis et dénués d'intelligence : plus semblables à des yeux de porc qu'à ceux d'un chien. Son pelage était maculé d'une boue verdâtre comme s'il s'était roulé dans les marécages situés au bout de la prairie. Son museau s'était retroussé en un terrible rictus qui fit frémir l'enfant d'horreur. Brett eut l'impression que son cœur tentait de se frayer un passage dans sa gorge.

Une écume blanche et compacte s'écoulait lentement de la gueule du chien.

« Cujo ? souffla Brett. Cujo ? »

Cujo examina LE GARÇON sans plus reconnaître ni son apparence, ni les nuances de ses vêtements (il ne pouvait distinguer véritablement les couleurs, du moins au sens où l'entendent les humains), ni son odeur. Il n'eut que la vision d'un monstre sur deux jambes. Cujo se sentait malade et tout lui apparaissait horrible et déformé maintenant. Une envie de meurtre lui emplissait la tête. Il éprouvait le besoin de mordre, d'arracher, de déchiqueter. Son esprit projetait déjà une image dans laquelle il se ruait sur LE GARÇON, le faisait tomber à terre, déchirait des lambeaux de chair et d'os puis buvait le sang qu'un cœur à l'agonie faisait jaillir en flots convulsifs.

Puis la silhouette monstrueuse se mit à parler et la voix résonna familièrement aux oreilles de Cujo. C'était LE GARÇON, et LE GARÇON ne lui avait jamais fait le moindre mal. Il fut un temps où il aimait LE GARÇON, où il serait mort pour lui si on le lui avait demandé. Ce sentiment restait assez fort pour repousser l'idée de tuer jusqu'à ce qu'elle devînt aussi opaque que le brouillard. Son désir sanguinaire se mêla au courant impétueux de sa douleur.

«Cujo? Qu'est-ce qui ne va pas, mon vieux?»

Ce qui subsistait de l'animal sain, celui d'avant la blessure, se retourna, et avec lui le chien contaminé, dangereux, qui pour la dernière fois se voyait contraint d'obéir. Cujo s'éloigna, disparaissant dans la brume. Sa gueule laissait tomber des flaques d'écume dans la poussière. Le saint-bernard adopta une course pesante, espérant distancer la souffrance, mais elle le poursuivit, bourdonnante, lancinante, l'emplissant d'une haine et d'une folie meurtrière qui le torturait. Il se roula dans les fléoles des prés, et, les yeux fous, y donna des coups de dents.

Le monde n'était plus qu'une mer déchaînée de parfums. Cujo voulait retrouver la trace de chacun d'eux pour en éliminer la source.

Le chien se remit à gronder. Il se dressa sur ses pattes et s'enfonça dans le brouillard qui commençait à peine à se lever. L'animal constituait une masse de près de cent kilos.

Après la disparition du chien, Brett resta un bon quart d'heure dans la cour, sans savoir quoi faire. Cujo était malade. Peut-être avait-il avalé de la mort-aux-rats ou quelque chose de ce genre. Brett savait ce qu'était la rage et, s'il avait vu un tamia, un renard ou un porc-épic présenter les mêmes symptômes, il y aurait aussitôt pensé. Mais il ne lui vint pas à l'esprit que son chien pût être atteint de cette horrible maladie du cerveau et du système nerveux. La mort-aux-rats, c'est ce qui paraissait le plus vraisemblable.

Il faudrait qu'il le dise à son père pour qu'il fasse venir le vétérinaire. Ou peut-être que son papa soignerait lui-même le chien, comme quand, deux ans auparavant, il avait extirpé les aiguilles d'un porc-épic du museau de Cujo, tirant d'abord chaque piquant vers le haut avec une pince, puis vers le bas avant de le sortir en prenant bien garde de ne pas le briser car la blessure se serait alors infectée. Oui, il faudrait qu'il prévienne son papa. Lui, il ferait quelque chose, comme le jour du porc-épic.

Et le voyage ?

Il savait pertinemment que sa mère n'avait pu obtenir ce voyage qu'en livrant une rude bataille ou en profitant d'un formidable coup de chance, ou peut-être les deux à la fois. Comme la plupart des enfants, il sentait les vibrations qui émanaient de ses parents, il connaissait la façon dont les courants affectifs évoluaient d'un jour à l'autre, comme un vieux guide connaît le moindre des détours d'un cours d'eau de montagne. La victoire n'avait tenu qu'à un fil et, même si son père avait fini par accepter, Brett devinait que cela avait été à contrecœur et non sans peine. Ce voyage ne serait véritablement acquis que lorsque sa mère et lui se trouveraient dans le car. S'il apprenait à son père que Cujo n'allait pas bien, Joe n'en tirerait-il pas prétexte pour les garder à la maison ?

Le petit garçon se tint immobile au milieu de la cour. Pour la première fois de sa vie, il se trouvait confronté à un terrible dilemme moral et psychologique. Au bout d'un moment, il entreprit de chercher Cujo derrière la grange. Il l'appela à voix basse. Ses parents dormaient et Brett savait comme les sons portaient dans la brume matinale. Il ne découvrit son chien nulle part... Ce qui valait beaucoup mieux pour lui.

La sonnerie réveilla Vic à cinq heures moins le quart. Il se leva, fit taire le réveil et se dirigea à l'aveuglette vers la salle de bains tout en maudissant intérieurement Roger Breakstone, qui ne pouvait se contenter d'arriver vingt minutes à l'avance à l'aéroport comme n'importe quel voyageur. Non, pas Roger. C'était un homme prévoyant. Il pouvait toujours se produire une crevaison, un effondrement de la chaussée ou un tremblement de terre. Des extra-terrestres pourraient décider de se poser justement sur la piste 22.

Vic prit une douche, se rasa, avala ses vitamines puis retourna s'habiller dans la chambre. Il trouva le grand lit vide et poussa un léger soupir. Donna et lui ne venaient pas de passer un week-end très agréable... à vrai dire, il pouvait avouer qu'il espérait ne jamais plus avoir à subir deux jours comme ceux-ci. Ils s'étaient efforcés de conserver une attitude normale — pour Tad — et Vic avait eu l'impression de participer à une pénible mascarade. Il avait horreur d'avoir à contrôler les muscles de son visage pour sourire.

Ils avaient dormi ensemble mais, pour la première fois, leur très grand lit avait paru trop petit à Vic. Ils s'étaient installés chacun à un bord, laissant entre eux un no man's land de drap lisse et froid. Vic n'avait réussi à s'endormir ni dans la nuit du vendredi, ni dans celle du samedi, obsédé par le moindre des mouvements de Donna, par le bruissement de la chemise de nuit contre le corps de sa femme. Il se demandait si le sommeil la fuyait elle aussi, confinée dans son petit espace, de l'autre côté du vide qui les séparait.

La nuit précédente, celle du dimanche, ils avaient essayé de combler ce blanc au milieu du lit. Ils ne parvinrent ni l'un ni l'autre au plaisir, mais au moins était-ce une tentative (et personne ne se mit à pleurer quand ce fut terminé ; Vic était resté persuadé que l'un d'eux éclaterait en sanglots). Vic ne pensait cependant pas qu'on pût appeler ce qu'ils venaient de faire, faire l'amour.

Il revêtit un léger costume d'été gris — du même gris que la lumière du dehors — et descendit ses deux valises. L'une pesait beaucoup plus que l'autre. Elle contenait la quasi-totalité des dossiers Sharp. C'était Roger qui détenait les études graphiques.

Donna préparait des crêpes américaines dans la cuisine. Le thé était prêt. Elle portait sa vieille robe de chambre de flanelle bleue et avait le visage bouffi, comme si, au lieu de la reposer, le sommeil l'avait assommée.

« Tu crois qu'on laisse décoller les avions par ce temps ? demanda-t-elle.

— Ça va se lever. Le soleil se montre déjà. » Il lui désigna le petit point lumineux et l'embrassa à la naissance du cou. « Tu n'aurais pas dû te lever.

— Ça ne fait rien. » Elle déposa prestement une crêpe sur une assiette qu'elle lui tendit. « Je voudrais que tu restes. » Elle s'exprimait d'une voix étouffée. « Surtout maintenant, après hier soir.

— C'était donc si mauvais que cela ?

— Pas comme avant », souffla-t-elle. Un sourire amer, presque secret effleura ses lèvres puis s'évanouit. Elle remua la pâte à crêpes au fouet puis en versa une louche dans la poêle. La jeune femme remplit leurs deux tasses — l'une au nom de VIC, l'autre de DONNA — et les posa sur la table. « Mange ta crêpe. Il y a de la confiture de fraise si tu veux. »

Il prit la confiture et s'assit. Il mit un morceau de beurre sur sa crêpe et le regarda fondre, comme quand il était gosse. La confiture était de la Smucker's, sa préférée, aussi en tartina-t-il largement sa crêpe. Cela avait l'air délicieux mais il ne se sentait pas très affamé.

« Tu vas coucher avec une autre fille à Boston ou à New York ? demanda-t-elle en lui tournant le dos. Pour qu'on soit quittes ? Œil pour œil ? »

Il sursauta, peut-être même s'empourpra. Il se réjouit qu'elle se fût retournée car son visage, il le sentait, montrait en cet instant précis beaucoup plus qu'il ne l'aurait voulu. Non qu'il éprouvât de la colère ; l'idée de donner au garçon d'hôtel dix dollars au lieu du pourboire habituel et de lui poser quelques petites questions en échange, lui avait bien sûr traversé l'esprit. Il savait que cela arrivait parfois à Roger.

« Je serai trop occupé pour ce genre de chose.

— Quelle est cette pub déjà ? Il reste toujours une petite place pour…

— Qu'est-ce que tu veux, Donna ? Me mettre hors de moi ou quoi ?

— Mais non. Mange donc. Il faut que tu sois en forme. »

Elle s'installa à son tour devant sa crêpe. Pour elle,

pas de beurre, juste une goutte de sirop d'érable. Comme nous nous connaissons bien, songea-t-il.

« À quelle heure dois-tu prendre Roger ? s'enquit-elle.

— Les négociations ont été pénibles, mais nous avons fini par tomber d'accord sur six heures. »

Elle eut un nouveau sourire, mais cette fois-ci chaud et affectueux. « Cela lui tient vraiment à cœur d'être toujours en avance, non ?

— Oh ! oui. Cela m'étonne qu'il n'ait pas encore appelé pour s'assurer que je suis bien réveillé. »

La sonnerie du téléphone retentit.

Ils se regardèrent par-dessus la table et, après une seconde de silence, éclatèrent de rire. Ce fut un instant magique, plus merveilleux sans doute que leur tentative amoureuse de la nuit. Il remarqua combien elle avait de beaux yeux, clairs, lumineux. Du même gris que la brume matinale.

« Va vite répondre avant que Tad ne se réveille », le pressa-t-elle.

Il s'exécuta. C'était Roger. Vic lui assura qu'il était levé, habillé et prêt à tout affronter. Il prendrait Roger à six heures tapantes. Vic raccrocha, se demandant s'il parlerait à son ami de Donna et de Steve Kemp. Non, probablement pas. Les conseils de Roger ne seraient sûrement pas mauvais — ils l'étaient rarement — mais il finirait par tout raconter à Althea malgré toutes ses promesses de ne pas le faire. Et Vic soupçonnait Althea de ne pouvoir résister à la tentation de faire partager une histoire si croustillante au-dessus d'une table de bridge. À cette réflexion, il sentit la déprime l'envahir à nouveau. Il avait l'impression qu'en essayant d'éclaircir le problème qui se posait entre lui et Donna, ils se préparaient un enterrement en catimini.

« Ce bon vieux Roger », fit-il en reprenant sa place. Il

s'efforça de sourire mais le naturel, la spontanéité avaient disparu.

« Tu crois que tu pourras tout faire rentrer dans la Jag ?

— Mais oui, dit-il. Il faudra bien. Althea a besoin de leur voiture et toi tu as… *merde*, j'ai complètement oublié d'appeler Joe Camber pour ta Pinto.

— Tu avais autre chose à penser », fit-elle remarquer d'une voix où perçait une légère ironie. « Cela ne fait rien, je n'enverrai pas Tad à son club aujourd'hui. Il est enrhumé. Je peux même le garder à la maison tout l'été, si ça t'arrange. Je fais des bêtises quand il n'est pas là. »

Donna avait maintenant la voix étranglée, déformée par les pleurs ; Vic ne savait que dire, comment répondre. Impuissant, il la regarda prendre un Kleenex, se moucher puis se tamponner les yeux.

« Ce qui, commença-t-il, troublé, ce qui te semblera le mieux. » Puis il se dépêcha d'ajouter : « Téléphone à Camber. Il est toujours chez lui et je ne pense pas que la réparation lui prenne plus de vingt minutes. Même s'il doit changer le carburateur…

— Tu y réfléchiras pendant que tu seras parti ? interrogea-t-elle. Je veux dire à nous, à ce que nous allons faire ? »

Il acquiesça.

« C'est bien, moi aussi. Une autre crêpe ?

— Non, merci. » La conversation prenait un tour irréel. Il eut soudain le désir d'être déjà parti. Le voyage lui parut brusquement nécessaire et même très attirant. L'idée de s'éloigner de toute cette pagaille, de fuir à des kilomètres le rendit impatient. Il voyait déjà le jet Delta fendre le brouillard qui s'effilait, puis s'élever dans le ciel bleu.

« Je peux avoir une crêpe ? »

Ils se retournèrent tous deux, éberlués. Tad se tenait

debout dans l'entrée, vêtu de sa combinaison-pyjama jaune pâle, les épaules prises dans sa couverture rouge et tenant son chien en peluche par une oreille. Il évoquait un petit Indien ensommeillé.

« Je pense que je peux t'en faire cuire une », répondit Donna, étonnée. Tad n'était pas particulièrement un lève-tôt.

« C'est le téléphone, Tad ? » lui demanda Vic.

Le petit garçon fit non de la tête. « C'est moi qui me suis fait réveiller tôt pour pouvoir te dire au revoir, Papa. C'est vraiment obligé que tu t'en ailles ?

— Ce n'est pas pour longtemps.

— C'est trop long, répliqua sombrement Tad. Je vais entourer le jour où tu reviendras sur mon calendrier. Maman m'a montré quand c'était. Tous les jours, je ferai une marque, et Maman m'a dit qu'elle me lirait la Formule pour le Monstre tous les soirs.

— Alors, tout va bien, non ?

— Tu téléphoneras ?

— Tous les deux soirs, assura Vic.

— Tous les soirs », insista le petit garçon. Il se glissa sur les genoux de son père et posa son chien en peluche près de l'assiette de Vic. « *Tous* les soirs, Papa », répéta Tad en grignotant un morceau de pain grillé.

« Je ne pourrai pas tous les soirs », répondit Vic en songeant à l'emploi du temps harassant que Roger avait dressé dans l'après-midi du vendredi, avant l'arrivée de la lettre.

« Pourquoi non ?

— Parce que Roger est un véritable tyran, interrompit Donna en servant la crêpe de Tad. Viens t'asseoir ici et mange. Prends ton chien. Papa nous appellera de Boston demain soir pour nous raconter tout ce qui lui est arrivé. »

Tad prit sa place au bout de la table, devant un grand set de plastique à son nom. « Tu m'apporteras un jouet ?

— Peut-être. Si tu es sage. Et peut-être même que je téléphonerai dès ce soir, pour vous dire si je suis arrivé entier à Boston.

— Ça marche. » Vic contemplait, fasciné, son fils qui versait un vrai petit océan de sirop sur sa crêpe. « Quel genre de jouet ?

— On verra. » Vic regarda Tad manger sa crêpe. Il lui vint soudain à l'esprit que Tad aimait les œufs. Durs, en omelette, pochés ou sur le plat, Tad les engloutissait. « Tad ?

— Oui, papa ?

— Si tu voulais que les gens achètent des œufs, qu'est-ce que tu leur dirais ? »

L'enfant réfléchit un instant. « Je leur dirais que les œufs, c'est bon », déclara-t-il.

Vic croisa une fois encore le regard de sa femme et ils retrouvèrent la même complicité que lorsque le téléphone avait sonné. Cette fois-ci chacun d'eux entendit le rire de l'autre par télépathie.

Les adieux furent rapides. Seul Tad, pour qui la notion du temps était décalée, éclata en sanglots à l'idée de perdre son père si longtemps.

« Tu réfléchiras ? » lui redemanda Donna alors que Vic montait dans la Jag.

« Oui. »

En roulant en direction de Bridgton, où il devait prendre Roger, Vic ne pensa plus pourtant qu'à leurs deux moments de communication intense. Deux en une seule matinée, pas si mal. Il suffisait pour y arriver de huit ou neuf ans de vie commune, en gros le quart des années qu'ils avaient passées sur cette terre. Toute la conception de la communication humaine (un tel déploiement de force étant nécessaire pour parvenir à un résultat si ridicule) lui parut brusquement absurde. Quand on avait dépensé tant de temps et qu'on en avait tiré un certain profit, il fallait se montrer prudent. Oui, il allait réfléchir. Donna et lui avaient passé ensemble des années agréables et, même si certaines de leurs voies de communication se trouvaient maintenant obstruées par la boue (boue qui ne s'était peut-être pas encore totalement déposée), d'autres, nombreuses, semblaient ouvertes et en parfait état.

Il devrait considérer attentivement toutes les questions qui se posaient, mais inutile de chercher à tout traiter à la fois. Chaque chose en son temps.

Il alluma la radio et se mit à penser au pauvre vieux professeur des céréales Sharp.

Joe Camber arrêta sa voiture devant la gare routière de Portland à huit heures moins dix exactement. Le brouillard s'était dissipé et le gros thermomètre numérique surmontant la banque de crédit Casco indiquait déjà vingt-deux degrés et demi.

Il conduisait, le chapeau bien planté sur la tête, prêt à crier contre tous ceux qui s'immobiliseraient devant lui ou lui barreraient la route. Joe avait horreur de conduire en ville. Quand Gary et lui se rendraient à Boston, il prévoyait de garer la voiture en arrivant et de ne la reprendre qu'au moment de partir. Ils pourraient toujours utiliser le métro s'ils arrivaient à comprendre comment il fonctionnait, sinon, ils marcheraient.

Charity avait revêtu son plus bel ensemble pantalon — d'un doux vert amande — avec un chemisier de coton blanc à gros col de dentelle. Elle portait des boucles d'oreilles, ce qui avait empli Brett d'étonnement. Il ne se rappelait pas avoir vu sa mère mettre des boucles d'oreilles ailleurs qu'à l'église.

Brett avait suivi sa mère lorsqu'elle était montée s'habiller après avoir préparé le petit déjeuner de son père. Joe n'avait presque rien dit, ne marmonnant que quelques monosyllabes en réponse aux questions qu'on lui posait, puis coupant court à toute conversation en allumant la radio pour écouter les résultats de base-ball. La mère et le fils craignaient tous deux que ce silence ne présageât un brusque emportement qui pût compromettre leur voyage.

Charity avait déjà enfilé le pantalon de son ensemble et était en train de mettre son chemisier. Brett remarqua qu'elle portait un soutien-gorge pêche et cela aussi le plongea dans la stupéfaction. Il ne connaissait pas à sa mère de sous-vêtements d'une autre couleur que le blanc.

« M'man », fit-il d'un ton pressant.

Elle se tourna vers lui et l'on eût pu croire qu'elle allait se jeter sur lui. « Il t'a dit quelque chose ?

— Non… non. C'est Cujo.

— Cujo ? Quoi, Cujo ?

— Il est malade.

— Qu'est-ce que tu veux dire ? »

Brett lui raconta qu'il avait voulu prendre son second bol de céréales sous le porche, qu'il s'était avancé dans le brouillard et puis que Cujo avait soudain surgi, les yeux fous et injectés de sang, l'écume à la gueule.

« Et il marchait bizarrement, termina l'enfant. Il n'avançait pas droit, tu comprends. Je crois qu'il vaudrait mieux le dire à papa.

— *Non* », l'interrompit sa mère d'un air féroce en le saisissant par les épaules suffisamment fort pour lui faire mal. « Je te le défends ! »

Il la dévisagea, surpris et effrayé. Elle relâcha son étreinte et reprit plus calmement : « Il t'a simplement fait peur en sortant brusquement du brouillard comme ça. Il n'a sûrement rien du tout, d'accord ? »

Brett chercha les mots susceptibles de lui faire comprendre à quel point Cujo paraissait terrible, et qu'il avait même craint que le chien ne se ruât sur lui. En vain. Peut-être ne les chercha-t-il pas très longtemps.

« Et s'il ne va pas bien, poursuivit Charity, cela n'est sûrement pas grand-chose. Peut-être qu'un putois…

— Il ne sentait pas le…

— … ou qu'il a couru après un tamia ou un lapin. Il a même pu chasser un élan là-bas, dans les marais. Ou encore manger des orties.

— Ça se peut, répondit Brett d'un ton dubitatif.

— Tu sais que ton père va sauter sur une occasion comme celle-ci, reprit-elle. Je l'entends déjà : Alors, il est malade ? Eh bien, c'est ton chien, Brett. À toi de t'occuper de lui. J'ai trop de travail pour m'amuser à perdre mon temps avec ta bestiole. »

Brett acquiesça d'un air malheureux. Il s'était dit exactement la même chose, surtout en voyant avec quelle mauvaise humeur son père avait avalé son déjeuner tandis que la voix criarde du commentateur hurlait les résultats sportifs.

« Si tu laisses ton chien tranquille, il viendra rôder autour de ton père, et ton papa s'occupera de lui, le rassura Charity. Il aime Cujo presque autant que toi, même s'il ne le dit jamais. S'il s'aperçoit de quelque chose, il le conduira chez le vétérinaire à South Paris.

— Ouais, tu as raison. » Les paroles de sa mère lui paraissaient sensées, mais l'enfant n'arrivait pas à se tranquilliser.

Elle se pencha pour l'embrasser. « Écoute, j'ai une idée ! Nous pourrions téléphoner à ton père ce soir, si tu veux. Qu'en penses-tu ? Et quand tu l'auras au bout du

fil, tu n'auras qu'à lui dire, mine de rien : Tu as donné à
manger à mon chien, Papa ? À ce moment-là, tu verras
bien.

— D'accord », soupira Brett en jetant à sa mère un
sourire reconnaissant. Soulagée, elle le lui retourna. Le
danger était écarté. Mais la perversité du sort leur donnait ainsi un nouveau sujet d'inquiétude à ruminer jusqu'à ce que Joe se décide enfin à garer sa voiture devant
le perron et commence, en silence, à charger leurs quatre
sacs dans le coffre (Charity avait glissé subrepticement
ses six albums de photos dans l'un d'eux). Ils craignaient
maintenant que Cujo ne se montre avant qu'ils n'aient eu
le temps de s'éloigner en laissant Joe se débrouiller avec
le problème.

Mais Cujo n'avait pas reparu.

Maintenant, Joe relevait la porte du coffre, tendait à
Brett les deux petits sacs de voyage tandis qu'il prenait
les grands.

« Eh bien, ma bonne femme, tu emmènes tellement de
bagages que je m' demande si tu vas pas faire un tour
à Reno pour divorcer, au lieu de descendre dans le
Connecticut. »

Brett et Charity se forcèrent à sourire. Cela ressemblait
à une tentative de plaisanterie, mais avec Joe Camber, on
ne pouvait jamais en être sûr.

« Ça serait à marquer d'une pierre blanche, rétorqua
Charity.

— Alors, j'aurais plus qu'à aller te rechercher avec
mon nouveau moufle », reprit-il sans sourire. Son chapeau
vert restait bien enfoncé à l'arrière de son crâne. « Alors,
mon garçon, je te confie ta mère ? »

Brett fit oui de la tête.

« Ouais, tu ferais bien d' la surveiller. » Il contempla

son fils. «Tu deviens sacrément grand. Sans doute que t'aurais plus envie d'embrasser ton vieux père ?

— Moi, je crois que oui, P'pa», protesta Brett. Il serra son père très fort et déposa un baiser sur les joues rugueuses qui sentaient la sueur à laquelle se mêlaient quelques relents de vodka de la veille. L'enfant fut surpris par l'amour qu'il éprouva soudain pour son père, brusques vagues de tendresse qui survenaient parfois, au moment où il les attendait le moins (ce qui se produisait de plus en plus rarement ces deux ou trois dernières années, fait que sa mère n'aurait jamais voulu croire même s'il le lui avait avoué). Cet amour-là n'avait absolument rien à voir avec le comportement habituel de Joe à son égard ou envers sa mère ; il s'agissait là d'un phénomène brut, biologique, contre lequel il ne pourrait jamais rien, d'un réflexe provoqué par ces références illusoires qui vous hantent pour la vie : le parfum d'une cigarette, l'image d'un rasoir se reflétant dans un miroir, un pantalon jeté sur le dossier d'une chaise, certaines grossièretés.

Son père l'embrassa à son tour puis se tourna vers Charity. Il mit un doigt sous le menton de la jeune femme, lui ramenant un peu la tête vers lui. Des quais situés de l'autre côté du bâtiment de brique, leur parvint le son d'un car qui faisait tourner son moteur. Ils reconnurent le grondement bas et guttural d'un diesel. «Amuse-toi bien», lança-t-il.

Charity sentit ses yeux s'embuer de larmes et elle les essuya prestement, d'un geste presque coléreux. «C'est ça», répondit-elle.

Le visage de son mari reprit aussitôt son expression butée. On eût dit que la visière d'un casque se rabattait sur ses traits. Il était redevenu le rustre qu'elle connaissait. «Allez, mon garçon, on va ranger ces sacs dans le car !

Ma parole, on dirait qu'il y a du plomb dans celui-là…
sacré nom de Dieu ! »

Il resta avec eux jusqu'à ce que les quatre sacs aient
été enregistrés, examinant attentivement chacune des éti-
quettes sans tenir compte de la condescendance amusée
du préposé aux bagages. Il surveilla l'employé tandis
que celui-ci juchait les sacs sur un chariot avant de les
faire disparaître dans les entrailles du car. Joe se tourna
alors vers Brett.

« Viens avec moi sur le trottoir », commanda-t-il.

Charity les regarda s'éloigner. Elle s'assit sur l'un des
bancs inconfortables, ouvrit son sac à main, en extirpa un
mouchoir qu'elle se mit à triturer. Il était bien capable,
après lui avoir dit au revoir, d'essayer de convaincre le
gosse de rentrer avec lui à la maison.

Sur le trottoir, Joe commençait « J' vais te donner deux
conseils, mon garçon. Je suis bien sûr que t'en suivras
aucun, c'est toujours comme ça les gosses, mais ça a
jamais empêché les pères d'en donner. D'abord, le premier : le type que tu vas voir, ce Jim, c'est une vraie
merde. Si je te laisse y aller maintenant, c'est que tu as dix
ans et que tu es assez grand pour savoir reconnaître une
marguerite d'une crotte de mouton. Regarde-le bien, tu
comprendras. Il fait rien d'autre que de rester assis dans
un bureau à remuer des bouts de papier. C'est les gens
comme lui qui sont en train de tout foutre en l'air dans
notre monde, parce que leurs mains sont plus reliées à
leur cerveau. » Les joues de Joe s'étaient légèrement
enflammées. « C'est une vraie merde. Tu verras si t'es
pas d'accord avec moi.

— Oui, Papa », répondit Brett d'une voix basse mais
posée.

Joe Camber eut un petit sourire. « Le deuxième
conseil, c'est de faire très attention à ton porte-monnaie.

— Je n'ai pas d'ar… »

Camber lui tendit un billet de cinq dollars tout froissé. « En voilà. Le dépense pas tout d'un coup.

— D'accord, P'pa. Merci !

— À bientôt », dit Camber. Il ne réclama pas d'autre baiser.

« Au revoir, Papa. » Brett resta sur le trottoir à regarder son père monter dans la voiture puis démarrer. Il ne revit plus jamais son père en vie.

À huit heures et quart ce matin-là, Gary Pervier sortit de sa maison en titubant, vêtu d'un caleçon malpropre, pour aller uriner dans le chèvrefeuille. Il espérait, non sans un certain sadisme, qu'un jour, l'alcool rendrait son urine tellement acide qu'elle ferait crever l'arbuste. Ce jour-là ne semblait pas près d'arriver.

« *Aïe, ma tête !* » hurla-t-il en se prenant le front de sa main libre tout en arrosant le chèvrefeuille qui avait enseveli sa clôture. Le vieil homme avait les yeux injectés de sang. Sa tête résonnait du même fracas que produit une pompe à eau toute rouillée lorsqu'elle tire plus d'air que d'eau. Une terrible crampe d'estomac le plia en deux alors qu'il terminait de se vider — il en avait de plus en plus ces derniers temps — et, d'entre ses jambes maigres, s'échappa une succession de flatuosités malodorantes.

Il s'apprêtait à rentrer lorsqu'il perçut le grondement. Le son, bas mais puissant, provenait d'un point situé juste au-delà de l'endroit où son jardin envahi par les herbes rejoignait le champ voisin.

Gary se tourna brusquement en direction du bruit, oubliant ses maux de tête, ses crampes et ses palpitations. Cela faisait très longtemps que des images de la guerre, en France, ne s'étaient imposées à son esprit comme en cet instant précis. *Les Allemands ! Les Allemands ! Rassemblez-vous !*

Mais il ne s'agissait pas ici d'Allemands. L'herbe s'écarta bientôt pour laisser passer Cujo.

« Salut, vieux, qu'est-ce qui te prend à grogner c… », commença Gary qui se tut aussitôt.

Il n'avait pas vu de chien enragé depuis plus de vingt ans, mais ce n'est pas là le genre de spectacle qu'on oublie. Cela se passait dans une station-service à l'est de Machias, alors qu'il rentrait d'un petit séjour en camping sur la côte. Il pilotait la vieille moto qu'il possédait à ce moment-là, dans les années cinquante. Un chien jaune, décharné et pantelant, avait surgi de nulle part, tel un fantôme. Ses flancs se gonflaient rapidement au rythme de sa respiration courte et saccadée. L'écume coulait continuellement de sa gueule ouverte. Ses yeux roulaient dans leurs orbites et tout son arrière-train était maculé d'excréments. La bête titubait plus qu'elle ne marchait, donnant l'impression qu'une âme peu charitable lui avait écarté les mâchoires une heure auparavant pour y déverser une grande rasade de whisky bon marché.

« Bon Dieu, le voilà », avait soufflé le pompiste avant de lâcher la clé à molette qu'il tenait pour se ruer vers le petit bureau encombré et malpropre qui jouxtait les ateliers du garage. Il en était ressorti tenant dans ses grandes mains couvertes de cambouis une Winchester 30-30. Il se dirigea vers les pompes, mit un genou en terre et appuya sur la détente. La première balle, tirée trop bas, avait emporté une partie de la patte arrière de l'animal, faisant gicler le sang. Tout en fixant Cujo des yeux, Gary se souvint que le chien jaune n'avait pas esquissé le moindre mouvement. Il s'était contenté de jeter autour de lui des regards hébétés, comme s'il ne comprenait pas ce qui lui arrivait. Le second coup du pompiste avait pratiquement coupé la bête en deux. Les viscères avaient éclaboussé la pompe à essence de taches brunes et rouges. Un instant plus tard, trois autres types, tous armés, avaient débarqué, entassés dans la cabine d'un vieux pick-up Dodge de 1940. Ils avaient encore tiré huit ou neuf fois sur la dépouille du chien. Une heure après, alors que le pompiste finissait de changer la lampe du phare sur la moto de Gary, la responsable de l'action sanitaire du comté arriva à bord d'une auto dont la portière côté passager manquait. Elle enfila de longs gants de caoutchouc et trancha ce qui subsistait de la tête du chien jaune pour l'envoyer au laboratoire.

Cujo paraissait sacrément plus vif que ce chien jaune d'il y avait bien longtemps, mais les autres symptômes correspondaient exactement. *C'est que le début*, songea Gary. *Encore plus dangereux. Bon sang, faut que j'attrape mon fusil...*

Il se mit à reculer. « Salut, Cujo... bon chien, bon garçon, bon petit chien... » Cujo se tenait à l'extrémité de la pelouse ; son énorme tête baissée, ses yeux rouges et voilés, il grondait.

« Bon garçon... »

Les mots qui sortaient de la bouche de L'HOMME ne signifiaient rien pour Cujo. Ce n'étaient que des sons dépourvus de sens, comme le bruit du vent. Ce qui importait, c'était l'odeur qui émanait de L'HOMME. Une odeur chaude, fétide et âcre. Le parfum de la peur. Cujo la trouva exaspérante, intolérable. Il comprit soudain que c'était L'HOMME qui l'avait rendu malade. Il se jeta en avant, le grondement se transformant dans sa poitrine en un terrible rugissement de rage.

Gary vit le chien fondre sur lui. Il fit volte-face et se mit à courir. Une morsure, un coup de patte, et ce serait la mort. Il se précipita vers le perron, vers la maison protectrice. Mais son existence comptait trop de cocktails, trop de longues soirées d'hiver passées devant le poêle, trop de belles soirées d'été à rester dans la chaise longue. Il entendait Cujo se rapprocher, derrière lui, et, bientôt, survint la fraction de seconde où il ne perçut plus rien ; il sut que Cujo venait de sauter.

À l'instant où il atteignait la première marche fissurée du perron, les cent kilos du saint-bernard le fauchèrent comme une locomotive, le plaquant au sol et vidant l'air de ses poumons. La bête essaya de lui mordre le cou. Gary tenta de se redresser pour franchir la marche. Le chien était sur lui, l'épaisse fourrure de son ventre étouffait presque le vieil homme, et l'animal n'eut aucune peine à le déséquilibrer de nouveau. Gary hurla.

Cujo lui mordit l'épaule, ses crocs puissants pénétrant et broyant la chair nue, arrachant les tendons tels de simples fils de fer. Le grondement n'avait pas cessé. Le sang jaillit. Gary le sentit couler, chaud sur son bras décharné. Il se retourna et tenta de repousser le chien à coups de poing. Celui-ci recula, Gary en profita pour gravir trois autres marches sur les pieds et les mains. Puis Cujo se remit à charger.

Le vieil homme lui décrocha un coup de pied. Le saint-bernard esquiva puis attaqua tout en grognant et ouvrant une gueule menaçante. L'écume lui coulait des mâchoires et Gary respirait son souffle, putride, fétide, un relent de pourriture. Il serra le poing et le projeta au hasard, rencontrant l'os dur de la mâchoire inférieure de Cujo. Ce fut de la chance. Gary ressentit le choc jusqu'en haut de son bras, déjà meurtri par la morsure.

Cujo, une fois de plus, fit marche arrière.

Gary fixa le chien du regard, son maigre torse imberbe se soulevant à un rythme accéléré. Son visage était couleur de cendre. Le sang coulait à flots de sa blessure à l'épaule et maculait le perron décrépi. « Amène-toi, fils de pute, lança-t-il. Viens donc, viens ici, j'en ai rien à foutre. » Il cria : « *Tu m'entends ? J' t'emmerde !* »

Mais Cujo recula d'un pas encore.

Il ne comprenait toujours pas les mots, mais l'odeur de L'HOMME avait disparu. Cujo ne savait plus s'il voulait ou non revenir à la charge. Il souffrait, il souffrait tellement, et le monde ne se présentait plus que comme un entrelacs confus de sensations et d'impressions…

Gary se releva en tremblant. Il franchit à reculons les deux dernières marches du perron qu'il traversa de la même façon avant de chercher à tâtons la poignée de la porte vitrée. Son épaule lui donnait l'impression qu'on lui avait injecté du pétrole brut sous la peau. Les mêmes mots résonnaient dans sa tête, obsédants : *La rage ! J'ai la rage !*

Ne pas y penser. Chaque chose en son temps. Son fusil se trouvait dans le placard de l'entrée. Dieu merci, Brett et Charity n'étaient plus là-haut. La grâce divine existait donc parfois.

Il trouva la poignée et ouvrit la porte. Le vieil homme ne quitta pas Cujo des yeux avant d'être entré et d'avoir refermé la porte derrière lui. Une vague de soulagement l'envahit. Ses jambes se dérobèrent. Le monde sembla un instant dériver et il s'empêcha de perdre totalement conscience en se mordant le bout de la langue. Ce n'était pas le moment de tomber dans les pommes. Il pourrait toujours jouer les jeunes filles fragiles quand il aurait tué le chien. Bon sang, il l'avait échappé belle, là-bas ; il avait bien cru que sa dernière heure était arrivée.

Il se retourna et commençait de traverser le sombre couloir en direction du placard, quand Cujo, les babines retroussées en une sorte de rictus, enfonça le bas de la porte vitrée, en lançant de sauvages aboiements.

Gary poussa un hurlement et n'eut que le temps de faire volte-face pour recevoir dans les bras le chien qui venait de bondir. L'homme fut projeté en arrière et se cogna aux murs en s'efforçant de conserver son équilibre. Ils semblèrent un instant exécuter une valse étrange, avant que Gary, de vingt-cinq kilos plus léger, ne s'écroulât. Il se rendit à peine compte du mufle de Cujo tentant de lui soulever le menton, de ce museau sec et brûlant à en être écœurant. Il essayait de se libérer les mains dans l'intention d'enfoncer les pouces dans les yeux du chien quand celui-ci l'égorgea. Gary hurla et le chien le mutila plus encore. Le vieil homme sentit un voile de sang chaud lui recouvrir le visage ; il pensa : *Seigneur, c'est mon tour !* Ses mains tentèrent faiblement de marteler l'avant-train de la bête. Enfin, elles retombèrent.

Il perçut encore, lointains et entêtants, les effluves du chèvrefeuille.

« Qu'est-ce que tu regardes de beau ? »

Brett esquissa un léger mouvement dans la direction d'où venait la voix de sa mère. Esquissa seulement, car il ne voulait pas perdre une seule miette du paysage qui défilait devant ses yeux. Le car roulait depuis maintenant près d'une heure. Ils avaient traversé le pont Million Dollar pour rejoindre South Portland (Brett avait observé, émerveillé et fasciné, les deux cargos couverts de rouille et d'écume, mouillés dans le port), avaient pris l'autoroute du Sud et approchaient en ce moment de la frontière du New Hampshire.

«Tout, répondit l'enfant. Et toi, qu'est-ce que tu regardes?»

Elle songea : *Ton reflet dans la vitre... très estompé. Voilà ce que je regarde.*

Mais au lieu de cela, elle dit : «Eh bien, le monde, je suppose. J'observe le monde qui défile devant nous.

— M'man? Je voudrais que ce car nous emmène jusqu'en Californie. Comme ça, je verrais tout ce qu'il y a dans mon livre de géographie.»

Elle éclata de rire et lui ébouriffa les cheveux. «Tu en aurais vite marre, Brett.

— Non. Non, pas du tout.»

Et il ne mentait pas, pensa-t-elle. Elle se sentit soudain vieille et triste. Quand elle avait appelé Holly, samedi matin, pour lui demander s'ils pouvaient venir, Holly avait paru enchantée et, à cette joie, Charity avait eu l'impression de rajeunir. Il était curieux de constater que le plaisir de son fils, son euphorie presque palpable, l'accablait au contraire. Néanmoins...

Qu'allait-on faire de lui? s'interrogea-t-elle en examinant le visage fantomatique de son fils qui se surimprimait sur le paysage comme un trucage cinématographique. L'enfant était intelligent, plus intelligent qu'elle-même et beaucoup plus que Joe. Il faudrait qu'il aille à l'université, mais Charity savait que lorsqu'il serait au lycée, Joe le presserait de suivre des cours de mécanique dans une école professionnelle pour qu'il puisse ainsi l'aider davantage au garage. Dix ans auparavant, ce genre de chose était impossible, les conseillers d'orientation n'auraient pas *permis* qu'un enfant aussi doué que Brett choisît un métier manuel, mais en cette époque de libre-arbitre et de vous-êtes-assez-grand-pour-décider, elle avait terriblement peur que cela pût se produire.

Tout cela l'effrayait. Avant, elle pouvait se dire que les études étaient encore très loin, si loin… Les *vraies* études, le lycée. L'école primaire ne représentait qu'un jeu pour un enfant qui assimilait les leçons aussi facilement que Brett. Mais avec le lycée commençait le moment des choix irrévocables. Les portes se fermaient alors avec un petit déclic qu'on ne percevait distinctement que bien des années plus tard, lors de rêves amers.

Elle serra ses bras contre elle et frissonna, sans même tenter de se persuader que c'était à cause de l'air conditionné trop froid.

Il ne restait plus que quatre ans avant que Brett entre au lycée[1].

Un nouveau frisson la parcourut et elle prit soudain conscience d'un désir masochiste de n'avoir jamais gagné cet argent, ou bien d'avoir perdu le billet. Cela faisait une heure à peine qu'ils avaient quitté Joe, mais c'était la première fois en quatorze ans de mariage qu'elle se séparait véritablement de lui. Charity ne s'était jamais imaginée que son vieux rêve se réaliserait de façon si soudaine, si grisante et amère à la fois. Représentez-vous la situation : on donne à une femme et à son fils la liberté de quitter le foyer protecteur et nourricier… mais il y a un piège. Planté dans leur dos, un gros crochet, et au bout de ce crochet, de solides bandes élastiques invisibles. Avant de pouvoir faire le moindre pas de trop, retour express en arrière ! Vous réintégrez le château familial pour quatorze nouvelles années !

---

1. L'école secondaire commence pour la plupart des petits Américains à treize ou quatorze ans. (*N.d.T.*)

Un son rauque jaillit de sa gorge.

« Tu m'as dit quelque chose, M'man ?

— Non, non… Je me raclais juste la gorge. »

Elle ne put réprimer un troisième frisson et cette fois-ci, la chair de poule lui hérissa les bras. Charity venait de se rappeler un vers d'un poème qu'elle avait appris au lycée. (Elle avait espéré aller à l'université, mais cette idée avait mis son père en fureur — les prenait-elle donc pour des gens *riches* ? — et sa mère avait cédé à une hilarité où se mêlaient la gentillesse et la pitié.) Il s'agissait d'un poème de Dylan Thomas et elle ne se souvenait pas de tous les mots, mais le sujet en était la souffrance des tragédies de l'amour.

Le vers lui avait paru drôle et déroutant, à l'époque ; elle croyait pourtant le comprendre aujourd'hui. Quel autre nom donner à ces bandes élastiques invisibles, sinon celui d'amour ? Essaierait-elle de se faire croire qu'elle n'aimait pas, en cet instant même et d'une certaine façon, l'homme qu'elle avait épousé ? Qu'elle ne restait avec lui que par devoir, ou pour le bien de son fils (ce serait là du plus haut comique ; si elle le quittait un jour, ce serait effectivement pour le bien de Brett) ? Qu'il ne l'avait jamais fait jouir ? Qu'il n'arrivait jamais à Joe, parfois aux moments les plus inattendus (comme à la gare, une heure plus tôt), de se montrer tendre ?

Pourtant… Pourtant…

Brett, captivé, ne détachait pas le regard de la vitre. Sans tourner la tête, il demanda : « Tu crois que Cujo va bien, M'man ?

— J'en suis certaine », répondit-elle d'un ton absent.

Pour la première fois, elle se surprenait à envisager le divorce de façon concrète : comment parviendrait-elle à subvenir à ses besoins et à ceux de son fils, quelle pourrait être leur vie dans une situation aussi impensable (presque impensable). Si Brett et elle ne rentraient pas de ce voyage, viendrait-il les chercher comme il l'avait vaguement laissé entendre à Portland ? Choisirait-il de laisser Charity s'écarter du droit chemin mais de tenter de ramener Brett de gré… ou de force ?

La jeune femme entreprit de passer en revue toutes les éventualités, les soupesant et se disant qu'après tout, il n'était peut-être pas mauvais d'étudier un peu la situation. Douloureux sans doute, mais sûrement utile.

Le car franchit la frontière qui séparait le Maine du New Hampshire et poursuivit sa route vers le sud.

Le Delta 727 prit rapidement de l'altitude, exécuta une boucle au-dessus de Castle Rock — Vic s'efforçait toujours, mais en vain, de repérer sa maison près du lac Castle et de la route 117, — puis mit le cap sur la côte. Le vol jusqu'à l'aéroport de Boston ne prenait que vingt minutes.

Donna se trouvait en bas, à quelque six cents mètres en dessous, avec Taddy. Vic éprouva un soudain désespoir auquel se mêlait le sombre pressentiment que cela ne marcherait jamais, qu'ils étaient fous même de s'imaginer qu'ils pourraient réussir. Quand votre maison s'écroule, vous en reconstruisez une autre. Vous n'essayez pas de recoller l'ancienne avec du Scotch.

L'hôtesse s'approcha. Vic et Roger voyageaient en première classe (« Autant en profiter pendant qu'on peut encore se le permettre, mon vieux », avait déclaré Roger le mercredi précédent, quand il avait fait les réservations ; « Tout le monde ne peut pas se vanter d'aller à la soupe populaire avec un style pareil. ») et n'étaient entourés que de quatre ou cinq autres passagers, qui presque tous — et comme Roger — lisaient le journal.

« Puis-je vous offrir quelque chose ? » demanda la jeune femme à Roger avec ce sourire professionnel éclatant qui semblait assurer combien elle était ravie de s'être levée à cinq heures trente ce matin pour accomplir les sauts de puce que constituait le trajet Bangor-Portland-Boston-New York-Atlanta.

Roger refusa d'un signe de tête machinal ; aussi adressa-t-elle son sourire céleste à Vic. « Vous désirez quelque chose, monsieur ? Une pâtisserie ? Un jus d'orange ?

— Pourriez-vous me préparer une vodka-orange ? » s'enquit Vic. La tête de Roger jaillit de son journal.

Le sourire de l'hôtesse ne s'altéra pas ; elle ne s'étonnait plus de ce qu'on lui demandât de l'alcool avant neuf heures du matin. « Je peux vous arranger cela tout de suite, affirma-t-elle, mais il faudra vous dépêcher de la boire. Pour Boston, l'avion atterrit à peine parti.

— Je me dépêcherai », promit Vic d'un ton solennel et elle retourna vers le bar, resplendissante dans son uniforme-pantalon bleu de cobalt.

« Qu'est-ce que tu as ? interrogea Roger.

— Qu'entends-tu par là ?

— Tu sais très bien ce que je veux dire. Je ne t'ai jamais vu boire ne serait-ce qu'une bière avant midi. En fait, rarement avant cinq heures.

— Je mets le bateau à l'eau, expliqua Vic.

— Quel bateau ?

— Le *Titanic* », répliqua Vic.

Roger fronça les sourcils. « C'est plutôt de mauvais goût, tu ne trouves pas ? »

Roger n'avait pas tort, il méritait mieux que cela, mais ce matin, la déprime l'enveloppant comme une couverture puante, Vic ne parvenait pas à trouver autre chose. Il se composa un pauvre sourire à la place, mais Roger ne se départit pas de son expression réprobatrice.

176

«Écoute, commença Vic, j'ai une idée pour les Zingers. On va avoir un mal de chien à convaincre le vieux Sharp et son gosse, mais ça pourrait marcher. »

Roger parut soulagé. Ils avaient toujours procédé ainsi ; Vic fournissait la matière première, et Roger l'affinait puis la mettait en œuvre. Dès qu'il s'agissait d'adapter les idées aux médias, de la présentation, ils avaient toujours travaillé en équipe.

« Qu'est-ce que c'est ?

— Donne-moi un peu de temps, le pria Vic. Jusqu'à ce soir peut-être. Alors nous la hisserons en haut du mât…

— … pour voir qui baissera son pantalon », termina Roger avec un large sourire. D'une secousse, il rouvrit son journal à la page financière. « D'accord. Du moment que je l'aurai ce soir. Les valeurs Sharp ont encore grimpé d'un huitième, la semaine dernière. Tu étais au courant ?

— Super », murmura Vic qui se concentra de nouveau sur le hublot. Le brouillard s'était levé ; le jour s'annonçait d'une clarté lumineuse. Les plages des Kennebunk, Ogunquit et York dessinaient un vrai paysage de carte postale panoramique — la mer de cobalt, le sable brun clair, et puis les terres du Maine, ses collines, ses champs ouverts et ses larges bandes de sapins qui s'étendaient à perte de vue vers l'ouest. Magnifique. Vic se sentit plus déprimé encore.

Si je ne peux pas me retenir de pleurer, alors j'irai le faire aux chiottes, se dit-il tristement. Six phrases écrites sur du mauvais papier avaient réussi à l'ébranler à ce point. Le monde semblait sacrément fragile, aussi fragile que l'étaient ces œufs de Pâques, gais et colorés à l'extérieur mais creux à l'intérieur. Quelques jours à peine auparavant, il avait songé à prendre Tad et partir. Il se demandait maintenant si Donna et Tad seraient encore à la maison quand il rentrerait avec Roger. Donna oserait-elle faire ses valises et emmener Tad, par exemple chez sa mère, dans les Poconos ?

Cela restait évidemment possible. Elle penserait peut-être que dix jours de séparation n'étaient pas suffisants, ni pour lui, ni pour elle, que peut-être six mois seraient préférables. Et elle avait Tad maintenant. Possession vaut titre, n'est-ce pas ce que l'on dit ?

Et peut-être, lui murmurait une voix insinuante dans sa tête, *peut-être qu'elle sait où se trouve Steve Kemp. Qu'elle décidera de le rejoindre. D'essayer de refaire quelque chose avec lui. Ils pourraient tenter de retrouver ensemble leur joyeuse adolescence.* Voilà de bien jolies pensées pour un lundi matin, se dit-il, plutôt mal à l'aise.

Mais il ne parvenait pas à les chasser tout à fait.

Il réussit à boire sa vodka-orange jusqu'à la dernière goutte avant que l'avion se pose sur l'aéroport de Boston. Il en eut des brûlures d'estomac qui — comme la pensée de Donna et Steve Kemp vivant ensemble — il le savait, ne le quitteraient pas de la matinée. Mais son désespoir s'atténua légèrement, alors, peut-être cela valait-il la peine.

Peut-être.

Joe Camber regarda avec une sorte de stupéfaction le petit carré de sol qui se trouvait sous son grand étau à griffes, dans le garage. Il rejeta en arrière son chapeau de feutre vert, contempla un long moment ce qu'il venait de découvrir, puis, glissant deux doigts entre ses dents, émit un sifflement perçant.

« *Cujo ! Viens, mon garçon ! Au pied, Cujo !* »

Il siffla à nouveau puis se pencha en avant, les mains

appuyées sur les genoux. Le chien allait venir, cela ne faisait aucun doute. Cujo ne s'éloignait jamais beaucoup. Mais l'homme se demandait comment il devrait s'y prendre.

Le saint-bernard avait déféqué dans le garage. Cela ne lui était jamais arrivé auparavant, même quand il n'était qu'un chiot. Bien sûr, il avait plusieurs fois pissé là où il ne fallait pas, éventré un ou deux coussins, mais il ne s'était jamais rien produit de tel. La pensée qu'un autre chien était peut-être le coupable traversa l'esprit de Joe, mais il l'abandonna très vite. À sa connaissance, Cujo était le plus gros chien de Castle Rock. Si les grands chiens mangeaient beaucoup, ils éliminaient beaucoup. Une telle saleté ne pouvait être l'œuvre d'un caniche ou d'un petit roquet. Joe se demanda si l'animal avait senti que Brett et Charity s'en allaient pour quelques jours. Si oui, peut-être était-ce sa façon de montrer ce qu'il en pensait. Joe avait déjà entendu des histoires semblables.

Il avait obtenu le chien en paiement d'un travail qu'il avait effectué en 1975. Le client en question était un borgne répondant au nom de Ray Crowell. Ce Crowell travaillait la plupart du temps dans les bois et était connu pour savoir s'y prendre avec les chiens — il savait les élever et les dresser. Il aurait pu gagner normalement sa vie en pratiquant ce qu'on appelait généralement « l'élevage de chiens », mais il n'était pas d'humeur facile et son air renfrogné découragea de nombreux clients.

« Faudrait changer le moteur de ma camionnette, avait demandé Crowell à Joe ce printemps-là.

— Ouais, avait répondu Camber.

— J'ai déjà le moteur, mais je pourrai pas te payer. J' suis à sec. »

Ils se tenaient devant le garage de Joe, mâchonnant

des brins d'herbe. Brett, alors âgé de cinq ans, s'amusait dans le jardin pendant que Charity étendait du linge.

« C'est bien dommage, Ray, regretta Joe, mais je travaille pas pour rien. C'est pas une œuvre de bienfaisance ici.

— Mrs. Beasley vient d'avoir une portée », déclara Crowell. Mrs. Beasley était un magnifique saint-bernard. « Des chiens de race. Tu m'installes le moteur et je te donne le plus beau de la portée. Qu'est-ce que t'en dis ? Je ne pourrai pas te le donner tout de suite, mais il me faut mon camion si je veux couper du bois et le livrer.

— J'ai pas besoin d'un chien, dit Joe. Et surtout pas d'un gros comme ça. Tes saint-bernard, c'est rien d'autre que des machines à bouffer.

— *Toi*, tu n'as pas besoin de chien », rétorqua Ray en dirigeant son regard vers Brett qui, assis sur l'herbe, avait les yeux fixés sur sa mère, « mais peut-être que ton fils serait content d'en avoir un. »

Joe ouvrit la bouche, puis la referma. Charity et lui ne prenaient aucune précaution particulière, mais depuis Brett, aucun autre enfant n'était venu et ils avaient d'ailleurs attendu Brett longtemps. En observant son fils, une question naissait parfois dans l'esprit de Joe : l'enfant ne se sentait-il pas seul ? C'était possible. Peut-être Ray Crowell avait-il raison. L'anniversaire de Brett approchait. Joe pourrait lui offrir le chiot à ce moment-là.

« Je vais y penser, répondit-il.

— Réfléchis pas trop longtemps, coupa Ray, qui s'énervait. Je peux toujours m'adresser à Vin Callahan de North Conway. Il est aussi bon mécano que toi, peut-être même meilleur.

— Peut-être », répéta Joe, imperturbable. Les sautes d'humeur de Ray Crowell ne l'impressionnaient nullement.

Un peu plus tard, cette semaine-là, le directeur d'un grand magasin amena sa Thunderbird à Joe pour qu'il jette un coup d'œil sur la transmission. Simple opération de routine, mais le directeur, qui s'appelait Donovan, ne cessa de s'agiter autour de la voiture comme une mère inquiète tandis que Joe vidangeait le fluide, en remettait du neuf et resserrait les courroies. Évidemment, c'était une belle machine, une Thunderbird 1960 en parfait état. À l'instant où il achevait la révision tout en écoutant Donovan lui raconter que sa femme voulait qu'il vende la voiture, Joe eut une idée.

« Je pense à donner un chien à mon gosse, expliqua-t-il à son client en retirant les crics.

— Ah, oui ? fit poliment Donovan.

— Ouais, un saint-bernard. C'est encore qu'un chiot, mais il mangera comme quatre quand il sera grand. J'étais en train de penser qu'on pourrait peut-être faire un marché, vous et moi. Si vous m'offrez une ristourne sur les croquettes pour chien que vous vendez, je vous promets de m'occuper à chaque fois de votre voiture aussitôt. Et gratis. »

Donovan s'était montré enchanté, et tous deux avaient conclu l'affaire. Joe avait téléphoné à Crowell pour lui dire qu'il avait décidé de prendre le chiot, si le bûcheron était toujours d'accord. Crowell n'attendait que cela, et, lorsque arriva l'anniversaire de son fils, Joe stupéfia Brett et Charity en fourrant dans les bras de l'enfant le petit chien qui piaillait et se tortillait dans tous les sens.

« Merci, Papa, merci, merci ! » avait crié Brett en sautant au cou de son père pour le couvrir de baisers.

« C'est ça, avait répondu Joe. Mais ce sera à toi de t'occuper de lui, Brett. C'est ton chien, pas le mien. Si jamais je trouve de la pisse ou de la merde partout, je l'emmène derrière la grange et je lui mets une balle dans la tête.

— Je m'en occuperai, Papa… j'te le promets ! »

Il avait tenu sa promesse, et, les rares fois où il avait oublié, Charity ou Joe lui-même s'étaient chargés de nettoyer après le chien sans faire la moindre réflexion. Joe s'était vite rendu compte qu'il devenait impossible de se séparer de Cujo ; en grandissant (et il se développait à une rapidité incroyable, se transformant, comme Joe l'avait prévu, en une véritable machine à ingurgiter), il prit tout simplement sa place dans la famille Camber. Il faisait partie de ces chiens toujours francs et fidèles.

Il avait très vite appris ce qu'il pouvait faire ou non… et maintenant ça. Joe fit les cent pas, les mains fourrées dans les poches, la mine soucieuse. Cujo n'apparaissait toujours pas.

Camber sortit de la grange et siffla de nouveau. Ce sacré chien se trouvait sûrement dans le ruisseau, à prendre le frais. Joe ne pouvait le lui reprocher ; il devait déjà faire dans les trente degrés à l'ombre. En tout cas, le saint-bernard reviendrait bientôt, et Joe lui mettrait à ce moment-là le nez dans sa saleté. Il était désolé de devoir agir ainsi si Cujo ne s'était conduit de cette façon que pour montrer son chagrin de voir partir ses maîtres, mais on ne pouvait laisser un chien…

Une nouvelle pensée s'imposa. Joe se donna une claque sur le front. Qui allait nourrir Cujo pendant que Gary et lui seraient absents ?

Il se dit qu'il pourrait remplir la vieille auge à cochons de l'autre côté de la grange de croquettes — il y en avait tout un stock à la cave — mais elles se détremperaient, s'il pleuvait. Et si Joe les laissait dans la maison ou le garage, le chien recommencerait peut-être à faire ses besoins à l'intérieur. Et puis, dès qu'il s'agissait de nourriture, Cujo s'avérait un énorme goinfre. Il en mangerait la moitié le premier jour, le reste le lendemain, pour ensuite errer le ventre vide jusqu'au retour de Joe.

« Merde », grommela-t-il.

L'animal ne venait toujours pas. Il savait sans doute qu'on avait découvert son méfait et, tout honteux, n'osait se montrer. Cujo était un chien intelligent, autant que ces bêtes peuvent l'être, et savoir (ou deviner) ce genre de chose entrait tout à fait dans ses possibilités.

Joe saisit une pelle et se mit à débarrasser les excréments. Il versa un bon bouchon du décapant industriel qu'il gardait toujours à portée de la main, frotta puis rinça avec un seau d'eau tirée au robinet du jardin.

Le nettoyage terminé, il prit le petit calepin à spirale sur lequel il notait son emploi du temps, et le parcourut du regard. Il s'était déjà chargé de la moissonneuse de Richie — le moufle à chaîne avait cueilli le moteur comme une fleur. Il n'avait pas eu de mal à remettre la réparation de la transmission à plus tard ; le professeur s'était montré aussi arrangeant que prévu. Il restait encore à Camber une demi-douzaine de travaux à effectuer, mais rien d'important.

Il rentra dans la maison (il n'avait jamais voulu faire installer le téléphone dans le garage ; une deuxième ligne, ça coûtait trop de pognon, avait-il dit à Charity) et entreprit d'appeler ses clients pour les prévenir qu'il s'absentait quelques jours, pour affaires. Il s'occuperait d'eux avant qu'ils aient eu le temps de s'adresser à quelqu'un d'autre. Et si une ou deux personnes ne pouvaient pas attendre leur courroie de ventilateur ou leur tuyau de radiateur, qu'elles aillent se faire voir.

Ses coups de fil donnés, il retourna dans la grange. Il ne lui restait plus qu'une vidange d'huile à faire et une bague à changer avant d'être libre. Le propriétaire avait promis de venir prendre sa voiture vers midi. Joe se mit au travail remarquant combien la maison paraissait silencieuse sans Brett et Charity… et sans Cujo. D'habitude, le gros saint-bernard restait couché à l'ombre de la grande porte coulissante du garage, haletant et regardant Joe travailler. Il arrivait parfois à Joe de lui parler, et le chien semblait toujours l'écouter avec la plus grande attention.

Joe se sentait un peu irrité d'être ainsi abandonné, abandonné par eux trois. Il jeta un coup d'œil vers l'endroit où Cujo avait fait ses besoins, et secoua la tête en une sorte de dégoût étonné. La question de savoir comment nourrir le chien lui revint à l'esprit et il se releva, à nouveau tout désemparé. Eh bien, il appellerait le vieux Pervers dans l'après-midi. Peut-être que celui-ci lui soufflerait qui — un gosse — accepterait de venir remplir la gamelle de Cujo pendant deux ou trois jours.

Il hocha la tête et alluma la radio, montant le son à fond. Il ne l'écoutait pas vraiment, à part les résultats de base-ball, mais cela lui faisait une compagnie. Surtout quand tout le monde était parti. Il se mit au travail et n'entendit pas la sonnerie du téléphone retentir une bonne douzaine de fois.

Dans le courant de la matinée, Tad Trenton se trouvait dans sa chambre, à jouer aux autos. En quatre années de vie, il avait accumulé plus d'une trentaine de petits camions, collection exhaustive qui allait des petites bricoles en plastique qu'on vendait à soixante-dix-neuf cents dans le drugstore de Bridgton où son père achetait le *Time Magazine* tous les mercredis soir (il fallait faire attention avec ces camions-là car ils étaient marqués MADE IN TAÏWAN et avaient nettement tendance à se démantibuler), au fleuron de la série, un énorme bulldozer

Tonka jaune vif qui arrivait aux genoux de l'enfant lorsque celui-ci se tenait debout.

Tad possédait aussi de nombreux « bonshommes » pour mettre dans les cabines des camions. Il y avait les personnages à la tête toute ronde de son jeu Playskool. Des petits soldats. Un certain nombre de ce qu'il appelait les « bonshommes de la Guerre des Étoiles » : Luc, Han Solo, le Seigneur noir de l'Empire (Aka Dark Vador), un guerrier blanc et Sispéo, le grand préféré de Tad. C'était toujours Sispéo qui conduisait le bulldozer Tonka.

Il lui arrivait de jouer à *Starsky et Hutch* avec ses camions, à *B. J. et l'ours*, aux flics et aux trafiquants (son papa et sa maman l'avaient emmené voir un film là-dessus dans un cinéma en plein air où l'on reste dans la voiture et Tad avait été *très* impressionné) ou encore à un jeu qu'il inventait lui-même. Il l'avait intitulé la Chasse aux camions.

Mais son jeu favori — celui qui l'accaparait en ce moment — ne portait pas de nom. Il s'agissait de sortir les camions et les « bonshommes » de ses deux coffres à jouets puis d'aligner un à un les petits véhicules avec les personnages à l'intérieur, suivant des diagonales parallèles ; les camions miniatures semblaient ainsi garés en biseau le long d'un trottoir que seul Tad pouvait voir. L'enfant leur faisait alors traverser toute la pièce, très lentement, pour à nouveau les aligner, pare-chocs contre pare-chocs de l'autre côté de la chambre. Il répétait parfois l'opération dix ou quinze fois, durant une heure et plus, sans jamais se lasser.

Vic et Donna s'étaient étonnés du goût de Tad pour ce jeu. Il était assez agaçant de regarder le petit garçon répéter les mêmes gestes en respectant un ordre quasi rituel. Ils lui avaient tous deux demandé en quoi consistait pour lui le plaisir, mais Tad ne possédait pas encore le vocabulaire suffisant pour expliquer. *Starsky et Hutch*, le Flic et les Trafiquants, la Chasse aux camions ne représentaient qu'une simple succession de carambolages. Le jeu sans nom était calme, paisible, tranquille et réglé. Si son vocabulaire *avait* été suffisant, il aurait pu dire à ses parents que le jeu constituait sa façon à lui de prononcer le «Om» qui ouvrait les portes de la contemplation et de la réflexion.

Ce matin-là, en jouant, il se disait que quelque chose n'allait pas.

Ses yeux se tournèrent automatiquement — inconsciemment — vers le placard, mais le problème ne se situait pas là. La porte était soigneusement fermée et, depuis que la Formule pour le Monstre existait, elle ne s'ouvrait plus jamais toute seule. Non, le mal venait d'ailleurs.

Il ne savait pas exactement de quoi il s'agissait et n'était même pas sûr de désirer vraiment le savoir. Cependant, comme Brett Camber, il était déjà passé maître en l'art de lire les courants du fleuve parental sur lequel il flottait. Tad sentait que, ces derniers jours, de sombres tourbillons, des ensablements ou peut-être même des enchevêtrements d'herbes aquatiques se dissimulaient sous la surface. Des rapides, un torrent, tout était possible.

Quelque chose n'allait pas entre son père et sa mère.

La façon dont ils se regardaient, dont ils se parlaient, clochait. Cela se devinait à leur visage, mais aussi sous le masque. Leurs pensées les trahissaient.

Tad acheva de transformer une rangée de camions garés en une file de véhicules immobilisés pare-chocs contre pare-chocs à l'autre bout de la chambre, puis s'approcha de la fenêtre. Il avait un peu mal aux genoux, car il s'amusait au jeu sans nom depuis un certain temps déjà. Juste au-dessous, dans la cour de derrière, sa mère étendait du linge. Une demi-heure plus tôt elle avait essayé de joindre le garagiste pour sa Pinto, mais il n'était pas chez lui. Elle avait attendu longtemps que quelqu'un décroche puis avait violemment reposé le combiné, d'un geste plein de colère. Et il était rare que sa maman se mette en colère pour d'aussi petits détails.

Au moment où il la regardait, elle finissait d'étendre les deux derniers draps. Elle les fixa du regard… puis ses épaules semblèrent s'affaisser. La jeune femme se dirigea vers le pommier, derrière les deux fils à linge, et Tad sut à sa position — jambes écartées, tête baissée, épaules légèrement secouées — qu'elle pleurait. Il l'observa quelques minutes puis retourna tout doucement à ses camions. Il sentait comme un creux dans le haut de son estomac. Son père lui manquait déjà, lui manquait terriblement, mais ça c'était pire encore.

Un à un, il ramena les camions miniatures à leur place de départ, garés en biseau. Il s'interrompit en entendant claquer la porte vitrée. L'enfant crut que sa mère allait l'appeler, mais non. Il perçut le bruit de ses pas traversant la cuisine, puis le grincement de son fauteuil, dans le séjour, quand elle s'y laissa tomber. Mais la télévision ne marchait pas. Tad s'imagina la jeune femme assise en bas, simplement… *assise*… puis chassa bien vite cette vision de son esprit.

Il termina sa rangée de camions. Sispéo, son préféré, était assis dans la cabine du bulldozer et regardait fixement de ses yeux noirs et ronds la porte du placard de Tad. Ses pupilles semblaient agrandies, comme s'il avait vu là quelque chose, quelque chose de tellement effrayant qu'il en avait les yeux dilatés, quelque chose à vous donner le frisson, quelque chose d'*horrible* qui venait…

Tad jeta un regard inquiet en direction du placard. La porte était toujours fermée.

Pourtant, il en eut assez de jouer. Il rangea les camions dans ses coffres, les laissant tomber bruyamment afin qu'elle sache qu'il se préparait à descendre pour regarder la télé. Il s'avança vers la porte puis s'immobilisa, contemplant d'un air fasciné la Formule pour le Monstre.

Monstres, n'entrez pas dans cette chambre !
Vous n'avez rien à faire ici.

L'enfant la connaissait par cœur. Il aimait la regarder, reconnaître les mots, examiner l'écriture de son père.

Rien n'approchera Tad, ou ne lui fera du mal de toute la
  nuit.
Vous n'avez rien à faire ici.

Pris par une impulsion aussi soudaine qu'indicible, Tad ôta les punaises qui retenaient la feuille de papier. Il saisit la Formule avec soin — presque vénération —, la plia et glissa le bout de papier dans la poche arrière de son jean. Alors, se sentant en meilleure forme qu'il ne l'avait été de toute la matinée, il descendit l'escalier pour aller regarder son émission à la télé.

Le dernier client était venu prendre sa voiture à midi moins dix. Il avait payé en liquide et Joe avait fourré les billets dans son vieux portefeuille graisseux, se disant qu'il lui faudrait passer prendre encore cinq cents dollars à la banque avant de partir avec Gary.

Penser au départ lui rappela Cujo, et le problème que posait sa nourriture. Joe grimpa dans la Ford et prit la direction de la maison de Gary Pervier, au pied de la colline. Il se gara dans l'allée de Gary. Il franchissait les premières marches du perron quand le salut qu'il s'apprêtait à lancer mourut dans sa gorge. Il dévala les marches qu'il venait de gravir et se baissa.

Elles étaient tachées de sang.

Joe effleura le ciment des doigts. Les taches étaient gluantes mais pas encore sèches. Il se redressa, légèrement inquiet mais sans plus. Gary, complètement ivre, avait pu trébucher, un verre à la main. Joe ne s'affola pas outre mesure avant de s'apercevoir que le panneau rouillé de la porte vitrée était défoncé.

« Gary ? »

Pas de réponse. Camber se demanda si quelqu'un n'était pas venu régler un vieux compte avec Gary. Ou si quelque touriste n'avait pas demandé un renseignement au vieil homme qui aurait mal choisi son jour pour lui répondre d'aller se faire foutre ailleurs.

Joe monta le petit escalier. De nouvelles flaques de sang maculaient le plancher de la véranda.

« Gary ? » appela-t-il encore, regrettant soudain de ne pas sentir le poids de son fusil de chasse calé contre son bras droit. Il se dit pourtant que si quelqu'un était venu casser la figure de Gary, lui mettre le nez en sang ou bien faire tomber les rares dents qui restaient au vieil homme, le type était maintenant parti car, à part celle de Joe, la seule voiture garée dans l'allée était la Chrysler blanche de Gary. Et il paraissait difficile de venir à pied jusqu'à la route municipale n° 3. La maison de Gary se situait à près de douze kilomètres de la ville et à plus de trois kilomètres de la route Maple Sugar qui conduisait à la 117.

Il s'est sans doute coupé tout seul, songea Joe. Mais bon Dieu, j'espère que c'était la main et pas la gorge.

Il poussa la porte dont les gonds grincèrent. « Gary ? »

Toujours pas de réponse. Une odeur douceâtre et poisseuse flottait dans l'air, odeur qu'il n'aimait pas mais prit d'abord pour celle du chèvrefeuille. L'escalier qui menait au premier se trouvait sur sa gauche. Juste en face de Joe s'étendait le couloir aboutissant à la cuisine, la porte du séjour s'ouvrant à mi-chemin sur la droite.

Joe remarqua une forme par terre, dans le couloir, mais il faisait trop sombre pour qu'il pût déterminer ce que c'était. Cela ressemblait à une petite table renversée ou quelque chose de ce genre… mais Joe n'avait jamais vu le moindre meuble dans ce couloir. Gary y abritait parfois ses chaises longues quand il pleuvait, mais la pluie n'était pas tombée depuis quinze jours. Et puis les chaises se trouvaient toujours à leur place habituelle, près de la Chrysler. Près du chèvrefeuille.

Seulement, le parfum entêtant qui envahissait l'entrée n'était pas celui du chèvrefeuille. C'était celui du sang. D'un flot de sang. Et il ne s'agissait pas d'une petite table retournée.

Joe se précipita vers la forme, les battements de son cœur lui martelant les oreilles. Il s'agenouilla près du corps et laissa échapper une sorte de couinement. L'atmosphère du couloir lui parut soudain trop chaude, trop oppressante. Il étouffait. Une main plaquée contre la bouche, il se détourna de Gary. On avait assassiné Gary. On avait…

Il se força à regarder. Gary gisait dans une mare de son propre sang. Ses yeux vitreux fixaient le plafond. On lui avait ouvert la gorge. Non, pas seulement ouvert, elle paraissait avoir été arrachée à coups de *dents*.

Joe n'essaya pas cette fois-ci de ravaler sa nausée. Il laissa simplement échapper une suite de sons étranglés, désespérés. Il éprouva un absurde ressentiment à l'égard de Charity. Elle avait eu *son* voyage, et lui n'aurait pas le sien. Il serait privé de sa virée parce qu'un cinglé avait joué les Jack l'Éventreur avec le pauvre vieux Gary Pervier et…

… et il fallait appeler la police. Ne pas penser au reste. Ne pas penser à la façon dont les yeux du vieux Pervers fixaient le plafond plongé dans l'ombre, à l'odeur de cuivre chauffé du sang qui se mêlait aux effluves du chèvrefeuille.

Il se redressa puis se dirigea en titubant vers la cuisine. Un long gémissement jaillissait de sa gorge sans qu'il en prît conscience. Le téléphone était fixé au mur de la cuisine. Il devait appeler la police d'État, le shérif Bannerman, quelqu'un…

Il s'immobilisa dans l'embrasure de la porte. Ses yeux s'agrandirent au point d'en paraître véritablement exorbités. Un monceau d'excréments de chien barrait l'entrée de la cuisine… et, à la masse de ces excréments, il sut de quel chien il s'agissait.

«Cujo, souffla-t-il. Oh mon Dieu, Cujo a la rage!»

Il crut entendre un bruit dans son dos et fit volte-face, les cheveux dressés sur la tête. Seul Gary occupait le couloir, Gary qui avait assuré quelques jours auparavant que Joe n'aurait pas même pu lancer Cujo sur un sale négro, Gary qui avait la gorge tranchée jusqu'à la colonne vertébrale.

Inutile de prendre des risques. Il retraversa le couloir, glissant dans le sang de Gary et laissant derrière lui une longue traînée rougeâtre. Il gémit à nouveau, mais se sentit mieux après avoir fermé la porte intérieure.

Joe retourna à la cuisine, évitant soigneusement le corps de Gary, puis jeta un coup d'œil dans la pièce, prêt à fermer très vite la porte qui la séparait du couloir si jamais Cujo s'y trouvait. Une fois encore, il regretta éperdument de ne pas sentir sur son bras le poids réconfortant de son fusil de chasse.

La cuisine paraissait vide. Rien ne bougeait sinon les rideaux qu'une brise légère agitait en s'infiltrant par les fenêtres ouvertes. L'air était chargé des relents qu'exhalaient les bouteilles de vodka vides. Odeur désagréable, mais préférable à celle du... enfin à l'autre odeur. Les rayons du soleil projetaient sur le linoléum passé et irrégulier des dessins ordonnés. Le téléphone, dont le revêtement autrefois blanc disparaissait sous la graisse des nombreux repas du vieux célibataire et portait une fêlure, souvenir de quelque ancienne chute d'ivrogne, était comme toujours fixé au mur.

Joe entra et ferma solidement la porte derrière lui. Il s'approcha des deux fenêtres ouvertes et n'aperçut rien d'autre dehors que les deux carcasses rongées par la rouille des voitures qui avaient précédé la Chrysler de Gary. Joe ferma quand même les fenêtres.

Il alla vers le téléphone, suant à grosses gouttes dans la cuisine étouffante. L'annuaire pendait au bout d'une cordelette de chanvre à côté du téléphone. Gary avait pratiqué le trou dans l'annuaire à l'aide de la perceuse de Joe, un an auparavant, un jour qu'il était saoul comme un âne et criait à tue-tête qu'il n'en avait rien à foutre.

Joe saisit le bottin puis le laissa tomber. Le livre heurta le mur. Joe se sentait les mains trop lourdes, la bile lui emplissait la bouche. Il reprit l'annuaire et l'ouvrit d'un mouvement si brusque qu'il faillit en arracher la couverture. Il aurait pu composer le 0, ou le 555 12 12, mais dans son trouble l'idée ne l'effleura pas.

Le son de sa respiration courte et rapide, des battements accélérés de son cœur, et le bruissement des pages minces du bottin couvrirent un léger bruit qui se fit entendre derrière lui : le craquement de la porte de la cave au moment où Cujo la poussait du museau.

Le chien était descendu à la cave après avoir tué Gary

Pervier. La lumière de la cuisine lui paraissait trop vive, trop éblouissante. Elle projetait des éclairs de souffrance dans son cerveau malade. La porte de la cave se trouvait entrouverte et il l'avait tirée avec la patte pour se ruer au bas de l'escalier, dans la fraîcheur bienfaisante de l'ombre. Il s'était endormi contre la cantine militaire de Gary et la brise pénétrant dans la cuisine par les fenêtres ouvertes avait repoussé presque complètement la porte. Le souffle d'air n'était cependant pas assez puissant pour la refermer définitivement.

Les gémissements, les vomissements de Joe, le bruit précipité de ses pas quand il avait couru fermer la porte d'entrée, tout ce vacarme avait réveillé l'animal à sa douleur. Sa douleur et aussi sa fureur destructrice et insatiable. Il se tenait maintenant derrière Joe, protégé par l'ombre de la cave. Sa tête était baissée, ses yeux écarlates, son épaisse fourrure fauve maculée d'excréments et de boue séchée. De sa gueule coulait un flot continuel de bave et ses crocs restaient découverts car sa langue avait commencé à enfler.

Joe venait de trouver la partie de l'annuaire réservée à Castle Rock. Il en était à la lettre S et promena un doigt tremblant jusqu'au SERVICE MUNICIPAL DE CASTLE ROCK qui figurait dans un cadre à mi-colonne. Il découvrit là le numéro du bureau du shérif. Il allait le composer quand Cujo se mit à émettre un grondement venant du plus profond de sa poitrine.

La nervosité sembla suer de tout le corps de Joe Camber. L'annuaire lui échappa des mains pour heurter de nouveau le mur. L'homme se tourna lentement vers le grondement. Il vit Cujo se tenant sur le seuil de la cave.

«Gentil chien», murmura-t-il d'une voix enrouée, la salive lui coulant sur le menton.

Il ne put se retenir d'uriner dans son pantalon et les

relents ammoniaqués frappèrent Cujo comme une gifle. Le chien s'élança. Joe parvint à s'écarter malgré ses jambes aussi raides que des échasses et l'animal s'écrasa contre le mur avec une telle violence qu'il fendit le papier peint et fit voler le plâtre en un nuage crayeux. La bête ne grondait plus ; elle émit une série de sons déchirants plus terribles que n'importe quel aboiement.

Joe battit en retraite vers la porte de derrière. Il se prit le pied dans l'une des chaises. Faisant des moulinets désespérés des bras pour retrouver son équilibre, il était sur le point d'y parvenir quand Cujo, machine à tuer ensanglantée dont la gueule laissait échapper des traînées d'écume, s'abattit sur lui. Le chien dégageait une puanteur marécageuse.

« *Oh nom de Dieu, va-t'en !* » hurla Joe Camber.

Il se rappela Gary. Protégeant sa gorge d'une main, il essaya de repousser l'assaillant de l'autre. Cujo recula un instant, ses mâchoires se refermèrent sur le vide, et son mufle se retroussa en un rictus belliqueux qui découvrit une rangée de dents semblables aux piquets légèrement jaunis d'une clôture. Puis il chargea à nouveau.

Et cette fois-ci, il s'attaqua aux testicules de Joe Camber.

« Hé, mon chou, tu veux venir faire des courses avec moi ? On déjeunerait chez Mario ? »

Tad se leva. « Ouais ! Chic ! »

— Viens alors. »

Son sac passé en bandoulière, Donna portait un jean et un tee-shirt bleu délavé. Tad la trouva très jolie. Il fut soulagé de constater qu'il ne subsistait plus trace de larmes, car quand elle pleurait, *il* pleurait aussi. Il savait bien que cela n'était plus de son âge, mais ne pouvait s'en empêcher.

Sa maman se glissait derrière le volant quand, arrivant à mi-chemin de la voiture, Tad se rappela soudain que la Pinto était bousillée.

«Maman?

— Quoi? Monte.»

L'enfant, effrayé, esquissa un mouvement de recul. «Et si la voiture commence à sauter?

— À saut...?» Elle le regarda, interloquée, et il se rendit compte à son expression exaspérée qu'elle avait complètement oublié les problèmes de voiture. Il venait de les lui rappeler et elle était redevenue malheureuse. Était-ce à cause de la Pinto ou à cause de lui? Il ne le savait pas mais le sentiment de culpabilité qui naissait en lui lui disait que c'était de sa faute. Puis le visage de Donna s'adoucit et elle jeta à son fils le petit sourire en coin qu'elle lui réservait, qu'il était seul à connaître. Il se sentit mieux.

«On va juste en ville, Taddy. Si la bonne vieille Pinto de Maman nous lâche, on dépensera deux dollars dans le seul et unique taxi de Castle Rock pour rentrer à la maison. D'accord?

— Oh, oui.» Tad grimpa dans l'auto et réussit à refermer la portière. Donna suivait attentivement le moindre de ses gestes, prête à intervenir aussitôt, et Tad se dit qu'elle pensait à Noël dernier, quand il s'était refermé la portière sur le pied et avait dû porter un bandage pendant près d'un mois. Mais il n'était encore qu'un bébé à l'époque, maintenant, il avait quatre ans. C'était un grand garçon. Il le savait parce que son papa le lui avait dit. Il sourit à sa mère pour lui prouver que la portière ne constituait plus un problème, et elle lui renvoya son sourire.

« Elle est bien fermée ?

— Oui, oui », assura l'enfant. Alors, elle la rouvrit pour la faire claquer de nouveau car les mamans ne vous croient jamais sauf quand on leur avoue une bêtise, comme avoir renversé le sucre en poudre en essayant d'attraper la confiture ou cassé un carreau en voulant envoyer une pierre par-dessus le toit du garage.

« Boucle ta ceinture, ordonna-t-elle en remettant la sienne. Quand la soupape ou je ne sais quoi se met à faire des siennes, la voiture bouge pas mal. »

Non sans une certaine appréhension, Tad enfila sa ceinture et son harnais. Il souhaitait de tout son cœur qu'ils n'aient pas un accident comme dans la Chasse aux camions. Et plus encore il espérait que maman ne pleurerait pas.

« Paré à décoller ? demanda-t-elle en ajustant des lunettes invisibles.

— Paré à décoller », répondit-il en riant. C'était leur jeu habituel.

« La piste est dégagée ?

— Piste dégagée.

— Alors c'est parti. » Donna mit le contact et remonta l'allée en marche arrière. Un instant plus tard, ils faisaient route vers la ville.

Au bout de cinq cents mètres, ils se détendirent tous les deux. Jusque-là, Donna s'était tenue très raide à son volant et Tad lui aussi était resté crispé sur son siège. Mais la Pinto tournait si régulièrement qu'on l'eût pu croire sortie de l'usine la veille.

Ils se rendirent au supermarché et Donna acheta pour quarante dollars d'épicerie, suffisamment pour tenir les dix jours que durerait l'absence de Vic. Tad insista pour avoir une nouvelle boîte de Twinkles et aurait bien pris des Cocoa Bears si Donna l'avait laissé faire. Ils recevaient régulièrement des provisions de céréales Sharp, mais se trouvaient pour le moment à court. Malgré tant d'agitation, Donna eut quand même le temps, en attendant son tour à la caisse (Tad laissant nonchalamment pendre ses jambes du caddy), de songer amèrement au prix de ces trois malheureux sacs d'épicerie. Ce n'était pas seulement déprimant, cela devenait affolant. Elle en vint à envisager l'éventualité effrayante — mais *vraisemblable*, lui soufflait une petite voix dans sa tête — selon laquelle Vic et Roger pourraient perdre le contrat Sharp, et, par conséquent, l'agence elle-même. Que représenterait alors le prix de la nourriture ?

Elle observa une grosse femme, au derrière rebondi moulé dans un pantalon couleur avocat, qui tirait de son porte-monnaie un carnet de timbres de réduction, puis elle vit le coup d'œil que la caissière coula à sa collègue et sentit la peur lui mordre le ventre. Ça ne pourrait pas en arriver là, n'est-ce pas ? *N'est-ce pas ?* Non, bien sûr que non. Bien sûr que non. Ils retourneraient d'abord à New York, ils...

Elle n'aimait pas la façon dont elle sentait ses idées se bousculer et les repoussa toutes en bloc avant qu'elles puissent se transformer en une véritable avalanche qui l'ensevelirait sous une nouvelle dépression. Elle n'aurait pas à acheter de café la prochaine fois, et la note s'allégerait ainsi de trois dollars.

La jeune femme poussa le caddy jusqu'à la Pinto puis rangea les courses à l'arrière du coupé avant de faire monter Tad devant, côté passager et de s'assurer, au bruit, qu'il avait bien fermé la portière ; elle voulait la fermer elle-même mais comprenait qu'il se fit un devoir de le faire tout seul. Comme un grand garçon. Elle avait frôlé l'infarctus en décembre dernier, quand Tad s'était coincé le pied. Quel *cri* il avait poussé ! Elle avait failli s'évanouir… et puis Vic s'était précipité, jaillissant de la maison en peignoir de bain, faisant gicler la boue sous ses pieds nus. Elle l'avait laissé s'occuper de tout, se montrer efficace, ce qu'elle ne parvenait jamais à être dans les cas d'urgence ; elle se montrait habituellement une lavette en pareille occasion. Il avait vérifié que le pied ne souffrait d'aucune fracture, s'était rapidement habillé, puis les avait conduits aux urgences de l'hôpital de Bridgton.

L'épicerie chargée, Tad installé, Donna se glissa derrière le volant et fit démarrer la voiture. C'est *maintenant* qu'elle va déconner, se dit la jeune femme, mais la Pinto les conduisit docilement jusqu'à chez Mario qui proposait de délicieuses pizzas bourrées de suffisamment de calories pour faire prendre un bourrelet de plus à un bûcheron. Elle réussit un assez beau créneau, n'immobilisant l'automobile qu'à une quarantaine de centimètres du trottoir, et emmena Tad au restaurant. Elle se sentait en bonne forme pour la première fois de la matinée. Peut-être Vic s'était-il trompé et ne s'agissait-il que d'une saleté dans le filtre à essence, saleté qui serait partie toute seule. Donna n'avait pas très envie de se rendre au garage de Joe Camber. Il était situé dans un coin vraiment perdu (que Vic avait baptisé avec tout l'esprit qui le caractérisait le coin des Bouseux de l'Est — mais bien sûr, lui pouvait se permettre de faire de l'humour, c'était un *homme* —), et puis Camber l'avait un peu effrayée la première fois qu'elle l'avait rencontré. Il incarnait le type même du Yankee attardé, au visage peu amène, et ne s'exprimant que par grognements. Et ce chien… Comment s'appelait-il ? Un nom à résonance espagnole. Cujo, voilà. C'était aussi le pseudonyme qu'avait choisi William Wolfe de l'Armée symbionaise de libération, mais Donna jugea impossible que Joe Camber ait pu donner à son saint-bernard le nom d'un braqueur de banque extrémiste et kidnappeur de riches héritières. Elle doutait même que Joe ait jamais entendu parlé de l'ASL. Le chien s'était montré plutôt amical, mais cela l'avait mise très mal à l'aise de voir Tad caresser ce monstre — de la même façon qu'elle se crispait en observant son fils refermer la portière. Cujo paraissait assez grand pour ne faire de Tad qu'une bouchée.

Comme Tad ne tenait pas tellement aux pizzas — il n'a sûrement pas hérité ça de moi, songea-t-elle — elle commanda un sandwich chaud au pastrami pour lui, et une pizza aux poivrons et aux oignons pour elle. Ils s'installèrent à une table donnant sur la rue. Je vais avoir une haleine à assommer un cheval, se dit-elle, avant de se souvenir que cela n'avait plus aucune importance. Elle pouvait se vanter d'avoir éloigné son mari et son amant occasionnel en moins de six semaines.

La déprime voulut de nouveau la submerger, mais elle la refoula une fois encore… ses forces commençaient pourtant à l'abandonner.

Ils approchaient de la maison et la radio passait du Bruce Springsteen, quand la Pinto recommença.

Le premier sursaut, plutôt léger, fut bientôt suivi par un autre plus violent. Donna essaya d'appuyer doucement sur l'accélérateur, par petits coups successifs ; cela aidait parfois.

« Maman ? s'enquit Tad, alarmé.

— Tout va bien, Tad », répondit-elle en mentant. La Pinto se mit à s'agiter violemment, les projetant avec force contre leur ceinture. Le moteur hoqueta, rugit. L'un des sacs à provisions tomba ; les bouteilles et les boîtes de conserve s'éparpillèrent à l'arrière de la voiture et Donna entendit quelque chose se briser.

« *Quelle saloperie de bordel de merde !* » s'écria-t-elle,

hors d'elle. La jeune femme apercevait la maison, juste derrière le sommet de la colline, qui les narguait, toute proche, mais Donna ne pensait pas que la Pinto pourrait les conduire jusque-là.

Effrayé tant par les cris de sa mère que par les secousses de la voiture, Tad fondit en larmes, ce qui mit à leur comble le trouble, la mauvaise humeur et la colère de Donna.

« *Tais-toi !* hurla-t-elle. *Oh bon sang, tais-toi, Tad !* »

Il n'en pleura que plus fort et sa main se mit en quête du renflement de la poche où se trouvait la Formule pour le Monstre, pliée jusqu'à ne plus former qu'un petit paquet. Toucher la feuille de papier le rassura un peu. Pas beaucoup, mais un peu.

Donna décida de se garer et de laisser le véhicule sur place ; il n'y avait rien d'autre à faire. Profitant de ce que la voiture roulait encore, elle se rapprocha du bas-côté. Ils se serviraient de la brouette de Tad pour porter les courses à la maison puis décideraient ensuite ce qu'il faudrait faire de la Pinto. Peut-être…

Au moment où les roues accrochaient les gravillons du bord de la route, le moteur repartit par deux fois et les secousses cessèrent comme cela s'était déjà produit auparavant. Un instant plus tard, l'auto filait vers la maison puis s'engageait dans l'allée. Donna remonta le chemin, rangea la voiture, tira le frein à main, coupa le contact, puis s'effondra en pleurs sur le volant.

« Maman ? » fit Tad d'une pauvre petite voix. *Pleure plus*, s'efforça-t-il d'ajouter, mais les mots se dessinaient sur ses lèvres sans qu'il pût proférer un son, comme si une laryngite l'avait soudain rendu muet. Il se contenta de regarder sa mère, désireux de la consoler, mais ne sachant pas comment il fallait faire. C'était à son papa de consoler, pas à lui, et il en voulut brusquement à son père de ne pas être là. La violence de son ressentiment le choqua et lui fit peur ; sans aucune raison, il vit la porte de son placard s'ouvrir, répandant une nuit aux relents infects.

Donna releva enfin la tête, le visage gonflé. Elle prit un mouchoir dans son sac et s'épongea les yeux. « Je suis désolée, mon chou. Je ne criais pas vraiment après toi. Je rouspétais après ce… ce *truc*. » Elle assena un grand coup au volant. « Aïe ! » Elle porta le revers de sa main à sa bouche et émit un petit rire. Un rire un peu triste.

« Ça doit encore être la soupape, dit Tad d'un ton maussade.

— Sans doute, acquiesça-t-elle, se sentant terriblement seule sans Vic. Allez, on va charger les affaires. En tout cas, on a la camelote, Bill.

— Tu l'as dit, Joe, répliqua-t-il. Je vais chercher ma brouette. »

Il descendit son engin et Donna y déposa les trois sacs de provisions, après avoir ramassé tout ce qui s'était renversé. Le bruit de verre brisé venait d'une bouteille de ketchup. Vous imaginez la scène ? Une demi-bouteille de Heinz répandue sur la moquette bleu outremer à l'arrière de l'auto. On eût dit que quelqu'un s'y était fait hara-kiri. Elle pourrait, supposa-t-elle, en ôter la plus grande partie avec une éponge, mais la tache resterait. Même en utilisant du shampooing à tapis, elle craignait que la tache ne résiste.

Donna tira la brouette jusqu'à la porte de la cuisine pendant que Tad poussait. Une fois dans la maison, elle se demandait si elle devait d'abord ranger l'épicerie ou bien nettoyer le ketchup avant qu'il ne sèche quand la sonnerie du téléphone retentit. Tel un sprinter au son du pistolet, Tad s'élança. Il savait très bien répondre au téléphone maintenant.

« Allô, qui est à l'appareil ? »

Le petit garçon écouta un instant, sourit puis tendit le combiné à sa mère.

Des gens, songea-t-elle. Quelqu'un qui veut parler pendant deux heures pour ne rien dire. Puis, tout haut : « Qui est-ce, mon chou ?

— C'est Papa. »

Les battements de son cœur s'accélérèrent. Elle prit le combiné des mains de Tad et prononça : « Allô, Vic ?

— Salut, Donna. » C'était bien sa voix, mais si froide, si… *prudente*. Elle eut l'impression de sombrer, ce qui lui parut vraiment superflu après tout ce qu'elle venait de subir.

« Tout va bien ? demanda-t-elle.

— Très bien.

— Je croyais que tu appellerais plus tard. Ou peut-être pas du tout.

— Nous sommes allés directement aux studios Image-Eye. C'est eux qui ont réalisé tous les spots du professeur des céréales Sharp, et tu ne sais pas quoi ? Ils n'arrivent pas à retrouver ces foutues bandes vidéo. Roger s'arrache les cheveux.

— Oui, commenta-t-elle. Il a horreur d'être en retard sur l'emploi du temps prévu, n'est-ce pas ?

— C'est un euphémisme. » Vic poussa un profond soupir. « Alors je me suis dit que, pendant qu'ils cherchaient… »

La voix s'interrompit, évasive, et la déprime de Donna — sa sensation de *sombrer* —, impression si déplaisante et traduisant pourtant une passivité tellement infantile, se métamorphosa en une peur plus concrète. Vic ne s'exprimait *jamais* d'une voix aussi incertaine, même quand quelque chose le turlupinait. Elle se rappela son attitude le vendredi soir, il avait l'air tellement misérable, tellement à bout.

« Vic, tu es sûr que tu vas bien ? » Elle perçut l'inquiétude que trahissait sa voix et sut que lui aussi avait dû l'entendre ; Tad lui-même leva les yeux de l'album de coloriage qu'il avait ouvert par terre, et montra un regard trop brillant, des sourcils légèrement froncés.

« Mais oui, assura Vic. Je disais juste que j'avais pensé appeler maintenant, pendant qu'ils fouillent partout. Je n'aurai sûrement pas le temps ce soir. Comment va Tad ?

— Il va très bien. »

Elle envoya un sourire à son fils et lui fit un clin d'œil. Tad lui sourit en retour et, les traits détendus, retourna à ses crayons. *Il a l'air fatigué et je ne vais pas commencer à l'embêter avec mes histoires de voiture*, pensa-t-elle. Mais elle entreprit aussitôt de tout lui raconter.

Elle sentit que sa voix prenait un ton geignard et s'efforça d'en changer. Mais pourquoi donc éprouvait-elle le besoin de lui dire tout cela ? Vic semblait craquer complètement et elle se lamentait à propos d'un carburateur de voiture et d'une bouteille de ketchup renversée.

« Oui, on dirait que c'est toujours la soupape », déclara Vic. Il paraissait en fait un peu mieux maintenant, un peu moins abattu. Peut-être parce qu'il s'agissait là d'un problème qui n'avait pas grande importance, par rapport à la situation qu'ils devraient désormais affronter. « Camber ne pouvait pas te prendre aujourd'hui ?

— J'ai essayé de lui téléphoner mais il n'y avait personne.

— Il devait pourtant y être, dit Vic. Il n'a pas le téléphone au garage. C'est généralement sa femme ou son gosse qui court le chercher. Sans doute qu'ils n'étaient ni l'un ni l'autre dans la maison.

— Oui, mais il peut quand même être parti...

— Bien sûr, la coupa Vic. Mais j'en doute, chérie. Si jamais un être humain pouvait prendre racine, ce serait à coup sûr Joe Camber.

— Tu crois que je devrais simplement tenter ma chance et aller là-bas ? » demanda Donna d'un ton dubitatif. Elle imaginait les kilomètres déserts qui la séparaient de la route municipale nº 3... et puis surtout cette portion de chemin menant à la ferme, chemin tellement écarté qu'on n'avait même pas pris la peine de lui donner un nom. Et si la soupape choisissait justement ce coin désolé pour la lâcher pour de bon, cela ne créerait qu'un nouveau sujet de dispute.

« Non, je pense que tu ferais mieux d'éviter, répondit Vic. Il est sûrement là-bas... à moins qu'on n'ait vraiment besoin de lui. C'est justement le moment qu'il aura choisi pour s'en aller. » La dépression reprenait le dessus.

« Qu'est-ce que je dois faire alors ?

— Appelle le concessionnaire Ford et demande une dépanneuse.

— Mais...

— Il n'y a pas de mais. Si tu essaies de faire les trente-cinq kilomètres jusqu'à South Paris, la bagnole va te lâcher, c'est sûr. Et si tu leur expliques la situation au téléphone, ils pourront peut-être te prêter une voiture. Sinon, ils t'en loueront une.

— Louer... Vic, c'est très cher, non ?

— Ouais », accorda-t-il.

Elle songea encore qu'elle ne devrait pas se décharger ainsi sur lui. Il pensait sans doute qu'elle était incapable de se débrouiller toute seule... à part peut-être quand il s'agissait de baiser le premier réparateur de meubles venu. Cela, elle savait le faire. Des larmes, à la fois de colère et d'apitoiement, lui piquèrent les yeux. « Ne t'inquiète pas.

— Eh bien, je… Oh merde, voilà Roger. Il est couvert de poussière mais ils ont les films. Tu me passes Tad une minute, d'accord ? »

Elle ravala les questions qui se pressaient en masse dans sa gorge. Est-ce que cela allait ? Pensait-il que cela pourrait marcher ? Pourraient-ils revenir en arrière, repartir à zéro ? Trop tard. Pas le temps. Elle avait gaspillé ces précieuses minutes à gémir sur sa voiture. Pauvre idiote, connasse.

« Oui, bien sûr, fit-elle. Il t'embrassera pour nous deux. Et… Vic ?

— Quoi ? » Il s'impatientait maintenant, pressé par le temps.

« Je t'aime », dit-elle. Puis, avant qu'il pût répondre, elle ajouta : « Voilà Tad. » Elle tendit précipitamment le combiné au petit garçon, manquant presque de lui donner un coup sur la tête, trébucha sur un coussin qu'elle envoya bouler, et sortit de l'entrée, aveuglée par un voile de larmes.

Elle s'arrêta sous la véranda, les bras serrés contre elle, essayant de reprendre son calme — son calme, bon sang, son *calme* — et songeant à quel point il était étonnant qu'on puisse autant souffrir sans être réellement malade physiquement.

Donna percevait derrière elle le doux murmure de la voix de Tad qui racontait à son père qu'ils avaient mangé chez Mario, que Maman avait pris sa pizza préférée et que la Pinto avait bien marché presque jusqu'à la maison. Puis il dit à Vic qu'il l'aimait. Il y eut ensuite le déclic du combiné qu'on raccroche. Contact coupé.

Du calme.

Elle eut enfin l'impression de se reprendre. Donna rentra dans la cuisine et commença à ranger les provisions.

Charity Camber descendit du car à trois heures et quart cet après-midi-là. Brett la suivait de près. Brusquement effrayée à l'idée de ne pas reconnaître Holly, elle pétrissait nerveusement la lanière de son sac. Le visage de sa sœur, imprimé dans sa mémoire telle une photographie durant toutes ces années (la cadette-qui-avait-fait-un-beau-mariage), s'évanouit aussi soudainement que mystérieusement, ne laissant qu'un vide brumeux derrière lui.

« Tu la vois ? » s'enquit Brett en posant le pied sur le sol. Il fouilla du regard la gare routière de Stratford avec un vif intérêt. Son expression ne trahissait certainement aucune crainte.

« Laisse-moi le temps de jeter un coup d'œil ! répondit Charity avec une pointe de sécheresse. Elle attend sans doute à la cafétéria ou…

— Charity ? »

Elle fit volte-face : Holly était devant elle. L'image si longtemps conservée revint aussitôt, mais pour se placer en transparence sur le visage bien réel de la jeune femme qui se tenait près d'un de ces jeux électroniques qui vous offraient de lutter, par écran interposé, contre l'envahisseur extra-terrestre. La première pensée de Charity fut que Holly portait des lunettes — comme cela faisait drôle ! La seconde, de constater cruellement que Holly avait des rides — pas beaucoup, non, mais des rides indiscutables. Enfin surgit dans son esprit une image, aussi nette, concrète et émouvante qu'une vieille photo aux tons sépia : Holly, en petite culotte, sautant dans la mare du vieux Seltzer, ses couettes dressées vers le ciel, en se pinçant le nez entre le pouce et l'index pour ajouter à l'effet comique. *Il n'y avait pas de lunettes alors*, songea Charity avec un pincement au cœur.

Encadrant Holly et coulant vers Charity et Brett des

regards intimidés, se tenaient un petit garçon d'environ cinq ans et une fillette qui pouvait avoir deux ans et demi. Le pantalon rebondi de la petite fille laissait aisément deviner les couches en dessous. Sa poussette était restée un peu plus loin.

«Bonjour, Holly», articula Charity d'une voix si faible qu'elle parvint à peine à s'entendre.

Les rides étaient fines et partaient vers le haut : ce que leur mère aurait appelé de bonnes rides. La jeune femme était vêtue d'une robe bleu marine d'assez bonne qualité. Le pendentif qu'elle portait pouvait être un très beau bijou fantaisie ou une toute petite émeraude.

Quelques secondes passèrent. Un espace de temps pendant lequel Charity éprouva une joie si violente, si intense, qu'elle sut ne plus avoir jamais à regretter ce que ce voyage avait pu lui coûter. Pour le moment, elle était *libre*, son fils était libre. Elle avait devant elle sa sœur ; les enfants qu'elle voyait étaient de son sang, pas des photos mais de vrais enfants, en chair et en os.

Riant et pleurant à la fois, les deux femmes se rapprochèrent l'une de l'autre, d'abord d'un pas hésitant puis plus précipité. Elles s'enlacèrent. Brett ne bougea pas. La petite fille, alarmée, se colla à sa mère et agrippa solidement l'ourlet de sa robe, peut-être pour empêcher que sa maman et cette drôle de dame ne s'enfuient ensemble.

Le petit garçon, lui, dévisagea Brett puis s'avança. Il portait un jean et un tee-shirt sur lequel figurait la mention VOILÀ LES ENNUIS QUI COMMENCENT.

«Tu es mon cousin Brett, commença l'enfant.

— Ouais.

— Moi, je m'appelle Jim, comme mon papa.

— Ouais.

— Tu viens du Maine», reprit Jim. Derrière lui, Holly et Charity parlaient à toute vitesse, s'interrompaient mutuellement et riaient d'être si pressées de tout se raconter, ici même, dans cette gare routière crasseuse située entre Milford et Bridgeport.

« Oui, je suis du Maine, concéda Brett.

— T'as dix ans.

— C'est ça.

— Moi j'ai cinq ans.

— Vraiment ?

— Ouais. Mais je peux te battre. *Et paf !* » Il donna un grand coup de poing dans le ventre de Brett, pliant son cousin en deux.

Brett émit un grand « Oups ! » de surprise. Les deux femmes s'étranglèrent.

« *Jimmy !* » s'écria Holly d'une voix à la fois horrifiée et résignée.

Brett se redressa lentement et aperçut sa mère qui le regardait, attendant sa réaction.

« Ouais, tu peux me battre quand tu veux », fit Brett en souriant.

Il avait fait ce qu'il fallait. Il comprit à l'expression du visage de sa mère qu'il avait bien agi et il en fut heureux.

À quinze heures trente, Donna résolut de laisser Tad à la baby-sitter et d'essayer de conduire la Pinto jusqu'au garage de Camber. Elle avait de nouveau composé son numéro, mais toujours sans obtenir de réponse ; elle avait cependant réfléchi que, si Camber ne se trouvait pas à son garage, il rentrerait bientôt, peut-être même avant qu'elle n'arrive là-bas... en supposant évidemment qu'elle y parvienne. Vic lui avait dit la semaine précédente que Camber aurait probablement un vieux tacot à lui louer, si jamais la réparation devait lui prendre plus que l'après-midi. C'était cette idée qui avait vraiment décidé Donna.

Mais elle se dit qu'il valait mieux ne pas emmener Tad. Si la Pinto tombait en rade sur la route et qu'elle doive faire du stop, parfait. Mais Tad ne devait pas participer à ce genre de chose.

L'enfant, lui, concevait d'autres projets.

Peu après avoir parlé à son père, il était monté dans sa chambre et avait étalé sur le lit toute une pile de Petits Albums Roses. Un quart d'heure plus tard, il somnolait. Il fit un rêve, un rêve en apparence très anodin mais qui dégageait un étrange pouvoir, presque terrifiant. Dans son sommeil, il vit un grand garçon lancer en l'air une vieille balle de base-ball usée et essayer de taper dessus. Il la ratait une, deux, trois, quatre fois. Au cinquième essai, il atteignit la balle… et la batte, autour de laquelle on avait mis du chatterton, se brisa au niveau de la poignée. Le garçon garda un moment la poignée à la main (des lambeaux de chatterton noir pendaient), puis se baissa et ramassa le bout renflé de la batte. Il l'examina un instant, secoua la tête en signe de dégoût, puis jeta les morceaux de bois dans les hautes herbes qui bordaient l'allée. Il se tourna et Tad se rendit soudain compte avec une stupeur où se mêlaient le plaisir et la terreur que le garçon était lui-même à dix ou onze ans. Oui, c'était lui, il en était certain.

Puis le garçon disparut et la grisaille régna. Tad percevait deux sons : le grincement des chaînes de la balançoire… et le lointain coin-coin des canards. Perdu dans ces bruits et cette grisaille, il eut soudain la sensation effrayante de ne plus pouvoir respirer, de suffoquer. *Un homme émergeait de la brume… un homme vêtu d'un imperméable de vinyle noir et qui portait dans une main un bâton terminé par une pancarte stop. Il grimaça un sourire, ses yeux semblaient deux pièces d'argent étincelantes. Il leva l'autre main pour désigner Tad et le petit garçon vit avec horreur qu'il ne s'agissait pas vraiment d'une main mais d'os, et que le visage dissimulé par la capuche de vinyle luisante n'était pas du tout un visage. C'était un crâne. C'était...*

Tad s'éveilla dans un sursaut, le corps baigné d'une sueur dont la chaleur suffocante de la chambre n'était pas seule responsable. Il se redressa, s'appuya sur les coudes, cherchant désespérément à retrouver son souffle.

Clic.

La porte du placard s'ouvrait. Au moment où elle s'écartait, l'enfant eut le temps d'apercevoir quelque chose à l'intérieur avant de se ruer vers l'autre porte, celle du palier, aussi vite qu'il pouvait. Il n'entrevit la chose qu'une fraction de seconde, mais suffisamment longtemps pour savoir qu'il ne s'agissait pas de l'homme à l'imperméable luisant, de Frank Dodd, le tueur de dames. Non, ce n'était pas lui. Il vit autre chose. Une bête aux yeux écarlates, telles deux taches de sang.

Mais il ne devait pas en parler à sa mère. Alors il préféra s'en prendre à Debbie, la baby-sitter.

Il ne voulait pas rester avec Debbie ; elle était méchante avec lui, mettait toujours le son du tourne-disque au maximum, et cetera, et cetera. Se rendant compte que ses jérémiades ne produisaient pas beaucoup d'effets sur sa mère, Tad suggéra d'une voix sinistre que Debbie pourrait essayer de le tuer. Quand Donna eut la malencontreuse idée de se tordre de rire en imaginant Debbie Gehringer, une adolescente de quinze ans, myope de surcroît, en train d'assassiner quelqu'un, Tad éclata en sanglots et s'enfuit dans la salle de séjour. Il avait tant besoin de lui dire que Debbie Gehringer ne serait peut-être pas de force à lutter contre le monstre du placard, que le monstre pourrait sortir si sa mère n'était pas de retour avant la nuit. Ce serait peut-être l'homme à l'imperméable noir, peut-être la bête.

Donna le suivit, désolée de s'être laissé aller à rire et se demandant comment elle avait pu se montrer aussi cruelle. Son papa était parti et cela suffisait à rendre l'enfant de mauvaise humeur. Il ne voulait pas perdre de vue sa mère, ne fût-ce qu'une heure. Et…

Et se peut-il qu'il ait senti ce qui s'est passé entre Vic et moi ? Qu'il ait entendu… ?

Non, elle rejetait cette idée. Elle ne pouvait y penser. Tad était simplement perturbé dans ses habitudes.

Donna trouva la porte du séjour fermée. Elle faillit saisir la poignée puis, après une hésitation, frappa doucement. Aucune réponse ne se fit entendre. Elle frappa de nouveau et, n'obtenant toujours rien, pénétra silencieusement dans la pièce. Tad était allongé sur le divan, la tête enfouie sous l'un des coussins du dossier. Elle reconnut là l'attitude réservée aux grands chagrins.

« Tad ? »

Pas de réponse.

« Je regrette d'avoir ri. »

Le visage du petit garçon apparut sous un coin du gros coussin gris perle. Il était trempé de larmes. « S'il te plaît, je peux venir ? demanda-t-il. Ne me laisse pas ici avec Debbie, Maman. » Le grand cinéma, songea-t-elle. Il se forçait de façon évidente. Elle ne fut pas dupe (du moins le crut-elle) mais n'eut pas le courage de prendre un ton sévère… un peu parce qu'elle sentait ses propres larmes revenir. L'averse semblait toujours près de tomber, ces derniers temps.

« Mon chéri, tu as bien vu ce qu'a fait la Pinto quand nous sommes rentrés des courses. Elle pourrait tomber en panne en plein milieu du coin des Bouseux de l'Est, et il nous faudrait alors marcher jusqu'à une maison pour téléphoner, et ce serait peut-être loin…

— Et alors ? Je marche bien !

— Je sais, mais tu pourrais avoir peur. »

Se représentant soudain la bête de son placard, Tad se mit à crier de toutes ses forces : «*Je n'aurai pas peur !*» Sa main s'était machinalement portée au renflement de la poche de son jean qui renfermait la Formule pour le Monstre.

«Ne crie pas comme ça, s'il te plaît. C'est très laid.»

Il baissa le ton. «Je n'aurai pas peur. Je veux seulement aller avec toi.»

Donna jeta sur son fils un regard désemparé, sachant qu'elle devait appeler Debbie, mais sentant qu'elle se laissait honteusement manipuler par un enfant de quatre ans. Si elle capitulait, elle n'aurait aucune excuse. *C'est comme une réaction en chaîne qui ne s'arrête nulle part et qui bloque des mécanismes dont je ne supposais pas même l'existence. Oh mon Dieu, comme je voudrais être à Tahiti !* pensa-t-elle.

Elle ouvrit la bouche pour dire à Tad d'une voix ferme et catégorique qu'elle allait téléphoner à Debbie et que, s'il était sage, ils feraient du pop-corn ensemble, mais que s'il continuait à se montrer méchant il irait au lit tout de suite après manger et qu'il n'y avait plus *rien* à ajouter. Au lieu de cela, elle lâcha : «D'accord, tu peux venir. Mais la Pinto n'arrivera peut-être pas jusqu'au garage, et dans ce cas nous devrons marcher pour trouver une maison et appeler un taxi pour qu'il vienne nous chercher. Alors si cela se produit, Tad Trenton, je ne veux pas t'entendre pleurnicher.

— Non, je…

— Laisse-moi terminer. Je ne veux pas t'entendre

pleurnicher ni me demander de te porter, car il n'en sera pas question. C'est bien compris ?

— Oui ! Oui bien sûr ! » Tad sauta du divan, son chagrin oublié. « On part tout de suite ?

— Oui, je crois. Ou plutôt… Je sais. Nous allons préparer un goûter et nous prendrons aussi un thermos de lait.

— Des fois qu'on doive rester là-bas *toute* la nuit ? » Tad semblait de nouveau dubitatif.

« Mais non, mon chéri. » Elle lui sourit et l'embrassa. « Je n'ai toujours pas réussi à avoir Mr. Camber au bout du fil. Ton papa dit que c'est sans doute parce qu'il n'a pas le téléphone dans son garage et qu'il n'entend pas la sonnerie. Sa femme et son petit garçon doivent être partis, aussi…

— Il devrait mettre le téléphone dans son garage, dit Tad. C'est *idiot*.

— Surtout ne lui dis pas ça », déclara aussitôt Donna, et Tad fit signe qu'il s'en garderait. « De toute façon, s'il n'est pas là, j'ai pensé qu'on pourrait goûter tous les deux dans la voiture ou sur les marches de sa maison en l'attendant. »

Tad frappa des mains. « Chic ! Chic ! Je peux prendre mon panier à goûter Snoopy ?

— Bien sûr », répondit Donna, abandonnant complètement.

La jeune femme sortit un paquet de petits gâteaux aux figues et un autre de biscuits secs (Donna les trouvait on ne peut moins appétissants, mais c'était ce que Tad préférait depuis toujours). Elle enveloppa quelques olives et rondelles de concombre dans du papier d'aluminium puis remplit de lait le thermos de Tad, ainsi que la moitié du grand thermos de Vic, celui qu'il emportait en camping.

La vue de la nourriture la mit quelque peu mal à l'aise.

Elle contempla le téléphone et songea à appeler encore une fois Camber. Puis elle se dit que cela ne servirait à rien puisqu'ils partiraient de toute façon. Elle voulut ensuite redemander à Tad s'il ne préférait pas plutôt qu'elle fasse venir Debbie Gehringer et en conçut quelque inquiétude sur son propre état mental, Tad s'étant montré des plus clairs sur ce point.

Mais brusquement elle ne se sentait pas bien. Pas bien du tout. Elle n'arrivait pas à comprendre pourquoi. La jeune femme jeta un coup d'œil circulaire dans la cuisine, comme si elle espérait y découvrir la cause de son malaise. En vain.

« On y va, Maman ?

— Oui », fit-elle d'un ton absent. Un pense-bête était accroché au mur, près du réfrigérateur. Donna y inscrivit : *Suis partie avec Tad au garage de Joe Camber pour la Pinto. Reviendrai vite.*

« Tu es prêt, Tad ?

— Oui. » Il la gratifia d'un grand sourire. « Tu as écrit ça pour qui ?

— Oh, Joanie pourrait passer apporter des framboises, expliqua-t-elle évasivement. Ou Alison MacKenzie. Elle devait venir me montrer des produits Avon.

— Ah. »

Donna lui ébouriffa les cheveux et ils sortirent. La chaleur les surprit comme un coup de marteau amorti par un oreiller. Cette saloperie de voiture ne va même pas vouloir démarrer, songea-t-elle.

Elle se trompait.

Il était quinze heures quarante-cinq.

214

Ils prirent la route 117 vers le sud, en direction de la route Maple Sugar, qu'on retrouvait à environ huit kilomètres de la ville. La Pinto se montra des plus dociles et, s'il n'y avait eu les à-coups et les ratés du début de l'après-midi, Donna se serait demandé pourquoi elle s'affolait ainsi. Mais les à-coups s'étaient bien produits, aussi conduisait-elle très raide derrière son volant, ne dépassant pas le soixante-cinq kilomètres à l'heure et se rangeant soigneusement sur sa droite dès qu'une voiture approchait pour la doubler. La circulation était assez dense. La marée des touristes et des vacanciers montait déjà. La Pinto n'étant pas pourvue de climatisation, ils roulèrent les deux vitres baissées.

Un fourgon immatriculé à New York tirant une énorme remorque qui contenait deux vélomoteurs les dépassa dans un virage sans visibilité, le chauffeur faisant résonner son klaxon. La passagère, une grosse femme portant des lunettes de soleil, jeta vers Donna et Tad un regard méprisant.

« Va te faire foutre ! » hurla Donna qui joignit le geste à la parole en pointant son majeur vers la grosse dame. Celle-ci se détourna précipitamment. Tad observait sa mère avec un soupçon d'inquiétude et Donna lui sourit. « Ce n'est rien, mon grand. Tout marche bien. Ce sont juste des imbéciles de New York. Des étrangers.

— Ah », émit prudemment Tad.

Écoute-moi ça, se dit-elle. *La grande Yankee a parlé. Vic serait fier de toi.*

Elle se moquait un peu d'elle-même, vu que les autochtones considéraient ceux qui venaient s'installer dans le Maine comme des étrangers jusqu'au jour de leur mort. Ils gravaient alors sur la pierre tombale du défunt une inscription du genre HARRY JONES, CASTLE ROCK, MAINE (*originaire d'Omaha, Nebraska*).

La plupart des touristes se dirigeaient vers la 302 où ils prendraient, soit à l'est pour rejoindre Naples, soit à l'ouest pour atteindre Bridgton, Fryeburg, ou gagner le New Hampshire, ses montagnes, ses parcs d'attraction bon marché et ses restaurants détaxés. Donna et Tad n'allaient pas jusqu'au carrefour de la 302.

Quoique leur maison dominât Castle Rock et son grand jardin public de carte postale, les bois étouffaient déjà la route à moins de huit kilomètres du jardin des Trenton. La forêt reculait parfois — à peine — pour céder la place à un petit enclos renfermant une maisonnette ou une caravane ; au fur et à mesure que la Pinto s'enfonçait dans les bois, les maisons ressemblaient davantage à ce que le père de Donna appelait « la baraque irlandaise ». Le soleil jetait encore une lumière vive et la nuit ne tomberait pas avant quatre bonnes heures, mais la désolation du paysage redonna à la jeune femme une impression de malaise. Tout se passait encore bien, là, sur la 117 ; mais quand ils auraient quitté la grande route…

Donna bifurqua quand surgit la pancarte indiquant ROUTE MAPLE SUGAR en lettres presque effacées par le temps. Les éclats du morceau de bois laissaient deviner que les enfants l'avaient bien souvent pris pour cible de leurs carabines à plomb. C'était une petite route au revêtement très noir, bosselé et déformé par le gel. Elle longeait deux ou trois belles demeures, puis deux ou trois maisons plus ordinaires avant de passer devant une vieille caravane délabrée, calée sur une assise de ciment en piteux état. Le petit jardin était envahi par des mauvaises herbes dans lesquelles Donna remarqua quelques jouets de plastique bon marché. Cloué à un arbre à l'entrée du jardin, un panneau indiquait CHATONS À DONNER. Un gamin d'à peu près deux ans se tenait, le ventre gonflé, dans l'allée ; ses couches trempées avaient glissé et laissaient apparaître son pénis minuscule. Il avait la bouche grande ouverte et mettait un doigt dans son nez, un autre dans son nombril. Donna sentit la chair de poule la parcourir en détaillant l'enfant.

Ça suffit ! Mais qu'est-ce que tu as, bon sang ?

De nouveau les bois se refermaient sur la route. Une vieille Ford au capot et à l'avant badigeonnés au minium les croisa. Un adolescent chevelu se tenait vautré derrière le volant. Il ne portait pas de chemise. La voiture faisait peut-être du cent vingt. Ce fut le dernier véhicule que rencontrèrent Tad et Donna.

La route Maple Sugar grimpait abruptement et quand ils dépassaient un champ ou un grand jardin, une vue étonnante de l'ouest du Maine se présentait à leurs yeux. Au loin, le lac Long miroitait tel un saphir merveilleux.

Ils gravissaient une autre de ces collines érodées (comme annoncé, la route était maintenant bordée d'érables[1] poussiéreux et assoiffés) quand la Pinto se remit à hoqueter et à sursauter. Donna cessa de respirer se disant : *Allez, vas-y, vas-y, vas-y, saleté de bagnole*, allez !

Tad se tortilla sur le siège passager et étreignit un peu plus fort sa boîte Snoopy.

Donna se mit à pomper légèrement sur l'accélérateur, son esprit répétant inlassablement, comme une prière inarticulée : *allez,* vas-*y,* vas-*y.*

« Maman ? Est-ce que…

— Tais-toi, Tad. »

Les à-coups s'intensifièrent. Elle donna un coup rageur sur la pédale… et la Pinto repartit, son moteur reprenant un rythme régulier.

« Ouais ! » s'écria Tad, si fort et si brusquement que Donna tressauta.

---

1. *Maple :* érable. (*N.d.T.*)

«Nous n'y sommes pas encore, Taddy.»

Un kilomètre et demi plus loin, ils arrivèrent à une intersection où un nouveau panneau de bois indiquait ROUTE MUNICIPALE N° 3. Donna s'engagea sur la voie en éprouvant un sentiment de triomphe. Si elle se souvenait bien, les Camber habitaient à moins de deux kilomètres de là. La Pinto pouvait rendre l'âme maintenant, le trajet était faisable à pied.

Ils laissèrent derrière eux une maison en ruine devant laquelle étaient garés un break Ford et une grosse automobile blanche et rouillée. Donna remarqua dans son rétroviseur que là où le soleil devait donner presque toute la journée, le chèvrefeuille avait atteint des proportions monstrueuses. Après la maison, sur la gauche, s'étendait un champ, et la Pinto partit à l'assaut de la colline assez élevée et abrupte.

À mi-chemin la voiture se remit à peiner. Les à-coups furent pires que jamais.

«Elle va aller jusqu'en haut, Maman?

— Oui», répondit la jeune femme d'un ton lugubre.

De soixante-cinq, l'aiguille de l'indicateur de vitesse descendit à quarante-cinq. Donna passa en première, mais la Pinto protesta plus violemment encore. Le moteur se mit à pétarader, faisant exploser les gaz dans le pot d'échappement; Tad commença à pleurer. La voiture semblait prête à caler mais Donna apercevait la maison des Camber et la grange rouge qui leur servait de garage.

Appuyer à fond sur l'accélérateur lui ayant réussi tout à l'heure, la jeune femme essaya de nouveau et le moteur parut s'assagir. L'aiguille du compteur repassait maintenant de vingt-cinq, à trente kilomètres à l'heure. Puis les secousses reprirent. Donna tenta une fois de plus de relancer les gaz, mais au lieu de repartir, le moteur ralentit encore. Sur le tableau de bord, l'ampèremètre se mit à clignoter sinistrement, indiquant que la Pinto était sur le point de caler.

Mais cela n'avait plus grande importance car la voiture était en train de dépasser péniblement la boîte aux lettres des Camber. Enfin arrivés. Un paquet apparaissait sous le couvercle de la boîte et Donna eut le temps de distinguer le nom de l'expéditeur :

J. C. Whitney & Co.

Elle enregistra inconsciemment l'information tandis que son attention immédiate se concentrait sur le fait de conduire l'auto jusque dans l'allée. *Elle pourra bien caler, alors*, pensa-t-elle. *Camber sera bien obligé de la réparer, qu'il ait le temps ou pas.*

L'entrée de la propriété se trouvait relativement loin de la maison. Si l'allée avait été aussi raide que celle des Trenton, la Pinto n'aurait pas été en mesure de la gravir. Mais l'allée des Camber, après une petite butte initiale, restait plate ou bien partait en pente douce jusqu'à la grange.

Donna passa au point mort et laissa le véhicule rouler tout seul en direction du grand bâtiment dont les portes étaient entrouvertes. Dès que Donna lâcha l'accélérateur pour appuyer sur la pédale de frein, le moteur se remit à tousser… faiblement cette fois-ci. L'ampèremètre reprit ses pulsations, tels les battements d'un cœur, puis brilla pour de bon. La Pinto cala.

Tad leva les yeux vers sa mère.

Elle lui sourit. «Tad, mon vieux, dit-elle, nous sommes arrivés.

— Oui, soupira l'enfant. Mais tu crois qu'il y a quelqu'un ? »

Un pick-up vert était garé près de la grange. Il s'agissait bien de celui de Camber et non pas du véhicule d'un client attendant une réparation, cela, elle en était sûre pour avoir déjà remarqué le camion la dernière fois. Mais aucune lumière ne brillait à l'intérieur du garage. Donna tendit le cou pour s'apercevoir que la maison elle aussi était sombre. Et puis il y avait ce paquet dans la boîte aux lettres.

L'expéditeur en était J. C. Whitney & Co. Elle connaissait ce nom ; son frère avait reçu leur catalogue quand il était adolescent. Ils vendaient des pièces détachées, des accessoires automobiles et du matériel de commande. Qu'ils aient envoyé un colis à Joe Camber paraissait on ne peut plus naturel. Mais si celui-ci se trouvait dans son atelier, il aurait sans doute déjà pris son courrier.

Il n'y a personne, songea-t-elle avec découragement. Donna ressentit une sorte de colère lasse à l'égard de Vic. *Camber est toujours chez lui, mais oui, il prendrait racine dans son garage s'il le pouvait, bien sûr, sauf quand j'ai besoin de lui.*

« Bon, je vais voir quand même, déclara Donna en ouvrant sa portière.

— Je n'arrive pas à enlever ma ceinture, gémit Tad en se débattant inutilement contre le système de fermeture.

— Attends, ne t'excite pas, Tad. Je vais te faire descendre. »

Elle s'extirpa de la voiture, fit claquer la portière et avança de deux pas vers l'avant de l'auto dans l'intention de rejoindre le côté passager pour délivrer Tad de ses harnais. Cela donnerait à Camber le temps de sortir pour voir qui arrivait si jamais il était là. Donna n'aimait pas beaucoup débarquer ainsi, sans avoir prévenu. C'était certainement stupide, mais depuis la scène si éprouvante avec Steve Kemp dans la cuisine, elle avait davantage pris conscience de ce que représentait le fait d'être une pauvre femme sans défense que depuis l'âge de seize ans, âge auquel ses parents lui avaient permis de sortir.

Le calme frappa la jeune femme. L'atmosphère était si chaude et si silencieuse qu'elle en devenait presque énervante. Certains sons se faisaient entendre, bien sûr, mais plusieurs années passées à Castle Rock n'avaient pas réussi à donner une ouïe campagnarde à cette New-Yorkaise qui commençait à peine à se faire aux bruits d'une petite ville… et elle se trouvait ici en pleine campagne.

Donna perçut un chant d'oiseau, puis un autre, plus grinçant, de corbeau, venant du grand champ qui s'étirait sur le flanc de la colline qu'ils venaient de franchir. Une légère brise soufflait et les chênes qui bordaient l'allée projetaient une ombre mouvante aux pieds de la jeune femme. Mais elle ne distinguait aucun ronronnement de moteur, pas même le lointain ronflement d'un tracteur ou d'une lieuse. Une oreille de la ville saisit plus facilement les bruits provoqués par l'homme ; les sons naturels ont du mal à passer au travers du filet très serré de la perception sélective. L'absence totale de ces bruits « humains » met mal à l'aise.

Je l'entendrais s'il travaillait dans la grange, songea Donna. Mais elle ne percevait que le crissement de ses propres pas sur le gravier de l'allée et un bourdonnement, très faible, à peine audible — sans même réfléchir, son esprit décida qu'il provenait d'un transformateur fixé sur l'un des poteaux électriques situés près de la route.

Elle atteignait le pare-chocs avant et s'apprêtait à passer devant le capot quand elle remarqua un nouveau son. Un grondement bas et intense.

Donna s'immobilisa, la tête levée, cherchant à en localiser l'origine. Elle n'y parvint pas tout de suite et sentit la terreur l'envahir, non à cause du son lui-même, mais parce qu'il semblait venir de nulle part et de partout à la fois. Son radar intérieur — un dispositif de survie, peut-être — passa en revue les alentours et Donna comprit que le grondement émanait de la grange.

« Maman ? » Tad se penchait par la fenêtre ouverte aussi loin que son harnais le lui permettait. « Je n'arrive pas à ôter cette saleté de...

— *Chhhhut !* »

(Grondement.)

Elle esquissa un pas en arrière, la main droite légèrement appuyée sur le capot de la Pinto, les nerfs tendus, ne se sentant pas encore prise de panique mais plutôt dans un état de vigilance aiguë. *Il ne grondait pas comme cela avant*, se dit-elle.

Cujo sortit du garage de Joe Camber. Donna le fixa du regard, sa respiration s'interrompit complètement, mais sans douleur, dans sa gorge. Il s'agissait bien du même chien. C'était Cujo, mais...

Mais oh mon

(oh mon Dieu)

Les yeux du chien rencontrèrent les siens. Rouges et chassieux, ils sécrétaient une substance visqueuse. Cujo semblait pleurer des larmes de colle. Son poil fauve était maculé de boue et de...

Sang, serait-ce du

(c'est du sang, bon Dieu bon Dieu)

Donna ne paraissait pas prête à bouger. Elle ne respirait plus. Poumons figés, étales. Elle avait entendu dire que la peur paralysait mais n'aurait jamais imaginé que cela pût être vrai à ce point. Son cerveau et ses jambes semblaient déconnectés. Les filaments trop tendus des nerfs courant le long de sa colonne vertébrale avaient coupé le signal. De ses mains ne subsistaient plus que deux masses de chair insensibles soudées à ses poignets. Elle urina. Elle ne s'en serait pas aperçue s'il n'y avait eu cette lointaine sensation de chaleur.

Le chien donnait l'impression de connaître tout cela. Pas un instant ses yeux terribles et sauvages ne quittèrent les pupilles agrandies de Donna. La bête se mit à avancer lentement, presque avec mollesse. Elle arriva sur les planches posées à l'entrée du garage, puis fut sur le gravier, à moins de dix mètres de la voiture. Le grondement ne s'interrompait jamais, sorte de vrombissement très bas menaçant et apaisant à la fois. De l'écume s'échappait du museau de Cujo. Donna ne parvenait toujours pas à exécuter le moindre mouvement.

C'est alors que Tad aperçut le chien, vit le sang qui zébrait son pelage ; il hurla — un cri très perçant qui fit tressaillir le saint-bernard. Le son parut délivrer Donna.

Chancelant comme une ivrogne, elle se retourna et se cogna le mollet contre le pare-chocs ; la chaleur fusa jusqu'à la hanche. La jeune femme se mit à courir. Le grognement de Cujo se mua en un terrible rugissement de rage et la bête s'élança. Donna sentit ses pieds déraper sur le gravier ; elle ne put retrouver son équilibre qu'en projetant son bras en travers du capot. Son coude heurta la tôle et elle émit un petit cri de souffrance.

Sa portière était fermée. Elle l'avait claquée sans réfléchir en sortant de l'automobile. Sous la poignée, le bouton lui apparut soudain extraordinairement brillant, lui envoyant les rayons du soleil dans les yeux. *Je n'arriverai jamais à ouvrir cette portière, à rentrer et à la refermer*, pensa Donna, prenant brusquement conscience du fait qu'elle allait peut-être mourir. *Je n'aurai pas le temps. Impossible.*

La jeune femme parvint à ouvrir la portière. Elle entendait le son étranglé que produisait son souffle dans sa gorge. Tad poussa un nouveau hurlement, strident, déchirant.

Elle s'assit ou plutôt s'écroula sur le siège du chauffeur. Donna entrevit Cujo qui se rapprochait, bandant les muscles de son arrière-train pour bondir et l'écraser sous ses cent kilos.

Son épaule faisant résonner le klaxon, son bras droit passé par-dessus le volant, elle tira de toutes ses forces sur la portière qui se ferma. Il était moins une. La portière à peine refermée, un coup violent ébranla la voiture, comme si l'on venait de décharger un monceau de bois de chauffe contre l'aile. Les aboiements furieux de l'animal cessèrent brusquement. Ce fut le silence.

Il s'est assommé, songea-t-elle, ne se contrôlant plus. *Merci mon Dieu, merci mon Dieu...*

Un instant plus tard, la tête déformée et couverte d'écume surgit de l'autre côté de la vitre, évoquant un monstre de cinéma qui aurait décidé de donner au public un dernier frisson en sautant de l'écran dans la salle. Donna distinguait ses énormes crocs. Une fois encore, elle éprouva l'horrible sensation que le chien *la* regardait, *elle*, pas simplement une femme coincée dans sa voiture avec son petit garçon, mais elle, *Donna Trenton*, comme s'il l'attendait depuis longtemps déjà.

Cujo se remit à aboyer, et le bruit retentit incroyablement fort dans l'habitacle, malgré les verres Sécurit. Donna se rendit soudain compte que si elle n'avait pas remonté machinalement la vitre en arrêtant l'auto (comme son père le lui avait appris : tu arrêtes la voiture, tu remontes ta vitre, mets le frein à main, coupes le contact et fermes la portière à clef), elle aurait maintenant la gorge en moins. Son sang recouvrirait le volant, le tableau de bord et le pare-brise. Un seul geste, si automatique qu'elle ne se rappelait même plus l'avoir fait.

Elle hurla.

La tête d'épouvante disparut.

Donna se souvint de Tad et le chercha du regard. En

apercevant son fils, elle sentit une nouvelle peur la transpercer telle une aiguille brûlante. L'enfant ne s'était pas évanoui, mais n'avait pas non plus toute sa conscience. Il était retombé contre le dossier de son siège, les yeux grands ouverts, dépourvus d'expression. Son visage était livide et ses lèvres avaient pris une teinte bleuâtre aux commissures.

« Tad ! » La jeune femme fit claquer ses doigts sous le nez du petit garçon qui cligna lourdement des paupières. « Tad !

— Maman, prononça-t-il avec difficulté. Le monstre du placard, comment il a fait pour sortir ? C'est un rêve ? C'est la sieste ?

— Ça va s'arranger », le rassura-t-elle, néanmoins glacée par ce qu'il venait de dire au sujet du placard. « Ça… »

Donna vit la queue du chien et le haut de son énorme dos passer devant le capot. L'animal se dirigeait du côté de Tad…

Et la vitre de Tad n'était pas remontée.

Donna plongea par-dessus les genoux de l'enfant, mue par une telle détente nerveuse qu'elle s'écrasa les doigts contre la manivelle. Le souffle court, elle s'efforça de la faire tourner aussi vite qu'elle put, sentant Tad se tortiller sous elle.

La vitre était remontée aux trois quarts quand Cujo bondit. Son museau s'engouffra dans l'interstice, mais fut coincé contre le plafond au fur et à mesure que la vitre se refermait. Ses aboiements et ses grognements emplirent l'intérieur de la voiture. Tad se remit à crier, enserrant sa tête dans ses bras, ses avant-bras masquant ses yeux. Il essaya d'enfouir son visage dans le ventre maternel et, dans ses efforts désespérés pour fuir le monstre, gêna la manœuvre de Donna.

225

« Maman ! Maman ! Maman ! *Fais-le s'arrêter ! Fais-le s'en aller !* »

Donna sentit quelque chose de chaud lui couler sur les mains. Elle vit avec horreur qu'il s'agissait d'un mélange de pus et de sang que laissait échapper la gueule du chien. Usant de toutes ses forces, la jeune femme réussit à donner encore un quart de tour à la manivelle… et puis Cujo se retira. Donna n'eut que le temps d'entrevoir les traits terriblement déformés du chien, caricature démente de la tête si amicale du saint-bernard. Puis l'animal retomba sur ses pattes et Donna ne distingua plus que son dos.

Elle n'eut aucun mal à faire tourner la manivelle jusqu'au bout. La glace relevée, elle s'essuya les mains sur son jean, ne pouvant réprimer quelques plaintes dégoûtées.

(Oh mon Dieu quelle horreur, oh mon Dieu !)

Tad avait de nouveau sombré dans cet état de semi-conscience. Le claquement de doigts ne suscita cette fois-ci aucune réaction.

Oh mon Dieu ! il va en rester traumatisé toute sa vie. Oh Tad, mon chéri, si seulement je t'avais laissé avec Debbie.

Elle prit l'enfant par les épaules et commença à le secouer tout doucement, d'avant en arrière.

« C'est la sieste ? demanda-t-il à nouveau.

— Non », répondit-elle. Il gémit — son rauque et douloureux qui déchira le cœur de la jeune femme. « Non, mais tout va bien. Tad ? Ça va. Le chien ne peut pas rentrer. Les fenêtres sont fermées maintenant. Il ne peut pas rentrer. Il ne peut pas nous attraper. »

Ces paroles semblèrent apaiser le petit garçon, son regard s'éclaira légèrement. « Alors on va à la maison, Maman. Je ne veux pas rester ici.

— Oui, oui, nous allons… »

Tel un gigantesque projectile velu, Cujo bondit sur le capot de la Pinto, visant le pare-brise. Tad poussa un cri, les yeux exorbités, ses petites mains se refermant sur ses joues pour y laisser de vilaines traces rouges.

« Il ne peut pas nous attraper ! hurla Donna. Tu m'entends ? Il ne peut pas rentrer, Tad ! »

Cujo heurta le pare-brise avec un bruit sourd, puis rebondit, essayant de se raccrocher à la tôle. La peinture du capot se couvrait d'éraflures. Puis l'animal chargea de nouveau.

« *Je veux rentrer à la maison !* cria Tad.

— Serre-moi fort, Taddy, ne t'inquiète pas. »

Les mots paraissaient bien ridicules… mais que dire d'autre ?

Tad enfouit son visage dans la poitrine de sa mère au moment où Cujo s'abattait une fois de plus sur le pare-brise. Le chien barbouilla la vitre de bave en essayant de la mordre. Ses yeux brouillés et purulents plongèrent dans ceux de Donna. Je vais vous mettre en pièces, semblaient-ils dire. Toi et l'enfant. Dès que je parviendrai à pénétrer dans cette petite boîte de tôle, je vous dévorerai vivants ; je mastiquerai vos chairs en écoutant vos hurlements de douleur.

La rage, comprit Donna. *Ce chien a la rage.*

Sentant la peur monter en elle, elle regarda le camion de Joe Camber par-dessus la masse du saint-bernard. L'homme s'était-il fait mordre ?

Sa main trouva la manette du klaxon. Elle la pressa. L'avertisseur de la Pinto retentit et le chien s'écarta précipitamment, en perdant presque l'équilibre. « T'aimes pas beaucoup ça, hein ? s'exclama triomphalement Donna. Ça te fait mal aux oreilles, hein ? » La jeune femme corna une fois encore.

Cujo s'éloigna.

« Maman, s'il te plaît, rentrons à la maison. »

Donna tourna la clef de contact. Le moteur toussa une, deux, trois fois… mais refusa de tourner. La jeune femme abandonna.

« Mon chou, nous ne pouvons pas partir maintenant. La voiture…

— Si ! Si ! Maintenant ! *Tout de suite !* »

Donna sentit sa tête bourdonner. De grandes vagues douloureuses parfaitement synchronisées avec les battements de son cœur.

« Tad, écoute-moi. L'auto ne veut pas démarrer. C'est cette soupape, tu sais. Il faut que nous attendions que le moteur refroidisse. Je pense que ça marchera, alors. Nous pourrons nous en aller. »

Il ne nous restera plus qu'à sortir de l'allée et descendre la colline. Même si le moteur cale, cela n'aura plus beaucoup d'importance à ce moment-là car nous pourrons le faire en roue libre. Si je ne rate pas mon coup et me sers bien de mon frein ; je devrais pouvoir ramener la voiture jusqu'à la route Maple Sugar, même sans moteur… ou…

Elle songea à la maison située au bas de la colline, celle où le chèvrefeuille proliférait monstrueusement. Il y avait des gens là-bas. Elle avait remarqué des voitures.

Des gens !

Donna se remit à klaxonner. Trois petits coups, trois longs puis trois petits, encore et encore, seul signal morse qui lui restait de ses deux années de scoutisme. Ils entendraient. Même s'ils ne comprenaient pas le message, ils viendraient voir qui faisait tout ce boucan chez Joe Camber — et pourquoi.

Où était passé le chien ? Elle ne le voyait plus. Mais

quelle importance ? L'animal ne pouvait pas rentrer et les secours ne tarderaient pas.

« Cela va aller, assura-t-elle à Tad. Tu vas voir. »

Un immeuble de brique sale abritait les bureaux des studios d'Image-Eye. Les bureaux commerciaux se trouvaient au quatrième étage, deux studios étaient installés au cinquième, et une salle de projection mal climatisée et ne contenant que seize sièges disposés en rangs par quatre occupait le sixième et dernier étage.

Ce lundi, en fin d'après-midi, Vic Trenton et Roger Breakstone étaient assis au troisième rang de la salle de projection, en manche de chemise et la cravate desserrée. Ils venaient de visionner les spots du professeur des céréales Sharp cinq fois chacun. Et il y en avait vingt. Trois d'entre eux concernaient les tristement célèbres Red Razberry Zingers.

Cela faisait une demi-heure que la dernière bobine de six spots était terminée et le projectionniste avait pris congé pour se rendre à son travail du soir qui consistait à passer des films au cinéma Orson Welles. Un quart d'heure plus tard, Rob Martin, directeur d'Image-Eye, leur avait souhaité une bonne soirée d'un ton sinistre, ajoutant que sa porte leur serait ouverte toute la journée du lendemain et du mercredi s'ils avaient besoin de lui. Il tut ce que tous trois pensaient très fort : la porte ne sera ouverte que si vous avez trouvé quelque chose de valable à raconter.

Rob avait toutes les raisons de ne pas être joyeux. C'était un ancien combattant du Viêtnam qui avait perdu une jambe lors de l'offensive du Têt. Il avait monté Image-Eye avec sa pension de mutilé de guerre et l'aide de ses beaux-parents, fin 1970, et n'avait cessé depuis de se débattre pour empêcher l'affaire de couler. Ses studios ne récoltaient que les miettes de la table bien garnie des médias, à laquelle festoyaient les boîtes plus importantes de Boston. Vic et Roger s'étaient laissé séduire par Rob car ils s'identifiaient un peu à lui — se battre pour faire démarrer l'affaire, pour la conduire jusqu'à cette plate-forme légendaire d'où il faudrait prendre le bon tournant. Et puis, bien sûr, Boston les arrangeait, pour être beaucoup plus près que New York.

Depuis bientôt un an et demi, Image-Eye avait décollé. Rob avait su profiter des spots Sharp pour attirer d'autres clients et l'affaire semblait enfin tenir le bon bout. Au mois de mai, juste avant le scandale, il avait envoyé à Vic et Roger une carte représentant un bus bostonien qui s'éloignait. À l'arrière, quatre ravissantes jeunes dames montraient leurs derrières, moulés dans des jeans griffés. Au dos de la carte, rédigé à la façon d'un gros titre, on pouvait lire : IMAGE-EYE CHARGÉ D'HABILLER LES BUS BOSTONIENS ; UNE HISTOIRE DE GROS SOUS. Drôle sur le moment. La plaisanterie n'était plus tellement au goût du jour. Depuis la catastrophe Zingers, deux clients (dont les jeans Cannes-Look) avaient déjà résilié leurs engagements envers Image-Eye, et si Ad Worx perdait le contrat Sharp, Rob pourrait dire adieu à pas mal d'autres annonceurs. Il se sentait donc partagé entre la colère et la peur… émotions que Vic comprenait parfaitement.

Ils fumaient en silence, assis sur leurs sièges, quand Roger dit à voix basse : « Ça me donne envie de dégueuler, Vic. Quand je vois ce mec qui me regarde avec ses airs de sainte-nitouche, qui prend une grosse bouchée de ces céréales pleines de teinture et dit : Il n'y a rien là qui soit mauvais pour vous, je sens mon estomac qui se retourne. C'est pas des histoires. Je suis content que le projectionniste ait dû partir. S'il avait fallu regarder ces spots une fois de plus, j'aurais demandé un petit sac, comme dans les avions. »

Il écrasa sa cigarette dans le cendrier encastré dans le bras de son fauteuil. Il avait vraiment l'air malade ; son visage avait pris une teinte jaunâtre que Vic n'aimait pas du tout. Appelez cela traumatisme des obus, lassitude du combat, vous penserez toujours à une chose : la trouille. Cette peur qui vous tient au ventre et vous fait fouiller l'obscurité à la recherche de ce qui va vous sauter dessus.

« Je n'ai pas arrêté de me dire, reprit Roger qui chercha une nouvelle cigarette, que j'allais voir quelque chose. Tu comprends ? *Quelque chose.* Je n'arrivais pas à croire que cela se présenterait aussi mal. Mais l'effet de tous ces spots accumulés… C'est comme d'entendre Jimmy Carter affirmer : Je ne vous mentirai jamais. » Roger tira une bouffée de sa cigarette, fit la grimace et l'écrasa dans le cendrier. « Pas étonnant que George Carlin et Steve Martin s'en soient donné à cœur joie. Je trouve ce type tellement *béat* maintenant… » Sa voix s'altéra soudain, prise d'un tremblement. Il ferma violemment la bouche.

« J'ai une idée, déclara tranquillement Vic.

— Ouais, tu m'en as vaguement parlé dans l'avion. » Roger le dévisageait sans grand espoir. « Si tu en as une, dis-la.

— Je pense que le professeur des céréales Sharp devrait retourner un spot, lâcha Vic. Je crois qu'on devrait essayer de convaincre le vieux Sharp. Pas le gosse, le vieux.

— Et qu'est-ce que le vieux Prof devra vendre cette fois-ci ? s'enquit Roger, en déboutonnant un peu plus sa chemise. De la mort-aux-rats ou de l'arsenic ?

— Allons, Roger. Personne n'a été empoisonné.

— Ça aurait aussi bien pu, répliqua le gros homme en émettant un petit rire aigu. Je me demande parfois si tu comprends vraiment ce qu'est la publicité. Cela revient à tenir la queue du lion. Eh bien nous l'avons lâchée et le lion s'apprête à revenir pour nous dévorer tout crus.

— Roger...

— Nous sommes dans un pays où le fait qu'une association de consommateurs découvre que le Big Mac pèse un peu moins que le poids annoncé s'étale en première page des journaux. Quand un petit magazine du fin fond de la Californie publie une enquête selon laquelle le réservoir des Pinto peut exploser en cas de choc arrière, Ford tremble dans ses godasses...

— Ne me parle pas de ça, l'interrompit Vic avec un petit rire. Ma femme a une Pinto et ça me cause assez d'ennuis.

— Ce que je veux dire, c'est que de faire faire un autre spot au professeur des céréales Sharp me paraît une aussi bonne idée que de demander à Richard Nixon de refaire son bilan devant le Congrès. Il est *compromis*, Vic, il est complètement grillé ! » Il s'arrêta et lança un coup d'œil à son ami. Vic le regarda à son tour, l'air grave. « Qu'est-ce que tu veux lui faire dire ?

— Qu'il s'excuse. »

Roger lui adressa un regard interloqué. Puis, renversant la tête en arrière, il ricana. « Il s'excuse, hein, *s'excuse ?* Oh, bon sang, c'est merveilleux. C'était ça, ta grande idée ?

— Attends une minute, Rog. Tu ne me laisses même pas le temps de m'expliquer. Cela ne te ressemble pas.

— Non, sans doute, répondit son ami. Vas-y, explique-toi. Mais je n'arrive pas à croire que tu...

— Parles sérieusement ? Je suis on ne peut plus sérieux. C'est toi qui as été à l'école. Sur quoi doit se fonder toute publicité réussie ? Pourquoi faire de la publicité ?

— Une publicité réussie s'appuie sur le fait que les gens veulent croire.

— C'est cela. Quand le réparateur de Maytag affirme qu'il est l'homme le plus solitaire de la ville, les gens veulent croire que ce type existe, et qu'il n'a rien d'autre à faire que d'écouter la radio et de se branler de temps en temps. Les gens veulent croire que leur machine à laver n'aura *jamais* besoin de réparation. Quand Joe DiMaggio arrive pour dire que M. Café permet d'économiser et le café et l'argent, les gens veulent le croire. Si…

— Mais n'est-ce pas justement à cause de ça qu'on est en train de se casser la figure ? Ils voulaient croire le professeur des céréales Sharp et il les a laissé tomber. Tout comme ils voulaient croire en Nixon, et il…

— Nixon, Nixon, Nixon ! s'exclama Vic, surpris par sa propre véhémence. Tu es obsédé par cette comparaison, ça fait cent fois que je t'entends la faire depuis le début de cette histoire, et *ça n'a rien à voir !* »

Roger l'examina, décontenancé.

« Nixon était un escroc, il savait qu'il était un escroc, et il a dit qu'il n'en était pas un. Le professeur des céréales Sharp a affirmé qu'il n'y avait rien dans les Red Razberry Zingers qui pouvait faire de mal, et en fait, il y avait quelque chose de nocif, mais lui ne le savait pas. » Vic se pencha vers Roger et souligna ses propos d'une légère pression des doigts sur le bras de son ami. « Il était tout à fait de bonne foi. Il faut qu'il le dise, Rog. Il doit affronter le peuple américain et lui certifier sa bonne foi. Lui expliquer qu'il ne s'agissait que d'une erreur de la part de l'usine qui fabriquait le colorant alimentaire. Que l'erreur ne venait *pas* de la Compagnie Sharp. Il faut qu'il dise tout cela. Et surtout, il doit dire combien il est désolé que ce petit incident se soit produit et quoiqu'il n'y ait pas eu de victimes, combien il est désolé que les gens aient eu peur. »

Roger hocha la tête puis haussa les épaules. « Oui, je vois l'impact que ça pourrait avoir. Mais ni le vieux ni le gosse ne seront partants. Ils veulent enterrer l'af…

— Oui, oui, *oui* ! » s'écria Vic, faisant sursauter son associé. Il se leva brusquement et se mit à arpenter nerveusement le petit côté libre de la salle de projection. « Bien sûr, et ils ont raison, il est mort et doit être enterré, le professeur des céréales Sharp doit être enterré, les Zingers sont *déjà* dans le cercueil. Mais il faut qu'on leur fasse comprendre qu'il ne doit pas être enterré en *cachette*. C'est ça le truc ! Leur premier réflexe est de vouloir aller à ses funérailles comme des sous-fifres de la Mafia… ou des parents effrayés ensevelissant une victime du choléra. »

Il s'inclina vers Roger, si près que leurs nez se touchaient presque.

« Notre boulot sera de leur faire comprendre que le professeur des céréales Sharp ne reposera jamais en paix s'il n'a pas un enterrement au grand jour. Et je voudrais que tout le pays assiste à ses obsèques.

— Tu es timbr… », commença Roger qui s'interrompit avec un claquement de dents.

Vic vit enfin l'expression apeurée et hébétée quitter le regard de son partenaire. Les traits de Roger se raffermirent brusquement et la crainte céda la place à un air un peu bizarre. Roger eut un petit sourire. Vic se sentit tellement soulagé de voir son ami se dérider qu'il en oublia Donna et ses infidélités pour la première fois depuis qu'il avait reçu la lettre. Le travail prenait le dessus et il s'étonnerait un peu plus tard de ce que tant de temps se soit écoulé depuis qu'il n'avait pas ressenti cette merveilleuse et authentique sensation d'être impliqué à fond dans quelque chose qu'on maîtrise parfaitement.

« En gros, nous voulons simplement qu'il répète ce que Sharp n'a cessé de dire depuis le déclenchement de l'affaire. Mais quand le professeur expliquera ces choses lui-même…

— La boucle sera bouclée », murmura Roger. Il alluma une nouvelle cigarette.

« C'est ça. Nous pourrions peut-être présenter ça au vieux comme le dernier acte de la comédie Red Razberry Zingers. Que tout soit net. Et qu'on en soit débarrassés…

— En prenant le médicament le plus dur à avaler. Il va falloir faire appel à ce vieil imbécile. Pénitence publique… se flagellant lui-même…

— Et au lieu de partir comme un bonhomme très digne qui vient de tomber le cul dans une flaque de boue, sous les quolibets de la foule, il quittera la scène comme Douglas MacArthur, en affirmant que les vieux soldats ne meurent pas, mais simplement disparaissent. Voilà en gros à quoi ça doit ressembler. Mais si l'on approfondit, il faut trouver un *ton*… un *sentiment*… » Il débordait maintenant sur le domaine réservé de Roger. Il lui suffisait d'esquisser la silhouette générale de ce qu'il avait en tête, de l'idée qui lui était venue devant son café chez Bentley ; Roger partirait de là.

« MacArthur, murmura Roger. Mais c'est ça, non ? Le ton des adieux. Le sentiment du regret. Donner aux gens l'impression qu'on l'a traité injustement, mais que c'est trop tard maintenant. Et… » Il jeta vers Vic un coup d'œil presque étonné.

« Quoi ?

— Tôt le matin, répondit Roger.

— Hein ?

— Les spots. Il faut les passer tôt le matin. Cette pub sera pour les parents, pas pour les gosses. D'accord ?

— Oui, oui.

— Ah ! si on arrive à les convaincre. »

Vic le gratifia d'un large sourire. « On y arrivera. » Puis, reprenant l'une des expressions de Roger quand il tenait un bon projet de spot : « Un blindé, Roger. Et on fera route droit sur eux, s'il le faut. Du moment qu'on arrive à mettre quelque chose sur le papier avant d'aller à Cleveland… »

Ils restèrent ainsi encore une heure à discuter l'idée, et quand, épuisés et en nage, ils quittèrent la petite salle de projection pour regagner leur hôtel, il faisait nuit noire.

« On ne peut pas rentrer maintenant, Maman ? interrogea Tad d'un ton apathique.

— Bientôt, mon chéri. »

Donna contempla la clef de contact enfoncée. Trois autres clés pendaient au même anneau : celle de la maison, celle du garage, et celle qui ouvrait le coffre de la Pinto. Elle avait acheté le porte-clefs, agrémenté d'un petit morceau de cuir sur lequel figurait un champignon, en avril, au Swanson, grande surface de Bridgton. En avril, quand elle s'était sentie si désabusée et effrayée, ne sachant pas ce qu'était la vraie peur, celle qui vous tenaille quand vous essayez de remonter la vitre de votre gosse pendant qu'un chien enragé vous bave sur les mains.

Elle tendit le bras, effleura le bout de cuir puis retira de nouveau sa main.

À dire vrai, elle avait peur d'essayer.

Il était dix-neuf heures quinze. Le soleil brillait encore, quoique l'ombre de la Pinto s'allongeât presque jusqu'à la porte du garage. Elle ne le savait pas, mais son mari et son associé étaient encore en train de visionner les films du professeur des céréales Sharp dans les studios d'Image-Eye, à Boston. La jeune femme ne comprenait pas pourquoi personne n'avait répondu à ses coups de klaxon. Dans un livre, quelqu'un serait venu. L'héroïne aurait été récompensée d'avoir eu une idée aussi géniale. Mais personne ne s'était montré.

Le bruit avait sûrement porté jusqu'à la maison en ruine du bas de la colline. Peut-être qu'ils étaient saouls là-dedans. Ou que les propriétaires des deux voitures garées dans l'allée (*la cour*, corrigea-t-elle instinctivement, *ici on dit la cour*) étaient partis dans une troisième. Donna aurait bien voulu distinguer cette maison, mais le sommet de la colline la dissimulait.

Elle avait fini par renoncer à ses SOS, craignant que ses coups d'avertisseur répétés ne mettent la batterie à plat ; ils ne l'avaient jamais changée depuis qu'ils possédaient la voiture. Elle s'imaginait toujours que la Pinto démarrerait lorsque le moteur serait refroidi. Cela avait marché à chaque fois jusqu'à présent.

Mais tu as peur d'essayer car si elle ne part pas... qu'est-ce qu'il restera ?

Elle allait tendre la main vers la clef de contact quand Cujo réapparut. Il était resté couché, hors de vue, devant la Pinto. Tête baissée, la queue traînante, la bête se dirigeait maintenant lentement vers la grange. Elle titubait et trébuchait comme un ivrogne après une nuit de nouba. Sans même regarder en arrière, Cujo pénétra dans l'ombre du bâtiment et disparut.

Donna abandonna une fois encore la clef.

« Maman ? On s'en va ?

— Laisse-moi réfléchir, mon chou », répondit-elle. Elle regarda vers la gauche, par sa vitre. En courant, huit pas la séparaient de la porte de service des Camber. Au lycée, elle était toujours première à la course et elle continuait de courir régulièrement. Elle pourrait battre le chien de vitesse et entrer dans la maison, elle en était certaine. Il y aurait un téléphone. Un coup de fil au shérif Bannerman, et le cauchemar prendrait fin. Et puis, si elle tentait de faire démarrer la voiture, le moteur ne voudrait peut-être pas partir… mais cela ramènerait sûrement le chien au galop. Donna ne savait pas grand-chose de la rage, mais elle croyait avoir lu quelque part que les animaux contaminés devenaient extrêmement sensibles aux bruits. Que les sons retentissants pouvaient les rendre fous furieux.

« Maman ?

— Chhut, Tad. Chut ! »

Huit pas de course. Penses-y.

Même si, de l'intérieur du garage, Cujo était en train de les surveiller, sans qu'elle puisse le voir, la jeune femme était certaine — savait — qu'elle pourrait courir plus vite que lui jusqu'à la porte. Le téléphone, oui. Et puis… un homme comme Joe Camber gardait sûrement un fusil chez lui. Peut-être même toute une collection. Ce serait tellement jouissif de réduire la tête de cette saloperie de chien en une bouillie rougeâtre !

Huit pas de course.

C'est ça. Réfléchis un peu.

Et si la porte de service était fermée à clef ?

Faut-il tenter le coup ?

Son cœur cognait dans sa poitrine tandis qu'elle pesait le pour et le contre. Si elle avait été seule, c'eût été différent. Mais imaginons que la porte soit fermée. Elle pouvait battre le chien de vitesse jusqu'à la porte, mais pas sur l'aller et retour. Pas s'il arrivait en courant, pas s'il chargeait comme il l'avait fait auparavant. Que ferait

Tad alors ? Que se passerait-il si Tad voyait sa mère se faire tuer par un chien enragé de cent kilos, se faire mordre, écharper, déchiqueter…

Non. Ici, ils ne craignaient rien.

Essaie encore de faire partir le moteur !

Donna se pencha et une partie d'elle-même protesta qu'il serait plus sûr d'attendre un peu plus, pour que le moteur fût parfaitement refroidi…

Parfaitement refroidi ? Cela faisait au moins trois heures qu'ils attendaient.

Elle saisit la clef et la fit tourner.

Le moteur toussa une, deux, trois fois… puis se mit à rugir.

« Oh, merci mon Dieu ! s'écria-t-elle.

— Maman ? demanda Tad d'une voix aiguë. On s'en va ? Dis, on s'en va ?

— On s'en va », acquiesça-t-elle d'un ton tendu, en enclenchant la marche arrière. Cujo sortit aussitôt de la grange… puis resta devant la porte, à regarder. « *Va te faire foutre, sale bête !* » lui cria-t-elle triomphalement.

Donna accéléra légèrement. La Pinto fit peut-être un mètre… et cala.

« *Non !* » hurla-t-elle lorsque la stupide petite lampe se ralluma. Cujo s'était avancé de deux pas en entendant le moteur s'arrêter, mais maintenant, il se tenait simplement là, silencieux, tête baissée. *Il me regarde*, songea-t-elle à nouveau. L'ombre du chien s'étirait derrière lui, aussi nette qu'une silhouette découpée dans du papier crépon.

Donna chercha fébrilement le starter. Le moteur eut quelques ratés, mais refusa de tourner. La jeune femme percevait un halètement rauque et fut plusieurs secondes avant de se rendre compte qu'elle le produisait elle-même — elle s'était un instant imaginé qu'il s'agissait du chien. Les traits déformés par une horrible grimace,

elle écrasait le starter, jurant sans plus penser à Tad, prononçant des mots qu'elle n'aurait pas cru connaître. Pendant tout ce temps, Cujo resta immobile, à l'observer,
son ombre lui faisant comme un immense suaire irréel.

Il finit par s'allonger sur le gravier, semblant juger
qu'ils n'avaient plus aucune chance de s'échapper. Donna
le haït plus à ce moment-là que lorsqu'il avait essayé de
s'engouffrer par la fenêtre de Tad.

« *Maman... Maman... Maman !* »

Son lointain. Insignifiant. Ce qui importait pour l'instant, c'était cette saloperie de petite bagnole. Elle allait
démarrer. Donna allait la *faire* partir par la *seule...
force... de sa volonté !*

Elle ne sut pas combien de temps elle resta, arc-boutée
sur son volant, les cheveux pendant devant les yeux, à
écraser en vain le starter. Ce ne furent pas les pleurs de
Tad — ils s'étaient mués en faibles gémissements — qui
la ramenèrent à la réalité, mais le son du moteur. Celui-
ci toussait cinq secondes, s'affaiblissait, repartait durant
cinq nouvelles secondes, avant de mourir. Les moments
de silence semblaient de plus en plus longs.

Donna était en train de tuer la batterie.

Elle s'interrompit.

La jeune femme parut reprendre petit à petit
conscience, comme au sortir d'un évanouissement. Cela
lui rappela une crise de gastro-entérite qu'elle avait eue
au lycée — elle s'était alors vidée par tous les côtés — et
à la fin de laquelle elle était tombée dans les pommes,
encore enfermée dans les toilettes du dortoir. Le réveil
avait ressemblé à ce qu'elle éprouvait maintenant, découvrant un monde auquel un peintre invisible semblait
avoir ajouté de la couleur. Les teintes criardes l'agres-
saient. Le paysage paraissait s'être métamorphosé en
un décor de plastique, une devanture de grand magasin

— LE PRINTEMPS DU BLANC ET DES COULEURS ou encore
COMMENCEZ L'ÉTÉ DANS LA GAIETÉ.

Fermant très fort les yeux, le pouce dans la bouche,
Tad s'écartait de sa mère. Il gardait l'autre main pressée
contre la poche qui recelait la Formule pour le Monstre.
L'enfant avait le souffle court et précipité.

« Tad, commença Donna. Mon chéri, ne t'inquiète pas.

— Maman, tu vas bien ? » La voix du petit garçon
n'était plus qu'un murmure rauque.

« Oui, et toi aussi. Au moins ici nous ne risquons rien.
Cette vieille voiture finira bien par démarrer. Attends, tu
vas voir.

— Je croyais que tu criais après moi. »

Elle le prit dans ses bras et le serra très fort. Des cheveux de l'enfant émanait un parfum de transpiration à
laquelle se mêlait l'odeur moins nette de shampooing
Johnson. Fini les larmes. Donna songea à ce flacon qui
reposait bien tranquillement sur la deuxième étagère de
l'armoire à pharmacie, dans la salle de bains du premier
étage. Si seulement elle pouvait le toucher ! Mais elle
devait se contenter de cette vague senteur qui s'estom-
pait déjà.

« Non, mon amour, pas après toi, le rassura-t-elle.
Jamais après toi. »

Tad l'embrassa. « Il ne peut pas nous attraper, ici,
hein ?

— Non.

— Je le déteste, affirma le petit garçon d'un ton pénétré. Je voudrais qu'il soit mort.

— Oui, moi aussi. »

Un coup d'œil par la vitre apprit à Donna que le soleil
s'apprêtait à disparaître. Une peur superstitieuse envahit
la jeune femme. Elle se souvint des jeux de cache-cache
de son enfance qui s'achevaient toujours lorsque les

ombres se rejoignaient en longues lagunes pourpres, de ces comptines magiques résonnant dans les rues de sa banlieue, lointaines et surnaturelles, de la voix aiguë d'un enfant qui criait que le dîner était prêt, des portes qu'on allait fermer sur la nuit :

« *Un petit cochon pendu au plafond, on lui tire la queue, il pondra des œufs...* »

Le chien la dévisageait. Cela paraissait aberrant mais Donna en était maintenant certaine. Les yeux fous de l'animal ne quittaient pas les siens.

Non, tu te fais des idées. Ce n'est jamais qu'un chien, un chien malade. Cela va déjà assez mal comme ça, sans que tu commences à voir dans le regard de ce chien des choses qui ne s'y trouvent pas.

Quelques instants plus tard, elle se dit aussi que les yeux de Cujo devaient faire comme ceux de certains portraits qui semblent vous suivre où que vous alliez dans la pièce.

Pourtant, Cujo la regardait. Et... elle en éprouvait une impression familière.

Non, se dit-elle, essayant de chasser la pensée, mais il était trop tard.

Tu l'as déjà vu, n'est-ce pas ? Le matin qui a suivi le premier cauchemar de Tad, le matin où les draps et les couvertures étaient revenus sur la chaise, l'ours en peluche posé dessus ; le matin où, quand tu as ouvert le placard, tu as aperçu une forme ramassée aux yeux écarlates, une bête prête à bondir, c'était lui, c'était Cujo ; Tad avait raison depuis le début, mais le monstre ne se trouvait pas dans son placard... il attendait ici, il

(Arrête !)

guettait notre

(ÇA SUFFIT DONNA !)

Elle fixa le chien des yeux et s'imagina qu'elle pouvait lire ses pensées. Des idées primaires. Les mêmes mots inlassablement répétés malgré le tourbillon de la douleur et du délire.

Tuer LA FEMME. *Tuer* LE GARÇON. *Tuer* LA FEMME. *Tuer…*

Arrête, ordonna-t-elle intérieurement. Il ne pense pas et n'a rien à voir avec un croquemitaine qui hante le placard d'un enfant. C'est un chien malade ; rien de plus. Si tu continues, tu vas finir par croire que c'est le châtiment de Dieu pour avoir…

Cujo se leva soudain — donnant presque l'impression qu'elle l'avait appelé — puis disparut de nouveau dans la grange.

(Presque comme si je l'avais appelé.)

Donna émit un rire tremblant et incontrôlé.

Tad redressa la tête. « Maman ?

— Ce n'est rien, mon chéri. »

Elle contempla la gueule sombre du garage, puis la porte de service de la maison. *Fermée ? Pas fermée ? Fermée ? Pas fermée ?* Elle songea à une pièce de monnaie tournant et retournant dans l'air. Elle se représenta le barillet d'un pistolet, cinq trous vides, une balle. *Fermée ? Pas fermée ?*

Le soleil disparut et il ne resta plus de la lumière du jour qu'une mince ligne blanche au-dessus de l'horizon, ligne à peine plus large que le ruban séparant les grand-routes en deux ; elle s'évanouirait bientôt. À droite de l'allée, des criquets chantaient, produisant de joyeux *cri-cri* insouciants.

Cujo se trouvait toujours dans la grange. Était-il en train de dormir ? se demanda Donna. De manger ?

Cela lui rappela qu'elle avait emporté un peu de nourriture. Elle tâtonna entre les deux sièges et trouva la boîte Snoopy et le sac brun. Son thermos avait roulé jusqu'au fond de la voiture, sans doute quand l'auto s'était mise à tressauter et hoqueter en grimpant la côte. La jeune femme dut tendre le bras, son chemisier se déboutonnant avant qu'elle eût le temps de saisir le flacon. Tad, qui sommeillait, s'éveilla aussitôt. Sa voix trahissait la peur qui l'étreignait, ce qui renforça encore la haine que portait Donna à l'animal.

« Maman ? *Maman ?* Qu'est-ce que tu…

— J'attrape de quoi manger, le rassura-t-elle. Et mon thermos… tu vois ?

— D'accord. » Il se cala à nouveau contre le dossier et remit son pouce dans sa bouche.

Donna secoua doucement le thermos près de son oreille, guettant le cliquetis du verre brisé, mais elle ne perçut que le clapotis du lait contre la paroi. C'était toujours cela de gagné.

« Tad ? Tu as faim ?

— J'ai envie de dormir, répondit-il sans lâcher son pouce ni ouvrir les yeux.

— Il faut alimenter la mécanique, mon pote », lui lança-t-elle.

Tad ne daigna pas même sourire. « Pas faim. Sommeil. »

Troublée, Donna le dévisagea et décida qu'il valait mieux ne pas le forcer. La somnolence constituait l'arme naturelle de Tad — peut-être l'unique — et l'heure à laquelle il se couchait habituellement était déjà passée depuis près d'une demi-heure. Bien sûr, s'ils avaient été à la maison, il aurait pris un verre de lait et quelques biscuits avant d'aller se laver les dents… elle lui aurait lu une histoire… et…

La jeune femme sentit venir le picotement des larmes

et s'efforça de repousser toutes ces pensées. Elle ouvrit le thermos de ses mains tremblantes et se versa une tasse de lait. Elle la posa sur le tableau de bord et prit un petit gâteau aux figues. Donna se rendit compte à la première bouchée qu'elle mourait de faim. Elle avala trois autres biscuits, but un peu de lait puis ingurgita encore deux ou trois olives avant de terminer sa tasse. Elle éructa discrètement... et jeta un regard plus attentif en direction de la grange.

Une ombre plus foncée semblait en masquer l'entrée. Mais ce n'était pas une ombre. Il s'agissait bien du chien. De Cujo.

Il monte la garde.

Non, elle ne croyait pas une chose pareille. Pas plus qu'elle ne croyait avoir vu Cujo dans le placard de son fils. Elle ne pouvait l'admettre... sauf... sauf qu'une part d'elle-même en restait certaine. Mais cette partie-là échappait à sa raison.

Donna jeta un coup d'œil dans le rétroviseur pour tenter de distinguer la route. Il faisait maintenant trop sombre pour y voir, mais elle savait que la route passait là, et que personne ne monterait jusqu'ici. Quand ils étaient venus tous les trois dans la jaguar de Vic (*Le chien était gentil à ce moment-là,* lui murmurait son cerveau, *Taddy le caressait et riait, tu te souviens ?*), s'amusant et plaisantant tout au long de la route, Vic lui avait dit que, cinq ans plus tôt, la décharge publique de Castle Rock se trouvait au bout de la route municipale n° 3. Et puis on avait installé une usine d'incinération à l'autre bout de la ville et, depuis, la route s'achevait à quelque deux cents mètres de chez les Camber, par une grosse chaîne qui barrait le chemin. Accrochée à la chaîne une pancarte indiquait ACCÈS INTERDIT DÉCHARGE FERMÉE.

245

Après la maison des Camber, il ne restait nulle part où aller.

Donna se demanda si quelqu'un en quête d'un endroit vraiment très tranquille ne pourrait pas choisir justement celui-ci, mais elle se dit que le pire des coureurs du coin ne voudrait pas bécoter une fille dans l'ancienne décharge de la ville. En tout cas, personne n'était passé.

Il ne subsistait plus qu'un léger halo à l'emplacement de la ligne blanche, vers l'ouest… et Donna craignait même que la lueur ne fût que le produit de son imagination. Il n'y avait pas de lune.

Cela paraissait incroyable, mais elle aussi éprouvait l'envie de dormir. Peut-être était-ce également son arme naturelle. Et que faire d'autre? Le chien se tenait toujours dehors (du moins le pensait-elle; l'obscurité devenait telle qu'il était désormais difficile de distinguer une forme d'une ombre).

Le colis dans la boîte aux lettres. Le paquet de J. C. Whitney.

Donna se raidit légèrement sur son siège, un pli étonné barrant son front. Elle tourna la tête mais, d'où elle était placée, le coin de la maison l'empêchait de voir la boîte. Elle avait bien remarqué un paquet en arrivant. Pourquoi pensait-elle à ça? Cela avait-il une signification?

La jeune femme tenait encore le Tupperware contenant les olives et les rondelles de concombre enveloppées dans du papier alu. Elle remit soigneusement le couvercle de plastique sur le récipient qu'elle rangea dans la boîte de Tad. Elle ne voulut pas réfléchir à ce qui la poussait à économiser la nourriture. Donna se cala dans son siège et chercha le levier qui commandait le dossier. Elle voulait approfondir la question du paquet — il y avait quelque chose à exploiter de ce côté-là, elle en était presque sûre — mais son esprit se reporta sur des pensées plus optimistes tandis qu'elle s'endormait.

Les Camber étaient partis voir des parents. La famille en question habitait à deux, peut-être trois heures de route d'ici. À Kennebunk. Ou à Hollis, ou Augusta. C'était une réunion familiale.

Dans son rêve mi-éveillé, elle voyait une cinquantaine de personnes, peut-être plus, rassemblées sur une immense pelouse d'un vert éclatant. Un filet de fumée flottait au-dessus d'un barbecue de pierre. Autour d'une table posée sur des tréteaux, cinquante personnes se passaient des assiettes de maïs en épis, ainsi que des plats de divers pois et haricots — petits pois, haricots rouges et blancs. D'autres assiettes contenaient des saucisses de Francfort grillées (Donna sentit son estomac gargouiller à cette vision). La table était recouverte d'une nappe à carreaux très simple. Une ravissante vieille dame aux cheveux d'un blanc éclatant ramassés en chignon sur la nuque présidait la réunion. Complètement plongée dans son rêve, Donna s'aperçut sans surprise que la vieille dame était sa mère.

Les Camber participaient à la fête, mais n'avaient plus grand-chose à voir avec les vrais Camber. Joe Camber ressemblait à Vic et portait un bleu de travail tout propre, tandis que son épouse était vêtue de la robe de soie vert d'eau de Donna. Leur fils avait l'allure qu'aurait Tad au même âge…

« Maman ? »

La vision se brouilla puis commença de disparaître. La jeune femme tenta de retenir ce tableau si paisible et charmant : l'archétype de la vie familiale qu'elle n'avait jamais eue, de la famille que Vic et elle ne fonderaient jamais, avec leur enfant unique programmé, et leur existence soigneusement organisée. Éprouvant une soudaine vague de tristesse, Donna se demanda pourquoi elle envisageait les choses sous cet éclairage pour la première fois.

« Maman ? »

La vision s'altéra de nouveau avant de s'obscurcir. La voix venue de l'extérieur traversa le tableau comme une aiguille peut percer la coquille d'un œuf. Aucune importance. Les Camber étaient à leur dîner de famille et reviendraient plus tard, vers dix heures, joyeux et le ventre plein. Tout irait bien. Le Joe Camber qui avait le visage de Vic s'occuperait de tout. Tout redeviendrait normal. Il y avait des choses que Dieu ne pouvait permettre. Ce serait…

« *Maman !* »

Donna sortit de sa torpeur et se redressa, surprise de se retrouver derrière le volant de la Pinto au lieu d'être chez elle, dans son lit… mais l'étonnement ne dura qu'une seconde. Le tableau plaisant et irréel que formait cette famille rassemblée autour de la table se désagrégeait et, dans moins d'un quart d'heure, la jeune femme ne se rappellerait même plus qu'elle avait rêvé.

« Hein ? Quoi ? »

La sonnerie du téléphone retentit brusquement dans la maison. Le chien se leva aussitôt, ombres mouvantes se ramassant en une masse énorme et informe.

« Maman, il faut que j'aille au cabinet. »

Cujo se mit à rugir en direction de la sonnerie. Il n'aboyait pas, il *rugissait*. Soudain il s'élança vers la maison. L'animal heurta la porte de service avec tant de violence qu'elle trembla sur ses gonds.

Non, supplia Donna intérieurement, *oh non, arrête, pitié, arrête…*

« Maman, il faut que… »

Le chien s'attaqua à coups de dents à la porte de bois.

Donna entendait les claquements de ses crocs se refermant sur le panneau.

«... j'aille faire pipi.»

Le téléphone sonna six fois. Huit fois. Dix. Puis se tut.

La jeune femme s'aperçut qu'elle avait retenu son souffle. Elle expira lentement et profondément l'air entre ses dents.

Cujo se tenait devant la porte, les pattes postérieures posées sur le sol; celles de devant appuyées sur la dernière marche du perron. Un grondement continu jaillissait de sa poitrine — horrible son cauchemardesque. L'animal finit par se retourner et contempla un instant la Pinto — Donna distingua l'écume séchée qui maculait son museau et son poitrail — puis regagna l'ombre et disparut. Il était impossible de savoir où il allait exactement. Dans le garage peut-être. Ou sur le côté de la grange.

Tad tirait désespérément la manche de sa mère.

«Maman, j'ai *très* envie!»

Donna lui lança un coup d'œil impuissant.

Brett Camber reposa lentement le combiné. «Ça ne répond pas. Je suppose qu'il n'est pas à la maison.»

Charity hocha la tête sans manifester une grande surprise. Elle était contente que Jim leur ait proposé de téléphoner depuis son bureau, situé au rez-de-chaussée et à l'écart de la «pièce familiale». Cette dernière était insonorisée. Elle contenait des étagères couvertes de jeux de société, une télévision grand écran Panasonic et un appareil vidéo qu'accompagnait toute une série de jeux électroniques. Dans un coin trônait un vieux juke-box Wurlitzer, magnifique et qui fonctionnait encore.

«Il est sûrement chez Gary, ajouta Brett d'un ton morne.

— Oui, j'imagine », déclara Charity, ce qui était légèrement différent de ce qu'avait dit Brett.

Elle avait remarqué le regard lointain de son mari lorsqu'elle avait fini par conclure le marché avec lui, le marché qui lui avait permis de conduire son fils ici. Elle espérait que Brett ne songerait pas à composer directement le numéro de Gary Pervier car elle doutait qu'il eût plus de chance avec celui-ci. Charity s'imaginait deux vieux renards sortis dans la nuit et hurlant à la lune.

« Tu crois que ça ira pour Cujo, M'man ?

— Oh ! je ne pense pas que ton père partirait en le laissant tout seul s'il n'allait pas bien », répondit-elle sincèrement — elle ne le croyait pas capable d'abandonner le chien. « Écoute, nous allons en rester là pour cette nuit, et tu rappelleras demain matin, d'accord ? Tu devrais déjà être au lit. Il est dix heures passées. Tu as eu une longue journée.

— Je ne suis pas fatigué.

— C'est l'excitation, et il n'est pas bon de rester trop longtemps sur les nerfs. Je vais te sortir ta brosse à dents ; ta tante Holly t'a mis une serviette et un gant de toilette sur le lit. Tu te souviens où est la chambre... ?

— Oui, bien sûr. Et toi tu vas te coucher. Maman ?

— Bientôt. Je vais d'abord m'asseoir un moment avec Holly. Nous avons beaucoup d'histoires à nous raconter, elle et moi.

— Elle te ressemble. Tu savais ça ? » fit timidement remarquer Brett.

Charity le regarda d'un air surpris. « Tu crois ? Oui, sans doute. Un peu.

— Et le petit, Jimmy. Il a un de ces crochets du droit. Paf ! » Brett éclata de rire.

« Il t'a fait mal ?

— Non, tu parles. » Brett examinait attentivement le

bureau de Jim, remarquant la machine à écrire, le gros agenda, les files de classeurs rangés par ordre alphabétique d'après les noms figurant sur la tranche. Son regard avait pris une expression calculatrice et appliquée que Charity ne sut comment juger ou comprendre. L'enfant sembla revenir d'une exploration lointaine.

« Non, il m'a pas fait mal. Ce n'est qu'un petit gosse. » Il redressa la tête. « C'est mon cousin, non ?

— Tout à fait.

— Les liens du sang. » Il sembla méditer cette idée.

« Brett, est-ce que tu aimes ton oncle Jim et ta tante Holly ?

— Elle, je l'aime bien. Lui, je ne sais pas encore. Ce juke-box. Il est très chouette. Mais… » Il secoua la tête en signe d'impatience.

« Quoi ce juke-box, Brett ?

— Il en est tellement *fier* ! lâcha l'enfant. C'est la première chose qu'il m'a montrée, comme un gosse avec un jouet. N'est-ce pas qu'il est chouette, tu vois…

— Il ne l'a pas depuis longtemps », protesta Charity. Elle sentait une peur mal définie monter en elle, une peur qui avait trait à Joe — qu'avait-il dit à Brett sur le trottoir ? « Tout le monde montre une préférence pour les choses nouvelles. Holly m'a écrit quand ils l'ont acheté, et elle me disait dans sa lettre que Jim avait envie de ce genre de chose depuis qu'il est tout jeune homme. Les gens… mon chou, chacun achète des choses différentes pour… pour se prouver qu'ils ont réussi, je suppose. Il n'y a pas à les juger pour ça. Il s'agit généralement de ce qu'ils ne pouvaient pas se payer quand ils étaient pauvres.

— Et Oncle Jim était pauvre ?

— Je n'en sais vraiment rien, avoua-t-elle. En tout cas, ils ne le sont pas maintenant.

— Ce que je veux dire, c'est qu'il n'a rien eu à *faire* pour l'avoir. Tu comprends ? » Il regardait sa mère intensément. « Il l'a acheté avec de l'argent, il a payé quelqu'un pour le réparer, il a *encore* payé pour qu'on le livre ici, et il dit que c'est à lui, mais il n'a jamais rien… tu vois, il n'a jamais rien… oh, et puis je ne sais pas.

— Il ne l'a pas fabriqué de ses propres mains ? » Malgré la peur qui s'intensifiait, se concentrait, Charity conservait une voix calme.

« Ouais ! C'est ça ! Il l'a acheté avec de l'argent, mais il a rien fait…

— *Il n'a rien fait…*

— Bon, d'accord, il *n'a* rien fait du tout pour l'avoir, et pourtant, c'est comme si c'était son œuvre maintenant…

— Il a expliqué qu'un juke-box est une machine très fragile et compliquée…

— Papa aurait su le faire marcher », répliqua Brett aussitôt et Charity crut entendre une porte claquer, se refermer avec un fracas sourd et effrayant. Le son n'avait cependant pas retenti dans la maison, il venait de son cœur. « Papa l'aurait bricolé et alors ça aurait été le *sien*.

— Brett », commença la jeune femme (et elle avait l'impression de s'exprimer d'une voix faible, de se justifier), « tout le monde ne peut pas bricoler et réparer comme le fait ton père.

— Je sais, concéda Brett en continuant d'examiner le bureau. Ouais. Mais Oncle Jim ne devrait pas tant se vanter de l'avoir s'il l'a seulement acheté avec de l'argent, tu vois ? C'est quand il se vante que j'aime… que ça me gêne. »

Charity se sentit soudain très en colère contre lui. Elle avait envie de le prendre par les épaules et de le secouer ; de crier suffisamment fort pour lui faire rentrer la vérité dans le crâne. Que l'argent ne se trouvait pas là par hasard, qu'il était presque toujours le résultat d'un effort de volonté et que la volonté constituait l'essentiel du caractère. Elle aurait voulu lui dire que pendant que son père bricolait et s'imbibait de Black Label assis sur une pile de vieux pneus avec d'autres jeunes types, à raconter des histoires grivoises, Jim Brooks, lui, s'épuisait à passer des examens de droit parce que les examens menaient au diplôme et que le diplôme représentait un billet vous permettant de monter sur le manège. Y monter ne signifiait pas forcément décrocher le pompon, mais cela vous donnait au moins la possibilité d'*essayer*.

« Il est temps d'aller te mettre en pyjama, décréta-t-elle tranquillement. Ce que tu penses de ton oncle Jim ne regarde que toi. Mais… laisse-lui une chance, Brett. Ne le juge pas là-dessus. » Ils traversaient la salle familiale et Charity désigna le juke-box du pouce.

« Non, promis », répondit Brett.

Elle suivit son fils dans la cuisine, où Holly préparait du chocolat pour eux quatre. Jim Junior et Gretchen étaient couchés depuis longtemps.

« Tu as eu ton homme ? s'enquit Holly.

— Non, il doit être en train de discuter le bout de gras chez son ami, expliqua Charity. Nous réessaierons demain.

— Tu veux du chocolat, Brett ? demanda Holly.

— Oui, merci. »

Charity regarda son fils s'asseoir devant la table. Elle le vit y mettre les coudes puis les retirer promptement en se souvenant que c'était mal élevé. Elle sentit son cœur se gonfler d'amour, d'espoir et de crainte, près de défaillir.

Du temps, songea-t-elle. *Du temps et du recul. Donne-*

lui au moins cela. Si tu le presses trop, tu le perdras pour de bon.

Mais combien de temps Charity avait-elle devant elle ? Une semaine seulement, et puis Brett retrouverait l'influence de son père. Tandis qu'elle s'asseyait près de son fils et remerciait Holly pour le bol de chocolat, son esprit évalua à nouveau l'idée d'un éventuel divorce.

Dans son rêve, Vic était venu.

Il avait simplement descendu l'allée jusqu'à la Pinto et ouvert la portière. Il portait son plus beau costume, le trois-pièces gris anthracite (celui dans lequel Vic ressemblait à Gerald Ford avec des cheveux, plaisantait souvent Donna). *Venez tous les deux*, disait-il, un petit sourire en coin sur les lèvres. *Il faut y aller avant que les vampires ne sortent.*

Donna essayait de l'avertir, de le prévenir que le chien avait la rage, mais aucun son ne jaillissait de sa bouche. Soudain, Cujo émergeait de l'obscurité, la tête baissée, un grondement sourd venant de sa poitrine. *Attention !* tenta-t-elle de crier. *Sa morsure est mortelle !* Mais elle ne parvint pas à émettre la moindre parole.

Pourtant, juste avant que Cujo se jette sur Vic, celui-ci se retourna et pointa un doigt vers l'animal. Le poil de Cujo blanchit instantanément. Ses yeux rouges et chassieux tombèrent à l'intérieur de sa tête comme des billes dans un gobelet. Son museau s'écrasa sur le sol, et se brisa tel un morceau de verre sombre sur les graviers de l'allée. Au bout d'un moment, il ne restait plus devant le garage qu'un manteau de fourrure agité par le vent.

Ne t'inquiète pas, disait Vic dans le rêve. *Ne t'inquiète pas de ce vieux chien, ce n'est qu'un manteau de fourrure. As-tu reçu le courrier ? Ne t'occupe pas du chien,*

le facteur va venir. Le facteur, c'est lui qui est important.
D'accord ? Le facteur...

Sa voix s'éloignait dans un profond tunnel, ne devenant plus qu'un faible écho qui mourut bientôt. Puis, brusquement, la voix rêvée de Vic ne fut plus que le souvenir d'un rêve — Donna s'était réveillée, les joues trempées de larmes. Elle avait pleuré dans son sommeil. Elle regarda sa montre et eut de la peine à distinguer l'heure : une heure un quart. Un coup d'œil sur Tad l'informa qu'il dormait à poings fermés, le pouce fourré dans la bouche.

Ne t'occupe pas du chien, le facteur va venir. Le facteur, c'est lui qui est important.

La signification du colis dépassant de la boîte aux lettres apparut d'un coup à la jeune femme, la frappa comme une flèche tirée par son subconscient. L'idée la préoccupait depuis des heures mais jusqu'alors, Donna n'était pas arrivée à la formuler, peut-être parce qu'elle était trop énorme, trop simple, trop élémentaire-mon-cher-Watson. La veille était un lundi et le facteur avait fait sa tournée. Le paquet que J. C. Whitney avait envoyé à Joe Camber en constituait la preuve.

Aujourd'hui était un mardi et le facteur repasserait.

Des larmes de soulagement coulèrent sur ses joues encore humides. Donna dut se retenir pour ne pas réveiller Tad et lui expliquer que tout allait s'arranger, que vers deux heures de l'après-midi au plus tard — et sans doute avant onze heures du matin si la distribution du courrier se faisait ici aussi rapidement que presque partout ailleurs en ville — ce cauchemar prendrait fin.

Le facteur passerait même s'il n'avait pas de lettre pour les Camber, c'était ce qu'il y avait de plus beau. Il entrait dans ses attributions de venir voir si le petit drapeau indiquant qu'il y avait du courrier à poster était levé. Il devrait monter jusqu'ici, sa dernière halte sur la route municipale nᵒ 3, pour vérifier qu'il n'avait rien à prendre, et ce jour-là, il serait accueilli par une femme à demi folle de soulagement.

Son regard se posa sur la boîte à goûter de Tad et elle songea à la nourriture qui s'y trouvait. Donna se revit mettre le reste des provisions de côté, au cas où… enfin… au cas où. Maintenant, cela n'avait plus la même importance, même si Tad avait faim le lendemain matin, ce qui était probable. Donna mangea les dernières rondelles de concombre. Tad n'aimait pas beaucoup ça de toute façon. Elle se dit en souriant que Tad aurait un curieux petit déjeuner : des gâteaux aux figues, des olives et un biscuit ou deux.

Tout en mâchonnant les deux ou trois rondelles de concombre restantes, elle comprit qu'elle s'était laissé effrayer surtout par des coïncidences. C'était cette série de coïncidences, tout à fait fortuites mais imitant une sorte de destin inéluctable, qui avait rendu le chien si terriblement acharné, si… qui lui avait donné l'air de s'attaquer à la jeune femme personnellement. Première coïncidence : Vic parti pour dix jours. Seconde coïncidence : Vic téléphonant de bonne heure de Boston. S'il n'avait pas réussi à les joindre à ce moment-là, il aurait réessayé plus tard, plusieurs fois, et aurait fini par se demander où ils se trouvaient. La troisième était que toute la famille Camber était absente, au moins pour la nuit, vu l'heure avancée. La mère, le père et le fils. Tous les trois. Mais ils avaient laissé leur chien. Oh oui. Ils avaient…

Une pensée horrible lui vint brutalement à l'esprit ; sa mâchoire s'immobilisa sur l'ultime rondelle de concombre. Donna s'efforça de chasser l'image mais elle s'accrochait. Peut-être parce qu'elle répondait à sa propre logique de ce cauchemar.

Et s'ils étaient tous morts dans la grange ?

Le tableau dansa un instant devant ses yeux. Il avait la réalité malsaine des visions qui vous viennent lorsque vous êtes éveillé aux premières heures du jour. Trois corps gisant à l'intérieur de la grange comme des pantins désarticulés ; la sciure tachée de rouge autour d'eux ; leurs yeux poussiéreux fixant l'obscurité où virevoltaient et piaillaient des hirondelles ; leurs vêtements arrachés à coups de dents, des lambeaux de chair…

Tu es malade, tu deviens folle…

Peut-être avait-il d'abord attaqué l'enfant. Les deux autres se trouvent dans la cuisine, ou encore, dans leur chambre à prendre un peu de bon temps, quand ils entendent des cris ; ils se précipitent…

(Arrête veux-tu arrête.)

… ils se précipitent dehors mais l'enfant est déjà mort, le chien lui a ouvert la gorge, et, pendant qu'ils sont encore sous le choc, le saint-bernard surgit de l'ombre en titubant, terrible machine de destruction, oui, le vieux monstre sort de l'ombre, enragé, prêt à mordre. Il s'avance d'abord vers la femme et son mari essaie de la secourir…

(Non, il aurait pris son fusil ou lui aurait défoncé le crâne à coups de clef ou je ne sais quoi, et, puis, où est la voiture ? Il y avait une voiture ici avant qu'ils ne partent tous voir de la famille — tu m'entends VOIR DE LA FAMILLE *—, ils ont pris la voiture et laissé le camion.)*

Pourquoi personne n'était-il venu nourrir le chien alors ?

C'était là un nouvel élément de la logique qui effrayait tant la jeune femme. Pourquoi quelqu'un n'était-il pas venu nourrir le chien ? Quand on s'absentait pour un jour ou deux, on s'arrangeait toujours avec des voisins. Ils venaient donner à manger à votre chien quand vous partiez, et quand c'était eux, à votre tour vous alliez vous occuper de leur chat, de leur poisson rouge, de leur perruche ou n'importe quoi d'autre. Alors où…

Et le chien ne cessait de retourner dans la grange.

Mangeait-il à l'intérieur ?

Voilà la réponse, réfléchit la jeune femme, soulagée. *Il n'a trouvé personne pour nourrir le chien, alors il lui a versé tout un bac de nourriture. Des croquettes ou un truc comme ça.*

Mais Donna se heurta à la même réflexion que Joe Camber au matin de cette longue, très longue journée. Un gros chien avalerait tout d'un coup, puis resterait ensuite affamé. Il valait sûrement mieux trouver un ami pour donner à manger à votre chien si vous comptiez vous absenter. D'un autre côté, peut-être avaient-ils été retenus. Peut-être qu'il y avait effectivement une réunion de famille et que Joe Camber s'était saoulé à mort. Peut-être ci, peut-être ça, peut-être autre chose.

Le chien est-il en train de manger dans la grange ?

(Qu'est-ce qu'il mange là-dedans ? Des croquettes ? Ou des gens ?)

La jeune femme recracha la dernière bouchée de concombre dans sa main et sentit son estomac chavirer ; elle avait envie de rendre tout ce qu'elle venait d'avaler. Donna fit un effort de volonté pour tout garder, et comme elle pouvait faire preuve de grande détermination quand elle le voulait, elle parvint à ne pas vomir. Les Camber avaient laissé de la nourriture au chien avant de partir en voiture. Pas la peine d'être Sherlock Holmes pour trouver cela. Le reste n'était que la conséquence d'une trouille inextinguible.

Mais cette image de mort ne cessait de la hanter. Donna imaginait surtout la sciure ensanglantée, poussière de

258

bois qui avait pris la teinte sombre d'une saucisse de Francfort crue.

Cela suffit. Si tu dois penser à quelque chose, concentre-toi sur le courrier. Pense à demain. Pense aux secours.

Elle perçut un léger frottement contre sa portière.

Elle aurait voulu ne pas regarder mais ne put s'en empêcher. Sa tête pivota comme mue par des mains invisibles et néanmoins puissantes. Elle distingua nettement le craquement que produisirent les tendons lorsque son cou tourna. Cujo se tenait de l'autre côté de la vitre à la dévisager. Sa gueule se trouvait à moins de quinze centimètres de la figure de la jeune femme. Seul le verre Sécurit de la fenêtre côté chauffeur les séparait. Les yeux rouges et larmoyants de l'animal plongeaient dans ceux de Donna. Le museau du chien semblait avoir été badigeonné de mousse à raser qui avait séché.

Cujo lui adressait un rictus.

Donna sentit un cri naître dans sa poitrine, lui monter à la gorge telle la lame d'un couteau ; elle savait que la bête s'adressait mentalement à elle, lui disait : *Je vais t'avoir mon chou. Je vais t'avoir, gamin. Tu peux penser au facteur autant que tu veux. Je te tuerai s'il le faut, comme j'ai tué les trois Camber, comme je vais vous tuer toi et ton gosse. Vaut mieux que tu te fasses à cette idée. Vaut mieux...*

Le cri lui blessait la gorge. Il luttait pour sortir et la jeune femme avait l'impression que tout s'acharnait contre elle : Tad ayant envie de faire pipi, elle avait dû baisser la vitre de quelques centimètres et soulever l'enfant pour qu'il puisse uriner par la fente ainsi ménagée, tout en surveillant si le chien n'arrivait pas. Le petit garçon avait mis longtemps avant de pouvoir faire et Donna s'était mise à ressentir des douleurs dans les bras ; et puis le rêve, enfin les images de mort et maintenant ce…

Le chien lui adressait un rictus ; il lui adressait un rictus, il s'appelait Cujo et sa morsure était mortelle.

Il fallait que le cri jaillisse

(Mais Tad)

ou elle allait devenir folle.

(est en train de dormir.)

Elle bloqua ses mâchoires pour empêcher le cri de dépasser ses lèvres, comme elle avait bloqué sa gorge quelques instants plus tôt pour retenir les aliments qu'elle venait d'ingurgiter. Donna lutta contre ce hurlement, le combattit. Puis elle sentit enfin le martèlement de son cœur se ralentir et elle sut qu'elle avait gagné.

La jeune femme fit un large sourire au chien et approcha de la vitre légèrement embuée par l'haleine de Cujo, les deux majeurs dressés, sortant de ses poings serrés. « Va te faire foutre », chuchota-t-elle.

Au bout d'un laps de temps interminable, Cujo reposa ses pattes antérieures sur le sol et s'éloigna vers la grange. Les pensées de Donna le suivirent dans ce trou sombre.

(Que mange-t-il là-dedans ?)

et la jeune femme referma violemment une petite porte à l'intérieur de sa tête.

Mais elle ne parviendrait plus à dormir, pas avant longtemps, et l'aube paraissait tellement loin. Donna se redressa derrière son volant, tremblant et se disant avec insistance qu'il était ridicule, absolument ridicule, de prendre ce chien pour une sorte de fantôme sorti tout droit du placard de Tad, ou encore de croire qu'il en savait plus qu'elle-même sur la situation.

Vic s'éveilla en sursaut dans une obscurité totale, le souffle court, la gorge cotonneuse. Son cœur cognait à tout rompre et il se sentait complètement perdu — tellement perdu qu'il crut un instant qu'il tombait et se retint à son lit.

Il ferma les yeux quelques secondes, essayant de retrouver ses esprits, de rassembler ses pensées.

(Tu es à)

Il rouvrit les yeux et découvrit une fenêtre, une table de nuit et une lampe.

(l'hôtel Ritz-Carlton de Boston, dans le Massachusetts.)

Il se détendit. Ce point de référence donné, tout se remit en place avec un petit déclic rassurant, et Vic se demanda comment il avait pu se sentir si perdu et désemparé, ne fût-ce qu'un instant. C'était sans doute parce qu'il se trouvait dans un endroit inconnu. Et à cause du cauchemar.

Le cauchemar ! Bon sang, il était gratiné. Vic ne se rappelait pas en avoir fait d'aussi terribles depuis les rêves de chutes qui avaient empoisonné son adolescence. Il prit à deux mains le réveil de voyage qui était posé sur la table de nuit et l'approcha tout près de son visage. Deux heures moins vingt. Roger ronflait doucement dans le lit voisin et, maintenant que ses yeux s'étaient accoutumés à l'obscurité, Vic distinguait son corps allongé bien droit sur le dos. Roger avait rejeté le drap au pied du lit. Il portait un pyjama ridicule, orné de petits drapeaux jaunes semblables à ceux qui représentent certains lycées.

Vic lança ses jambes hors du lit, se dirigea sans bruit vers la salle de bains et referma la porte derrière lui. Il trouva les cigarettes de Roger sur la tablette et en prit une. Il en avait besoin. Vic s'assit sur la cuvette et fuma, faisant tomber la cendre dans le lavabo.

Rêve de nervosité, aurait dit Donna, et Dieu sait qu'il y avait de quoi être nerveux. Il s'était pourtant couché, vers dix heures et demie, avec un meilleur moral que depuis près d'une semaine. Une fois rentrés à l'hôtel, Roger et lui avaient passé une demi-heure au bar à discuter cette idée de grandes excuses, puis, le gros homme avait extirpé des entrailles de l'énorme portefeuille qu'il traînait partout le numéro de téléphone de Yancey Harrington, l'acteur qui interprétait le professeur des céréales Sharp.

« Autant voir s'il est d'accord, avant d'aller plus loin », avait déclaré Roger. Il avait décroché le combiné et composé le numéro de Harrington qui habitait Westport, dans le Connecticut. Vic ne savait pas trop quelle réaction escompter. Si on l'avait poussé dans ses derniers retranchements, il aurait répondu qu'il faudrait sûrement faire mousser un peu Harrington — l'affaire Zinger et le préjudice que, estimait-il, elle lui avait porté l'avaient rendu plutôt grincheux.

Mais une heureuse surprise les avait attendus tous deux. Harrington avait aussitôt donné son accord. Il connaissait la réalité de la situation et savait pertinemment que le professeur était fini (« On peut déjà faire une croix dessus », avait-il sombrement affirmé). Mais il considérait qu'un dernier spot permettrait peut-être à la compagnie de s'en sortir. De la remettre sur les rails, en quelque sorte.

« Foutaises, fit Roger avec un large sourire après avoir raccroché. Il aime simplement l'idée d'un dernier lever de rideau. Il n'y a pas beaucoup d'acteurs dans la publicité qui ont une chance pareille. Il paierait son billet d'avion jusqu'à Boston, si on le lui demandait. »

Vic s'était donc couché content et s'était endormi presque instantanément. Et puis, le rêve. Il se voyait debout devant le placard de Tad, en train de dire au petit garçon qu'il n'y avait rien à l'intérieur, absolument rien. *Je vais te le prouver une fois pour toutes*, déclarait-il à l'enfant. Il ouvrait la porte du placard et s'apercevait que tous les jouets et les vêtements de Tad avaient disparu. Une forêt les avait remplacés — de vénérables sapins et autres conifères, d'antiques feuillus. Le sol de la penderie disparaissait sous l'humus et les aiguilles odorantes. Vic voulait retrouver le plancher laqué de la chambre et se mettait à gratter le terreau. Mais son pied ne rencontrait rien d'autre que la terre riche et noire de la forêt.

Vic s'enfonçait dans le placard et la porte se refermait derrière lui. Ce n'était pas grave. Il régnait une clarté suffisante pour y voir. Il découvrait une piste qu'il commençait à suivre. Il se rendait compte tout à coup qu'il portait un sac sur le dos et un bidon sur l'épaule. Il percevait le bruit mystérieux du vent soufflant dans les sapins et le chant assourdi des oiseaux. Sept ans plus tôt, bien avant Ad Worx, ils avaient tous les quatre été passé des vacances sur un circuit de randonnée dans les Appalaches, et le paysage de son rêve lui rappelait très nettement ceux qu'ils avaient admirés alors. C'était la seule fois qu'ils avaient choisi la route montagneuse, préférant par la suite longer la côte. Vic, Donna et Roger s'étaient montrés enchantés mais Althea Breakstone détestait les promenades et, s'étant frottée à un fustet, en avait rapporté une bonne crise d'urticaire.

La première partie du rêve pouvait paraître assez agréable. L'idée que le placard de Tad ait pu receler tout ceci semblait, d'une façon bien particulière, merveilleuse. Ensuite Vic avait pénétré dans une clairière et avait vu… mais déjà l'image s'effilochait comme souvent lorsque l'on essaie de se remémorer un rêve.

À l'autre bout de la clairière se dressait à pic un mur

gris de peut-être trois cents mètres de haut. À environ six mètres du sol apparaissait une caverne — non, ce ne semblait pas même assez profond pour être une caverne. Il ne s'agissait que d'une niche, une sorte de dépression dans la roche, un renfoncement dont le bas formait un palier. Donna et Tad se tenaient tapis à l'intérieur. Ils essayaient d'échapper à une espèce de monstre qui tentait d'atteindre la cavité, de l'atteindre et puis d'y entrer. De les attraper. De les dévorer.

On eût dit la scène du premier *King Kong*, où, après avoir projeté à terre tous ceux qui sont venus secourir Fay Wray, le grand singe tente de s'emparer de l'unique survivant. Mais le rescapé s'est réfugié dans un trou et King Kong n'arrive pas à l'en faire sortir.

Dans son rêve, le monstre n'avait rien d'un grand singe, pourtant. Il s'agissait d'un… d'un quoi ? Un dragon ? Non, pas du tout. Ce n'était ni un dragon, ni un dinosaure, et encore moins un troll. Vic ne parvenait pas à se le représenter. Quel qu'il fût, le monstre n'arrivait pas à atteindre la cavité et à attraper ses deux victimes ; il attendait donc devant leur refuge tel un chat guettant une souris avec une patience infinie. Vic se mettait à courir, mais accélérait-il le pas qu'il ne se rapprochait pas le moins du monde du mur. Il entendait Donna appeler à l'aide, mais ses propres paroles, quand il voulait lui répondre, mouraient à moins d'un mètre de ses lèvres. C'était Tad qui le voyait le premier.

« *Elle ne marche pas !* » hurlait l'enfant d'une voix si désespérée que Vic sentit la peur le prendre aux tripes. « *Papa, la Formule pour le Monstre ne marche pas ! Oh ! Papa, elle ne marche pas, elle n'a jamais marché ! Tu as menti, Papa ! Tu as menti !* »

Vic continuait de courir, mais il se faisait l'impression d'être un écureuil dans sa roue. En regardant au pied de cette haute muraille grisâtre, il avait vu un tas de vieux ossements et de crânes grimaçants, dont certains tapissés de mousse verte.

Ce fut à ce moment-là qu'il s'éveilla.

Qu'était ce monstre, en fin de compte ?

Il ne pouvait s'en souvenir. Le cauchemar lui apparaissait déjà comme une scène observée depuis le mauvais bout d'un télescope. Il laissa choir un mégot dans la cuvette, tira la chasse et fit couler de l'eau dans le lavabo pour faire disparaître les cendres.

Il urina, éteignit la lumière et retourna se coucher. En s'allongeant, il éprouva soudain le désir impérieux et irrationnel de téléphoner chez lui. Irrationnel ? Quel euphémisme ! Il était deux heures moins dix du matin. Non seulement il la réveillerait, mais il donnerait à Donna une peur de tous les diables. On n'interprétait jamais les rêves littéralement ; tout le monde savait cela. Quand à la fois votre mariage et votre travail menaçaient de vous abandonner, il n'était pas très surprenant que votre esprit se mette à faire des siennes, non ?

Pourtant, rien que pour entendre sa voix et savoir qu'elle va bien…

Vic se détourna du téléphone, cala d'un coup son oreiller et ferma résolument les yeux.

Appelle-la demain matin, si ça peut te rassurer. Appelle-la tout de suite après le petit déjeuner.

Cette pensée le calma et il ne tarda pas à sombrer de nouveau dans le sommeil. Il ne rêva plus cette fois-ci, ou s'il rêva, ses songes n'eurent pas le temps de s'imprimer dans sa conscience. Lorsqu'il se leva le lendemain, il avait tout oublié de son rêve de bête dans la clairière. Il se rappelait vaguement s'être levé pendant la nuit, un point c'est tout. Vic ne téléphona pas chez lui ce jour-là.

Charity Camber s'éveilla ce mardi matin sur le coup de cinq heures et elle aussi se sentit quelques instants désorientée — du papier peint jaune au lieu des lattes de bois, des rideaux imprimés vert vif à la place des pans de perse, un petit lit étroit remplaçant le grand lit qui commençait à s'affaisser au milieu.

Puis elle comprit où elle se trouvait — Stratford, Connecticut — et éprouva une vague d'impatience et de bonheur. Elle aurait toute la journée pour discuter avec sa sœur, pour parler du bon vieux temps, découvrir tout ce qu'avait fait Holly durant ces dernières années. Et puis Holly avait dit qu'elles iraient faire des courses à Bridgeport.

Charity s'était réveillée une heure et demie plus tôt que d'habitude, et sans doute deux bonnes heures avant que cette maison commence à s'animer. Mais on ne dort jamais bien dans un lit qu'on ne connaît pas avant la troisième nuit — c'était l'une des choses que lui avait enseignées sa mère et celle-ci s'avérait.

Quelques légers bruits commençaient à percer le silence tandis que la jeune femme toujours couchée prêtait l'oreille en contemplant la lumière blafarde de l'aube qui filtrait des rideaux mal tirés… les premières lueurs de l'aurore, si blanches, transparentes et fragiles. Elle perçut le craquement d'une planche ; le braillement matinal d'un oiseau ; le premier train de banlieue à destination de Westport, Greenwich et enfin New York.

La planche se remit à craquer.

Encore une fois.

Il ne s'agissait plus seulement des bruits de la maison, c'était des pas.

Charity s'assit dans son lit, la couverture et le drap glissant sur le haut de sa fine chemise de nuit rose. Les pas descendaient maintenant l'escalier. Le son restait à peine perceptible : des pieds nus ou en chaussettes. C'était Brett. Quand on vit avec quelqu'un, on reconnaît sa démarche. Cela fait partie des détails mystérieux qui simplement s'ajoutent au fil des années, comme le contour de la feuille se grave dans la roche.

Charity repoussa les couvertures, se leva et s'approcha de la porte. Sa chambre donnait sur le dernier palier et elle ne put qu'apercevoir le haut crâne de Brett disparaître, gardant un instant la vision de son épi.

Elle le suivit.

Lorsque Charity atteignit le haut de l'escalier, son fils s'engouffrait dans le couloir qui faisait toute la longueur de la maison, de la porte d'entrée à la cuisine. La jeune femme ouvrit la bouche pour l'appeler… puis la referma. Elle se sentait intimidée par cette maison endormie qui n'était pas la sienne.

Quelque chose dans sa façon de marcher… dans la posture du corps de Brett… mais cela faisait des années que…

Elle descendit les marches pieds nus, d'un pas rapide et silencieux, puis entra à la suite de Brett dans la cuisine. Il ne portait que le bas de son pyjama bleu ciel dont le cordon pendait jusqu'à ses cuisses. Quoique l'été n'en fût qu'à la moitié, l'enfant était déjà très brun — il avait la peau mate, comme son père, et bronzait facilement.

Debout dans l'embrasure de la porte, elle le regardait de profil, le corps baigné de cette même clarté blanche et transparente du matin tandis qu'il errait devant la rangée de placards, la cuisinière, la paillasse et l'évier. Charity sentit son cœur se gonfler d'émerveillement et de crainte. *Il est beau*, songea-t-elle. *Il a hérité de tout ce que nous avons, ou avons jamais eu, de beau.* Elle n'oublierait jamais ce moment — contemplant son fils vêtu de son seul pantalon de pyjama, elle saisit confusément, durant quelques secondes, le mystère de son existence de petit garçon, enfance qui touchait à sa fin. Le regard maternel apprécia les courbes fines de ses muscles, le contour de ses fesses, la plante immaculée des pieds. Brett semblait… absolument parfait.

Elle put s'en rendre compte parce que Brett n'était pas conscient. Enfant, il avait subi des crises de somnambulisme ; plus d'une vingtaine en tout, entre quatre et huit ans. Charity avait fini par s'inquiéter suffisamment — par avoir assez peur — pour consulter le docteur Gresham (sans en informer Joe). Elle ne craignait pas que Brett fût en train de perdre l'esprit — tous ceux qui le connaissaient pouvaient constater qu'il était intelligent et tout à fait normal — mais plutôt qu'il pût se faire mal lorsqu'il se trouvait plongé dans cet étrange état. Le docteur Gresham lui avait affirmé que c'était peu probable, et que la plupart des bruits qui couraient sur le somnambulisme venaient de films de série B mal documentés.

« Nous ne connaissons pas grand-chose de cet état, lui avait-il avoué, mais nous savons qu'il se rencontre plus fréquemment chez l'enfant que chez l'adulte. Il existe une interaction sans cesse grandissante, toujours en évolution, entre le corps et l'esprit, Mrs. Camber, et nombreux sont ceux qui, ayant effectué des recherches dans ce domaine, croient que le somnambulisme serait le symptôme d'un déséquilibre temporaire et sans grande conséquence entre les deux.

— Comme des douleurs de croissance ? avait-elle demandé d'un ton hésitant.

— Tout à fait », avait répondu Gresham avec un sourire. Il traça sur son calepin une courbe qui indiquait que le somnambulisme de Brett atteindrait son apogée, continuerait quelque temps ainsi puis commencerait à diminuer. Il finirait même par disparaître.

Charity était ressortie rassurée par les paroles du docteur lui affirmant que l'enfant ne risquait pas de tomber par une fenêtre ou d'aller marcher au milieu de la route, mais pas beaucoup plus éclairée. Une semaine plus tard, elle lui avait amené Brett pour qu'il l'ausculte. L'enfant venait d'avoir six ans. Le docteur Gresham lui avait fait subir un examen complet et l'avait déclaré parfaitement constitué sur tous les plans. La suite sembla confirmer son diagnostic. La dernière « crise » comme l'appelait Charity s'était produite plus de deux ans auparavant.

La dernière, jusqu'à aujourd'hui.

Brett ouvrit un à un les placards, les refermant soigneusement avant de passer au suivant, révélant les plats de Holly, ses appareils ménagers, ses torchons bien pliés, son pot à crème, sa collection encore incomplète de cristaux datant des années trente. Le petit garçon gardait les yeux grands ouverts et pourtant vides ; Charity eut la certitude qu'il voyait le contenu d'autres placards, ailleurs.

Elle ressentit cette vieille terreur, déjà presque oubliée, qu'éprouvent tous les parents lors des nombreuses alertes qui jalonnent les premières années de leur progéniture : la dentition, les vaccins qui provoquent d'effrayantes montées de fièvre pour ajouter au plaisir, le croup, les otites, le bras ou la jambe qui se met à saigner sans qu'on comprenne tout de suite pourquoi. *Que se passe-t-il dans sa tête ?* s'interrogea-t-elle. *Où est-il ? Et pourquoi maintenant, après deux ans de calme ?* Était-ce de se trouver dans un endroit inconnu ? Il n'avait pourtant pas paru particulièrement perturbé… du moins pas jusqu'à ce matin.

Brett ouvrit le dernier placard et en sortit une saucière rose qu'il posa sur le dessus des éléments de cuisine. Il fit le geste de saisir de l'air et de verser quelque chose dans la saucière. La jeune femme sentit la chair de poule lui parcourir les bras lorsqu'elle comprit où se croyait son fils et ce que signifiait cette scène muette. Il répétait un acte qu'il accomplissait tous les jours. Il donnait à manger à Cujo.

Elle avança involontairement d'un pas. Elle ne croyait pas à ces histoires de bonnes femmes selon lesquelles mieux valait ne pas réveiller un somnambule — ou son âme ne pourrait plus jamais réintégrer son corps ; que c'était la folie ou la mort assurée — et elle n'avait pas eu besoin du docteur Gresham pour se convaincre de la stupidité de tout ceci. Charity avait emprunté un livre sur le sujet à la bibliothèque municipale de Portland… mais cela non plus ne lui avait pas été réellement nécessaire. Son bon sens lui disait que quand on réveillait un somnambule, eh bien il se réveillait — rien de plus, rien de moins. Cela pouvait provoquer quelques larmes, à la rigueur un petit accès nerveux, mais ce genre de réaction ne serait dû qu'à la simple désorientation.

Pourtant, elle n'avait jamais réveillé Brett au cours de l'une de ses promenades nocturnes, et elle n'osait le faire. Le bon sens était une chose. Sa peur irraisonnée en était une autre, et elle se sentait soudain très effrayée sans pouvoir même se demander pourquoi. Que pouvait-il y avoir de si horrible dans cette scène de Brett endormi donnant à manger à son chien ? Cela paraissait parfaitement naturel, l'enfant s'était tellement inquiété pour Cujo toute la journée.

Il se penchait en avant maintenant, tendant la saucière, le cordon de son pyjama formant un angle droit avec le plan horizontal du linoléum noir et rouge. Une expression de tristesse passa lentement sur son visage. Brett se mit alors à parler, marmonnant les mots d'une voix gutturale et pressée, presque inintelligible. Ces paroles ne laissaient transparaître aucune émotion, on la sentait contenue à l'intérieur, protégée par le cocon d'un rêve suffisamment intense pour faire agir le petit garçon dans son sommeil, après deux années de calme. Les mots en eux-mêmes, prononcés dans un soupir fugitif inconscient, ne recelaient aucune signification dramatique, mais Charity porta aussitôt la main à sa gorge. Ses doigts rencontrèrent une chair glacée, glacée.

« Cujo a plus faim », prononçait Brett dans ce soupir. Il se redressa, élevant la saucière contre sa poitrine. « Plus faim, plus faim. »

Il se tint un instant immobile près du placard, Charity ne bougeant pas non plus devant la porte de la cuisine. Une seule larme avait coulé sur la joue de l'enfant. Il posa la saucière et se dirigea vers la porte. Ses yeux pourtant ouverts glissèrent indifférents et aveugles sur sa mère. Il s'arrêta et regarda en arrière.

« Cherche dans les herbes », lança-t-il à un interlocuteur invisible.

L'enfant se remit à marcher en direction de Charity. Elle s'écarta, la main toujours pressée contre sa gorge. Il la dépassa d'un pas rapide et silencieux, ses pieds nus remontèrent le couloir pour rejoindre l'escalier.

La jeune femme s'apprêtait à le suivre quand elle se rappela la saucière. L'objet trônait sur le dessus nu et propre du placard, comme le point central d'un étrange tableau. Charity la saisit mais le récipient lui glissa entre les doigts — elle ne s'était pas rendu compte qu'elle avait les mains moites de transpiration. Elle jongla une fraction de seconde, s'imaginant le bruit de vaisselle dans la maison calme et endormie. Elle tint enfin la saucière solidement, à deux mains, la rangea sur l'étagère avant de fermer la porte du placard. Elle fut un instant sans pouvoir remuer, écoutant simplement les forts battements de son cœur et sentant combien elle était étrangère dans cette cuisine. Elle se savait intruse dans cette pièce. Puis elle suivit son fils.

Elle arriva devant la porte de la chambre où il dormait juste à temps pour le voir rentrer dans son lit. Brett remonta les couvertures et se tourna sur le côté gauche, position qu'il prenait toujours en dormant. Charity ne doutait pas que la crise fût terminée, mais elle resta là encore un peu.

En bas quelqu'un toussa, lui rappelant qu'elle ne se trouvait pas chez elle. La jeune femme regretta brusquement sa maison ; pendant quelques secondes, son estomac lui parut se remplir d'un gaz anesthésiant, un peu comme celui qu'emploient les dentistes. Dans cette lumière matinale encore si transparente, l'idée d'un divorce lui sembla aussi puérile et détachée de toute réalité qu'une idée de petite fille. Il lui était facile de penser à ce genre de chose ici. Elle ne se trouvait pas dans sa maison. Pas chez elle.

Pourquoi Brett mimant le geste de nourrir Cujo et ces paroles rapides, prononcées dans un souffle, l'avait-elle tant effrayée ? *Cujo a plus faim, plus faim.*

Elle retourna dans sa chambre et resta allongée sur le lit tandis que le soleil montait et illuminait la pièce. Au petit déjeuner, Brett parut se comporter comme à son habitude. Il ne parla pas de Cujo et avait apparemment oublié de téléphoner à la maison, du moins pour le moment. Après une petite discussion intérieure, Charity décida de laisser venir les choses.

Il faisait chaud.

Donna baissa encore un peu sa vitre — soit sur un quart de sa hauteur, elle n'osait pas plus — puis se pencha par-dessus les genoux de Tad pour descendre aussi la sienne. Ce fut à ce moment qu'elle remarqua la feuille de papier jaune pliée entre ses cuisses.

« Qu'est-ce que c'est, Tad ? »

L'enfant leva les yeux vers sa mère. De grands cernes brunâtres lui creusaient le visage. « La Formule pour le Monstre, répondit-il.

— Je peux voir ? »

Il tint le bout de papier bien serré pendant une seconde puis le lui tendit. Ses traits exprimaient toute l'inquiétude du propriétaire, et Donna éprouva un instant de jalousie, très fugitif, mais très puissant. Elle avait jusqu'à présent réussi à le maintenir en vie, à empêcher qu'il ne soit blessé, et lui se préoccupait surtout des formules magiques de son père. Ce sentiment se métamorphosa aussitôt en stupéfaction, tristesse et mépris d'elle-même. *Elle* portait la responsabilité de cette situation. Si elle s'était montrée plus ferme à propos de la baby-sitter…

« Je l'ai mise dans ma poche hier, expliqua-t-il. Avant qu'on aille faire des courses. Maman, est-ce que le monstre va nous manger ?

— Ce n'est pas un monstre, Tad, ce n'est qu'un *chien*, et non, il ne va pas nous manger ! » Le ton de sa voix fut plus dur qu'elle ne l'aurait voulu. « Je te l'ai déjà dit, quand le facteur arrivera, nous pourrons rentrer à la maison. » *Et je lui ai dit aussi que la voiture repartirait dans un petit moment, et je lui ai dit que quelqu'un viendrait, que les Camber rentreraient bientôt…*

Mais à quoi servait-il de ressasser tout cela ?

« Tu peux me rendre ma Formule pour le Monstre, s'il te plaît ? » demanda-t-il.

Donna ressentit une envie furieuse, presque démente, de déchirer la feuille de papier jaune, froissée et maculée de sueur, pour la jeter par la fenêtre en une pluie de confettis. Elle rendit cependant la Formule à Tad puis se passa les mains dans les cheveux, honteuse et effrayée. Pour l'amour de Dieu, que lui arrivait-il donc ? Une pensée aussi sadique. Pourquoi voulait-elle aggraver encore le calvaire de l'enfant ? Était-ce à cause de Vic ? D'elle-même ? Quoi ?

Il faisait si chaud — trop chaud pour penser. La transpiration lui coulait sur le visage et elle voyait des filets humides mouiller les joues de son fils. Il avait les cheveux collés au crâne en grosses mèches disgracieuses de deux tons plus foncées que leur blond habituel. *Il a besoin d'un bon shampooing*, songea la jeune femme, ce qui lui rappela de nouveau le flacon de Johnson Fini-les-larmes, rangé bien à l'abri, sur l'étagère de la salle de bains, attendant que quelqu'un le prenne pour en verser un ou deux bouchons dans sa paume ouverte.

(Ne perds pas ton calme.)

Non, bien sûr que non. Elle n'avait aucune raison de perdre son calme. Tout allait parfaitement bien, non ? Évidemment. Le chien n'était même pas visible, et cela depuis plus d'une heure. Et puis le facteur. Dix heures approchaient. Le facteur ne tarderait plus, et la chaleur dans la voiture n'importerait plus beaucoup à ce moment-là. Ils appelaient cela « l'effet de serre ». Donna l'avait lu sur un tract distribué par la SPA, expliquant pourquoi il ne fallait pas laisser trop longtemps son chien enfermé dans la voiture quand il faisait chaud. L'effet de serre. Le tract affirmait que, vitres fermées, la température dans une voiture garée en plein soleil pouvait atteindre soixante degrés et qu'il était donc cruel et dangereux d'y laisser son petit animal pendant qu'on allait faire des courses ou voir un film au cinéma. Donna émit un faible rire un peu fêlé. Les rôles semblaient inversés, n'est-ce pas ? Le chien avait enfermé les gens à l'intérieur.

Le facteur allait venir. Il allait venir et ce serait l'épilogue. Le fait qu'il ne restait plus qu'un quart de lait dans le grand thermos n'aurait plus d'importance, pas plus que l'odeur qui régnait dans la voiture. Ayant eu une envie pressante le matin, de bonne heure, elle s'était servie du petit thermos de Tad — ou du moins avait essayé — et le récipient avait débordé. La Pinto empestait maintenant l'urine et l'odeur semblait s'intensifier avec la chaleur. La jeune femme avait refermé le thermos avant de le jeter par la fenêtre. Elle l'avait entendu se briser en atteignant le gravier, puis elle s'était mise à pleurer.

Mais rien de tout ceci n'avait plus d'importance. Bien sûr c'était humiliant et dégradant de devoir uriner dans un thermos, mais cela ne comptait plus car le facteur allait arriver — il devait être en train de charger sa petite fourgonnette bleu et blanc devant le bureau de poste couvert de lierre de la rue Carbine… ou peut-être avait-il déjà commencé sa tournée, remontant la route 117 vers la route Maple Sugar. Ce serait bientôt terminé. Elle emmènerait Tad à la maison et le conduirait au premier étage. Ils se déshabilleraient et prendraient une douche ensemble mais, avant de monter dans le bac, elle s'emparerait de cette bouteille de shampooing, sur l'étagère, en ôterait le bouchon qu'elle poserait soigneusement sur le rebord du lavabo, puis elle laverait d'abord la tête de Tad, avant de s'occuper de ses propres cheveux.

Tad lisait de nouveau la feuille de papier jaune, ses lèvres remuant silencieusement. Il ne déchiffrait pas vraiment, pas comme on lui apprendrait à le faire d'ici deux ans (*si nous en réchappons*, crut bon d'ajouter sottement mais insidieusement l'esprit perfide de la jeune femme), mais suivait les mots de mémoire. Un peu comme la préparation aux examens de code dans les auto-écoles où l'on forme des illettrés opérationnels. Cela aussi elle l'avait lu quelque part, ou bien vu à la télé ; le nombre de saloperies que l'esprit humain pouvait emmagasiner était ahurissant. Le subconscient fonctionnait un peu comme une poubelle à l'envers.

Cette idée lui rappela une scène qui avait eu lieu dans la maison de ses parents, à une époque où c'était encore la sienne. Moins de deux heures avant l'un des Célèbres Cocktails de sa mère (c'était ainsi que le père de Donna y faisait allusion, en prenant un ton satirique qui sous-entendait automatiquement les lettres majuscules — ce même ton satirique qui rendait parfois Samantha folle de colère), les eaux usées de l'évier de la cuisine avaient, on ne savait pourquoi, remonté dans celui du bar et, quand sa mère avait voulu faire fonctionner le dispositif d'écoulement, une substance verdâtre avait jailli, maculant tout le plafond. Donna était alors âgée de quatorze ans, et elle se rappelait la fureur quasi hystérique de sa mère, qui l'avait à la fois apeurée et écœurée. Écœurée car sa mère se mettait en rage, devant des gens qui l'aimaient et avaient besoin d'elle, à cause de l'opinion d'un petit groupe de connaissances qui venaient s'imbiber gratuite-ment d'alcool et ingurgiter des monceaux de canapés. Apeurée parce que la jeune fille d'alors ne pouvait com-prendre la logique d'un tel éclat… et aussi à cause de l'expression qu'elle avait surprise dans le regard de son père. Il s'agissait d'une sorte de dégoût résigné. Pour la première fois de sa vie, Donna s'était rendu compte — de tout son être — qu'elle allait devenir femme, une femme qui aurait une chance de lutter pour être *meilleure* que sa propre mère qui pouvait se mettre dans un état si terrible pour des raisons si futiles…

Donna, que les émotions vives suscitées par ces sou-venirs mettaient mal à l'aise, ferma les yeux et essaya de chasser ces pensées. La SPA, l'effet de serre, les poubelles, et ensuite ? Comment j'ai perdu ma virginité ? Racontez vos vacances préférées ? *Le facteur*, voilà à quoi il fallait penser, ce maudit *facteur*.

« Maman, peut-être que la voiture partirait maintenant.

— Mon chéri, je préfère ne pas essayer parce qu'il n'y a presque plus de batterie.

— Mais on reste *assis* là, fit-il d'un ton irrité, fatigué, coléreux. Qu'est-ce que ça peut faire qu'il y a plus de batterie si on reste *assis* là ? Essaie encore !

— Je t'interdis de me donner des ordres ; si tu veux que je te flanque une fessée ! »

Tad se recroquevilla pour échapper à cette voix rauque et méchante ; la jeune femme s'en voulut de nouveau. Il se montrait grognon… et alors, qui pourrait le lui reprocher ? De plus, il n'avait pas tort. C'était cela en fait qui l'avait mise en colère. Mais Tad ne comprenait pas ; la véritable raison pour laquelle Donna ne voulait pas faire partir le moteur était qu'elle craignait d'attirer le chien. Et voir revenir Cujo était ce qu'elle redoutait le plus.

Le visage sombre, elle tourna la clef de contact. Le moteur de la Pinto fit entendre un très léger bruit, un peu morne, presque accusateur. Il toussa deux fois mais refusa de démarrer. Donna coupa le contact et appuya sur l'avertisseur. Elle n'obtint qu'un son diffus et bas ne portant sans doute pas à plus de cinquante mètres, soit à peine jusqu'à cette maison au pied de la colline.

« Voilà, lança-t-elle d'un ton sec et mauvais. Tu es content ? Tant mieux. »

Tad se mit à pleurer. Il fit comme quand il était bébé : ses lèvres s'arrondirent en un arc tremblant et les larmes coulèrent sur ses joues avant que l'enfant ait émis ses premiers sanglots. Donna l'attira à elle, lui dit qu'elle était désolée, qu'elle n'avait pas voulu être méchante, qu'elle était elle aussi énervée ; elle lui assura que tout serait fini dès que le facteur arriverait, qu'ils pourraient rentrer à la maison et que là-bas, elle lui laverait la tête. Mais elle songeait : *Une chance de lutter pour être meilleure que ta mère. C'est ça. C'est ça, ma vieille. Tu es exactement comme elle. C'est tout à fait le genre de chose qu'elle aurait dit dans une situation similaire. Pourquoi cherches-tu à faire de la peine quand tu te sens mal dans ta peau ? Partage donc le bonheur. Eh bien, telle mère, telle fille, n'est-ce pas ? Et peut-être que quand Tad sera grand, il éprouvera la même chose pour toi que ce que tu ressens pour...*

«Pourquoi il fait si chaud, Maman ? s'enquit Tad d'une voix morne.

— C'est l'effet de serre», répondit-elle sans réfléchir. Donna n'était pas prête à affronter une telle situation et elle le savait. Si cette épreuve constituait un examen final afin d'obtenir le diplôme de mère — ou simplement celui d'adulte — elle était en train de craquer. Depuis combien de temps restaient-ils cloués sur cette allée ? Quinze heures au grand maximum. Et elle s'effondrait déjà.

«Je pourrai avoir un coca quand on sera rentrés ?» La Formule pour le Monstre, froissée et tachée de sueur, était posée de guingois sur les genoux de Tad.

«Autant que tu voudras», lui assura-t-elle en le serrant bien fort. Mais le corps du petit garçon restait étrangement raide. Je n'aurais pas dû crier après lui, pensa-t-elle, affolée. Si seulement je ne l'avais pas grondé.

Elle ferait mieux par la suite, se promit-elle. Le facteur serait bientôt là.

«Moi je crois que le mon... je crois que le chien va nous manger», déclara Tad.

Donna allait répondre mais préféra se taire. Cujo restait invisible. Le bruit de moteur de la Pinto ne l'avait pas fait venir. Peut-être dormait-il. Peut-être avait-il eu des convulsions et était-il mort. Ce serait merveilleux… surtout s'il avait *beaucoup* souffert. Si cela avait duré très longtemps. La jeune femme jeta un nouveau coup d'œil sur la porte de service. Elle semblait si proche. Elle était fermée à clef. Donna en était certaine maintenant. Quand les gens partent, ils ferment derrière eux. Ce serait trop imprudent d'essayer de l'atteindre, surtout avec le facteur sur le point d'arriver. Fais comme si c'était vrai, disait parfois Vic. Elle n'avait pas besoin de se forcer, car *c'était* vrai. Mieux valait supposer le chien encore en vie, couché juste derrière ces portes entrouvertes. Allongé à l'ombre du garage.

L'idée de l'ombre la fit saliver.

Onze heures approchaient. Environ quarante-cinq minutes plus tard, Donna remarqua quelque chose dans l'herbe, au bord de l'allée, du côté passager de la voiture. Un quart d'heure d'un examen attentif la convainquit qu'il s'agissait d'une vieille batte de base-ball dont la poignée disparaissait sous le chatterton et qui était à demi dissimulée par la fléole et les fleurs des prés.

Quelques minutes après, juste avant midi, Cujo surgit hors de la grange, clignant bêtement de ses yeux rouges et chassieux sous le soleil torride.

> *When they come to take you down,*
> *When they bring that wagon 'round,*
> *When they come to call on you*
> *And drag your poor body down…*

La voix de Jerry Garcia, tranquille et lasse à la fois, flottait dans le couloir, amplifiée et déformée par une quelconque radio au point de sembler jaillir d'un long tube d'acier. Tout près, quelqu'un gémissait. Ce matin-là, quand il était descendu pour se laver et se raser dans la salle de bains commune malodorante, l'un des urinoirs était empli de vomissures tandis qu'un lavabo contenait une quantité impressionnante de sang coagulé.

« *Shake it, Shake it, Sugaree*, chantait toujours Jerry Garcia, *just don't tell'em you know me.* »

Steve Kemp se tenait près de la fenêtre de sa chambre, au quatrième étage du foyer de jeunes de Portland, et contemplait la rue Spring ; il se sentait mal et ne savait pas pourquoi. Il se tourmentait. Steve ne cessait de penser à Donna Trenton, à la façon dont il l'avait baisée — comment il l'avait baisée et comment il restait dans les parages. Pourquoi rester ? Que s'était-il donc passé ?

Il aurait voulu se trouver dans l'Idaho. L'Idaho lui trottait dans la tête depuis pas mal de temps déjà. Alors pourquoi n'arrêtait-il pas de se torturer la cervelle et ne partait-il pas ? Il ne le savait pas. Et il n'aimait pas ne pas savoir. Il n'aimait pas se laisser bouffer ainsi par toutes ces questions. Les questions s'opposaient à la sérénité, et la sérénité constituait un élément fondamental de l'épanouissement d'un artiste. Ce matin, il s'était regardé dans l'un des miroirs maculés de dentifrice et avait pensé qu'il paraissait vieux. Vraiment vieux. Lorsqu'il était remonté dans sa chambre, il avait vu un cafard traverser en zigzaguant la pièce, apparemment très affairé. Mauvais signe.

Elle m'a plaqué parce que je suis vieux, se dit-il. *Non, je ne suis pas vieux. Elle a fait ça parce qu'elle avait eu ce qu'elle voulait, parce que c'est une salope et parce que je lui ai rendu la monnaie de sa pièce. Ton petit mari a apprécié mon billet doux, Donna ? Il a pigé ?*

Le petit mari a-t-il *reçu* son billet doux ?

Steve écrasa son mégot dans le couvercle qui servait de cendrier. C'était bien la question principale, non ? Celle-ci réglée, les réponses aux autres interrogations suivraient tout naturellement. D'abord — en tout premier lieu — l'avantage qu'elle avait pris sur lui en l'envoyant promener avant qu'il ne se sente prêt à mettre fin à leur liaison (bon Dieu, comme elle l'avait humilié).

Soudain, il sut ce qu'il devait faire et son cœur se mit à battre d'impatience. Il enfonça une main dans sa poche et fit tinter les pièces de monnaie qui s'y trouvaient. Steve sortit. Midi venait de sonner et, à Castle Rock, le facteur sur qui Donna fondait tant d'espoir entamait la portion de sa tournée qui couvrait la route Maple Sugar et la route municipale n° 3.

Vic, Roger et Rob Martin passèrent la matinée du mardi aux studios d'Image-Eye puis sortirent prendre une bière et un hamburger. Quelques hamburgers et de nombreuses bières plus tard, Vic se rendit brusquement compte qu'il avait bu plus que cela ne lui était jamais arrivé au cours d'un déjeuner d'affaires. Il se contentait habituellement d'un seul cocktail ou d'un verre de vin blanc ; il avait trop souvent vu de bons publicitaires sombrer lentement pour se retrouver dans ces lieux obscurs situés juste derrière Madison Avenue, à décrire à leurs amis des campagnes qu'ils n'entreprendraient jamais... ou, s'ils étaient suffisamment ivres, à raconter aux barmen les romans qu'ils ne commenceraient jamais d'écrire.

Il s'agissait d'une réunion particulière, tenant à la fois de la célébration d'une victoire et d'une veillée mortuaire. Rob avait accueilli leur idée d'un ultime spot du professeur des céréales Sharp avec un enthousiasme mitigé, disant qu'il pourrait en tirer quelque chose... si on lui en donnait la possibilité. Voilà pour la veillée. Sans l'approbation du vieux Sharp et de son fameux moutard, le plus beau spot du monde ne leur apporterait rien. Ils l'auraient dans l'os.

Vu les circonstances, Vic ne trouvait pas anormal d'être bourré.

Au moment où les clients du restaurant affluèrent pour déjeuner eux aussi, tous trois, en bras de chemise, occupaient un box dans un coin, les bouteilles de bière et les vestiges de leurs hamburgers éparpillés sur la table, les cendriers pleins à ras bord. La scène rappela à Vic le jour où Roger et lui, installés dans le fond du Sous-Marin Jaune, à Portland, avaient discuté de ce petit safari. Elle lui rappela une période où tout ce qui allait mal concernait le travail. Il eut bizarrement la nostalgie de ce jour et se demanda ce que faisaient Tad et Donna. *Faut que je les appelle ce soir*, pensa Vic. *Enfin si j'arrive à rester suffisamment sobre pour m'en souvenir.*

« Et maintenant ? interrogea Rob. Vous restez un peu à Boston ou vous partez pour New York ? Je peux vous prendre des billets pour le match de base-ball Boston-Kansas City, si ça vous dit. Ça vous remonterait peut-être un peu. »

Vic jeta un coup d'œil vers Roger qui haussa les épaules, et répondit : « Je crois qu'on va aller directement à New York. On te remercie, Rob, mais je ne pense pas qu'on soit ni l'un ni l'autre en train pour voir du sport.

— Nous n'avons plus rien à faire ici, renchérit Vic. Nous avions prévu de passer plein de temps à cogiter, mais je crois que, maintenant, nous sommes tous d'accord pour essayer l'idée du dernier spot.

— Il reste encore plein de bords mal équarris, protesta Rob. Vends pas la peau de l'ours trop vite.

— On polira ce qui a besoin de l'être, répliqua Roger. Une journée avec les types du marketing devrait suffire, j'imagine. Qu'est-ce que tu en penses, Vic ?

— Ça prendra peut-être deux jours, répondit son ami. Mais il n'y a aucune raison de ne pas boucler l'affaire beaucoup plus tôt que prévu.

— Et après ? »

Vic eut un pâle sourire. « Après on téléphone au vieux Sharp et on prend rendez-vous avec lui. Je pense qu'on ira de New York directement à Cleveland. *The Magical Mystery Tour*… Le Voyage au Pays des Mystères…

— Voir Cleveland et mourir, rétorqua Roger d'un ton lugubre en vidant sa bouteille de bière dans son verre. Je crève d'impatience de voir cette vieille ordure.

— N'oublie pas la jeune ordure, lui rappela Vic avec une petite grimace.

— Comment pourrais-je oublier ce petit con ? répondit Roger. Messieurs, je propose une nouvelle tournée. »

Rob regarda sa montre. « Je dois vraiment… »

« La dernière, insista Roger. Au bon vieux temps, si tu veux. »

Rob haussa les épaules. « D'accord. Mais pense que j'ai encore du travail à faire. Même sans les céréales Sharp, il me restera beaucoup de temps libre pour tout un tas de longs déjeuners. » Il leva son verre et l'agita jusqu'à ce que le garçon l'aperçût et lui fît signe qu'il avait compris.

« Dis-moi vraiment ce que tu en penses, demanda Vic à Rob. Raconte pas de craques. Tu crois que ça va rater ? »

Rob le dévisagea, sembla sur le point de dire quelque chose, puis secoua la tête.

« Non, vas-y, insista Roger. On est tous embarqués dans le même canot. Que ce soit les spots Red Razberry Zingers, ou n'importe quoi d'autre. Tu crois que ça ne va pas marcher, hein ?

— Je pense que vous n'avez pas une seule chance, lâcha Rob. Vous allez concocter un bon projet — vous le faites toujours très bien. Les types de New York régleront tous les détails secondaires et j'ai l'impression que tout ce qu'ils pourront vous dire avec un laps de temps aussi court ira dans votre sens. Quant à Yancey Harrington… je crois qu'il fera la grande scène du trois. Celle du lit de mort. Il jouera tellement bien qu'il nous fera prendre la Bette Davis de *Dark Victory* pour Ali Mac-Graw dans *Love Story*.

— Oh, mais ce n'est pas cela du tout… », l'interrompit Roger.

Rob haussa les épaules. « Bon, je suis peut-être un peu injuste. D'accord. Disons un rappel, si tu préfères. Mais tu pourras appeler ça comme tu veux, je suis dans ce boulot depuis assez longtemps pour savoir qu'il ne restera plus un seul œil sec dans les chaumières une fois que le spot sera passé pendant trois ou quatre semaines consécutives. Ça laissera *tout le monde* sur le cul. Mais… »

On apporta les bières. « Mr. Johnson, commença le serveur, m'a prié de vous dire qu'il y a plusieurs groupes de trois personnes qui attendent une table, Mr. Martin.

— Eh bien, cours dire à Mr. Johnson que les jeunes gens que voici prennent leur dernière tournée et que c'est pas la peine de s'exciter. D'accord, Rocky ? »

Le garçon sourit, vida les cendriers et acquiesça d'un signe de tête.

Il se retira. Rob se retourna vers Vic et Roger. « Alors, sur quel os allez-vous tomber ? Vous n'êtes pas bêtes. Ce n'est pas un cadreur unijambiste imbibé de bière qui va vous apprendre où il va y avoir une merde.

— Sharp ne voudra pas s'excuser, répondit Vic. C'est ce que tu penses, n'est-ce pas ? »

Rob leva sa canette en signe de félicitations. « Tu peux te mettre au premier rang de la classe.

— Il ne s'agit pas d'excuses, protesta Roger d'un ton plaintif. Ce sera une *explication*, bon sang.

— C'est ainsi que toi, tu vois les choses, répliqua Rob, mais lui ? Pose-toi donc la question. J'ai dû rencontrer le vieux bonhomme deux fois. Il m'a fait l'effet d'un capitaine désertant son navire avant les femmes et les enfants, d'un mec à abandonner le fort Alamo, enfin, vous pigez de quoi je veux parler. Non, je vais vous dire ce qui va se passer, d'après moi, mes amis. » Il leva son verre et but lentement. « Je pense qu'une amitié très profitable et beaucoup trop brève est sur le point de s'achever. Le vieux Sharp va écouter votre proposition, il va hocher la tête puis vous reconduira à la porte. Définitivement. Et la prochaine boîte chargée des relations publiques sera choisie par le fils qui sélectionnera la plus susceptible de le laisser imposer ses idées de taré.

— Peut-être, avoua Roger. Mais peut-être qu'il…

— On s'en fout des peut-être, s'exclama Vic avec véhémence. La seule différence entre un bon agent de pub et un vendeur d'élixir bidon est qu'un bon agent fait du mieux qu'il peut avec ce qu'il a sous la main… sans franchir les limites de l'honnêteté. C'est de cela qu'il est question ici. Si Sharp n'en veut pas, eh bien il repousse ce que nous avons de mieux à lui offrir. Rien à ajouter. Point final. » Il écrasa sa cigarette et faillit renverser la canette à demi pleine de Roger. Ses mains tremblaient.

Rob approuva. « Je bois à cela. » Il leva son verre. « Un toast, messieurs. »

Vic et Roger l'imitèrent.

Rob réfléchit un instant puis déclara : « Que tout se passe bien ; même si les chances sont contre.

— Amen », conclut Roger.

Ils trinquèrent et vidèrent leurs verres. En reposant le sien sur la table, Vic se reprit à penser à Tad et à Donna.

George Meara, le facteur, leva une jambe recouverte de l'uniforme bleu-gris des Postes et lâcha un pet. Cela lui arrivait fréquemment ces derniers temps et commençait à l'inquiéter. Apparemment ce qu'il mangeait n'entrait pas en ligne de compte. La veille, sa femme et lui s'étaient fait des toasts de foie de morue fumé et il avait eu des vents. Ce matin, il avait pris des céréales agrémentées de morceaux de banane — même chose. À midi, il avait avalé deux hamburgers au fromage avec de la mayonnaise, en ville, au Tigre Éméché… *idem.*

Il avait consulté l'*Encyclopédie médicale* en douze volumes, ouvrage inestimable que sa femme s'était procuré tome après tome en collectionnant les bons que donnait le supermarché de South Paris. À la rubrique FLATULENCES, George Meara n'avait rien découvert de très encourageant. Il pouvait s'agir de troubles gastriques. D'un petit ulcère à l'estomac. Ce pouvait être aussi un problème intestinal ou même le cancer. Si cela continuait, il pensait aller voir le vieux docteur Quentin. Le docteur lui dirait si ces pets signifiaient qu'il se faisait vieux, tout était là.

La mort d'Evvie Chalmers, au printemps dernier, avait profondément affecté George — plus qu'il ne l'aurait cru — et, ces derniers temps, il préférait éviter de penser au vieillissement. Mieux valait songer à l'Âge d'or de la retraite, années qu'il passerait avec Cathy. Il ne devrait plus se lever à six heures et demie. Finis les sacs de courrier à trimbaler partout, finis les bavardages de ce pénible de Michael Fournier, le préposé de Castle Rock. C'en serait terminé de se geler les miches l'hiver et de se rendre dingue, l'été, à apporter le courrier aux campeurs et aux vacanciers quand le soleil se mettait à taper. Au lieu de cela il y aurait des Sioux dans les « Scènes de voyage à travers la Nouvelle-Angleterre ». Il y aurait « flâner au Jardin », ou encore « des dizaines de passe-temps ». Et surtout le programme le plus attrayant serait « repos et détente ». D'une certaine façon, la pensée de vivre ses soixante et soixante-dix ans en pétaradant comme une vieille fusée défectueuse ne collait pas avec l'idée qu'il se faisait de l'Âge d'or de la retraite.

George engagea la petite fourgonnette bleu et blanc sur la route municipale n° 3, clignant des yeux au moment où un rayon de soleil traversa fugitivement le pare-brise. L'été s'était révélé aussi chaud que l'avait annoncé Tante Evvie. Il entendait les criquets chanter paresseusement dans les hautes herbes et eut une brève vision de l'Âge d'or de la retraite, un tableau intitulé : *George se repose dans le hamac du jardin.*

Il se gara devant la maison des Milliken et glissa dans la boîte aux lettres un dépliant publicitaire et une facture d'électricité. C'était le jour où l'on distribuait toutes les factures de courant, mais George espérait pour la Compagnie générale d'électricité qu'elle n'attendait pas après le chèque des Milliken pour survivre. Les Milliken étaient des miséreux, comme ce Gary Pervier qui habitait au bout de la route. C'était un vrai scandale de voir ce que devenait Pervier, lui, un médaillé de guerre. Et le vieux Joe Camber ne valait guère mieux. Tous deux n'allaient bientôt plus être que des épaves irrécupérables.

John Milliken se tenait dans le jardin, occupé à réparer ce qui semblait être une herse. George Meara lui fit un signe du bras et n'obtint en réponse qu'un petit geste sec du doigt avant que Milliken ne s'absorbe à nouveau dans son travail.

Voilà pour toi, escroc du Trésor public, pensa George en levant la jambe pour jouer les pétomanes. Ces vents devenaient pourtant sacrément gênants. Il fallait faire drôlement attention quand vous vous retrouviez en société.

Il amena le véhicule jusqu'à chez Gary Pervier, extirpa de sa sacoche un autre dépliant publicitaire, une nouvelle facture d'électricité, et y ajouta une lettre de la Société des anciens combattants à l'étranger. Il les fourra dans la boîte puis fit demi-tour dans l'allée de Gary car il n'avait pas à monter chez les Camber aujourd'hui. Joe avait téléphoné à la poste, la veille, vers dix heures du matin, pour demander qu'on lui garde son courrier quelques jours. Mike Fournier, le moulin à paroles qui s'occupait du bureau de poste de Castle Rock, avait rempli le formulaire réglementaire et l'avait déposé dans le box réservé à George Meara.

Fournier avait déclaré à Joe Camber qu'il s'y était pris un quart d'heure trop tard pour empêcher qu'on ne lui apportât le courrier du lundi, si telle était son intention.

«Ça ne fait rien, avait répondu Joe. Je crois que je serai encore là pour prendre celui d'aujourd'hui.»

Lorsque George déposa le courrier dans la boîte de Gary Pervier, il remarqua que les lettres apportées la veille s'y trouvaient toujours. Puis, en faisant demi-tour, il aperçut la vieille Chrysler de Gary dans l'allée, et, derrière elle, le break un-peu-rouillé-sur-les-bords de Joe Camber.

«Ils sont partis ensemble, marmonna-t-il tout haut. Deux timbrés partis en goguette.»

Il leva la cuisse et lâcha un nouveau pet.

George en conclut que les deux hommes étaient sans doute allés boire et se payer une prostituée, à bord du pick-up de Joe Camber. Il ne lui vint pas à l'idée de se demander pourquoi ils auraient pris le petit camion quand ils avaient à leur disposition deux véhicules tellement plus confortables ; il ne vit pas le sang qui maculait les marches du perron, pas plus que le grand trou qui béait au bas de la porte défoncée de Gary Pervier.

« Deux timbrés en goguette, répéta-t-il. Joe Camber a au moins pensé à faire garder son courrier, lui. »

George reprit la route par laquelle il était venu, en direction de Castle Rock, levant la jambe de temps en temps pour libérer ses flatulences.

Steve Kemp se rendit jusqu'au Dairy Queen pour y acheter deux sandwiches et un Mars. Il s'installa dans son fourgon et se mit à manger en regardant l'avenue Brighton sans véritablement la voir ni sentir le goût de ce qu'il avalait.

Il avait téléphoné au bureau du gentil petit mari et s'était présenté sous le nom d'Adam Swallow quand la secrétaire lui avait demandé son identité. Il travaillait, annonça-t-il, comme directeur commercial de la Compagnie La Maison de l'Éclairage et désirait parler à Mr. Trenton. L'excitation lui donnait la bouche sèche. Quand il aurait Trenton à l'autre bout du fil, ils trouveraient un sujet de discussion beaucoup plus passionnant que le marketing. Comme par exemple, à quoi ressemblait la tache de naissance de sa charmante épouse. Comme la façon dont elle l'avait mordu un jour qu'elle était venue le rejoindre, assez fort pour faire perler le sang. Comme de savoir le tour qu'avaient pris les choses pour la reine des garces depuis que le gentil petit mari savait son penchant pour les escapades hors du lit conjugal.

Mais le sort en décida autrement. La secrétaire lui avait répondu : « Je suis désolée, mais Mr. Trenton et Mr. Breakstone sont absents et ne rentreront probablement pas avant la fin de la semaine prochaine. Si je peux vous aider… ? » La voix avait une inflexion montante, pleine d'espoir. La jeune femme désirait réellement se rendre utile. C'était là sa grande chance de décrocher un contrat pendant que les patrons réglaient des affaires à Boston, ou peut-être New York — en tout cas ni dans un endroit aussi exotique que Los Angeles, ni dans une petite agence minable comme Ad Worx. Alors tu n'as qu'à sortir et faire des claquettes jusqu'à ce que les pieds te brûlent, ma petite.

Steve la remercia et lui assura qu'il rappellerait vers la fin du mois. Il raccrocha avant qu'elle ait eu le temps de lui demander son numéro de téléphone, car les bureaux de la Compagnie La Maison de l'Éclairage se trouvaient en fait dans une cabine téléphonique de la rue Congress, en face de la boutique pour fumeurs.

Maintenant, il mangeait ses sandwiches et s'interrogeait sur ce qu'il allait faire. *Comme si tu ne le savais pas*, murmura une voix intérieure.

Il fit démarrer le fourgon et prit la direction de Castle Rock. Le temps de finir son déjeuner (le Mars fondait littéralement au soleil), il atteignit North Windham. Il poussa ses déchets sur le plancher du véhicule déjà jonché de semblables résidus : gobelets de plastique, boîtes de Big Mac, bouteilles vides de soda et de bière, vieux paquets de cigarettes. Il était antisocial et antiécologique de jeter ses ordures dehors, aussi évitait-il de le faire.

Steve Kemp arriva devant la maison des Trenton à quinze heures trente exactement en cet après-midi brûlant et aveuglant. Agissant avec une prudence à peine consciente, il dépassa la demeure sans ralentir et alla se garer dans une rue adjacente, environ cent cinquante mètres plus loin. Il revint à pied.

L'allée était déserte et il éprouva un pincement de déception frustrée. Il ne voulait pas s'avouer — surtout maintenant qu'elle était absente — qu'il avait eu l'intention de faire subir à la jeune femme ce qu'elle attendait avec tant d'impatience au printemps dernier. Néanmoins, la légère érection qu'il avait gardée pendant tout le chemin depuis Westbrook jusqu'à Castle Rock ne cessa qu'avec cette découverte.

Elle n'était pas là.

Non ; la *voiture* n'était pas là. L'un n'entraînait pas forcément l'autre, n'est-ce pas ?

Steve regarda autour de lui.

Mesdames et messieurs, vous pouvez admirer ici une petite rue tranquille de banlieue, un jour d'été, les petits enfants font presque tous la sieste, les charmantes épouses les imitent ou bien restent collées à leur poste de télévision. Les gentils petits maris, eux, sont tous occupés à gagner de l'argent pour payer des impôts toujours plus lourds et un futur lit dans le service des cas graves du centre hospitalier du Maine oriental. Deux gosses jouaient à la marelle sur une grille à moitié effacée, tracée à la craie ; ils ne portaient qu'un maillot de bain mais transpiraient abondamment. Une vieille dame presque chauve tirait un caddy chargé, si précautionneusement qu'on les eût crus, elle et son caddy, faits de la plus fine porcelaine. Elle fit un grand détour pour éviter les deux enfants.

En bref, tout semblait plutôt calme. La rue sommeillait dans la fournaise.

Steve remonta l'allée, de l'allure dégagée du propriétaire. Il regarda d'abord dans le garage minuscule prévu pour une seule automobile. Il n'avait jamais vu Donna s'en servir et elle lui avait avoué une fois qu'elle craignait d'y faire rentrer sa voiture, à cause du peu de largeur de l'ouverture. Si jamais elle éraflait la carrosserie, son gentil petit mari lui passerait une bonne engueulade — non, pardon ; il lui passerait *un savon.*

Le garage était vide. Ni Pinto, ni vieille jaguar — le mari de Donna faisait sa ménopause en matière de voitures de sport. Donna n'avait pas aimé qu'il s'exprime ainsi, mais Steve n'avait jamais vu un cas aussi évident.

Il abandonna le garage et grimpa les trois marches de l'entrée de service. Il tourna la poignée, la porte s'ouvrit. Il entra sans frapper après un dernier coup d'œil pour s'assurer que personne n'était en vue.

Steve referma la porte, pénétrant dans le silence de la maison. De nouveau son cœur cognait dans sa poitrine, si violemment qu'il semblait faire trembler toute la cage thoracique. Une fois encore, il ne voulut pas se rendre à l'évidence. Ce n'était pas *forcé.* Comme dehors.

« Salut ? Il y a quelqu'un ? » Sa voix bien timbrée résonnait, franche, agréable, interrogatrice.

« Ohé ? » Il arrivait presque dans le couloir.

Visiblement il n'y avait personne. Le silence, la chaleur et une impression d'attente régnaient dans la maison. Une demeure déserte, mais meublée, vous donnait toujours la chair de poule quand ce n'était pas la vôtre. On s'y sentait observé.

« *Ohé ? Il y a quelqu'un ?* » *Une* dernière tentative.

Alors laisse-lui de quoi se souvenir de toi. Et file.

Steve entra dans la salle de séjour et jeta un regard circulaire. Il avait les manches relevées et ses avant-bras étaient humides de sueur. Maintenant, il pouvait admettre certains faits. Qu'il avait voulu la tuer quand elle l'avait traité de salaud en lui envoyant ses postillons à la figure. Qu'il avait voulu la tuer pour lui avoir donné le sentiment d'être vieux, apeuré, et de ne plus savoir contrôler une situation. La lettre constituait une revanche, mais elle ne suffisait pas.

À sa droite, des bibelots ornaient des étagères de verre. Il se retourna et donna un grand coup de pied dans celle du bas. Elle se fracassa en mille morceaux. L'armature vacilla puis s'effondra en une gerbe d'éclats de verre et de petites figurines de porcelaine, des chats, des bergers et toute cette joyeuse quincaillerie bourgeoise. Une veine lui battait au milieu du front. Il grimaçait sans s'en rendre compte. Il marcha soigneusement sur les personnages épargnés, les réduisant en poussière. Il saisit une photo de famille accrochée au mur, regarda curieusement le visage souriant de Vic Trenton (il avait Tad sur les genoux et le bras passé autour de la taille de Donna), puis laissa tomber le sous-verre qu'il se mit à piétiner.

Steve embrassa la pièce du regard tout en soufflant comme s'il venait de disputer un cent mètres. Il s'attaqua soudain à toute la salle comme à un adversaire vivant, comme si cette pièce portait la responsabilité de sa douleur. Il envoya au loin le fauteuil de Vic, puis renversa le divan, qui oscilla un instant sur l'un des côtés, avant de s'écraser lourdement au sol, fauchant au passage la petite table à thé qui se trouvait juste en face. L'homme précipita tous les livres hors de leurs casiers, injuriant, entre deux inspirations, le goût merdique des gens qui les avaient achetés. Il empoigna le porte-revues et le projeta contre le miroir qui surmontait la cheminée le fracassant. Des morceaux de verre étamé au dos noir se répandirent sur le sol comme les pièces d'un grand jeu de patience. Steve poussait maintenant des grognements de taureau en rut. Ses joues maigres avaient pris une teinte écarlate.

Il traversa la petite salle à manger pour regagner la cuisine. En passant devant la desserte que les parents de Donna avaient offerte au jeune couple lors de son installation, Steve tendit le bras et balaya tous les objets s'y trouvant — le plateau à fromages, les petits pots à épices, un vase en imitation cristal que Donna avait acheté pour un dollar et quelques, à l'Emporium Galorium de Bridgton, l'été précédent, la chope de bière graduée en terre cuite de Vic. La salière et la poivrière de céramique explosèrent telles de petites bombes. Steve sentait son érection revenir, violente. Toute idée de prudence, toute peur d'être découvert l'avaient maintenant abandonné. Il se trouvait plongé dans un trou noir tout au fond de lui-même.

Dans la cuisine, il tira de toutes ses forces sur le dernier tiroir du fourneau, qui se déboîta en laissant échapper son contenu de plats et de casseroles. Cela provoqua un vacarme effrayant, mais le bruit ne pouvait suffire. Une rangée de placards courait le long de trois des murs de la pièce. L'homme les ouvrit un à un. Il prit les assiettes à deux mains et les lança au sol. La faïence émettait un tintement musical. Un mouvement du bras emporta les verres ; Steve les regarda se briser avec un grognement. Parmi eux était rangé un service de coupes à vin à longue tige délicate que Donna possédait depuis l'âge de douze ans. Elle avait lu alors, dans une quelconque revue, un article sur les « trousseaux » et s'était décidée à monter le sien. En fin de compte, ce service à vin marqua le début et la fin du fameux trousseau (avant de s'en désintéresser, son grand projet avait été d'entreposer de quoi garnir complètement sa maison, ou son appartement de nouvelle épousée), mais Donna l'avait conservé pendant plus de la moitié de sa vie et y tenait comme à la prunelle de ses yeux.

La saucière vola. Les grands plats de service la suivirent. La radio-cassette atteignit le sol avec un craquement sinistre. Steve Kemp se mit à danser sur les morceaux ; une gigue endiablée. Aussi dur que de la pierre, son pénis palpitait dans son jean. La veine de son front battait en cadence. Il découvrit des apéritifs, dans un coin, sous le petit évier chromé. Il attrapa par le goulot les bouteilles à demi ou aux trois quarts pleines et les balança, l'une après l'autre, contre la porte du cagibi ; le lendemain, son bras droit serait tellement courbatu qu'il pourrait à peine le lever plus haut que l'épaule. La porte bleue du cagibi dégoulina bientôt de gin, de whisky, de crème de menthe poisseuse, de liqueur de cerise, cadeau de Noël de Roger et Althea Breakstone. Le verre brillait légèrement sous le chaud soleil d'après-midi qui envahissait la pièce par la fenêtre située au-dessus de l'évier.

Steve s'engouffra dans la buanderie où il tomba sur les bouteilles d'eau de javel, les flacons d'adoucissant textile, les paquets de lessive et toutes sortes de boîtes de produits détergents. Il entama alors un manège incessant entre la petite pièce et la cuisine où il déversa partout ces poudres à nettoyer comme un fou célébrant le réveillon.

Il terminait de vider le dernier carton — un énorme paquet de Tide presque plein — lorsqu'il aperçut le message griffonné sur le pense-bête, de l'écriture en pattes de mouche facilement reconnaissable de Donna : *Suis partie avec Tad au garage de Joe Camber pour la Pinto. Reviendrai vite.*

Steve revint brutalement à la réalité. Cela faisait sans doute plus d'une demi-heure qu'il se trouvait là. Le temps avait passé dans un brouillard rouge et il semblait difficile de faire une estimation plus précise. Depuis combien de temps était-elle partie quand il était arrivé ? À qui cette note s'adressait-elle ? À quelqu'un qui, simplement, pouvait passer, ou à une personne en particulier ? Il fallait qu'il sorte d'ici… mais il lui restait encore une chose à accomplir.

Il effaça le message d'un geste de la manche et inscrivit en grosses lettres capitales :

JE T'AI LAISSÉ QUELQUE CHOSE LÀ-HAUT, MON CHOU.

Il grimpa les marches quatre à quatre et pénétra dans leur chambre à coucher qui se trouvait à gauche du palier, au premier étage. Il se sentait terriblement pressé maintenant, presque certain que la sonnette allait retentir ou que quelqu'un — vraisemblablement, une autre joyeuse ménagère — s'apprêtait à passer la tête par l'embrasure de la porte de service pour lancer (comme il l'avait fait) : « Ohé ! Il y a du monde ? »

Mais, perversement, cela ajouta une touche finale d'excitation à son état de démence. Il déboucla sa ceinture, baissa la fermeture à glissière et laissa son jean tomber à ses genoux. Il ne portait pas de slip ; il en mettait rarement. Son membre émergeait, très raide, d'une touffe de poils roux doré. L'acte ne dura pas longtemps ; Steve se sentait trop excité. Deux ou trois mouvements rapides dans son poing fermé suffirent à déclencher l'orgasme, immédiat et violent. Le sperme gicla convulsivement sur le dessus-de-lit.

Il remonta vivement son jean, tira la fermeture Éclair (et faillit coincer l'extrémité de son pénis entre les petites dents métalliques dorées — elle aurait été bien bonne ! D'accord), et courut vers la porte en resserrant sa ceinture. Il allait rencontrer quelqu'un en sortant. Oui. Il en était sûr, comme si c'était écrit. Une heureuse petite ménagère qui verrait son visage congestionné, ses yeux exorbités, le renflement de son jean et pousserait un hurlement.

Steve essaya de se donner une contenance tout en ouvrant la porte de service et en sortant sur le perron. Il lui semblait *a posteriori* qu'il avait fait assez de bruit pour réveiller un mort… ces casseroles ! Pourquoi donc avait-il balancé ces foutues casseroles dans tous les coins ? Qu'est-ce qui l'avait pris ? Tout le voisinage avait dû entendre.

Mais il n'entrevit personne ni dans le jardin ni dans l'allée. L'après-midi paraissait toujours aussi calme. De l'autre côté de la rue, un tourniquet arrosait une pelouse, comme si de rien n'était. Un gosse passa en patins à roulettes. Juste en face de la porte, une haute haie séparait le terrain des Trenton de celui du voisin. Du haut du perron, sur la gauche, on apercevait la ville nichée au pied de la colline. Steve distinguait même l'intersection de la route 117 et de la grand-rue, qui délimitait le jardin public. Il resta planté là, en haut des marches à essayer de retrouver son calme. Son souffle reprenait petit à petit un rythme plus normal. Il se composa une agréable figure convenant à cet après-midi d'été. Tout ceci dura le temps que le feu de signalisation placé au coin de la rue passe du vert à l'orange puis au rouge avant de redevenir vert.

Et si elle débarquait tout de suite ?

Cette idée le pressa un peu. Il avait laissé sa carte de visite ; il n'avait nul besoin d'une engueulade avec elle pour couronner le tout. Elle ne pourrait pas faire grand-chose, de toute façon, à part appeler les flics, et Steve ne pensait pas qu'elle opterait pour cette solution. Il aurait pu raconter trop de choses : la vie sexuelle de la joyeuse ménagère américaine en milieu naturel. Ce qui venait de se passer tenait pourtant de la folie. Mieux valait mettre pas mal de kilomètres entre lui et Castle Rock pour le moment. Peut-être un jour téléphonerait-il à Donna. Pour lui demander ce qu'elle pensait de son ouvrage. Ce pourrait être amusant.

Il descendit l'allée, tourna à gauche et regagna son

fourgon. Personne ne l'avait arrêté ni même remarqué. Un gamin monté sur patins à roulettes le dépassa en lui criant un grand « Salut » que Steve lui rendit aussitôt.

Il monta dans le véhicule et démarra. Il remonta la 117 jusqu'à la 302 qu'il suivit pour rejoindre l'autoroute fédérale 95, qui passait à Portland. Il régla son ticket au péage de l'Autoroute fédérale puis fit route vers le sud. Steve commençait à ressasser des pensées désagréables concernant ce qu'il venait d'accomplir — cette fureur aveugle et destructrice qui l'avait submergé quand il s'était rendu compte que personne ne se trouvait dans la maison. Le prix payé ne dépassait-il pas l'offense ? Elle ne voulait plus faire l'amour avec lui, et alors ? Il avait tout bousillé dans cette sacrée baraque. Cela trahissait-il une partie de sa personnalité qu'il préférait ignorer ?

Il se mit à réfléchir à ces questions par intermittence, comme font la plupart des gens, faisant passer des suites d'événements objectifs par certains mécanismes qui, rassemblés, constituaient la machine complexe de la perception humaine plus connue sous le nom de subjectivité. Comme un écolier se servant soigneusement de son crayon, puis de sa gomme avant de retracer ses lettres au crayon, Steve effaça de sa mémoire les événements qui venaient de se produire pour les redessiner de façon qu'ils s'accordent avec sa perception des faits et lui permettent de s'en accommoder.

Lorsqu'il eut atteint la route 495, il prit vers l'ouest en direction de New York et de cette campagne immense qui s'étendait jusqu'aux confins de l'Idaho, lieu qu'avait choisi Papa Hemingway quand il s'était retrouvé vieux et mortellement blessé. Steve sentait monter l'euphorie qui le prenait toujours quand il coupait les liens et partait à l'aventure — épisode magique que Huck appelait

« filer vers le territoire [1] ». En ces moments-là il se sentait renaître, éprouvait la sensation puissante de jouir de la plus grande liberté qui fût, celle de se recréer. Il n'aurait pas compris que quelqu'un lui fît remarquer que, dans le Maine ou dans l'Idaho, la colère lui ferait toujours jeter sa raquette au sol quand il perdrait un jeu au tennis ; qu'il refuserait de la même façon de serrer la main de son adversaire par-dessus le filet lorsqu'il perdrait un match. Il ne donnait cette poignée de main que s'il gagnait.

Il s'arrêta pour la nuit dans une petite ville baptisée Twickenham. Il s'endormit tranquillement. Steve avait réussi à se convaincre que la mise à sac de la maison des Trenton constituait, non pas une vengeance provoquée par une jalousie folle furieuse, mais un acte d'anarchie révolutionnaire — perpétré contre un couple de gros bourgeois, de ces cochons qui permettaient aux grands seigneurs fascistes de rester au pouvoir en payant aveuglément leurs impôts et leur note de téléphone. On devait donc la considérer comme un acte de courage, suscité par une colère pure et justifiée. C'était sa manière à lui de proclamer « le pouvoir au peuple », idée qu'il s'efforçait de transmettre dans chacun de ses poèmes.

Pourtant, il rêvassait encore quand il se tourna dans le petit lit du motel, cherchant le sommeil et se demandant quelle avait été la réaction de Donna lorsqu'elle était rentrée chez elle avec son gosse. Il s'endormit sur cette pensée, un léger sourire flottant sur ses lèvres.

À quinze heures trente, ce mardi après-midi, Donna avait perdu tout espoir de voir arriver le facteur.

---

1. Il s'agit du *Huckleberry Finn* de Mark Twain, et le territoire représente les terres américaines n'ayant pas encore le statut d'État. (*N.d.T.*)

Elle avait passé le bras autour de Tad qui sommeillait à moitié, les lèvres cruellement gonflées par la chaleur, son petit visage fiévreux, empourpré. Il restait une goutte de lait dans le thermos, et elle ne tarderait pas à la lui donner. Pendant les trois heures et demie qui venaient de s'écouler — c'est-à-dire depuis l'heure habituelle du déjeuner — le soleil avait cogné sans répit. Malgré les deux vitres baissées au quart, la température à l'intérieur de la voiture devait atteindre les trente-cinq degrés, sans doute plus. Rien de plus que quand vous laissiez votre automobile en plein soleil. Mais en général, quand vous retrouviez votre voiture aussi brûlante, vous baissiez les vitres à fond, mettiez en route le ventilateur et commenciez à rouler. *En route* — comme ces mots résonnaient agréablement à l'oreille !

Donna se passa la langue sur les lèvres.

Elle avait parfois, pendant des laps de temps très courts, ouvert complètement les vitres, provoquant ainsi un léger courant d'air, mais elle craignait de les laisser baissées plus longtemps. Elle pouvait s'assoupir. La chaleur l'effrayait — pour elle et surtout pour Tad car il semblait s'affaiblir terriblement — mais ne lui faisait pas aussi peur que la tête de ce chien, dégoulinante d'écume et dont les yeux sinistres et écarlates la dévisageaient.

La dernière fois qu'elle avait ouvert à fond les vitres, c'était quand Cujo avait disparu dans l'obscurité de la grange. Mais il était maintenant revenu.

L'animal se reposait dans l'ombre qui s'allongeait du grand garage, la tête baissée mais ne détachant pas son regard de la Pinto bleue. Entre ses pattes antérieures, la bave avait rendu la terre boueuse. De temps en temps il grognait ou happait l'air comme s'il souffrait d'hallucinations.

Combien de temps ? Combien de temps avant qu'il ne meure ?

Donna était une femme rationnelle. Elle ne croyait pas aux monstres qui sortaient des placards ; elle ne croyait qu'en ce qu'elle pouvait voir et toucher. Une épave de saint-bernard écumant, assise à l'ombre d'une grange, ne présentait rien de surnaturel ; il ne s'agissait que d'un chien malade, mordu par un renard, un putois ou autre bestiole enragée. Il ne se trouvait pas là pour l'attaquer, elle en particulier. Il n'était ni le révérend Dimmesdale [1] ni Moby-Dogue. Rien à voir avec le destin monté sur quatre pattes.

Mais… Donna venait à peine de se décider à courir jusqu'à la porte du porche fermé donnant sur la cuisine des Camber quand Cujo avait jailli, titubant et trébuchant, de la grange obscure.

Tad. Il fallait penser à Tad. Elle devait le sortir de là. Le moment n'était plus aux tergiversations. L'enfant ne donnait plus de réponses très cohérentes. Il paraissait ne plus être en contact qu'avec l'extrême surface de la réalité. Le regard un peu vitreux qu'il tournait vers elle quand elle lui parlait évoquait un boxeur qu'on vient de tabasser, un boxeur qui ne parvient plus à tenir sa garde et n'attend plus que la dernière volée de coups pour s'écrouler, inconscient, dans les cordes. Tout ceci paniquait la jeune femme et éveillait chaque fibre de son instinct maternel. Il fallait penser à Tad. Si elle avait été seule, elle se serait précipitée depuis longtemps déjà sur cette porte. Mais Tad la retenait, car son esprit ne cessait de lui renvoyer l'image du chien la déchiquetant devant l'enfant, seul dans la voiture.

---

1. Personnage central de *La Lettre écarlate* de N. Hawthorne. (*N.d.T.*)

Pourtant, avant le retour de Cujo, un quart d'heure plus tôt, elle s'était préparée à tenter cette course. Elle avait tant joué mentalement la scène, comme un petit film intérieur, qu'il lui semblait l'avoir déjà vécue. Elle réveillerait Tad, dût-elle le gifler pour y parvenir. Elle lui dirait qu'il ne devait pas sortir de la voiture pour la suivre — *sous aucun prétexte, quoi qu'il arrive.* Elle courrait jusqu'à la porte, tournerait la poignée. Si la porte s'ouvrait, magnifique, parfait. Mais Donna s'était préparée à la possibilité beaucoup plus vraisemblable qu'elle soit fermée à clef. Là jeune femme avait ôté son chemisier et se tenait maintenant derrière le volant en soutien-gorge blanc, le chemisier posé sur ses genoux. Lorsqu'elle sortirait, elle enroulerait l'étoffe autour de son poing. La protection serait loin d'être parfaite mais vaudrait mieux que rien du tout. Elle fracasserait alors le panneau vitré à hauteur de la poignée, la saisirait et pénétrerait sous le porche. Et si la porte de la maison proprement dite était verrouillée elle aussi, elle devrait bien trouver une solution. D'une façon ou d'une autre.

Mais Cujo était sorti et ses résolutions s'évanouirent.

Ce n'est pas grave. Il va y retourner. Il l'a déjà fait.

Mais cette fois-ci ? souffla une petite voix dans sa tête. *Tout semble trop parfait, non ? Les Camber sont partis et ont pensé, en bons citoyens, à faire retenir leur courrier ; Vic est absent et il y a peu de chances qu'il appelle avant demain soir, car nous ne sommes pas assez riches pour nous payer des coups de téléphone longue distance tous les jours. Et même s'il donne un coup de fil, il le fera de bonne heure. Quand il s'apercevra qu'il n'y a personne à la maison, il pensera que nous sommes allés casser la croûte chez Mario, ou prendre une glace quelque part. Il n'osera pas rappeler plus tard de peur de nous réveiller. Il préférera attendre le lendemain. Il est si attentionné.*

Oui, tout semble trop parfait. Un chien ne précédait-il pas la barque dans ce récit de passeur sur le Styx? Le chien du passeur. Appelez-moi simplement Cujo. En route pour la Vallée de la Mort.

Pars, ordonna-t-elle mentalement au chien. *Retourne dans la grange, espèce de salaud.*

Cujo n'esquissa pas le moindre geste.

Donna humidifia ses lèvres qui paraissaient aussi gonflées que celles de Tad.

Elle rejeta ses cheveux en arrière et demanda doucement : «Comment te sens-tu, Taddy?

— Chhhut, marmonna l'enfant sans s'en rendre compte. Les canards...»

Elle le secoua. «Tad? Mon chéri? Ça va? Dis-moi quelque chose!»

Il ouvrit lentement les yeux et regarda autour de lui, petit garçon désorienté, accablé de chaleur et de fatigue. «Maman? On rentre à la maison? J'ai *chaud...*

— On va y aller, le rassura-t-elle.

— Quand, Maman? *Quand?*» Il se mit à pleurer.

Oh Tad, garde ton eau, songea Donna. *Tu pourrais en avoir besoin.* Il paraissait fou de devoir se dire une telle phrase. Mais depuis le début, cette situation ne frôlait-elle pas la démence? Penser qu'un enfant était en train de mourir de déshydratation

(ça suffit il n'est PAS en train de mourir)

à moins de quatre kilomètres d'une ville relativement importante était dingue.

Mais cette situation existe bien, se dit-elle brusquement. Et ce n'est pas la peine de t'imaginer autre chose, ma petite. C'était comme une guerre miniature dont tous les éléments minuscules auraient pris une dimension considérable. Le plus petit souffle d'air devenait une brise. Trois cents mètres de désert semblaient maintenant la séparer de cette porte de service. Et si ça te plaît de prendre ce chien pour le destin, ou le spectre de tes péchés, ou même la réincarnation d'Elvis Presley, alors ne te gêne pas. Dans cette situation si étriquée — où il était question de vie et de mort — la moindre envie d'aller aux toilettes prenait des allures de petit combat.

Nous allons nous en sortir. Ce n'est pas un chien qui fera une chose pareille à mon fils.

« Quand, Maman ? » Il levait vers elle ses yeux humides, le visage pâle et cireux.

« Bientôt, lui répondit-elle d'un ton morne. Très bientôt. » Elle repoussa en arrière les cheveux de l'enfant et le serra contre elle. Donna regarda par la fenêtre de Tad et son regard tomba de nouveau sur l'objet à demi dissimulé par les hautes herbes, la vieille batte de base-ball au manche recouvert de chatterton.

J'aimerais t'écraser la tête avec ça.

À l'intérieur de la maison, la sonnerie du téléphone retentit.

Donna tourna vivement la tête en direction du bruit, folle d'espoir.

« C'est pour nous, Maman ? C'est à nous qu'on téléphone ? »

Donna ne répondit pas. Elle ne savait pas à qui s'adressait cette sonnerie, mais s'ils avaient de la chance — et il fallait bien que la chance change de camp, non ? — le coup de fil venait de quelqu'un ayant des raisons de s'inquiéter de ce que les Camber ne décrochaient pas. Quelqu'un qui viendrait voir ce qui se passait.

Cujo avait levé la tête et la tenait maintenant légèrement penchée de côté, ce qui le fit un bref instant ressembler au chien de la maison Pathé Marconi avec son oreille collée au pavillon d'un vieux gramophone. L'animal se dressa en chancelant sur ses pattes et se dirigea vers la maison, source du bruit.

«Peut-être que le chien va répondre au téléphone, avança Tad. Peut-être…»

Avec une vitesse et une agilité terrifiantes, le chien obliqua brusquement en direction de la voiture. Il ne titubait ni ne vacillait plus, comme s'il avait joué depuis le début une comédie sournoise. Il rugissait et beuglait plutôt qu'il n'aboyait. Ses yeux rouges semblaient incandescents. La bête heurta le véhicule en produisant un craquement sinistre puis rebondit — n'en croyant pas ses yeux, Donna s'aperçut que sa portière s'était, légèrement enfoncée. *Il devrait être mort*, songea la jeune femme, complètement affolée ; *l'écrabouillement de son cerveau malade et le choc qu'a subi sa moelle épinière ont dû ont dû ONT DÛ…*

Cujo se releva, le museau en sang. Son regard paraissait errer, vide à nouveau. Dans la maison, la sonnerie du téléphone retentissait toujours. Le chien fit mine de s'éloigner puis, comme piqué, se mordit soudain le flanc avant de bondir sur la vitre de Donna. Il s'écrasa juste devant le visage de la jeune femme avec un nouveau bruit sourd et effrayant. Le sang gicla sur le verre qui laissa apparaître une longue fissure argentée. Tad hurla et se plaqua les mains sur la figure, ses ongles griffant ses petites joues.

L'animal sauta une fois encore. Des filets de bave coulaient de son museau ensanglanté. Donna distinguait ses crocs, énormes et de la couleur du vieil ivoire. Il les fit claquer contre la vitre. Entre ses orbites, une coupure saignait. Les yeux du chien ne quittaient pas ceux de sa victime ; des yeux mornes et obtus mais qui trahissaient — Donna l'aurait juré — une certaine conscience. Une conscience malveillante.

« *Fous le camp !* » cria-t-elle.

Cujo se jeta une nouvelle fois sur la portière, cognant la tôle. Encore. Et encore. La portière s'était maintenant nettement enfoncée vers l'intérieur. À chaque choc porté à la Pinto par cette masse de cent kilos, l'auto oscillait sur ses suspensions. À chaque choc, Donna entendait ce fracas sourd, terrible, et se disait que la bête avait dû se tuer ou au moins s'assommer. Mais à chaque fois le chien repartait vers la maison, faisait volte-face et se remettait à charger la voiture. La tête de Cujo n'était plus qu'un masque ensanglanté de poils emmêlés d'où ses yeux, autrefois d'un brun clair si doux, jetaient des regards de fureur aveugle.

Donna se retourna vers Tad et s'aperçut qu'il était plongé en état de choc, ramassé sur lui-même en position fœtale, les mains nouées à la naissance du sternum, la poitrine se soulevant par saccades.

Peut-être que cela vaut mieux. Peut-être...

Dans la maison, la sonnerie s'interrompit. Cujo, qui s'apprêtait à repartir à l'attaque, s'immobilisa. Il inclina de nouveau la tête dans cette position curieusement évocatrice. Donna retint son souffle. Le silence semblait très dense. Cujo s'assit, leva son museau horriblement mutilé vers le ciel, et poussa un long hurlement, si lugubre et désolé que Donna frissonna, ne souffrant plus de la chaleur mais ayant l'impression de se trouver au fond d'une crypte glacée. À cet instant précis, elle sut — il ne s'agissait plus d'un sentiment ou d'une simple pensée —, elle *sut* que ce chien était plus qu'un animal ordinaire.

Le moment s'évanouit. Cujo se releva, très lentement, apparemment épuisé, puis se dirigea vers l'avant de la Pinto. Donna supposa qu'il s'était couché là car elle ne distinguait plus sa queue. Elle resta néanmoins tendue quelque temps encore, se tenant prête à voir la bête se jeter sur le capot comme cela lui était déjà arrivé. Rien de tel ne se produisit. Seul le silence régnait.

La jeune femme prit Tad dans ses bras et se mit à lui fredonner une chanson.

Lorsque Brett, s'avouant vaincu, sortit enfin de la cabine téléphonique, Charity le prit par la main et l'entraîna vers le salon de thé du Caldor. Ils étaient venus au Caldor pour y acheter des nappes et des rideaux assortis.

Holly les attendait, en finissant sa glace. « Tout va bien, j'espère ? demanda-t-elle.

— Oui, ce n'est pas grave, répondit Charity en ébouriffant les cheveux de son fils. Il s'inquiète simplement pour son chien. N'est-ce pas, Brett ? »

L'enfant haussa les épaules puis acquiesça d'un signe de tête, l'air très malheureux.

« Tu peux commencer à regarder si tu veux, proposa Charity à sa sœur. On te rejoint.

— D'accord. Je serai en bas. »

Holly vida sa coupe et ajouta : « Je suis sûre que ta bestiole se porte comme un charme, Brett. »

Le petit garçon s'efforça de lui sourire, mais ne répondit rien. La mère et le fils regardèrent la jeune femme s'éloigner, très élégante dans sa robe violet sombre et ses sandales à semelle de liège, élégante d'une façon que Charity savait ne jamais pouvoir imiter. Un jour peut-être, mais sûrement pas maintenant. Holly avait confié ses deux enfants à une baby-sitter et ils étaient tous trois arrivés à Bridgeport vers midi. Holly leur avait offert un agréable déjeuner — réglant la note avec une carte de crédit du Diners Club — et depuis, ils faisaient des courses. Brett s'était montré peu bavard, l'esprit ailleurs, visiblement préoccupé par Cujo. Charity n'était pas non plus très en train pour ce genre d'occupation ; il faisait chaud et elle se sentait encore un peu énervée par la crise de somnambulisme de Brett, le matin. Elle avait fini par suggérer qu'il appelât d'une des cabines situées au coin de la rue, près du snack-bar… mais le résultat fut exactement celui qu'elle redoutait.

La serveuse s'approcha. Charity commanda un café, un verre de lait et deux gâteaux.

« Brett, commença-t-elle, quand j'ai parlé pour la première fois de ce voyage à ton père, il a refusé…

— Ouais, j' m'en doutais.

— … et puis il a changé d'avis. Tout d'un coup. Je crois que peut-être… qu'il y a peut-être vu l'occasion de prendre lui aussi un peu de vacances. Tu sais, les hommes aiment bien parfois partir sans leur femme, et faire des choses…

— Comme chasser ?

(Et aller voir les prostituées et boire et Dieu seul sait quoi encore et pourquoi.)

— Oui, des choses comme ça.

— Et aller voir des films », conclut Brett. On leur apporta leur commande et il se mit à mordre dans son gâteau.

(Oui, les films classés X de la rue Washington, celle qu'ils appellent la Zone de combat.)

« Ça se peut. Quoi qu'il en soit, ton père a dû prendre deux ou trois jours et se rendre à Boston…

— Oh, je ne crois pas, répliqua Brett aussitôt. Il avait beaucoup de travail à faire. *Beaucoup.* C'est lui qui me l'a dit.

— Peut-être n'en a-t-il pas eu autant qu'il le pensait », dit Charity en espérant que son cynisme ne transparaissait pas dans sa voix. « Enfin, c'est ce que je pense, ce qui expliquerait pourquoi il n'a pas répondu au téléphone ni hier, ni aujourd'hui. Bois ton lait, Brett. C'est bon pour les os. »

Il vida la moitié de son verre, ce qui lui laissa une moustache d'ancêtre, puis le reposa sur la table. « Peut-être bien. Et peut-être qu'il a emmené Gary avec lui. Il aime beaucoup Gary.

— Oui, c'est très possible », fit Charity comme si l'idée ne lui était pas encore venue à l'esprit, alors qu'elle avait appelé chez Gary le matin, pendant que Brett jouait dans le jardin avec Jim junior. Elle n'avait obtenu aucune réponse, et ne concevait pas le moindre doute sur le fait que les deux hommes se trouvaient ensemble, où qu'ils puissent être. « Tu ne vas pas laisser tout ce gâteau. »

L'enfant prit la pâtisserie, y donna un coup de dents symbolique et la reposa. « Maman, je crois vraiment que Cujo était malade. Il n'avait pas l'air bien du tout quand je l'ai vu hier matin. J' te donne ma parole, Maman.

— Brett…

— Mais je t'assure. Toi, tu l'as pas vu. Il avait l'air… heu, méchant.

— Si tu étais sûr que Cujo va bien, cela te tranquilliserait ? »

Brett fit signe que oui.

« Alors nous appellerons Alva Thornton ce soir, d'accord ? proposa Charity. Il habite à côté, nous lui demanderons d'aller jeter un coup d'œil. Mais je pense que ton père a déjà dû lui téléphoner pour qu'il aille nourrir le chien pendant son absence.

— Tu crois vraiment ?

— Mais oui. » Alva ou quelqu'un du même genre ; pas un ami de Joe à proprement parler, à sa connaissance Gary était le seul ami de Joe, mais une personne qui était prête à lui rendre service en échange d'un coup de main ultérieur.

Le visage de Brett s'éclaira comme par magie. Une fois encore, l'adulte avait fourni la bonne réponse, comme on sort un lapin d'un chapeau. Charity, loin pourtant de se sentir rassurée, s'assombrit fugitivement. Qu'allait-elle trouver si Alva lui disait qu'il n'avait pas vu Joe depuis le printemps ? Eh bien, elle franchirait l'obstacle s'il se présentait, et gardait malgré tout bon espoir que Joe n'aurait pas laissé Cujo ainsi livré à lui-même. Cela ne lui ressemblait pas.

« Tu veux qu'on essaie de retrouver ta tante ?

— D'accord. Attends, je finis juste ça. »

Elle le regarda, mi-amusée, mi-effrayée, engouffrer le reste de son gâteau en trois énormes bouchées qu'il fit passer en vidant son verre de lait. Puis il se leva en repoussant sa chaise.

Charity régla la note et ils prirent l'escalator qui conduisait en bas.

« Bon Dieu, il est immense, ce magasin, s'exclama Brett d'un ton rêveur. C'est une très grande ville ici, n'est-ce pas, Maman ?

— À côté de New York, elle ne paraît pas plus grande que Castle Rock par rapport à ici, expliqua-t-elle en souriant. Et puis on ne dit pas bon Dieu, Brett, c'est mal élevé.

— Oui, Maman. » Il s'accrocha à la rampe, regardant autour de lui. À leur droite s'étendait une véritable mosaïque de perruches qui criaient et claquaient du bec. Sur leur gauche, ils découvrirent le rayon arts ménagers, ses chromes rutilants et même une machine à laver la vaisselle dont la porte entièrement transparente permettait de surveiller le travail. Brett leva les yeux vers sa mère en quittant l'escalier mécanique. « Vous avez été élevées ensemble, hein ?

— Je ne te le fais pas dire, répondit Charity, le sourire aux lèvres.

— Elle est vraiment gentille, fit remarquer l'enfant.

— Je suis contente que tu sois de cet avis. Je l'ai toujours beaucoup aimée.

— Comment elle a fait pour devenir aussi riche ? »

Charity se figea. « C'est vraiment ce que tu crois de Holly et Jim ? Qu'ils sont *riches* ?

— Leur maison a dû leur coûter pas mal », dit Brett, et Charity crut encore voir sous les traits de son visage enfantin, ceux de son père ; la figure de Joe Camber avec ce vieux chapeau vert et informe rejeté en arrière, ses yeux, trop malins, regardant de côté. « Et le juke-box. Ça aussi, ça devait coûter du pognon. Et puis elle a tout un portefeuille plein de cartes de crédit, alors que nous, on a seulement... »

Elle fondit sur lui. « Tu crois que c'est du beau de regarder dans le portefeuille des gens pendant qu'ils sont en train de vous offrir un bon repas ? »

Brett eut une expression de surprise blessée. Puis il se ferma et prit un air légèrement mielleux. Ceci aussi était un truc typique de Joe Camber. « J'ai remarqué, c'est tout. Et d'abord, ça aurait été difficile de pas les voir, elle les étalait tellement...

— Elle ne les étalait pas du tout ! » coupa Charity, outrée. Elle s'interrompit. Ils arrivaient au rayon tissus.

« Si, elle les montrait exprès, insista Brett. Si ça avait été un vrai accordéon, elle nous aurait joué un petit air. »

Charity sentit la colère la submerger — sans doute parce qu'elle le soupçonnait d'être dans le vrai.

« Elle voulait que tu les voies toutes, continua l'enfant. J'en suis sûr.

— Ton avis sur la question ne m'intéresse pas, Brett Camber. » Elle avait les joues en feu et ses mains la démangeaient de lui donner une correction. Quelques instants plus tôt, dans le salon de thé, elle avait éprouvé tant d'amour pour son fils… un amour aussi fort que son exaspération présente ; elle s'était sentie son amie. Où s'étaient enfuis ces sentiments si plaisants ?

« Je m' demandais seulement comment elle avait fait pour avoir autant de fric.

— Tu ne crois pas que tu te montres un peu grossier ? »

Il haussa les épaules, lui faisant maintenant ouvertement front et la provoquant, se dit Charity, volontairement. Il repensait à ce qui s'était passé au déjeuner, mais aussi à une autre expérience. Il comparait sa propre façon de vivre, celle de son père, avec la vie que menaient d'autres personnes. S'était-elle imaginé qu'il adopterait automatiquement l'existence qu'avaient choisie sa sœur et le mari de celle-ci — une existence qu'elle-même s'était vu refuser, par malchance, ou à cause de sa propre bêtise, ou les deux à la fois ? Ne lui reconnaissait-elle pas le droit de critiquer… ou d'analyser ?

Bien sûr qu'elle admettait ce droit, mais elle ne s'était pas attendue que les observations de son fils s'avèrent aussi dérangeantes et élaborées (même si intuitives), aussi précises et terriblement négatives.

« Je suppose que c'est Jim qui a dû gagner tout cet argent, reprit-elle. Tu sais ce qu'il fait…

— Oui, c'est un gratte-papier. »

Elle refusa cette fois-ci de se laisser prendre à son jeu.

« Si tu préfères voir les choses comme ça. Quand Holly et lui se sont mariés, il faisait son droit à l'université du Maine, à Portland. Et puis il a dû continuer ses études à Denver, et Holly a fait plein de petits jobs pour qu'il puisse les terminer. Cela se passe souvent de cette façon. Les femmes travaillent le temps que le mari finisse ses études et obtienne ses diplômes… »

Elle cherchait Holly des yeux et crut enfin apercevoir

le haut du crâne de sa jeune sœur, quelques rayons plus loin, sur la gauche.

« Quoi qu'il en soit, quand Jim a eu fini, Holly et lui sont revenus dans l'Est et Jim est entré dans un cabinet d'avocats, à Bridgeport. Il ne gagnait pas beaucoup à l'époque. Ils habitaient dans un petit appartement au troisième étage, sans air conditionné l'été et sans beaucoup de chauffage l'hiver. Mais il a travaillé et maintenant, il est devenu ce qu'on appelle un associé en second. Et je suppose que, par rapport à nous, il doit bien gagner sa vie.

— Alors peut-être qu'elle montre ses cartes de crédit parce qu'elle se sent des fois encore pauvre à l'intérieur d'elle-même », avança Brett.

Charity fut frappée par la subtilité extraordinaire de cette remarque. Elle ébouriffa doucement les cheveux de son fils, sa colère déjà retombée. « Tu disais que tu l'aimais bien.

— Mais si, je l'aime bien. Tiens, la voilà, juste là-bas.

— Je la vois. »

Ils allèrent à la rencontre de la jeune femme qui avait déjà les bras chargés de rideaux et allait se mettre en chasse de nappes.

Le soleil avait fini par disparaître derrière la maison.

Petit à petit, le four qu'était devenue la Pinto des Trenton se refroidit. Une légère brise plus ou moins régulière se leva et Tad lui tendit son visage avec reconnaissance. Il se sentait mieux, pour l'instant, qu'il n'avait été de toute la journée. En fait, toutes les heures qui précédaient semblaient un horrible cauchemar qu'il ne se rappelait que par bribes. Plusieurs fois, il était parti ; il avait simplement quitté la voiture et était parti. Il s'en souvenait. Il était monté sur un cheval qui l'avait emporté dans un grand champ où jouaient tout plein de lapins, comme dans le dessin animé que son papa et sa maman l'avaient emmené voir au cinéma de la Lanterne Magique, à Bridgton. Au fond du champ, il y avait une mare, et dans la mare, des canards. Les canards étaient gentils. Tad jouait avec eux. C'était beaucoup mieux là-bas qu'avec sa maman, parce que le monstre se trouvait avec sa maman, le monstre qui était sorti de son placard. Et là où étaient les canards, il n'y avait pas de monstre. Tad aimait bien cet endroit, même s'il savait confusément que s'il y restait trop longtemps, il pourrait oublier comment revenir à la voiture.

Et puis le soleil s'était caché derrière la maison. Une ombre fraîche était venue, si épaisse qu'on avait envie de la toucher, comme du velours. Le monstre n'essayait plus de les attraper. Le facteur n'était pas venu, mais au moins, ils allaient pouvoir se reposer maintenant. Le pire était la soif. Jamais de sa vie il n'avait tant eu envie de boire. C'était aussi ce qui rendait l'endroit avec les canards si attrayant — un endroit vert, humide.

« Qu'est-ce que tu dis, mon chéri ? » La figure de sa maman se penchait au-dessus de la sienne.

« Soif, prononça-t-il en un coassement. J'ai si soif, Maman. » Il se souvint qu'avant, il disait « foif » au lieu de « soif ». Mais au club, des enfants s'étaient moqués de lui et l'avaient traité de bébé, comme ils s'étaient moqués de Randy Hofnager qui disait « poti dézuné » pour « petit déjeuner ». Alors il s'était mis à prononcer ce mot correctement, se grondant lui-même sans ménagement à chaque fois qu'il oubliait.

« Oui, je sais, Maman aussi a soif.

— Je parie qu'il y a de l'eau dans cette maison.

— Mon chou, nous ne pouvons pas aller dans la maison. Pas pour l'instant. Le méchant chien est juste devant la voiture.

— Où ça?» Tad s'agenouilla et fut surpris par le vertige qui emplit lentement sa tête, comme une vague s'abattant au ralenti. Il s'appuya au tableau de bord pour ne pas tomber et sa main lui parut attachée au bout d'un bras long d'un kilomètre. «Je ne le vois pas.» Même le son de sa voix lui parvenait lointain, comme un écho.

«Assieds-toi, Tad. Tu vas…»

Elle parlait toujours, et il sentit qu'elle le réinstallait sur son siège mais comme à travers un brouillard. Les mots semblaient traverser une immensité grise avant de lui parvenir; le brouillard qui le séparait de sa maman était le même que celui de ce matin… ou d'hier matin… ou de tous les matins depuis que son papa était parti en voyage. Mais il y avait un endroit très gai, là-bas, alors il laissa sa mère pour s'y rendre. Là où jouaient les canards. Là où il y avait des canards, une mare avec des nénuphars dedans. La voix de sa maman ne fut bientôt plus qu'un faible bourdonnement. Son beau visage, si grand, si calme, se trouvait toujours penché au-dessus du sien, et ressemblait à la lune qui parfois regardait dans sa chambre quand il se réveillait en pleine nuit pour aller faire pipi… ce visage devint tout flou et gris. Il se fondit dans le brouillard. De la voix ne subsista plus que le son paresseux d'abeilles bien trop gentilles pour piquer et qui virevoltaient au-dessus de l'eau.

Tad jouait avec les canards.

Donna s'assoupit et lorsqu'elle s'éveilla, les ombres s'étaient rejointes et la dernière lueur qui éclairait encore l'allée des Camber était couleur de cendre. Le crépuscule tombait. Il allait faire nuit de nouveau et — aussi incroyable que cela pût paraître — ils étaient toujours là. Le soleil se posa sur l'horizon, grosse boule d'un orange écarlate. Donna s'imaginait un ballon de basket plongé dans du sang. Elle se passa la langue sur les lèvres. La salive avait séché en une masse compacte qui résista avant de se liquéfier à nouveau. La jeune femme se sentait de l'ouate dans la gorge. Elle songea qu'il serait merveilleux de s'allonger sous le robinet du jardin, à la maison, de tourner la poignée à fond et d'ouvrir la bouche pour y laisser tomber un torrent d'eau glacée. La vision semblait si réelle qu'elle frissonna, la chair de poule lui hérissant la peau ; elle lui parut si vraie qu'elle en eut la migraine.

Le chien se trouvait-il toujours devant la voiture ?

Elle essaya de vérifier, mais bien sûr, c'était impossible. Tout ce dont elle pouvait être certaine était qu'il n'attendait pas devant la grange.

Elle appuya sur l'avertisseur, mais n'obtint qu'une pauvre plainte, et rien ne se passa. L'animal pouvait se trouver n'importe où. Donna promena son doigt sur la fêlure argent de sa vitre et se demanda ce qui arriverait si le chien s'avisait de bondir à nouveau contre la portière. Pourrait-il traverser la fenêtre ? Elle ne l'aurait pas cru vingt-quatre heures plus tôt, mais ne pouvait jurer de rien, à présent.

Elle fixa encore du regard la porte du porche. La distance qui l'en séparait semblait s'accroître à chaque fois. Cela lui rappela un cours de psychologie qu'elle avait suivi à la fac et où l'on avait traité l'*idée fixe*[1]. C'était l'expression employée par le chargé de cours, un petit homme chichiteux portant la moustache en brosse. *Quand vous descendez un escalier mécanique immobilisé, vous éprouvez soudain de grandes difficultés à vous mettre en*

---

1. En français dans le texte. (*N.d.T.*)

marche. Elle avait trouvé l'exemple si amusant qu'elle avait fini par dénicher un escalator marqué EN PANNE. L'ayant emprunté, elle avait constaté avec plus d'amusement encore que le petit professeur disait vrai : ses jambes refusaient d'avancer. Elle avait alors tenté de s'imaginer ce qui se serait passé dans sa tête si, chez elle, les marches de l'escalier s'étaient mises brusquement à bouger toutes seules. Elle en avait ri tout haut.

Mais l'idée ne lui apparaissait plus aussi drôle maintenant. En fait, elle n'était pas drôle du tout.

Le porche semblait indéniablement plus loin.

Ce chien est en train de me mettre en condition.

La jeune femme s'efforça de rejeter cette pensée dès qu'elle lui vint à l'esprit, puis cessa bientôt de lutter. La situation paraissait à présent trop désespérée pour s'offrir le luxe de se mentir. Consciemment ou non, Cujo est en train de me mettre en condition. Peut-être se servait-il de l'*idée fixe* de la jeune femme touchant à la conception qu'elle avait du monde. Mais les choses n'en étaient plus là. L'ascension de l'escalier mécanique était terminée. Elle ne pouvait plus se permettre de rester avec son fils sur les marches immobiles, attendant que quelqu'un fasse repartir le mécanisme. En réalité, Tad et elle se faisaient assiéger par un chien.

L'enfant dormait. Si le chien se tenait dans la grange, elle devait tenter le coup tout de suite.

Et s'il est encore devant la voiture ? Ou juste au-dessous ?

Elle se souvint alors d'une expression que son père employait parfois lorsqu'il regardait un match de football américain à la télévision. En ces occasions son père buvait presque toujours plus que de raison et finissait généralement les haricots froids qui restaient du dîner du samedi soir. La pièce où se trouvait la télé devenait très vite invivable pour tout être humain normalement constitué ; le chien lui-même s'enfuyait en catimini, un sourire faux de déserteur étirant sa gueule.

Son père réservait cette expression aux plaquages et aux interceptions particulièrement réussis. « Il s'était planqué dans les fourrés pour l'avoir, celui-là ! » hurlait-il, ce qui rendait sa mère folle de colère… mais quand Donna était adolescente, pratiquement tout ce qui touchait à son père mettait sa mère dans le même état.

Elle se représentait maintenant Cujo devant la Pinto, ne dormant pas le moins du monde, mais se tenant tapi sur le gravier, les pattes postérieures ramassées sous lui, les yeux fixés sur l'endroit où elle apparaîtrait dès qu'elle sortirait de l'automobile. Il la guettait, espérant qu'elle serait assez folle pour s'aventurer dehors. Il était planqué dans les fourrés pour l'avoir.

Donna se frotta le visage à deux mains, d'un geste nerveux et rapide. Là-haut dans le ciel, Vénus se détachait du bleu de plus en plus sombre. Le soleil avait disparu, ne laissant derrière lui qu'un halo jaune, tenace mais irrégulier, au-dessus des champs. Quelque part, un oiseau se mit à chanter, s'interrompit puis reprit son chant.

La jeune femme se rendit compte qu'elle ne se sentait plus du tout aussi pressée de quitter la voiture pour atteindre cette porte qu'elle l'avait été dans l'après-midi. Sans doute parce qu'après son assoupissement, elle ne savait plus exactement où se tenait le chien. Sans doute aussi pour le simple fait que la chaleur était tombée — cette chaleur accablante et le mal qu'elle faisait à Tad constituaient le principal aiguillon qui aurait pu la faire bouger. La voiture ne semblait déjà plus aussi inconfortable et l'état semi-comateux de Tad s'était mué en véritable sommeil. Il dormait à poings fermés, du moins pour le moment.

Elle craignait pourtant de se cacher la vraie raison qui la retenait à l'intérieur : le fait que peu à peu, le moment psychologique de tenter une sortie était passé. Elle se rappelait que quand elle prenait des leçons de plongée, étant enfant, la première fois où l'on se retrouvait sur le plongeoir, il y avait un instant où il fallait choisir : essayer ou battre honteusement en retraite et laisser la suivante devant le même dilemme. Quand on apprenait à conduire, il venait un jour où il fallait bien abandonner les petites routes de campagne désertes, et se lancer dans la circulation urbaine. Le moment venait. Il venait toujours. Le moment de plonger, celui de conduire, celui d'essayer d'atteindre la porte de service.

Le chien se montrerait tôt ou tard. La situation était critique mais pas encore désespérée. Le moment psychologique reviendrait — cela, elle ne l'avait pas appris à la fac ; elle le savait d'instinct. Si vous parveniez à plonger le lundi, rien n'indiquait que vous pourriez recommencer le mardi. Vous pouviez…

Elle s'avoua à contrecœur que son raisonnement ne tenait pas debout.

Elle avait moins de forces ce soir que la veille. Et elle se sentirait plus faible encore et plus déshydratée le lendemain. Et ce n'était pas le pire. Cela faisait maintenant — combien ? — vingt-huit heures environ, aussi incroyable que cela pût paraître, qu'elle était assise. Et si ses muscles s'avéraient trop raides pour courir ? Qu'arriverait-il si, arrivée à mi-chemin du porche, elle se retrouvait soudain pliée en deux et s'affalait sur le gravier, prise d'une crampe à la cuisse ?

Quand il est question de vie ou de mort, coupa une petite voix impitoyable dans sa tête, *il faut saisir l'instant propice — il ne se présente qu'une fois.*

Sa respiration et les battements de son cœur s'étaient

accélérés. Son corps savait qu'elle allait essayer avant même que son esprit ne se fût décidé. Elle enveloppa solidement le chemisier autour de son poing droit, tandis que sa main gauche se posait sur la poignée de la portière et elle sut que les dés étaient jetés. Elle n'avait pas eu conscience d'une véritable décision, son corps la conduisait. Elle y allait maintenant, pendant que Tad dormait profondément et qu'il ne risquait pas de vouloir la suivre.

La main glissante de transpiration, elle actionna la poignée. Elle retenait son souffle, guettant la moindre alerte.

L'oiseau se remit à chanter. Ce fut tout.

S'il a trop enfoncé la portière, elle ne s'ouvrira même pas, songea-t-elle. Elle en ressentirait une sorte d'amer soulagement. Elle pourrait alors se réinstaller sur son siège, revoir son plan, réfléchir pour être sûre qu'elle n'avait pas laissé des détails de côté… se sentir un peu plus assoiffée… un peu plus faible, … un peu plus lente…

Donna s'arc-bouta, donnant des coups d'épaule dans la porte, pesant de plus en plus contre la tôle récalcitrante. Sa main transpirait dans l'étoffe de coton. Le poing y était si serré que ses doigts lui faisaient mal. Elle sentait confusément la morsure de ses ongles pénétrant dans sa chair. Donna ne cessait de s'imaginer brisant la vitre de la porte du porche pour atteindre la poignée, d'entendre les tessons de verre heurter le sol à l'intérieur, de se voir saisir cette poignée…

Mais la portière refusait de s'ouvrir. La jeune femme poussait aussi fort qu'elle pouvait, luttant, les tendons de son cou saillant comme des cordes. Mais rien ne bougeait. La…

Et puis la portière céda, tout d'un coup. Elle s'ouvrit toute grande, dans un affreux bruit de ferraille, et Donna faillit s'écrouler. Elle se rattrapa à la poignée, la lâcha puis réussit à la ressaisir. Ainsi accrochée, une horrible certitude lui traversa l'esprit. Une certitude aussi froide et paralysante que le verdict d'un médecin vous annonçant qu'il est trop tard pour opérer votre cancer.

Donna avait ouvert la portière, mais elle ne pourrait plus la refermer. Le chien allait s'engouffrer dans la voiture et les tuer tous les deux. Tad aurait peut-être un bref instant de conscience éperdue, quelques secondes de miséricorde où il croirait qu'il rêvait avant que les crocs de Cujo ne lui arrachent la gorge.

Son souffle se faisait rauque et précipité. Elle avait l'impression que ses poumons charriaient du foin brûlant. La jeune femme croyait distinguer chacun des petits gravillons de l'allée, mais ne parvenait pas à réfléchir. Ses pensées se bousculaient dans tous les sens. Des images de son passé défilaient dans le fond de son crâne comme le film accéléré d'une parade dans laquelle les cavaliers et les tambours-majors en marche semblaient fuir le lieu de quelque crime monstrueux.

Le système d'écoulement qui projetait un vilain liquide verdâtre sur le plafond de la cuisine et en remplissait l'évier du bar.

Une chute du haut du perron de la cuisine qui lui brisa le poignet quand elle avait cinq ans.

Un jour où, pendant le deuxième cours — de l'algèbre — alors qu'elle entrait tout juste au lycée, elle s'était aperçue que sa petite jupe de lin bleue était tachée de sang, qu'elle avait ses premières règles ; elle s'était demandé comment elle pourrait bien se lever à la fin du cours sans que personne s'en rende compte, sans que personne sache que Donna-Rose était indisposée.

Le premier garçon qu'elle avait embrassé en entrouvrant les lèvres. Dwight Sampson.

Tenir Tad, nouveau-né, dans ses bras et puis laisser

l'infirmière le lui prendre ; elle voulait lui dire de ne pas le faire — *Rendez-le moi, je ne l'ai pas encore bien vu*, étaient les mots qui lui avaient traversé la tête — mais elle se sentait trop faible pour parler ; et puis l'horrible bruit de succion et d'entrailles au moment où elle expulsait le placenta ; elle se rappela s'être dit : *Je dégueule tout son système nutritif* avant de s'évanouir.

Son père, pleurant à son mariage, puis se saoulant à la réception qui suivit.

Des visages. Des voix. Des pièces. Des scènes. Des livres. La terreur de cet instant où elle pensait : JE VAIS MOURIR...

En faisant un effort énorme, elle réussit à reprendre une partie de son calme. Donna agrippa la poignée de la portière à deux mains et tira de toutes ses forces. La porte se referma. La charnière déformée par Cujo produisit à nouveau le même bruit de ferraille. Le fracas de la porte contre la tôle fit sursauter Tad dans son sommeil ; il marmonna quelque chose.

Donna se laissa aller contre le dossier de son siège, et, le corps secoué de tremblements incontrôlés, pleura silencieusement. Les larmes brûlantes jaillirent de ses paupières pour couler vers ses oreilles. Jamais de sa vie elle n'avait éprouvé une telle peur, pas même quand elle était petite, la nuit, dans sa chambre, et qu'elle croyait voir des araignées partout. Elle ne pouvait pas sortir maintenant. C'était impensable. Elle se sentait trop exténuée. Ses nerfs craquaient. Mieux valait attendre, attendre une occasion plus favorable...

Mais elle ne voulait pas que cette réflexion devienne une *idée fixe*.

Il n'y aurait pas d'occasion plus favorable. Tad était ailleurs, et le chien aussi. Il fallait qu'il en soit ainsi ; en toute logique, il devait en être ainsi. Le premier fracas, puis le second quand elle avait tiré la portière et enfin le claquement de celle-ci en se refermant. Tout ceci aurait dû faire accourir l'animal s'il s'était trouvé devant la voiture. Peut-être se cachait-il dans la grange, mais la jeune femme pensait qu'il aurait perçu le bruit de là-bas. Elle en déduisait donc qu'il rôdait sûrement quelque part. Une meilleure occasion ne se représenterait pas, et si elle avait trop peur pour le faire pour elle-même, alors elle devait trouver le courage de le faire pour Tad.

Noble pensée. Mais ce qui finit par la décider fut de s'imaginer, se glissant à l'intérieur de la maison obscure des Camber, de se représenter la sensation rassurante du téléphone dans sa main. Elle se voyait déjà racontant, calmement et posément, toute la situation à l'un des adjoints du shérif Bannerman, puis raccrochant. Enfin, elle irait prendre un verre d'eau fraîche à la cuisine.

La jeune femme rouvrit la portière, préparée cette fois-ci à entendre le vacarme, mais clignant pourtant des yeux lorsqu'il se produisit. Elle injuriait le chien du fond du cœur, et espérait qu'il gisait déjà quelque part, tué par une convulsion et mangé par les mouches.

Elle extirpa ses jambes de la voiture, tellement ankylosée qu'elle grimaça de douleur. Elle posa ses tennis sur le gravier et, lentement, se leva sous le ciel d'encre.

Tout près, l'oiseau chanta : il émit trois notes et se tut.

Cujo entendit la portière se rouvrir, comme son instinct le lui avait assuré. La première fois qu'elle s'était ouverte, il avait failli bondir de devant l'auto où il reposait, dans une semi-hébétude. Il avait failli bouger pour attraper LA FEMME, responsable de la souffrance horrible qui habitait sa tête et son corps. Il était sur le point d'y aller quand son instinct lui avait commandé de rester couché sans bruit. LA FEMME essayait simplement de le faire venir, lui souffla son instinct, et il avait raison.

Lorsque la maladie s'était emparée de lui, s'enfonçant dans son système nerveux tel un feu de prairie vorace, tout en fumées gris clair et courtes flammes rosées, comme elle s'acharnait à détruire ses schémas établis de pensée et d'existence, elle avait aussi développé sa ruse. Cujo était certain d'avoir LA FEMME et LE GARÇON. Ils étaient responsables de sa douleur — à la fois de l'agonie de son corps et de la terrible souffrance qui lui ravageait la tête depuis qu'il s'était jeté encore et encore contre la voiture.

Deux fois aujourd'hui, il avait oublié LA FEMME et LE GARÇON, et était sorti de la grange par l'ouverture que Joe Camber lui avait ménagée dans la porte de la pièce du fond où il faisait ses comptes. Il était descendu jusqu'aux marais, tout au bout de la propriété des Camber, passant à chaque fois très près de l'entrée masquée par les hautes herbes de la petite grotte calcaire où se suspendaient les chauves-souris. Il y avait de l'eau dans les marais et le chien se sentait assoiffé, mais les deux fois, la vue de l'eau l'avait terrorisé. Il désirait boire l'eau ; tuer l'eau ; se plonger dans l'eau ; pisser et chier dans l'eau ; la salir ; l'étriper ; la faire saigner. Les deux fois, cette confusion de sensations l'avait fait fuir, tremblant et gémissant. Tout était la faute de LA FEMME et du GARÇON. Il ne les quitterait plus. Aucun humain ayant jamais vécu n'a rencontré chien plus fidèle et plus déterminé. Il attendrait jusqu'à ce qu'il les attrape. Il attendrait jusqu'à la fin du monde si cela s'avérait nécessaire. Il attendrait. Il monterait la garde.

C'était LA FEMME surtout. La façon dont elle le regardait comme pour dire : *Oui, oui, c'est moi, je t'ai rendue malade, c'est moi qui t'ai donné cette souffrance, je l'ai conçue exprès pour toi et maintenant elle ne te quittera plus.*

Oh, la tuer, la tuer !

Un bruit lui parvint. Un son léger mais qui n'échappa pas à Cujo ; plus rien ne pouvait désormais se dérober à son ouïe surnaturelle. Le spectre même du monde auditif lui appartenait. Il entendait les cloches du paradis et les cris rauques qui montaient de l'enfer. Dans sa folie, il percevait le réel et l'irréel.

Il s'agissait du léger bruit de petits cailloux dérapant et s'entrechoquant.

Cujo vissa son arrière-train au sol et attendit LA FEMME. Un jet d'urine, chaud et douloureux, jaillit sans même qu'il s'en rendît compte. Il attendait qu'elle se montre. À ce moment-là, il la tuerait.

Dans le rez-de-chaussée saccagé des Trenton, la sonnerie du téléphone retentit.

Elle vibra six, huit, dix fois. Puis elle se tut. Peu après, l'exemplaire de l'*Écho de Castle Rock* cogna contre la porte d'entrée et Billy Freeman poursuivit sa route en sifflant et pédalant sur sa Raleigh, son sac de toile passé en bandoulière.

Dans la chambre de Tad, la porte du placard était ouverte et une odeur de fauve, une odeur âcre, ignoble et sauvage emplissait l'air.

À Boston, la standardiste demanda à Vic Trenton s'il désirait qu'elle essayât encore. « Non, merci mademoiselle », fit-il avant de raccrocher.

Roger avait trouvé sur la télévision, la retransmission du match de base-ball que disputaient les Red Sox et, assis sur le canapé avec un sandwich et un verre de lait, il regardait les joueurs s'échauffer.

« De toutes tes habitudes, qui vont pour la plupart des plutôt choquantes aux profondément répugnantes, je crois que celle de manger en culotte est sans doute la pire, fit remarquer Vic.

— Écoutez-moi ça. » Roger prenait la chambre à témoin. « Il a trente-deux ans et appelle encore un caleçon une culotte.

— Et alors ?

— Rien… si tu vas encore passer tes après-midi au camp scout.

— Je vais te couper la gorge cette nuit même, Rog, menaça Vic avec un sourire joyeux. Tu te réveilleras baignant dans ton propre sang. Tu le regretteras, mais il sera… *trop tard !* » Il s'empara de la moitié du sandwich de son ami et le mutila en prenant un air douloureux.

« Ce n'est pas très hygiénique, protesta Roger en faisant tomber les miettes de son poitrail velu. Donna n'était pas là, hein ?

— Hon-hon. Elle est sans doute allée prendre un hamburger quelque part avec Tad. Comme je voudrais être là-bas plutôt qu'à Boston.

— Oh, réfléchis un peu, fit Roger en souriant malicieusement, demain soir nous serons à l'Apple. On prendra des cocktails sous la pendule du Biltmore…

— J'en ai rien à faire du Biltmore et de sa pendule, répondit Vic. Quiconque quitte le Maine une semaine — et pendant l'été — pour aller bosser à Boston et à New York, doit être complètement cinglé.

— Je suis bien d'accord », acquiesça le gros homme. Sur l'écran de télévision, Bob Stanley envoya une belle balle travaillée par-dessus le coin extérieur pour commencer le match. « C'est un *scandale !*

— Il n'est pas mauvais ton sandwich, Roger », déclara Vic en jetant un sourire vainqueur à son associé.

Roger saisit l'assiette et la cala contre sa poitrine. « Tu n'as qu'à t'en commander un, espèce de parasite.

— Tu as le numéro ?

— Tu fais le 681, je crois. C'est marqué sur le cadran.

— Tu ne veux pas une bière avec ? » demanda Vic en se dirigeant vers le téléphone.

Roger fit non de la tête. « J'en ai trop pris à midi. J'ai mal à la tête, mal à l'estomac, et demain matin, à tous les coups je vais avoir la chiasse. Je suis en train de découvrir la vérité, mon vieux. Je ne suis plus un gosse. »

Vic commanda un sandwich et deux canettes à la réception. Lorsqu'il eut raccroché, il se retourna vers Roger qui gardait les yeux fixés sur le téléviseur. L'assiette contenant son sandwich oscillait sur son énorme ventre ; il pleurait. Vic crut d'abord avoir mal vu ; ce devait être une illusion d'optique. Mais non, il s'agissait bel et bien de larmes. Les images en couleurs s'y réfléchissaient en petits prismes de lumière.

Vic resta un instant figé, incapable de décider s'il devait aller vers Roger ou bien se rendre de l'autre côté de la pièce pour ramasser un journal et faire semblant de n'avoir rien remarqué. Puis Roger leva vers lui un visage tremblant, décomposé, aussi vulnérable que celui de Tad quand il tombait de la balançoire et s'écorchait les genoux ou quand il prenait une bûche sur le trottoir.

« Qu'est-ce que je vais faire, Vic ? interrogea-t-il d'une voix rauque.

— Rog, mais de quoi tu parl…

— Tu le sais très bien », le coupa-t-il. Sur le terrain de Fenchway, la foule acclamait l'équipe de Boston qui venait de marquer.

« Calme-toi, Roger. Tu…

— L'affaire va se casser la gueule et nous le savons tous les deux, l'interrompit Roger. Ça pue autant qu'une boîte d'œufs qu'on a laissée quinze jours en plein soleil. Nous jouons beau jeu. On a Rob Martin avec nous. On a sans aucun doute ce pensionnaire de l'asile des vieux acteurs de notre côté. Les types de New York nous soutiendront aussi parce que ce sont eux qui nous diffusent. Tout baigne dans l'huile. Tout le monde est avec nous, sauf les gens qu'il faudrait.

— Rien n'est encore dit, Rog. Pas encore.

— Althea ne se rend pas vraiment compte à quel point ça va mal, dit Roger. C'est ma faute ; d'accord, je suis lâche et je me suis défilé. Mais elle est tellement bien à Bridgton, Vic. Elle *adore* cet endroit. Et les filles, elles ont tous leurs copains d'école ici... Le lac en été... et elles ne s'attendent absolument *pas* à ce qui nous pend au nez.

— Oui, ça fait peur. Ce n'est pas moi qui te dirai le contraire, Rog.

— Donna sait-elle à quel point ça va mal ?

— Je crois qu'au début, elle a trouvé que c'était une très bonne blague. Mais elle commence à sentir que c'est grave maintenant.

— Mais elle ne s'est jamais attachée au Maine comme le reste d'entre nous.

— Pas au début, peut-être. Mais je crois qu'elle serait horrifiée de devoir ramener Tad à New York, maintenant.

— Qu'est-ce que je vais faire ? répéta Roger. Je ne suis plus un gosse. Toi, tu as trente-deux ans, mais Vic, je vais en avoir quarante et un le mois prochain. Qu'est-ce qu'il me reste à faire ? Me présenter partout avec mon curriculum vitae ? Tu crois que J. Walter Thompson va m'accueillir à bras ouverts ? Bonjour, mon petit Rog, je t'ai gardé un vieux spot à faire. Tu commences à cent soixante-quinze dollars la journée. Il va vraiment me dire ça ? »

Vic se contenta de secouer la tête. Il se sentait pourtant légèrement irrité.

« Avant, je me mettais seulement en colère. Eh bien maintenant je suis toujours en colère, mais j'ai surtout peur. La nuit je reste allongé dans mon lit à essayer d'imaginer ce que sera demain — après. Ce que *sera* demain. Et je n'arrive pas à me le représenter. Tu me regardes et tu te dis : Roger dramatise. Tu...

— Je n'ai jamais rien pensé de tel, le coupa Vic, espérant que sa voix ne trahissait aucune culpabilité.

— Je ne te traiterai pas de menteur, répliqua Roger, mais ça fait suffisamment longtemps que je travaille avec toi pour savoir à peu près ce que tu penses. Peut-être mieux que tu ne le crois. De toute façon, je ne t'en veux pas — mais il y a une grande différence entre trente-deux et quarante et un, Vic. On prend un bon coup de vieux entre trente-deux et quarante et un ans.

— Écoute, je crois encore qu'on a une chance de s'en sortir avec ce projet...

— Ce qui me ferait plaisir, ce serait d'emporter avec moi deux douzaines de boîtes de Red Razberry Zingers à Cleveland, fit Roger, et de les leur faire bouffer dès qu'ils nous auront virés. Et je pense à quelqu'un en particulier, tu saisis ?

— Oui, je vois. » Vic tapota l'épaule de son ami.

« Et toi, qu'est-ce que tu vas faire s'il nous retire le contrat ? » lui demanda Roger.

Vic y avait déjà réfléchi. Il avait considéré cette situation éventuelle sous tous les angles imaginables. Il eût même été juste de reconnaître que cette possibilité lui était venue à l'esprit bien avant que Roger se soit senti capable de l'affronter.

« S'ils se retirent, je vais me mettre à travailler plus que je ne l'ai jamais fait de toute ma vie, répondit Vic. Trente heures par jour s'il le faut. Si je dois me mettre à courir après une soixantaine de petits contrats en Nouvelle-Angleterre pour combler le trou Sharp, je le ferai.

— On se tuerait pour rien.

— Peut-être, rétorqua Vic. Mais au moins on sera morts en se défendant. D'accord ?

— J'ai calculé, fit Roger d'un ton incertain, que si Althea se mettait à travailler, nous pourrions garder la maison encore un an. Cela nous laissera tout juste le temps de la vendre, vu les taux d'intérêt en ce moment. »

Vic sentit soudain ses lèvres le démanger de tout raconter : tout ce gâchis dans lequel Donna s'était mise simplement parce qu'elle éprouvait le besoin de croire encore qu'elle allait sur ses vingt ans. Vic en voulait confusément à Roger, Roger qui menait depuis quinze ans une vie conjugale heureuse, Roger dont le lit était réchauffé par une épouse simple et ravissante (Vic eût été surpris qu'Althea Breakstone eût même envisagé de tromper son mari), Roger qui ne se rendait absolument pas compte à quel point tout pouvait aller de travers en même temps.

« Écoute, commença Vic, jeudi j'ai reçu un mot par le courrier du soir… »

Un petit coup sec fut frappé à la porte.

« Ce doit être le garçon d'étage », fit Roger. Il saisit sa chemise et s'essuya la figure avec… les larmes ainsi séchées, il sembla brusquement impensable à Vic de parler de quoi que ce soit à son ami. Peut-être parce qu'après tout, Roger avait raison et que les neuf années qui les séparaient formaient une grande différence.

Vic se leva et alla prendre les bières et le sandwich. Il n'avait pas terminé sa phrase quand on avait frappé, mais

Roger ne lui posa aucune question. Il s'était replongé dans la partie de base-ball et ses propres problèmes.

Vic s'assit pour manger, constatant sans véritable surprise que son appétit l'avait abandonné. Son regard s'immobilisa sur le téléphone et, tout en mâchant, il refit le numéro de la maison. Il laissa sonner une douzaine de fois avant de raccrocher. Son front prit un pli légèrement soucieux. Il était vingt heures cinq minutes, l'heure du coucher de Tad venait de passer. Donna avait peut-être rencontré quelqu'un, ou alors, la maison vide leur donnant le cafard, ils étaient sortis un peu. Après tout, aucune loi ne stipulait que Tad devait être couché à huit heures sonnantes, surtout quand il faisait jour si tard et que la chaleur était si accablante. C'était sûrement ça. Ils étaient partis tuer le temps au jardin public jusqu'à ce qu'il fasse assez frais pour pouvoir dormir. Bon, très bien.

(Ou peut-être qu'elle est avec Steve Kemp.)

Quelle idée ridicule ! Elle lui avait assuré que tout était fini et il l'avait crue. Il l'avait vraiment crue. Donna ne mentait jamais.

(Et elle ne drague jamais non plus, c'est ça ?)

Vic essaya de chasser cette pensée mais en vain. Le rat était lâché et il allait le ronger pendant un bout de temps maintenant. Qu'avait-elle fait de Tad, si l'envie l'avait brusquement prise de rejoindre Steve Kemp ? Se trouvaient-ils tous les trois dans un motel entre Castle Rock et Baltimore ? Arrête ton cinéma, Trenton. Ils ont dû...

Le kiosque à musique, bien sûr. On donnait un concert dans le jardin public tous les mardis soir. Certaines fois, c'était la formation du lycée qui jouait, d'autres fois, des groupes de musique de chambre ou encore un petit orchestre de ragtime local qui s'était baptisé les Ragged Edge. Ils se trouvaient sûrement là — à profiter de la

fraîcheur du jardin et à écouter les Ragged Edge inter-
préter *Candy Man* ou *Beulah Land* de John Hurt.

(À moins qu'elle ne soit avec Kemp.)

Il vida sa première bière et entama la seconde.

Pendant trente secondes, Donna se contenta de rester
debout près de la voiture à attendre que se dissipent les
fourmis qui lui démangeaient les jambes. Elle observait
la porte du garage, certaine que si Cujo surgissait, il arriverait par là — soit par la porte de la grange, soit par l'un
des côtés, ou encore de derrière le petit camion qui à la
lumière des étoiles prenait lui-même une allure un peu
canine — gros bâtard noir et crasseux profondément
endormi.

Elle se tenait immobile, pas encore prête à se lancer.
La nuit lui souffla son haleine, de légers parfums lui rappelant le temps où elle était petite et percevait ces senteurs dans toute leur intensité sans même y prendre
garde. Le trèfle et le foin de la propriété située au bas de
la colline, l'odeur suave du chèvrefeuille.

Puis elle entendit quelque chose : de la musique. Le
son était extrêmement faible, presque imperceptible, mais
son oreille saisissait maintenant les bruits de la nuit avec
une acuité extraordinaire. *Une radio*, songea-t-elle tout
d'abord, puis elle comprit avec stupéfaction qu'il s'agissait du kiosque à musique du jardin public. Un vieil air
de jazz qu'elle parvint même à reconnaître : S*huffle off to
Buffalo. Onze kilomètres*, s'étonna la jeune femme. *Je
n'aurais jamais cru que les sons pouvaient porter si loin
— comme la nuit doit être calme ! Si calme !*

Donna se sentait pleine de vie.

Son cœur était une petite machine très puissante qui
palpitait dans sa poitrine. Le sang lui battait les tempes.

Ses yeux pivotaient sans effort dans leurs cavités humides. Ses reins paraissaient un peu lourds, mais cela n'était pas vraiment désagréable. Cette fois-ci, elle était partie pour de bon. L'idée qu'elle mettait sa *vie* en jeu, sa vie à elle, pour de vrai, exerçait sur Donna une muette et profonde fascination, un peu comme on regarde un poids énorme atteindre le degré extrême de son angle d'appui. Elle claqua la portière.

La jeune femme attendit, humant l'air tel un animal. Elle ne repéra rien. Aucun bruit n'émanait du ventre obscur de la grange. Le pare-chocs avant chromé de la Pinto brillait faiblement. De très loin, dérivaient les accords vifs et chaleureux des cuivres de la petite formation de jazz. Donna se baissa, s'attendant à entendre ses genoux craquer ; il n'en fut rien. Elle ramassa une poignée de graviers et entreprit de lancer un à un les petits cailloux par-dessus le capot de la voiture, là où elle ne pouvait pas voir.

Le premier caillou atterrit devant le museau de Cujo, fit cliqueter d'autres gravillons puis ne produisit plus aucun bruit. Cujo esquissa un mouvement de recul. La langue pendante, il semblait grimacer un sourire. La seconde pierre tomba derrière lui. La troisième l'atteignit à l'épaule. Il ne remua pas. LA FEMME essayait encore de l'attirer à découvert.

Donna, toujours debout près de l'automobile, fronça les sourcils. Elle avait entendu les deux premiers cailloux heurter le gravier. Mais le troisième… on aurait dit qu'il n'était jamais retombé. Pas le moindre cliquetis. Qu'est-ce que cela signifiait ?

Elle décida brusquement de ne courir jusqu'à la porte du porche que lorsqu'elle serait certaine que rien ne se tenait tapi devant la voiture. À ce moment-là, d'accord. Oui. Mais… juste pour s'en assurer.

Elle fit un pas. Deux. Trois.

Cujo banda ses muscles. Ses yeux rougeoyaient dans la nuit.

Elle avait accompli quatre pas. Son cœur lui martelait la poitrine.

Cujo distinguait maintenant la jambe et la hanche de LA FEMME. Elle le verrait dans un instant. Tant mieux. Il voulait qu'elle le voie.

Cinq pas la séparaient de la portière.

Donna tourna la tête. Son cou craqua comme les vieux ressorts d'une porte vitrée. Elle avait une prémonition, une certitude. Elle tourna la tête pour voir Cujo. Et il était là. Il se tenait là depuis le début, dissimulé, se cachant de la jeune femme, la guettant, planqué dans les fourrés pour l'avoir.

Ils s'entre-regardèrent un instant — les grands yeux bleus de Donna plongeant dans ceux, rouges et encrassés, de Cujo. Une fraction de seconde elle crut se voir, voir LA FEMME à travers les yeux du chien ; se voyait-il à travers les siens ?

Puis il se jeta sur elle.

Aucune paralysie cette fois-ci. Donna se déroba, tâtonnant dans son dos à la recherche de la poignée. La bête grognait, la gueule déformée par un rictus, l'écume s'écoulant entre ses crocs en épais filets. Cujo s'abattit là où aurait dû se trouver Donna, et dérapa, les pattes raidies, sur le gravier, donnant à sa victime une précieuse seconde.

Donna sentit son pouce toucher le bouton de porte, juste sous la poignée. Elle le pressa. Tira. La portière était coincée ; elle ne s'ouvrirait pas. Cujo bondit.

La jeune femme eut l'impression de recevoir un Medicine Ball sur la chair tendre et vulnérable de sa poitrine. Elle sentit ses seins s'écraser contre ses côtes — c'était horrible — puis le chien s'approcha de sa gorge et elle enfonça ses doigts dans la fourrure épaisse et rêche de l'animal pour tenter de le repousser. Donna entendait sa propre respiration s'accélérer en sifflant. La lueur des étoiles éclaira brièvement les yeux fous de Cujo — deux sombres demi-cercles. Les crocs se refermaient à quelques centimètres du visage de la jeune femme et elle respirait dans le souffle de la bête un monde de mort, de maladie fatale, de meurtre aveugle. L'image absurde des eaux usées remontant le siphon de l'évier pour maculer le plafond d'une boue verdâtre, juste avant la soirée que donnait sa mère, lui traversa l'esprit.

Elle réussit dans un effort désespéré à repousser l'animal au moment où il décollait du sol pour lui sauter de nouveau à la gorge. D'un geste affolé, elle chercha le bouton de la porte derrière elle, mais, à l'instant où elle le trouvait et allait le presser, Cujo chargea. Elle lui décrocha un coup de pied qui l'atteignit au museau, déjà très abîmé par ses attaques kamikazes de la portière. Le chien retomba sur l'arrière-train, en hurlant de douleur et de haine.

Donna retrouva le bouton, sachant pertinemment que c'était là sa dernière chance, la dernière chance de Tad. Elle appuya sur le bouton et tira de toutes ses forces sur la poignée tandis que le chien revenait, créature infernale qui reviendrait toujours, jusqu'à la mort de sa victime, ou jusqu'à la sienne. Donna avait le bras mal placé ; ses muscles forçaient à contresens et elle sentit un éclair de souffrance fuser dans le haut de son épaule droite tandis que quelque chose se déchirait. La porte s'ouvrit pourtant. Donna eut à peine le temps de s'écrouler sur son siège que le chien était sur elle.

Tad s'éveilla. Il vit sa mère, repoussée vers le milieu du tableau de bord ; il y avait quelque chose sur les genoux de sa mère ; une chose terrible et velue avec des yeux rouges, une chose qu'il connaissait bien : oh oui, c'était la bête de son placard, celle qui lui avait promis de se rapprocher petit à petit jusqu'à ce qu'elle arrive *tout près de ton lit, Tad*, et elle avait dit vrai, oui, elle était là, tout près. La Formule pour le Monstre n'avait pas marché ; le monstre était là maintenant, et il tuait sa maman. L'enfant se mit à hurler, les mains plaquées sur ses yeux.

La gueule du chien frôlait la chair nue du ventre de Donna. La jeune femme faisait tout ce qu'elle pouvait pour l'en écarter, à peine consciente des cris de son fils derrière elle. Les yeux de Cujo ne se détachaient pas des siens. Il remuait la queue de façon incongrue. Ses pattes postérieures creusaient le gravier à la recherche d'un appui lui permettant de sauter dans la voiture, mais les petits cailloux ne cessaient de se dérober.

Le chien se précipita en avant, les mains de Donna glissèrent et soudain, Cujo était en train de la *mordre*, d'enfoncer ses crocs dans l'estomac découvert de sa victime, juste en dessous des bonnets de coton blanc du soutien-gorge ; il voulait ses entrailles…

Donna émit un cri rauque et bestial, elle tenta de repousser l'assaillant à deux mains, le sang coulait sur la ceinture de son pantalon. Tenant le chien d'une main, elle chercha la poignée de la portière de l'autre. Dès qu'elle l'eut trouvée, elle referma violemment la porte sur l'animal. Plusieurs fois. Chaque coup porté dans les côtes de Cujo produisait un bruit *sourd*, comme un gros battoir frappant un tapis suspendu à une corde à linge. À chaque coup, Cujo poussait un grognement, soufflant sur la jeune femme son haleine chaude et fétide.

Cujo recula légèrement pour mieux s'élancer. Donna en profita pour refermer à nouveau la portière aussi fort qu'elle le pouvait encore. La tôle heurta cette fois-ci la tête et le cou de la bête, suscitant un craquement qui fit hurler Cujo de douleur. *Il va reculer maintenant, il va le faire, il le DOIT*, mais Cujo avança au contraire, il referma ses crocs sur la cuisse de Donna, juste au-dessus du genou, puis, d'une secousse, lui arracha un morceau de chair. La jeune femme poussa un cri perçant.

Elle claqua la portière sur le crâne du chien, à plusieurs reprises, ses hurlements se mêlant à ceux de Tad, se fondant en un monde gris et comateux pendant que Cujo lui massacrait la jambe, la transformant en autre chose, en une masse rouge, gluante et déchiquetée. La tête de l'animal était couverte de sang épais et visqueux, de sang qui à la lueur des étoiles paraissait aussi noir que celui d'un insecte. Peu à peu, Cujo reprenait du terrain ; Donna sentait ses forces décliner.

Elle tira la portière une dernière fois, sa tête retomba en arrière, sa bouche s'ouvrit en un cercle frémissant ; son visage semblait une tache livide et mouvante dans la nuit. Ce serait vraiment la dernière fois ; elle n'en pouvait plus.

Soudain, Cujo abandonna lui aussi.

Il recula en gémissant, puis tituba avant de s'effondrer sur le gravier, le corps secoué de tremblements, ses pattes battant faiblement l'air. Il se mit à frotter sa tête blessée avec sa patte antérieure droite.

Donna ferma la portière et se laissa aller contre le dossier de son siège, sanglotant doucement.

« Maman… Maman… Maman…

« — Tad… ça va…

— *Maman !*

— … ça va… »

Des mains : celles de son fils sur elle, des mains qui voletaient comme de petits oiseaux ; ses mains à elle sur le visage de l'enfant, essayant de le rassurer puis retombant.

« Maman… maison… s'il te plaît… Papa et la maison… Papa et la maison…

— Oui, Tad, on y va… on y va, je te le promets, je t'emmènerai là-bas… on y va… »

Des mots sans suite. Cela ne faisait rien. Donna se sentait sombrer dans ce monde gris et comateux, ce brouillard intérieur dont elle n'avait jamais soupçonné l'existence jusqu'à présent. Les paroles de Tad semblaient une longue suite de sons se répercutant dans une chambre d'écho. Mais tout allait bien. Tout…

Non. Tout n'allait pas bien.

Car le chien l'avait mordue…

… et il avait la rage.

Holly disait à sa sœur de ne pas se montrer ridicule et de simplement composer son numéro, mais Charity insista pour que le montant de la communication soit facturé chez elle et dut donc passer par le standard. Elle n'avait pas l'habitude d'accepter la charité, même quand il s'agissait d'un simple appel téléphonique longue distance.

La standardiste, à l'autre bout du fil, lui passa son homologue du Maine, et Charity put lui demander le numéro d'Alva Thornton, à Castle Rock. Quelques instants plus tard, le téléphone sonnait chez Alva.

« Allô, ici la ferme Thornton.

— Allô, Bessie ?

— C'est ben moi.

— C'est Charity Camber. Je t'appelle du Connecticut. Alva est dans le coin ? »

Brett était assis sur le canapé, feignant de lire un livre.

« Mince, Charity, il est pas là. Il a son bowling ce soir. Y sont tous partis jouer à Bridgton. Quelque chose qui va pas ? »

Charity avait soigneusement préparé ce qu'elle allait dire. La situation était quelque peu délicate. Comme la plupart des femmes mariées de Castle Rock (ce qui n'excluait pas forcément les autres), Bessie aimait bavarder et si elle apprenait que Joe Camber était parti traîner sans que sa femme le sache, à peine celle-ci et Brett arrivés dans le Connecticut... eh bien, cela pourrait faire un bon sujet de conversation.

« Non, rien de grave, mais Brett et moi nous faisons un peu de souci pour le chien.

— Le saint-bernard ?

— C'est cela, Cujo. Je suis chez ma sœur avec Brett pendant quelques jours, et Joe est allé à Porstsmouth pour affaires. » C'était un mensonge éhonté mais prudent ; Joe s'y rendait parfois pour acheter des pièces détachées (bénéficiant là-bas d'une franchise des taxes sur la vente) et assister aux enchères de voitures. « Je voulais simplement m'assurer qu'il avait demandé à quelqu'un de nourrir le chien. Tu sais comment sont les hommes.

— J' crois bien que Joe était là hier ou le jour d'avant », fit Bessie pas très sûre d'elle. Elle pensait en fait au jeudi précédent. Bessie Thornton était loin d'être très brillante (sa grand-tante, feu Evvie Chalmers, se plaisait à hurler à quiconque voulait l'entendre que Bessie « serait jamais capable de passer tous ces tests pour le QI, mais elle a un cœur d'or ») ; elle menait à la ferme une vie difficile et ne vivait pleinement que devant la télévision — pendant *Comment va le monde, les Médecins*, et *Tous mes enfants* (elle avait essayé *Les Jeunes et la délinquance* mais l'avait trouvé «un peu osé sur les bords»). Elle se laissait facilement émouvoir pour ces côtés du monde réel qui n'avaient rien à voir avec donner à manger et à boire aux poulets, leur envoyer de la musique, vérifier et calibrer les œufs, laver par terre, faire la lessive, la vaisselle, vendre les œufs et s'occuper du jardin. Et en hiver, elle aurait pu renseigner n'importe qui sur la date exacte de la prochaine réunion du Club d'autoneige dont Alva et elle faisaient partie.

Joe était allé ce jeudi chez Alva pour lui rapporter un pneu de tracteur qu'il venait de réparer. Joe lui rendait ce genre de service gratuitement, car les Camber achetaient tous leurs œufs chez les Thornton à moitié prix. De plus, Alva labourait tous les ans, au mois d'avril, le petit bout de terrain que Joe cultivait; aussi Camber se montrait-il ravi de réparer un pneu. C'est ainsi que cela se passe à la campagne.

Charity savait pertinemment que Joe avait porté le pneu le jeudi précédent. Elle savait aussi que Bessie confondait facilement les jours. Tout ceci la plongeait dans l'embarras. Elle pouvait demander à Bessie si Joe avait un pneu avec lui quand il était venu «hier ou le jour d'avant», et si Bessie répondait «ah oui, maintenant que tu me le dis», cela signifierait que Joe n'y était pas retourné depuis et donc n'avait pas demandé à Alva de nourrir le chien, ce qui impliquerait qu'Alva ne savait absolument rien de l'état de santé de Cujo.

Ou bien elle pouvait se contenter d'en rester là et calmer les angoisses de son fils, ce qui leur permettrait de profiter plus agréablement de leur séjour, sans avoir à penser constamment à la maison. Et puis... Charity se sentait un peu jalouse de Cujo. Mieux valait reconnaître la vérité. Cujo était en train de détourner Brett de ce qui pouvait constituer le voyage le plus important qu'il ait jamais fait. Elle voulait que son fils puisse observer un tout autre style de vie, un nouvel éventail de *possibilités*, qui lui permettrait le temps venu, dans quelques années à peine, de choisir quelle voie prendre et quelles autres abandonner; il aurait ainsi une meilleure perspective avant de prendre sa décision. Peut-être avait-elle eu tort de croire qu'elle pourrait le diriger, mais elle se devait au moins de lui donner une expérience suffisante pour qu'il puisse s'orienter tout seul.

Était-il juste que ses inquiétudes au sujet de ce sacré chien viennent gâcher tout cela?

« Charity? T'es toujours là? J' te disais que d'après moi...

— Oui, oui, j'ai entendu, Bessie. Il a sûrement demandé à Alva de nourrir le chien à ce moment-là.

— Bon, eh ben je lui poserai la question quand il sera rentré Charity. Et puis je te dirai ce qu'il en est.

— Tu serais très gentille, Bessie. Je te remercie vraiment.

— Oh! de rien.

— Merci. Au revoir. » Charity raccrocha, s'apercevant que Bessie avait oublié de noter le numéro de téléphone de Jim et Holly. Tant mieux. Elle se tourna alors vers Brett en tentant de prendre une expression naturelle. Elle ne proférerait aucun mensonge. Elle ne mentirait pas à son fils.

« Bessie a dit que ton père était allé voir Alva dimanche soir, commença-t-elle. Il a dû lui demander de s'occuper de Cujo se soir-là.

— Oh! » Brett l'observait d'un air dubitatif qui la mit mal à l'aise. « Mais tu n'as pas parlé à Alva lui-même.

341

— Non, il était parti au bowling. Mais Bessie a promis de me rappeler…

— Elle n'a pas le numéro d'ici.» Brett n'avait-il pas pris un ton légèrement accusateur ? Charity se laissait-elle abuser par ses propres remords ?

«Eh bien je la rappellerai demain matin, alors», répliqua Charity, espérant ainsi clore la conversation et calmer sa conscience par la même occasion.

«Papa leur a rapporté un pneu de tracteur la semaine dernière, fit Brett d'un ton pensif. Mrs. Thornton a peut-être confondu les jours.

— Je crois que Bessie est capable de reconnaître les jours de la semaine, quand même, rétorqua la jeune femme qui n'en pensait pas un mot. D'ailleurs, elle n'a pas parlé de pneu.

— Oui, mais tu ne lui as pas demandé.

— Vas-y, tu n'as qu'à la rappeler !» lança Charity. Une vague de fureur la submergea, de cette même colère affreuse qu'elle avait éprouvée lorsque Brett lui avait fait part de ses observations si cruellement exactes sur Holly et sa collection de cartes de crédit. À ce moment-là, l'enfant avait pris l'intonation, la façon de parler de son père, et, comme tout de suite, Charity avait eu l'impression que ce voyage ne servirait qu'à lui prouver une fois pour toutes à quel monde Brett appartenait : le garage, la ferraille et l'alcool.

«Maman…

— Non, vas-y, prends le téléphone, le numéro est sur le bloc-notes. Pense à dire à la standardiste de faire porter la communication sur notre note pour que ce ne soit pas Holly qui paye. Tu n'auras qu'à poser toutes tes questions à Bessie. Moi, j'ai fait du mieux que j'ai pu.»

C'est ça, songea-t-elle avec une ironie triste et amère.

Il n'y a pas cinq minutes, j'étais décidée à ne pas lui mentir.

Dans l'après-midi, l'énervement de la mère avait suscité celui de l'enfant. Ce soir, il se contenta de répondre calmement : « Non, ça va.

— Nous pouvons appeler quelqu'un d'autre pour qu'il monte voir, si tu veux », proposa Charity. Elle regrettait déjà son accès d'humeur.

« Qui donc ? s'enquit Brett.

— Eh bien, les frères Milliken, peut-être ? »

Brett lui jeta un regard éloquent.

« Ce n'est sans doute pas une très bonne idée, tu as raison », lui accorda Charity. L'hiver précédent, Joe Camber et John Milliken s'étaient disputés à propos du prix que demandait Joe pour une réparation qu'il avait effectuée sur la vieille Bel Air des frères en question. Les Camber et les Milliken étaient en froid depuis. La dernière fois que Charity était allée jouer au bingo (avec des haricots), au club des fermiers, elle avait croisé Kim Milliken, la fille de Freddy, et tenté d'échanger avec elle une parole aimable, mais elle n'avait rien pu en tirer. Kim était passée la tête haute, jouant celle qui ne se tapait pas la moitié des garçons du lycée de Castle Rock.

Charity se rendit soudain compte combien ils vivaient isolés, perchés sur cette colline, tout au bout de la route municipale n° 3. Elle ne put réprimer un sentiment de solitude et un léger frisson. Elle avait beau chercher, elle ne trouvait personne à qui demander de prendre une lampe électrique et de monter vérifier que Cujo se portait bien.

« Cela ne fait rien, fit mollement le petit garçon. C'est sûrement très bête de ma part. Il a dû manger une mauvaise herbe ou un truc de ce genre.

— Écoute, lui dit sa mère en lui passant le bras autour des épaules. Une chose dont je suis sûre, c'est que tu

343

n'es pas bête, Brett. J'appellerai Alva demain matin et le prierai de monter jusqu'à la maison. Je te promets de le faire dès que nous serons debout. D'accord ?

— C'est vrai, M'man ?

— Oui.

— Ça serait super. Je suis désolé de t'embêter tout le temps avec ça, mais je n'arrive pas à penser à autre chose. »

Jim passa la tête par l'embrasure de la porte. «J'ai sorti le jeu de Scrabble. Ça vous dit ?

— Moi, je veux bien, répondit Brett en se levant, si on me montre comment on joue.

— Et toi, Charity ? »

Elle sourit. «Pas tout de suite, merci. Je vais me charger de préparer du pop-corn. »

Brett suivit son oncle. Charity s'assit sur le canapé et regarda le téléphone en songeant à la crise de somnambulisme de Brett, quand il avait nourri un chien fantôme de pâtée fantôme dans la cuisine moderne de Holly.

Cujo a plus faim, plus faim.

La jeune femme sentit ses bras se raidir et elle frissonna. Nous nous occuperons demain de cette affaire, se promit-elle. Sans faute et quoi qu'il arrive. Et si le coup de fil ne suffit pas, nous rentrerons à la maison pour vérifier nous-mêmes. Tu as ma parole, Brett.

Vic composa de nouveau le numéro de chez lui, à dix heures du soir. Pas de réponse. Il réessaya à onze heures et n'obtint toujours rien ; il avait pourtant laissé sonner une bonne vingtaine de fois. Dès dix heures, il commença à s'inquiéter vraiment. À onze heures il avait véritablement peur — de quoi, il n'en savait trop rien.

Roger dormait. Vic fit le numéro dans le noir, écouta

la sonnerie retentir à l'autre bout du fil dans le noir, puis raccrocha toujours dans le noir. Il se sentait seul, perdu comme un enfant. Il ne savait que faire, que penser. Inlassablement, son esprit lui jouait la même litanie : *Elle est partie avec Kemp, partie avec Kemp, partie avec Kemp.*

La logique et la raison lui disaient pourtant le contraire. Vic se remémora tous les propos qu'il avait échangés avec Donna — il ne cessait de se répéter les phrases, écoutant mentalement les moindres nuances d'intonation. Donna et Kemp s'étaient disputés. Elle lui avait conseillé d'aller trimbaler ses bouts de papier ailleurs. C'est ce qui avait provoqué le petit *billet doux*[1] vengeur. Cela ne ressemblait pas à une scène à l'eau de rose se terminant par la fuite des deux amants.

Une dispute n'empêche pas une réconciliation, lui répliquait son esprit avec une détermination froide et implacable.

Et Tad ? Elle n'aurait sûrement pas pris Tad avec elle. D'après sa description, Kemp paraissait d'une nature plutôt violente, et, bien que Donna n'en ait rien dit, Vic avait le sentiment qu'il avait failli se passer quelque chose de très dur, le jour où elle l'avait envoyé se faire voir ailleurs.

On fait parfois de drôles de choses quand on est amoureux.

Cette partie de lui-même, étrangère et jalouse — il n'en avait jamais pris conscience avant cet après-midi dans le parc — avait réponse à tout, et, dans la nuit, le fait que la plupart de ces réponses ne tenaient pas debout ne comptait plus.

Son esprit ne cessait de le ramener à deux points cru-

---

1. En français dans le texte. (*N.d.T.*)

ciaux : Kemp d'un côté (TU NE TE POSES PAS DE QUES-
TIONS ?) ; et de l'autre la vision du téléphone sonnant si
longtemps dans leur maison vide de Castle Rock. Donna
pouvait avoir eu un accident. Elle et Tad pouvaient se
trouver à l'hôpital. Quelqu'un s'était peut-être introduit
dans la maison. Peut-être gisaient-ils assassinés dans leur
chambre. Mais si elle avait eu un accident, on l'aurait
prévenu — au bureau, on savait dans quel hôtel Roger et
lui étaient descendus. Dans l'obscurité, cette pensée ne
lui procura aucun réconfort car si *personne* n'avait
appelé, cela renforçait l'hypothèse du meurtre.

Le vol et puis le meurtre, lui susurrait une petite voix
tandis qu'il restait allongé dans le noir. Elle le ramenait
ensuite brutalement à son obsession de départ : *Partie
avec Kemp.*

Entre ces deux pôles d'attraction son esprit lui soufflait une explication plus raisonnable qui le submergeait
de colère. Donna et Tad avaient peut-être décidé d'aller
passer la nuit chez des amis et avaient simplement oublié
de l'avertir. Mais il était maintenant trop tard pour commencer à faire le tour des connaissances et leur demander si sa femme et son fils ne se trouvaient pas chez eux
sans les alarmer. Il se disait qu'il pouvait appeler le
bureau du shérif pour le prier d'envoyer quelqu'un vérifier. Mais n'était-ce pas exagéré ?

Non, répondait son esprit.

Si, répondait son esprit, *complètement.*

*Elle et Tad sont morts tous les deux, un couteau planté
dans la gorge*, disait une petite voix. *On lit ça tout le
temps dans les journaux. Cela s'est même passé à Castle
Rock, juste avant qu'on s'y installe. Le flic dingue. Frank
Dodd.*

Partie avec Kemp, lui répétait la petite voix.

À minuit, il essaya encore d'appeler, et cette fois-ci, la

sonnerie du téléphone résonnant dans le vide lui donna l'affreuse certitude qu'il se passait quelque chose. Kemp, des cambrioleurs, des tueurs, quelque chose. Il se passait quelque chose. Cela n'allait pas à la maison.

Il reposa le combiné et alluma la lampe de chevet. «Roger, dit-il. Réveille-toi.

— Hein. Mummm. Hzzzzzzz…» Roger avait posé son bras sur ses yeux, tentant de se protéger de la lumière. Il portait son pyjama à petits fanions jaunes.

«Roger! Roger!»

Le gros homme ouvrit les yeux, cligna des paupières et regarda le réveil.

«Hé, Vic, mais on est au milieu de la nuit.

— Roger…» Vic déglutit, sa gorge produisant un bruit curieux. «Roger, il est minuit et Tad et Donna ne sont toujours pas rentrés à la maison. J'ai peur.»

Roger s'assit, approcha le réveil de son visage pour vérifier les dires de son ami. Quatre heures s'étaient écoulées depuis le premier appel de Vic.

«Oh, ils ont sans doute eu la trouille de rester tout seuls à la maison, Vic. Althea emmène parfois les filles chez Sally Petrie quand je ne suis pas là. Elle dit que ça la rend nerveuse d'entendre le vent souffler sur le lac, la nuit.

— Elle aurait appelé.» La lumière allumée et la voix de Roger rendaient absurde l'idée selon laquelle Donna aurait pu s'enfuir avec Steve Kemp — Vic n'arrivait pas même à croire qu'il ait pu y penser. Ses raisonnements s'étaient envolés. Quand Donna lui avait certifié que c'était fini avec Kemp, il l'avait crue. Il la croyait toujours.

«Appelé?» demanda Roger qui ne saisissait pas encore très bien de quoi il retournait.

«Elle sait que je téléphone à la maison presque tous les soirs quand je pars. Elle aurait appelé l'hôtel et laissé un message si elle était partie pour la nuit. Althea agirait autrement ? »

Roger hocha la tête. « Non, bien sûr que non.

— Elle donnerait un coup de fil et te laisserait un message pour que tu ne t'inquiètes pas. Pour que tu ne te fasses pas le mauvais sang que je me fais en ce moment.

— Oui, mais elle a pu oublier, Vic. » Les yeux bruns de Roger trahissaient pourtant un certain trouble.

« Évidemment, répliqua Vic. Mais d'un autre côté, il a pu arriver quelque chose.

— Elle a toujours ses papiers avec elle, non ? Si elle et Tad avaient eu un accident, Dieu nous en garde, les flics auraient d'abord appelé chez toi et ensuite au bureau. La standardiste leur…

— Ce n'est pas à un accident que je pensais, l'interrompit Vic. Je me disais que… » Sa voix se mit à trembler. « Je me disais qu'elle et Tad étaient là-haut, tout seuls, et… oh, et puis merde, je ne sais pas… ça m'a fait peur, voilà tout.

— Appelle le bureau du shérif, répondit aussitôt Roger.

— Oui, mais…

— Il n'y a pas de mais. Une chose est sûre, c'est que tu ne risques pas de faire peur à Donna : elle n'est pas là. Mais, bon Dieu, si ça peut te tranquilliser l'esprit. Il n'est pas question de déclencher les sirènes et les gyrophares. Demande-leur simplement s'ils peuvent envoyer un flic pour voir si tout a l'air normal. Il y a des centaines d'endroits où elle pourrait se trouver. Et bon sang, elle est peut-être tout bêtement allée à une réunion Tupperware si agréable qu'elle ne peut plus en décoller.

— Donna a horreur de ce genre de réunion.

— Alors elle a peut-être été faire une partie de cartes

avec des copines et a perdu la notion du temps pendant que Tad dort dans une chambre d'amis.»

Vic se rappela Donna lui avouant comme elle s'était gardée de trop fréquenter les fameuses «copines» — *Je ne voulais pas faire partie de ces bonnes femmes qui se réunissent pour les ventes de charité*, lui avait-elle dit. Mais Vic ne désirait pas parler de ça à Roger ; ce sujet le rapprochait trop de Steve Kemp.

«Oui, tu dois avoir raison, convint Vic.

— Tu as une clef cachée quelque part sur place ?

— Il y en a une accrochée sous la gouttière de la véranda.

— Dis-le aux flics. Comme ça ils pourront envoyer quelqu'un qui jettera aussi un coup d'œil à l'intérieur... à moins que tu ne gardes du hasch ou de la coke chez toi et que tu préfères qu'ils n'y mettent pas le nez.

— Oh, non. Rien de ce genre.

— Alors fais-le, le pressa Roger avec impatience. Elle va sûrement t'appeler pendant qu'ils seront en route et tu te sentiras tout bête, mais parfois, ça fait vraiment du bien de se sentir bête, tu vois ce que je veux dire ?

— Ouais, fit Vic avec un pauvre sourire. Oui, je crois.»

Il décrocha une fois de plus le combiné, hésita, puis composa d'abord le numéro de chez lui. Pas de réponse. Le peu de calme que lui avait apporté Roger s'évanouit. Il demanda ensuite les renseignements et griffonna sur un bout de papier le numéro du commissariat. Il était maintenant minuit et quart, mercredi matin.

Donna Trenton était assise, les mains posées légèrement sur le volant de la Pinto. Tad avait fini par se rendormir, mais d'un sommeil agité ; il se tordait, se tournait, gémissait parfois. La jeune femme craignait qu'il ne fût en train de revivre en rêve la scène à laquelle il venait d'assister.

Elle toucha le front de l'enfant ; celui-ci marmonna quelque chose puis se dégagea. Ses paupières battirent un instant avant de se refermer. Il avait la fièvre, sans doute à cause de la tension constante qu'il avait subie, et de la peur. Donna elle aussi se sentait fiévreuse, et elle avait affreusement mal. Son ventre la faisait souffrir, mais il ne s'agissait là que de blessures superficielles, guère plus que des égratignures. Elle l'avait échappé belle. Cujo n'avait pas épargné sa jambe cependant. Les blessures, là, étaient laides et profondes (les *morsures*, précisait son esprit, comme s'il se délectait de l'horreur de la situation). Elles avaient beaucoup saigné avant de se refermer mais, bien qu'il y eût une trousse de secours dans la voiture, la jeune femme n'avait pas essayé de se faire un bandage pour arrêter l'hémorragie. Elle se doutait que, confusément, elle avait espéré que le sang laverait les blessures… cela était-il possible, ou n'était-ce que des histoires de bonnes femmes ? Elle ne le savait pas. Il y avait tant de choses qu'elle ne savait pas, tant de choses, bon Dieu.

Le temps que les plaies cessent de saigner, la cuisse de Donna et son siège étaient couverts de ce liquide rouge et visqueux. Il fallut à la jeune femme trois rouleaux de gaze pour protéger les blessures séchées. Il n'en restait plus d'autres dans la trousse. *Il faudra en remettre*, songea-t-elle, ce qui déclencha en elle une sorte de bref fou rire hystérique.

Dans l'obscurité, la chair située juste au-dessus du genou semblait une terre sombre et labourée. Les élancements qui lui transperçaient la cuisse n'avaient pas diminué depuis la morsure du chien. Donna avait avalé, sans eau, deux aspirines prises, elles aussi, dans la trousse, mais la douleur n'avait pas baissé d'un iota. De plus, elle avait un violent mal de tête, comme si on lui frottait lentement et de plus en plus fort un tas de fil de fer barbelé à l'intérieur de chaque tempe.

La moindre flexion de la jambe transformait l'élancement en un coup glacé et terrible. Donna se demandait si elle pourrait tout simplement marcher, sans parler de courir jusqu'au porche. Mais quelle importance ? Le chien gisait sur le gravier entre la voiture et la porte qui donnait sur le porche, sa tête horriblement mutilée pendant de côté... mais ses yeux ne quittant pas l'automobile. Ne quittant pas ses yeux à elle.

Intuitivement, la jeune femme ne pensait pas que Cujo allait bouger, du moins pas avant le lendemain matin, quand le soleil le chasserait dans la grange s'il faisait aussi chaud que toute la journée précédente.

« Il veut ma peau », murmura Donna entre ses lèvres boursouflées. C'était vrai. D'une certaine façon, c'était vrai. Pour des raisons connues du destin seul, ou peut-être du chien lui-même, Cujo voulait la tuer.

Lorsque la bête s'était écroulée sur l'allée, Donna était persuadée qu'elle allait mourir. Aucune créature n'aurait pu survivre aux coups de portière qu'elle lui avait assénés. Son épaisse fourrure n'avait pas suffi à amortir les chocs. L'une des oreilles du saint-bernard ne tenait plus que par un filet de chair.

Mais Cujo s'était peu à peu redressé sur ses pattes. Donna ne parvenait pas à en croire ses yeux... ne voulait pas en croire ses yeux.

« *Non !* avait-elle hurlé sans pouvoir se contrôler. *Non, couché, tu devrais être mort, couché, couche-toi et meurs, espèce de saloperie de clébard !*

— Maman, arrête, avait soufflé Tad en se tenant la tête. Tu fais mal... tu me fais du mal... »

Depuis, la situation n'avait pas évolué. Le temps avait repris son cours si lent. Donna s'était plusieurs fois assurée que sa montre marchait encore en la portant à son oreille, tant les aiguilles lui paraissaient immobiles.

Minuit vingt.

Que savons-nous de la rage, les enfants ?

Pas grand-chose. Quelques notions très vagues, sans doute tirées d'articles des suppléments week-end. Une feuille parcourue distraitement à New York chez le vétérinaire où elle avait emmené leur chatte Dinah se faire vacciner.

La rage, maladie du système nerveux. Elle attaque lentement ledit système — mais comment ? La jeune femme n'en avait aucune idée, et les docteurs non plus, probablement. Autrement cette maladie ne serait pas considérée comme aussi dangereuse. Bien sûr, se dit-elle avec un brin d'espoir, je ne suis pas vraiment sûre que le chien soit enragé. Le seul chien enragé que j'aie jamais vu est celui que Gregory Peck abat dans *Du silence et des ombres*. Mais évidemment, celui-ci n'avait pas vraiment le virus ; c'était du cinéma et il s'agissait vraisemblablement d'un pauvre chien galeux du coin qu'on avait recouvert de mousse à raser Gillette…

Mieux valait pourtant revenir à la première hypothèse, et, comme le préconisait Vic, envisager le pire, du moins pour l'instant. Et puis, elle était certaine au fond d'elle-même que le chien avait la rage — quoi d'autre pourrait expliquer un tel comportement ? Cet animal était complètement fou.

Et il l'avait mordue. Méchamment. Que fallait-il en déduire ?

Les hommes pouvaient attraper la rage, elle le savait, et c'était une mort horrible. Peut-être la pire. Il existait des vaccins et l'on arrivait à soigner cette maladie par une série de piqûres. Ces injections étaient très douloureuses, mais sans doute pas autant que le mal dont souffrait le chien, là, dehors. Pourtant…

Elle croyait se rappeler avoir lu quelque part qu'on ne connaissait que deux cas de personnes ayant survécu alors qu'on les avait soignées très tard — la maladie n'ayant été diagnostiquée qu'une fois les symptômes déclarés. L'un des survivants était un enfant qui avait complètement guéri. L'autre était un chercheur, spécialiste des animaux, qui en avait gardé des séquelles permanentes ; son système nerveux n'avait pas résisté.

Plus on attendait de se faire soigner, moins on avait de chances. Donna se passa la main sur son front qu'elle trouva glacé de sueur.

Quel était le délai limite ? Plusieurs heures ? Plusieurs jours ? Des semaines ? Un mois, peut-être ? Elle ne le savait pas.

Soudain, la voiture sembla rétrécir. Elle atteignit la taille d'une Honda, puis celle de ces curieuses petites voitures à trois roues qu'on donnait aux handicapés en Angleterre, avant de prendre les dimensions d'un habitacle de side-car pour enfin se transformer en cercueil. Un cercueil à deux places pour elle et Tad. Il fallait qu'ils sortent, sortent, *sortent…*

Sa main cherchait déjà la poignée avant même qu'elle eût le temps de se reprendre. Son cœur battait la chamade, accélérant le rythme des élancements qui lui trouaient le crâne. *Pitié*, songea-t-elle. *Je me sens suffisamment mal sans claustrophobie, pitié… pitié… pitié.*

La soif la tenaillait de nouveau, plus pénible que jamais.

Donna regarda dehors et s'aperçut que Cujo, dont le corps semblait coupé en deux par la fêlure de la vitre, ne l'avait pas quittée des yeux.

Au secours, quelqu'un, cria-t-elle silencieusement.
Pitié, au secours, pitié.

Roscoe Fisher s'était garé à l'abri de la camionnette
de Jerry lorsqu'il reçut l'appel. Il guettait soi-disant les
excès de vitesse, mais piquait en fait un petit roupillon.
À minuit et demi un mercredi matin, la route 117 était
totalement déserte. Il comptait sur le petit réveil qu'il
avait dans le crâne pour le réveiller à une heure, quand le
drive-in fermerait ses portes. Il y aurait peut-être un peu
d'animation à ce moment-là.

« Voiture trois, répondez, voiture trois. À vous. »

Roscoe sursauta, renversant un gobelet de polystyrène
qui contenait encore du café froid, sur son pantalon.

« Quelle *merde*, se lamenta Roscoe. Ah, c'est chouette,
saloperie !

— Voiture trois, vous entendez ? À vous ? »

Il saisit le micro et l'ouvrit en poussant le bouton. « Je
vous entends. » Il avait envie d'ajouter qu'ils avaient
intérêt à ne pas l'appeler pour rien car il avait maintenant
le cul qui trempait dans une mare de café froid, mais on
ne savait jamais qui contrôlait les liaisons radio... même
à minuit et demi.

« Vous devez vous rendre au 83, rue Larch, annonça
Billy. Résidence de Mr. et Mrs. Victor Trenton. Inspec-
tez les lieux. À vous.

— Raisons de l'inspection ? À vous.

— Trenton est à Boston et personne ne répond au
téléphone. D'après lui, il devrait y avoir quelqu'un. À
vous. »

Eh bien, si c'est pas le pied, ça, se dit amèrement
Roscoe Fisher. Maintenant je vais en avoir pour quatre
dollars de nettoyage et si je dois arrêter un chauffard, il

va croire que j'étais tellement excité à l'idée de l'agrafer que j'en ai pissé dans mon froc.

« J'y vais, chronométrez, fit Roscoe en démarrant sa voiture pie. À vous.

— Je mets le départ sur minuit trente-quatre, répondit Billy. Il y a une clef pendue juste sous la gouttière de la véranda, voiture trois. Mr. Trenton voudrait que vous entriez à l'intérieur, si la maison paraît vide. À vous.

— Compris. Terminé.

— Terminé. »

Roscoe alluma ses phares, descendit la grand-rue déserte de Castle Rock, passa devant le parc et son kiosque à musique au toit conique vert. Il fit grimper la colline à sa voiture puis, juste avant le sommet, prit à droite dans la rue Larch. La maison des Trenton était la deuxième à partir du coin et Roscoe songea que, de jour, ils devaient avoir une belle vue sur la ville. Il gara la Fury III sur le trottoir et sortit en refermant sans bruit la portière. La rue était obscure, profondément endormie.

Il s'immobilisa un instant, essaya en grimaçant d'éloigner de sa peau l'entrejambe humide de son pantalon d'uniforme, puis remonta l'allée. Elle était vide, de même que le petit garage situé près de la maison. Roscoe aperçut un tricycle à l'intérieur, le même que celui de son fils.

Il referma la porte du garage et se dirigea vers la véranda. Il remarqua un exemplaire de *L'Écho* gisant au pied de la porte. Le policier le ramassa et tourna la poignée de la porte qui s'ouvrit. Il pénétra sous la véranda en ayant l'impression d'être un intrus. Il posa le journal sur la balancelle et pressa la sonnette. Le carillon retentit mais personne ne se manifesta. Il sonna encore deux fois, laissant passer un intervalle de trois minutes entre les deux pour permettre à la dame de se réveiller, d'enfiler une robe de chambre et de descendre les escaliers… si la dame en question était là.

Voyant que rien ne se produisait, il essaya d'ouvrir la porte. Elle était fermée.

Le mari est parti et elle a dû rester chez des amis, pensa-t-il — mais Roscoe Fisher ne put malgré tout s'empêcher de trouver curieux qu'elle n'en ait pas averti son mari.

Le policier promena ses doigts sous la gouttière et y découvrit la clef que Vic avait rangée là, peu de temps après que les Trenton eurent emménagé. Il s'en saisit et déverrouilla la porte d'entrée — s'il avait, comme Steve Kemp cet après-midi-là, choisi la porte de service, il aurait pu rentrer directement. Comme beaucoup de gens à Castle Rock, Donna ne pensait pas souvent à fermer derrière elle quand elle sortait.

Roscoe entra. Il avait une torche électrique, mais préférait éviter de s'en servir. Cela aurait encore renforcé son sentiment d'être un intrus en infraction à la loi — un cambrioleur à l'entrejambe largement taché de café. Il chercha l'interrupteur et en trouva deux. Le premier commandait la lumière de la véranda et il s'empressa de le refermer. Celui du dessous s'avéra allumer la lampe de la salle de séjour.

Il regarda lentement autour de lui, doutant de bien voir — il crut d'abord à une illusion d'optique due à l'aveuglement provoqué par la lumière ou quelque chose de ce genre. Mais la scène resta telle quelle, et Roscoe sentit son cœur battre plus vite.

Ne toucher à rien, songea-t-il. *Quel fouillis pas possible.* Il avait oublié le café renversé sur son pantalon, l'impression d'être un intrus. Il avait peur et se sentait tout excité.

Il s'était passé quelque chose, aucun doute. On avait

356

saccagé la salle de séjour. Le sol était couvert de morceaux de verre provenant d'une vitrine fracassée. Les meubles étaient renversés. Les livres gisaient un peu partout dans la pièce. Le grand miroir surmontant la cheminée avait été brisé — *sept ans de malheur*, se dit Roscoe qui se mit brusquement et sans motif apparent à penser à Frank Dodd avec qui il avait si souvent patrouillé. Frank Dodd, ce sympathique petit flic de province qui était en fait un maniaque ayant assassiné des femmes et des enfants. Roscoe sentit la chair de poule le parcourir. Ce n'était ni le moment ni l'endroit de penser à Frank Dodd.

Il traversa la salle à manger — où tout ce qui se trouvait sur la desserte avait été balayé — en évitant soigneusement les débris. Un tableau pire encore l'attendait dans la cuisine. Un frisson glacé lui remonta l'échine. Un fou était passé par là. Les portes du placard servant de bar étaient grandes ouvertes et quelqu'un avait pris la cuisine pour un jeu de massacre dans une fête foraine. Le sol disparaissait sous les casseroles et une matière blanche semblable à de la neige mais qui devait être de la lessive.

Sur le pense-bête, tracé à la va-vite en grosses lettres capitales, on pouvait lire :

JE T'AI LAISSÉ QUELQUE CHOSE LÀ-HAUT, MON CHOU.

Roscoe Fischer n'eut soudain plus du tout envie de monter à l'étage. Il n'aurait voulu pour rien au monde devoir monter là-haut. Il avait participé à trois nettoyages des carnages que Frank Dodd avait laissés derrière lui et notamment lorsqu'on avait découvert le corps de Mary Kate Hendrasen, violée puis assassinée dans le kiosque à musique du jardin public. Il ne voulait plus jamais revoir une chose pareille... mais imaginez que la femme se trouve là-haut, tuée d'un coup de fusil, poignardée ou étranglée ? Roscoe avait déjà vu pas mal d'horreurs sur le bord des routes et avait même fini par s'y habituer. Deux ans auparavant, pendant l'été, Billy, le shérif Bannerman et lui avaient dû retirer les morceaux d'un homme tombé dans une trieuse de pommes de terre, et franchement, ce n'était pas beau à voir. Mais il n'avait plus été confronté à un meurtre depuis celui de la fille Hendrasen et priait pour que cela n'arrive pas cette nuit.

Il ne sut pas s'il devait se sentir soulagé ou écœuré par ce qu'il découvrit sur le dessus-de-lit des Trenton.

Roscoe retourna à sa voiture et appela le commissariat.

Lorsque la sonnerie du téléphone retentit, Vic et Roger se tenaient tous les deux devant la télévision, silencieux et fumant cigarette sur cigarette. On passait la première version de *Frankenstein*. Il était une heure vingt.

Vic saisit le combiné avant même que la première sonnerie ne se tût. « Allô ? Donna ? C'est…

— C'est bien Mr. Trenton ? fit une voix masculine à l'autre bout du fil.

— Oui ?

— Ici le shérif Bannerman, Mr. Trenton. Je crains d'avoir d'assez mauvaises nouvelles à vous annoncer. Je suis déso…

— Sont-ils morts ? » demanda Vic. Il éprouvait soudain la sensation de n'être plus qu'en deux dimensions, de ne plus exister vraiment, pas plus que les visages de ces figurants entrevus à l'arrière-plan d'un vieux film comme celui qu'il était en train de regarder avec Roger. La question fut proférée sur le ton de la conversation. Du coin de l'œil, Vic aperçut l'ombre de Roger qui se levait vivement. Cela n'avait aucune importance. Mais rien d'autre n'en avait non plus. Pendant les quelques secondes écoulées depuis qu'il avait décroché, il avait eu le temps de contempler son existence et de se rendre compte que tout n'était que trucages et faux-semblants.

« Mr. Trenton, l'agent Fisher a reçu l'ordre d'aller…

— Arrêtez vos conneries et répondez à ma question. Sont-ils morts ? » Il se tourna vers Roger dont le visage interrogateur avait pris une teinte grisâtre. Derrière lui, sur l'écran, les ailes factices d'un moulin tournaient contre un ciel faux lui aussi. « Tu as une cigarette, Rog ? »

Roger lui en tendit une.

« Vous êtes toujours là, Mr. Trenton ?

— Oui. Sont-ils morts ?

— Nous ne savons absolument pas où peuvent se trouver votre femme et votre fils actuellement », répondit Bannerman. Vic sentit brusquement ses entrailles reprendre leur place. Le monde regagna un peu de ses couleurs habituelles. Vic se mit à trembler, la cigarette encore éteinte tressauta entre ses lèvres.

« Que se passe-t-il ? Que savez-vous ? Vous disiez que vous êtes Bannerman ?

— Le shérif du comté de Castle, oui. Et je vais essayer de vous décrire la situation, si vous m'en laissez le temps.

— Bon, d'accord. » Vic était effrayé maintenant. Tout allait trop vite.

« L'agent Fisher a reçu l'ordre d'aller inspecter chez vous, au 83, rue Larch, à minuit trente-quatre exactement et sur votre demande. Il assure qu'il n'y avait de voiture ni dans l'allée ni dans le garage. Il a sonné plusieurs fois à la porte d'entrée, et, ne recevant pas de réponse, a pénétré à l'intérieur en se servant de la clef accrochée sous la gouttière. Il a trouvé la maison complètement saccagée. Meubles retournés, bouteilles d'alcool fracassées, de la lessive déversée sur le sol et les éléments de la cuisine…

— Bon Dieu, Kemp», murmura Vic. Ses pensées tourbillonnantes s'arrêtèrent sur le message : TU NE TE POSES PAS DE QUESTIONS ? Il se rappela avoir pensé que cette note, sans tenir compte du reste, témoignait d'un esprit des plus inquiétants. Une vengeance pareille pour avoir été laissé tomber. Qu'avait fait Kemp maintenant ? Qu'avait-il fait à part prendre leur maison pour un champ de bataille ?

« Mr. Trenton ?

— Je suis là. »

Bannerman s'éclaircit la gorge, comme s'il éprouvait quelques difficultés à raconter la suite. « L'agent Fisher est monté à l'étage. Là, rien n'avait été touché, mais il a découvert des traces de… heu, d'un liquide blanchâtre, probablement du sperme, sur le couvre-lit de la grande chambre. » Puis, faisant une ellipse involontairement comique, il ajouta : « Il ne semblait pas qu'on ait dormi dans le lit.

— Où est ma femme ? hurla Vic dans le combiné. Où est mon fils ? Vous ne savez vraiment rien ?

— Calme-toi », dit Roger en lui posant la main sur l'épaule. C'était facile à dire pour lui. Sa femme dormait paisiblement dans son lit. Ses jumelles dans le leur. Vic repoussa la main.

« Mr. Trenton, tout ce que je peux vous dire pour l'instant c'est qu'une équipe d'inspecteurs de la police d'État est sur l'affaire et que mes hommes les aident dans leur enquête. Ni votre chambre ni celle de votre fils ne semblent avoir été dérangées.

— À part le foutre sur notre lit vous voulez dire », rétorqua brutalement Vic ; Roger tressaillit comme sous une gifle. Sa bouche s'ouvrit, béante.

« Oui, eh bien, c'est cela. » Bannerman semblait embarrassé. « Mais je voulais vous dire qu'il n'y avait aucun

signe de… heu, violence perpétrée contre une ou plusieurs personnes. Il ne s'agit apparemment que de pur
vandalisme.

— Où sont Donna et Tad alors ? » La dureté se muait
en totale confusion et Vic sentait la brûlure des larmes de
petit garçon au coin de ses yeux.

« Pour le moment, nous n'en avons aucune idée. »

Kemp… mon Dieu, et si c'est Kemp qui les garde ?

Pendant une fraction de seconde, il entrevit une image
troublante du rêve qu'il avait fait la nuit précédente :
Donna et Tad se cachant sur leur corniche, menacés par
une horrible bête. La vision s'évanouit.

« Si vous avez le moindre soupçon concernant l'auteur
de tout ceci, Mr. Trenton…

— Je file à l'aéroport et louerai une voiture là-bas,
déclara Vic. Je serai là vers cinq heures.

— Oui, Mr. Trenton, répondit patiemment Bannerman.
Mais si la disparition de votre femme et de votre fils a
quelque chose à voir avec cet acte de vandalisme, gagner
du temps nous serait très précieux. Si vous pensez seulement à quelqu'un qui pourrait vous en vouloir, à vous et
à votre femme, que vous ayez des preuves ou simplement des impressions…

— Kemp », lâcha Vic d'une voix faible et étranglée.
Il ne put retenir les larmes plus longtemps. Elles venaient.
Il les sentait couler le long de ses joues. « C'est Kemp
qui a fait ça, je suis sûr que c'est Kemp. Oh, bon sang, que
va-t-il faire d'eux, si c'est lui qui les retient ?

— Qui est ce Kemp ? » interrogea Bannerman. Sa
voix ne laissait plus transparaître le moindre embarras ;
elle était maintenant sèche et autoritaire.

Vic prit le combiné dans sa main droite, de l'autre, il
se masqua les yeux, oubliant ainsi Roger, oubliant la
chambre d'hôtel, le son de la télévision, tout ce qui l'en-

tourait. Il se retrouvait seul, plongé dans l'obscurité, ne percevant plus que le tremblement de sa propre voix et le glissement humide des larmes sur sa peau.

« Steve Kemp, répondit-il. Steve Kemp. Il tient une boutique de décapage de meubles en ville. Mais il est parti maintenant. Enfin, ma femme m'a dit qu'il était parti. Lui et ma femme... Donna... ils... ils ont... enfin ils ont eu une liaison. Ils ont couché ensemble. Ça n'a pas duré longtemps. Elle lui a dit que c'était fini. Je l'ai découvert parce que j'ai reçu une lettre... une lettre très sale. Je suppose qu'il voulait se venger. Je pense qu'il n'a pas apprécié du tout de se faire larguer. Tout cela, la maison... ça ressemble à une version amplifiée de son message. »

Il se frotta les paupières en appuyant si fort qu'il ne distingua plus qu'un univers d'étoiles rouges qui explosaient.

« Peut-être qu'il aurait préféré voir notre mariage craquer. Ou peut-être qu'il s'est simplement... foutu en rogne. Donna m'a dit qu'il se mettait toujours dans cet état-là quand il perdait un match de tennis. Qu'il était du genre à ne même pas vouloir serrer la main du gagnant par-dessus le filet. Le tout est de savoir... » Sa voix s'éteignit brusquement et il dut se racler la gorge pour la faire revenir. Il avait l'impression d'avoir la poitrine prise dans une bande qui se resserrait, se desserrait puis se contractait de nouveau. « Le tout est de savoir jusqu'où il peut aller. Il a très bien pu les emmener, Bannerman. Il en est capable d'après ce que je sais de lui. »

Il y eut un silence à l'autre bout du fil ; enfin, pas vraiment un silence. Le grattement d'un crayon sur du papier. Roger remit sa main sur l'épaule de Vic qui cette fois l'accepta avec reconnaissance. Il avait soudain très froid.

« Mr. Trenton, avez-vous la lettre que Steve Kemp vous a envoyée ?

— Non, je l'ai déchirée. Je suis désolé mais à ce moment-là…

— Était-elle par hasard écrite en lettres capitales ?

— Oui, oui, c'est ça.

— L'agent Fisher a trouvé un message écrit en lettres capitales sur le petit tableau de la cuisine. Il disait : Je t'ai laissé quelque chose là-haut, mon chou. »

Vic émit un léger grognement. Le dernier espoir qu'il pouvait s'agir de quelqu'un d'autre — d'un voleur ou d'une bande de gosses — s'envolait en fumée. Va voir là-haut ce que je t'ai laissé sur le lit. C'était signé Kemp. La phrase du tableau n'aurait pas déparé la lettre de Kemp.

« Le message semble indiquer que votre femme ne se trouvait pas là quand il l'a écrit », fit remarquer Bannerman, mais aussi troublé qu'il fût, Vic perçut la fausse note dans le ton du shérif.

« Elle a pu rentrer avant qu'il soit parti, et vous le savez aussi bien que moi, rétorqua Vic sombrement. Rentrer de courses ou de faire réparer son carburateur chez le garagiste. N'importe quoi.

— Savez-vous quelle voiture conduit Kemp ?

— Je ne crois pas qu'il ait de voiture, plutôt un fourgon.

— Quelle couleur ?

— Je ne sais pas.

— Mr. Trenton, je vous propose de revenir de Boston. Et si vous louez une voiture, je vous conseille d'être prudent. Ce ne serait vraiment pas malin si on retrouvait votre petite famille en parfaite santé et que vous vous tuiez sur la route en arrivant.

— Oui, d'accord. » Vic ne voulait conduire nulle part,

ni vite, ni lentement. Il n'avait qu'un désir : se cacher. Et plus encore, il aurait aimé se retrouver six jours en arrière.

« Encore une chose, monsieur.

— Oui, quoi ?

— En chemin, essayez de dresser mentalement la liste des amis et connaissances de votre femme dans le coin. Il est encore tout à fait possible qu'elle soit allée passer la nuit chez des amis.

— Bien sûr.

— Pour l'instant, le plus important est qu'il n'y ait aucune trace de violence.

— Et le rez-de-chaussée complètement foutu en l'air, répliqua Vic, vous n'appelez pas ça de la violence ?

— Oui, reconnut Bannerman, mal à l'aise. Bon.

— J'arrive, conclut Vic avant de raccrocher.

— Vic, je suis vraiment désolé », déclara Roger.

Vic évita le regard de son vieil ami. *Porter les cornes*, songea-t-il. *C'est bien ce qu'on dit, non ? Maintenant Roger sait que j'ai des cornes.*

« Ça va, dit Vic en commençant de s'habiller.

— Tous ces problèmes… Et tu es quand même venu avec moi ?

— Ça aurait servi à quoi de rester à la maison ? s'enquit Vic. Ça s'est passé. Je … je ne l'ai appris que jeudi. Je pensais… qu'un peu d'éloignement… le temps de réfléchir… un peu de recul… oh et puis je ne sais plus à quoi j'ai pu penser encore. Voilà le résultat.

— Ce n'est pas de ta faute, s'empressa de souligner Roger.

— Au point où j'en suis, je ne sais plus très bien ce qui est de ma faute et ce qui ne l'est pas, Rog. Je suis inquiet pour Donna et penser à Tad me rend complètement fou. Tout ce que je veux, c'est être là-bas, et foutre la main sur ce salaud de Kemp. Je… » Le ton de sa voix était monté avant de retomber brusquement. Ses épaules s'affaissèrent. Il parut un instant épuisé, vieux et presque à bout de forces. Il se dirigea vers la valise ouverte sur le sol et se mit en quête de vêtements propres. « Appelle l'agence Avis à l'aéroport et loue-moi une auto, tu veux bien ? Mon portefeuille est sur la table de nuit. Ils demandent le numéro de la carte American Express.

— Je la retiens pour nous deux. Je rentre avec toi.

— Non.

— Mais…

— Il n'y a pas de mais. » Vic enfila une chemise bleu marine. Il l'avait déjà boutonnée à moitié quand il s'aperçut qu'il s'était trompé de boutonnière et que les pans ne se trouvaient pas l'un en face de l'autre. Il recommença. Il se mettait en mouvement et l'action lui faisait du bien mais la sensation d'irréalité n'avait pas encore disparu. Des plans de cinéma lui traversaient encore la tête, plans où le marbre n'est en fait que du papier adhésif, où toutes les pièces se terminent juste après la limite du champ de la caméra, où quelqu'un rôde toujours, une claquette à la main. Scène 41, Vic convainc Roger de continuer à bosser, premier plan. Il était acteur et tout ceci n'était qu'un film complètement absurde. Mais il se sentait indéniablement mieux depuis qu'il s'agitait.

« Hé, mon vieux…

— Roger, cette histoire ne change rien à la situation d'Ad Worx par rapport à la compagnie Sharp. Si je suis venu quand même après avoir appris au sujet de Donna et ce type, c'est en partie parce que je voulais faire bonne figure — je crois que personne n'aurait envie de faire savoir que sa femme fricote ailleurs — mais c'est surtout parce que je suis conscient que ceux dont nous avons la charge doivent bouffer même si ma femme décide de se taper un autre mec.

— Calme-toi, Vic. Arrête de te torturer avec ça.

— J'ai peur de pas pouvoir y arriver, répondit Vic. Même maintenant, j'ai peur de ne pas pouvoir y arriver.

— Et moi, je ne peux pas aller à New York comme si de rien n'était !

— Il ne s'est rien passé pour autant qu'on sache. Les flics n'ont pas arrêté d'insister là-dessus. Tu *peux* continuer. Tu peux régler cette affaire. Peut-être qu'on en tirera rien du tout au bout du compte, mais… il faut *essayer*, Roger. Il n'y a pas trente-six solutions. Et puis, tu ne pourrais rien faire de vraiment utile dans le Maine.

— Bon sang, tout ça ne me dit rien, ne me dit rien du tout.

— Mais non. Je t'appelle au Biltmore dès que j'ai du nouveau. » Vic remonta la fermeture Éclair de son pantalon et enfila ses mocassins. « Appelle Avis maintenant, s'il te plaît. Je prendrai un taxi en bas pour aller jusque là-bas. Tiens, voilà mon numéro de carte de crédit. »

Il l'inscrivit sur un morceau de papier et Roger le regarda silencieusement passer son manteau puis se diriger vers la porte.

« Vic », commença Roger.

Vic se retourna et Roger l'étreignit maladroitement mais avec une force inattendue. Vic le serra à son tour, pressant sa joue contre l'épaule de son ami.

« Je prie pour que tout se passe bien, fit le gros homme d'une voix rauque.

— Moi aussi », répondit Vic avant de sortir.

L'ascenseur émit un léger bourdonnement en descendant — *il ne bouge pas vraiment*, songea Vic. *Un simple effet sonore.* Deux ivrognes se soutenant mutuellement pénétrèrent dans la cabine au moment où il en sortait. *Des figurants*, pensa-t-il.

Il s'adressa au portier — encore un figurant — et cinq minutes plus tard, un taxi s'approchait du vélum bleu de l'hôtel.

Le chauffeur du taxi était un Noir plutôt taciturne. Sa radio diffusait les programmes d'une station de musique *soul* sur la bande MF. Les Temptations chantèrent *Power* pendant un temps qui parut très long à Vic tandis que la voiture le conduisait à l'aéroport en traversant des rues pratiquement désertes. *Ça ferait un décor de cinéma super*, se dit Vic. Les Temptations furent enfin remplacés par un programmateur au ton enjoué et syncopé qui donna les prévisions météorologiques. Il avait fait chaud hier, mais vous n'aviez encore rien vu, les mecs. Aujourd'hui serait le jour le plus chaud de l'été, ce serait peut-être même un record. Altitude Lou McNally, notre grand spécialiste météo, annonçait des températures atteignant trente-huit degrés demain à l'intérieur des terres et pas beaucoup moins sur la côte. Des masses d'air chaud venant du sud s'étaient installées sur la Nouvelle-Angleterre qui resterait soumise de façon durable à un régime anticyclonique. « Alors, un petit conseil à la page, passez la journée à la plage, concluait le programmateur de sa voix rythmée. J' crois que ça va pas être le pied d' passer la journée enfermé. Suivez donc l'exemple de Michel Jackson. Lui s'en va *Off the Wall* [1]. »

Ces prévisions météorologiques ne signifiaient pas grand-chose pour Vic, mais elles auraient encore accentué l'état de terreur dans lequel se trouvait Donna si elle en avait eu connaissance.

---

1. Loin des murs. (*N.d.T.*)

De même que la veille, Charity s'éveilla peu avant l'aube. Elle prêta l'oreille instinctivement, et un instant ne sut pas vraiment ce qu'elle cherchait à percevoir. Puis elle se rappela brusquement : le craquement du plancher. Des bruits de pas. Elle écoutait pour savoir si son fils allait se relever.

Mais la maison restait silencieuse.

Charity se leva, s'approcha de la porte et jeta un coup d'œil dans le couloir. Il était vide. Après une minute de réflexion, elle se dirigea vers la chambre de Brett et regarda à l'intérieur. Seule dépassait des draps une mèche de cheveux de l'enfant. S'il avait eu une crise, c'était avant le réveil de sa mère. Il semblait maintenant profondément endormi.

Charity retourna dans sa chambre et s'assit sur le lit, observant la mince ligne blanche qui se dessinait à l'horizon. Elle savait que sa décision était prise. Mystérieusement, en secret, pendant qu'elle dormait. Elle se sentait maintenant capable, dans la lueur froide et blafarde du petit jour, d'examiner ce qu'elle venait de décider, d'en évaluer le prix.

Il lui vint à l'esprit qu'elle ne s'était pas confiée à sa sœur Holly comme elle aurait cru le faire. Elle en avait eu envie jusqu'à l'épisode des cartes de crédit, au déjeuner de la veille. Ensuite, le soir, Holly n'avait cessé de dire à son aînée combien coûtait ceci et cela — la Buick quatre portes, la télévision couleurs Sony, le parquet de l'entrée. On eût dit que dans son esprit chacun de ces objets portait toujours une étiquette invisible indiquant son prix.

Charity aimait sa sœur avec la même tendresse. Holly avait bon cœur, elle était impulsive, chaleureuse et affectueuse. Mais sa façon de vivre l'avait contrainte à refuser certaines vérités implacables concernant l'enfance pauvre qu'elle avait menée dans la campagne du Maine avec Charity, des vérités qui étaient plus ou moins responsables du mariage de sa sœur avec Joe Camber alors que la chance — la même que celle à qui Charity devait son billet de loterie gagnant — lui avait permis de rencontrer Jim et d'échapper pour toujours à cette vie de rustres.

Charity craignait qu'en avouant à sa sœur qu'elle avait essayé d'obtenir la permission de Joe pendant des *années* pour pouvoir venir, que le voyage n'avait pu s'effectuer que grâce à une stratégie plutôt primaire de sa part et que même ainsi, elle avait failli se faire fouetter à coups de ceinture…, elle craignait qu'en avouant ces choses à Holly, celle-ci, révoltée, ne se mette en colère au lieu de lui apporter réflexion et réconfort. Pourquoi en colère ? Peut-être parce qu'au fond d'elle-même, là où les Buick, les télés couleurs à tube Trinitron et les parquets de bois ne parvenaient plus à produire leur effet rassurant, Holly se rendait compte qu'elle avait frôlé un mariage similaire, une *vie* similaire.

Charity n'avait rien dit, car sa sœur s'était retranchée dans sa vie de bonne bourgeoise citadine comme un soldat de garde dans un abri couvert. Elle avait préféré se taire parce que la colère et la révolte ne pouvaient résoudre ses problèmes. Parce que personne n'aime jouer les bêtes curieuses passant ses jours, ses semaines, ses mois et ses années avec un homme déplaisant, taciturne et parfois effrayant. Charity s'était aperçue qu'il s'agissait là de choses dont on ne parlait pas. La honte ne constituait pas une explication. Il valait parfois mieux — par gentillesse — garder une façade.

Et surtout, elle n'avait rien dit parce que cela ne regardait qu'elle. Ce qui se passait avec Brett était son problème… et de plus en plus, au cours de ces deux derniers jours, elle en était venue à penser que l'avenir de l'enfant dépendrait moins, au bout du compte, d'elle et de Joe que de Brett lui-même.

Charity ne divorcerait pas. Elle continuerait à mener sa petite guérilla contre Joe pour garder son fils… essayer de faire pour le mieux. Sa peur de voir Brett chercher à imiter son père lui avait fait oublier — ou négliger — qu'un jour venait où les enfants se mettaient à juger leurs parents — le père comme la mère — et la société qui les entoure. Brett avait remarqué l'ostentation avec laquelle Holly montrait ses cartes de crédit. Charity espérait simplement qu'il remarquerait aussi que son père mangeait avec son chapeau vissé sur la tête… entre autres choses.

Le soleil se levait. La jeune femme prit sa robe de chambre accrochée derrière la porte et l'enfila. Elle aurait voulu prendre une douche mais n'osait le faire tant que les autres ne seraient pas debout. Des étrangers. Voilà ce qu'ils étaient pour elle. Même le visage de Holly lui apparaissait maintenant presque inconnu; il ne ressemblait plus beaucoup à celui des clichés que Charity avait apportés avec elle… Holly elle-même avait eu visiblement du mal à se reconnaître sur les albums.

Ils retourneraient à Castle Rock, dans cette maison située tout au bout de la route municipale n° 3, près de Joe. Elle reprendrait le fil de sa vie et les choses suivraient leur cours. Cela vaudrait mieux.

Elle se rappela qu'elle devait téléphoner à Alva juste avant sept heures, pendant qu'il prendrait son petit déjeuner.

Six heures venaient de passer et le jour était déjà lumineux quand Tad eut des convulsions.

Il s'était réveillé d'un sommeil apparemment profond vers cinq heures quinze et avait tiré Donna de sa somnolence en se plaignant d'avoir faim et soif. Comme s'il venait de presser un petit bouton à l'intérieur d'elle-même, Donna s'était aperçue pour la première fois qu'elle aussi mourait de faim. La soif ne l'avait pour ainsi dire pas quittée, mais la jeune femme ne se rappelait pas vraiment avoir pensé à la nourriture depuis la veille au matin. Elle se sentait maintenant une faim de loup.

Elle rassura Tad comme elle put, prononçant des phrases creuses qui désormais ne signifiaient plus rien pour elle — que quelqu'un allait venir, qu'on emmènerait le méchant chien, qu'ils seraient sauvés.

L'idée de nourriture lui paraissait soudain beaucoup plus tangible.

Le petit déjeuner par exemple, prenez le petit déjeuner : deux œufs sur le plat, bien cuits s'il vous plaît, garçon. Des tartines. Un grand verre de jus d'orange tout frais, tellement glacé que le verre en serait tout humide. Du bacon. Des céréales arrosées de crème fraîche et parsemées d'airelles — de nainelles, comme disait son père, encore une de ces absurdités loufoques qui mettaient sa mère hors d'elle.

Donna sentit son estomac produire un gargouillement et Tad éclata de rire. Le son de ce rire tellement inattendu l'étonna et la ravit. Il évoquait une rose s'épanouissant sur un tas d'ordures ; Donna sourit à son fils, se faisant mal aux lèvres.

« T'as entendu ça ?

— Je crois que tu as bien faim toi aussi.

— Eh bien je ne refuserais pas un œuf dur si on m'en envoyait un. »

Tad poussa un grognement et ils s'esclaffèrent tous les deux. Dehors, Cujo avait redressé les oreilles. Il gronda en percevant leurs éclats de rire. Le chien fit mine de se lever, dans le but peut-être de charger de nouveau la voiture, puis se rassit péniblement sur son arrière-train, la tête pendante.

Donna éprouvait cette sensation de légèreté et d'optimisme qui accompagnait presque toujours le lever du jour. Cette aventure allait se terminer bientôt ; le pire était passé. Les éléments avaient joué contre eux, mais tôt ou tard la chance tournerait.

Tad semblait redevenir le petit garçon qu'elle connaissait. Trop pâle, durement éprouvé et extrêmement fatigué malgré ses heures de sommeil, mais c'était bien Taddy à ne pas s'y tromper. Donna le serra contre elle, il lui rendit son étreinte. La jeune femme ne sentait presque plus sa douleur au ventre quoique les griffures et écorchures soient boursouflées et enflammées. L'état de sa jambe avait empiré, mais elle avait découvert qu'elle pouvait la plier, même si cela la faisait souffrir et réveillait l'hémorragie. Elle garderait une cicatrice.

Tous deux discutèrent pendant encore une quarantaine de minutes. Donna, cherchant un moyen de garder Tad éveillé et aussi de faire passer le temps plus vite, proposa de jouer au jeu des vingt questions. L'enfant accepta avec joie. Il n'avait jamais su se lasser de ce jeu et son problème était généralement d'arriver à décider ses parents d'y jouer avec lui. Ils en étaient à leur quatrième partie quand Tad eut ses convulsions.

Donna avait deviné depuis cinq questions déjà que le sujet à découvrir était Fred Redding, un petit copain de Tad, mais elle faisait traîner un peu les choses.

« A-t-il des cheveux roux ?

— Non, il a… il a… il a… »

Tad se débattait soudain pour reprendre son souffle. Le manque d'air le faisait hoqueter et râler ; Donna sentit la peur lui monter à la gorge avec un goût amer et métallique.

« Tad ? *Tad ?* »

Le petit garçon suffoquait. Il porta la main à son cou, y imprimant des marques rouges. Ses yeux roulèrent dans leurs orbites, ne montrant plus que le bas de l'iris et un blanc légèrement luisant.

« *Tad !* »

Donna saisit son fils et se mit à le secouer. La pomme d'Adam de l'enfant montait et descendait tel un petit ours mécanique sur un bâton. Ses bras frappèrent désespérément l'air puis il s'agrippa de nouveau la gorge comme pour l'arracher. Il commença d'émettre des sons étranglés et bestiaux.

Oubliant complètement où elle se trouvait, Donna s'accrocha à la poignée de la portière, la tira et ouvrit la porte comme si tout ceci se passait sur un parking de supermarché et qu'elle pouvait appeler à l'aide.

Cujo se leva aussitôt. Il bondit sur la voiture avant même que la portière ne fût ouverte à moitié, ce qui sauva sans doute Donna d'une mort certaine. La bête heurta la tôle qui venait à sa rencontre, fut projetée en arrière et revint à l'assaut avec un grognement terrible. Elle lâcha sur le gravier des excréments presque liquides.

Donna referma la portière en poussant un hurlement. Cujo s'abattit une fois de plus sur le flanc de la Pinto, enfonçant encore un peu plus la tôle. Il recula puis se précipita sur la vitre, l'atteignant avec un craquement sinistre. La fêlure de la vitre sembla soudain se ramifier en une douzaine de petits canaux. L'animal sauta une fois encore et le verre Sécurit s'étoila complètement, tenant encore mais commençant à montrer des signes de fléchissement. Le monde extérieur disparut brusquement derrière un voile lactescent.

S'il revient...

Mais Cujo abandonna, attendant de voir ce qu'allait faire Donna.

Elle se tourna vers son fils.

Le corps du petit garçon était agité de spasmes, comme si l'enfant subissait une crise d'épilepsie. Il arquait le dos. Son derrière se soulevait hors du siège, retombait, se dressait de nouveau, s'effondrait. Son visage prenait une teinte violacée. Les veines saillaient sur ses tempes. Donna avait été secouriste pendant trois ans, ses deux dernières années de lycée et la première année de fac ; elle savait donc ce qui était en train de se passer. Tad n'avait pas avalé sa langue ; quoi qu'en puissent dire les romans policiers les plus mélodramatiques, c'était rigoureusement impossible. Mais sa langue avait glissé à l'intérieur de sa gorge et bloquait la trachée. Tad étouffait sous les yeux de sa mère.

De la main gauche, elle saisit le menton de l'enfant et lui ouvrit la bouche en grand. La panique rendait ses gestes précipités et Donna entendit claquer les tendons de la mâchoire. Elle alla chercher avec ses doigts le bout de la langue enfoncé très loin dans la cavité buccale, là où perceraient ses dents de sagesse s'il en avait un jour. La jeune femme essaya de l'attraper mais n'y parvint pas ; il était aussi glissant qu'un bébé anguille. Elle s'efforça de coincer le bout récalcitrant entre son pouce et son index, sentant à peine le rythme incroyablement rapide de son cœur dans sa poitrine. *Je vais le perdre*, pensa-t-elle. *Oh mon Dieu, je vais perdre mon fils.*

Les dents de Tad se refermèrent brutalement sur les doigts de sa mère, les faisant saigner en même temps que ses pauvres lèvres gercées et crevassées. Du sang lui coula sur le menton. Donna était à peine consciente de la douleur. Les pieds de l'enfant se mirent à patiner frénétiquement sur le plancher de la Pinto. Donna tenta désespérément de saisir l'extrémité de la langue. Elle la tenait… mais, à nouveau, elle dut la laisser échapper.

(Ce chien ce satané chien tout est la faute de cette saloperie de chien je te tuerai je le jure devant Dieu.)

Les mâchoires de Tad se refermèrent une fois de plus sur les doigts de sa mère qui rattrapa la langue et cette fois-ci n'hésita pas : elle planta ses ongles dans la chair spongieuse et, tenant la langue comme dans une tenaille, la rabattit à la façon dont une femme abaisse un pare-soleil ; en même temps, elle plaça son autre main sous le menton de Tad et lui renversa la tête, pour faire entrer le maximum d'air. L'enfant hoqueta — son dur et rocailleux qui rappelait la respiration d'un vieillard atteint d'emphysème pulmonaire. Puis il se mit à émettre des bruits étranglés.

Donna le gifla. Elle ne savait quoi faire d'autre, alors elle le gifla.

Tad produisit un dernier sanglot de suffocation avant de prendre une respiration accélérée et sifflante. Donna se sentait elle-même essoufflée. Des vagues de vertige la submergeaient. Sans s'en rendre compte, elle avait remué sa jambe blessée qui maintenant saignait abondamment.

« Tad ! parvint-elle à prononcer. Tad, tu m'entends ? »

Le petit garçon hocha faiblement la tête. Ses paupières restèrent closes.

« Essaie de ne pas t'affoler. Je veux que tu te détendes.

— … veux aller à la maison… Maman… le monstre…

— Chhhut, Taddy. Ne parle pas et ne pense pas à des monstres. Tiens. » La Formule pour le Monstre était tombée par terre. La jeune femme ramassa la feuille jaune et la mit entre les mains de son fils. Tad l'agrippa avec frénésie. « Et maintenant fais bien attention de respirer lentement et régulièrement, Tad. C'est comme ça que tu pourras rentrer à la maison. Respire lentement, régulièrement. »

Le regard de Donna se posa une fois encore sur la vieille batte de base-ball au manche couvert de chatterton, qui gisait dans les hautes herbes, à droite de l'allée.

« Essaie de rester calme, Taddy, tu crois que tu vas y arriver ? »

L'enfant fit un petit signe de tête, toujours sans ouvrir les yeux.

« Il n'y en a plus pour longtemps, mon amour. Je te le jure, je te le jure. »

Dehors, le jour continuait de s'éclaircir. Il faisait déjà chaud. La température à l'intérieur de la voiture commença à monter.

Vic arriva chez lui à cinq heures vingt. Au moment où sa femme rattrapait la langue de son fils, Vic errait dans la salle de séjour, remettant les choses en place d'un geste machinal tandis que Bannerman, un inspecteur de la police d'État et un autre inspecteur dépendant du bureau de l'attorney général de l'État, assis sur le grand canapé, buvaient une tasse de café instantané.

« Je vous ai déjà dit tout ce que je sais, déclara Vic. Si elle n'est pas chez les gens que vous avez déjà appelés, elle n'est chez personne d'autre. » Il avait pris un balai et une pelle ainsi que le paquet de sacs poubelles dans le cagibi de la cuisine. Il vidait maintenant des pelletées de débris de verre dans les sacs de plastique, produisant un cliquetis étouffé. « À part chez Kemp. »

Il y eut un silence gêné. Vic ne se rappelait pas avoir jamais été aussi fatigué, mais il avait l'impression qu'il ne parviendrait pas à dormir, à moins qu'on ne l'assomme. Il ne réfléchissait plus très bien. Dix minutes après son arrivée, le téléphone s'était mis à sonner et Vic s'était littéralement jeté dessus, sans prêter attention à l'inspecteur du bureau de l'attorney qui lui faisait doucement remarquer que le coup de fil lui était sûrement destiné. L'inspecteur se trompait ; c'était Roger qui voulait savoir si Vic était bien arrivé et s'il y avait du nouveau.

En fait, il y en avait ; mais rien qui pût apporter des certitudes. On avait relevé des empreintes digitales dans toute la maison et une équipe de spécialistes venue, elle aussi, d'Augusta[1] en avait pris également dans le logement qui jouxtait l'atelier de Steve Kemp. On allait donc confronter les empreintes et savoir bientôt si le vandale était effectivement Steve Kemp. Mais tout ceci n'apprenait rien à Vic ; il sentait dans ses tripes qu'il s'agissait de Kemp.

L'inspecteur de la police d'État avait retrouvé la marque du véhicule de Kemp. C'était un fourgon diesel Ford immatriculé dans le Maine 641-644. Le fourgon était gris clair, mais l'ex-propriétaire de Kemp — tiré de son lit à quatre heures du matin — leur avait appris qu'un désert (de petites montagnes, de plateaux et de dunes de sable) figurait sur les ailes du véhicule. À l'arrière, deux autocollants indiquaient, l'un RETOUR À LA NATURE, NON AU NUCLÉAIRE et l'autre (pour les fans de *Dallas*) RONALD REAGAN S'EST FAIT J.R. Drôle de type, ce Steve Kemp, en tout cas les paysages et les autocollants le rendaient plus facile à repérer et, à moins qu'il ne l'ait planqué dans un coin, on retrouverait sans doute le fourgon avant la levée du jour. Toutes les polices d'État de Nouvelle-Angleterre étaient à sa recherche, y compris celles du nord de l'État de New York. De plus, les détectives du Bureau fédéral

---

1. Capitale du Maine. (*N.d.T.*)

de recherches de Boston et de Portland avaient été averti d'un enlèvement éventuel et compulsaient maintenant leurs dossiers en quête du nom de Steve Kemp. Ils ne découvriraient que trois faits mineurs datant des manifestations contre la guerre du Vietnam, une bricole par année de 1968 à 1970.

« Il y a pourtant une chose qui me chiffonne dans tout ça », fit l'inspecteur du bureau de l'attorney général. Il tenait un calepin sur ses genoux, mais Vic leur avait déjà tout dit. L'inspecteur d'Augusta se contentait de griffonner. « Pour être franc, ça me turlupine même sacrément.

— Quoi ? » s'enquit Vic. Il ramassa la photo de famille, la contempla puis secoua le cadre au-dessus d'un grand sac pour faire tomber les tessons sur les autres débris.

« La voiture. Où est la voiture de votre femme ? »

Il s'appelait Masen — Masen avec un « e » avait-il souligné en serrant la main de Vic. Il se dirigea vers la fenêtre en tapotant son calepin contre sa cuisse d'un air absent. La vieille voiture de sport de Vic était garée dans l'allée, contre le véhicule de service de Bannerman. Vic avait récupéré sa Jag à l'aéroport de Portland et y avait laissé la voiture de l'agence Avis qu'il avait conduite depuis Boston.

« Qu'est-ce que ça a à voir ? » demanda Vic.

Masen haussa les épaules. « Peut-être rien. Peut-être quelque chose. Sans doute rien, mais cela ne me plaît pas. Kemp vient ici, d'accord ? Il enlève votre femme et votre fils. Pourquoi ? Il est fou. C'est déjà une raison suffisante. Il ne supporte pas de perdre. Peut-être même qu'avec son esprit tordu, il croyait faire une bonne plaisanterie. »

Vic s'était déjà dit les mêmes choses, presque mot pour mot.

« Alors, qu'est-ce qu'il fait ? Il les fourre à l'arrière de son fourgon. Ensuite, soit il s'enfuit avec eux, soit il se terre quelque part, c'est ça ?

— Oui, c'est bien ce qui m'effraie… »

Masen se détourna de la fenêtre pour le regarder. « Alors où est la voiture de votre femme ?

— Eh bien… » Vic s'efforçait de réfléchir. Cela lui était difficile. Il se sentait extrêmement fatigué. « Peut-être…

— Il pouvait avoir un complice qui s'est chargé de l'automobile, termina Masen. Il s'agirait à ce moment-là d'un kidnapping avec demande de rançon. S'il les a emmenés tout seul, il a dû agir sur un coup de tête. Mais s'il les a enlevés pour de l'argent, pourquoi prendre la voiture ? Pour changer de véhicule ? Ce serait ridicule, la Pinto est aussi peu sûre pour lui que le fourgon, même si elle est un peu moins facilement reconnaissable. Et je le répète, sans complice, s'il était tout seul, qui a conduit la voiture ?

— Il a pu revenir la chercher, grommela l'inspecteur de la police d'État. Enfermer l'enfant et la dame quelque part et puis revenir prendre la voiture.

— Cela me paraît difficile sans un complice, répliqua Masen, mais c'est sans doute faisable. Les conduire en un lieu situé tout près d'ici et revenir à pied chercher l'auto de Mrs. Trenton, ou encore les emmener assez loin et ensuite faire du stop jusqu'ici. Mais pourquoi ? »

Pour la première fois, Bannerman prit la parole.

« Mrs. Trenton a pu conduire la voiture elle-même. »

Masen fit volte-face pour le dévisager, le sourcil interrogateur.

« S'il a pris l'enfant avec lui… » Bannerman leva les yeux vers Vic et hocha légèrement la tête. « Je suis désolé, Mr. Trenton, mais si Kemp a pris l'enfant avec lui, l'a enfermé dans le fourgon en lui collant un revolver contre la tempe et en disant à votre femme de le suivre de près et qu'il arriverait quelque chose à l'enfant si elle essayait de lui fausser compagnie ou de faire des appels de phares… »

Vic secoua la tête ; le tableau que traçait le shérif le rendait malade.

Masen semblait trouver la réflexion de Bannerman irritante, probablement parce qu'il n'y avait pas pensé lui-même. « Mais je le répète, dans quel but ? »

Bannerman fit un geste d'impuissance. Vic ne parvenait pas non plus à trouver une seule raison justifiant que Kemp ait voulu prendre la Pinto de Donna.

Masen alluma une Pall Mall, toussa et chercha un cendrier du regard.

« Excusez-moi », fit Vic qui une fois encore eut l'impression d'être un acteur débitant des phrases écrites par quelqu'un d'autre. « Les deux cendriers sont brisés. Je vais vous en chercher un dans la cuisine. »

Masen l'accompagna et prit un cendrier. « Cela vous dérangerait de sortir sur les marches ? Il va faire sacrément chaud et j'aime bien profiter des jours de juillet pendant qu'ils sont encore supportables.

— Si vous voulez », répondit Vic mollement.

En sortant, il jeta un coup d'œil sur le baromètre-thermomètre fixé sur le mur de la maison… un cadeau que lui avait fait Donna pour Noël dernier. La température atteignait déjà vingt-cinq degrés. L'aiguille du baromètre était pointée sur TRÈS BEAU.

« Essayons d'analyser encore un peu, proposa Masen. Tout ça m'intrigue. Nous avons donc une femme et son fils, une femme dont le mari vient de partir en voyage d'affaires. Elle a besoin d'une voiture pour se débrouiller. Elle a bien huit cents mètres à faire pour descendre en ville et, pour revenir, la route est plutôt raide. Donc, si nous admettons que Kemp l'a enlevée ici, la voiture devrait être là. Mais essayons autre chose. Kemp vient ici et saccage la maison ; cela ne suffit pourtant pas à le calmer. Il tombe sur eux quelque part en ville et les emmène à ce moment-là. Dans ce cas, l'auto se trouverait toujours là où votre femme l'a garée. Dans le centre ville, ou peut-être sur le parking d'un grand magasin.

— Vous ne pensez pas qu'elle aurait été signalée si elle était restée là en pleine nuit ?

— Sans doute, lui accorda Masen. Et vous n'avez pas la moindre idée d'un endroit où votre femme aurait pu la laisser, Mr. Trenton ? »

Vic se rappela soudain. La soupape.

« On dirait que vous pensez à quelque chose, remarqua Masen.

— Ça y est, j'ai compris. La voiture n'est pas là parce qu'elle se trouve au garage Ford de South Paris. Donna avait des ennuis avec le carburateur. La soupape n'arrêtait pas de se coincer. Nous en avons parlé au téléphone, lundi après-midi. Ma femme avait l'air très embêtée. Je voulais prendre rendez-vous avec un garagiste d'ici avant de partir, pour faire arranger ça, mais j'ai oublié à cause de… »

Vic se tut en songeant aux raisons de cet oubli.

« Vous aviez oublié de lui prendre rendez-vous ici, alors elle serait allée jusqu'à South Paris ?

— Oui, je crois. » Il ne se souvenait plus très bien de ce qu'ils s'étaient dit au téléphone, à part que Donna avait peur que la voiture ne tombe en panne sur la route, en allant au garage.

Masen regarda sa montre et se leva. Vic allait l'imiter.

« Non, restez là. Je vais juste donner un petit coup de fil. Je reviens. »

Vic obéit. La porte vitrée claqua derrière Masen ; le

bruit lui rappela tellement Tad que Vic tressaillit et dut serrer les dents pour retenir ses larmes. Où étaient-ils ? Cette histoire de Pinto disparue ne l'avait pas laissé espérer longtemps.

Le soleil était haut maintenant, il jetait une lumière rosée sur les maisons et les rues qui s'étiraient jusqu'au bas de la colline. Il effleurait le portique sous lequel Vic avait tant de fois poussé son fils… tout ce que désirait Vic maintenant était de pousser encore Tad sur sa balançoire, sa femme à côté de lui. Il pousserait à en avoir les mains coupées, si Tad le demandait.

Papa, j' veux faire le tour ! J' veux toucher le ciel !

Cette voix dans sa tête le glaça. On eût dit une voix de fantôme. La porte vitrée se rouvrit un instant plus tard. Masen s'assit près de lui et alluma une nouvelle cigarette. « Le garage Ford de South Paris, commença-t-il. C'est bien celui-là ?

— C'est ça. Nous leur avons acheté la Pinto.

— J'ai tenté le coup et les ai appelés. J'ai eu de la chance, le gérant était déjà arrivé. Votre Pinto n'est pas là-bas et personne ne la lui a amenée récemment. Qui est le garagiste local ?

— Joe Camber, répondit Vic. Elle a dû lui porter la voiture quand même, après tout. Donna ne voulait pas y aller parce qu'il est installé dans un trou complètement paumé et qu'il ne répondait pas au téléphone quand elle a appelé. Je lui ai dit qu'il devait être là malgré tout, en train de travailler dans son garage. C'est une grange trans-formée, et je ne crois pas qu'il y ait le téléphone à l'inté-rieur. En tout cas il ne l'avait pas la dernière fois que je suis allé chez lui.

— Nous vérifierons, déclara Masen, mais la Pinto ne doit pas s'y trouver non plus, Mr. Trenton. Vous pouvez en être sûr.

— Pourquoi pas ?

— Ce ne serait pas logique, rétorqua Masen. J'étais quasiment certain qu'elle ne serait pas à South Paris non plus. Écoutez, tout ce que nous avons dit auparavant reste vrai. Une jeune femme avec un enfant a besoin d'une auto. Imaginons qu'elle ait conduit sa voiture au garage de South Paris et qu'on lui ait dit là-bas que la réparation prendrait deux jours. Comment fait-elle pour rentrer ?

— Eh bien… le garage lui prête une voiture… ou s'ils refusent, je suppose qu'ils peuvent lui en louer une. Parmi les moins chères.

— D'accord ! Magnifique ! Où est-elle alors ? »

Vic fouilla l'allée du regard, comme s'il s'attendait à la voir apparaître.

« Kemp n'aurait pas plus de raison de filer avec la voiture prêtée à votre femme, que de fuir avec sa Pinto, expliqua Masen. Cela éliminait d'avance l'hypothèse du garage de South Paris. Et maintenant, si l'on admet qu'elle est allée chez Joe Camber, il peut lui prêter une vieille ferraille pour qu'elle parte faire un tour le temps qu'il termine la réparation, mais alors, nous revenons toujours au même point : où est la guimbarde ? Donc, disons qu'elle est bien allée chez Joe Camber et que Camber doit garder la voiture un moment mais n'a rien à lui prêter pour rentrer. Votre femme appelle alors un ami et cet ami vient la chercher. Vous me suivez ?

— Oui, bien sûr.

— Reste à savoir qui est l'ami. Vous nous aviez donné une liste et nous les avons tous tirés du lit. On a déjà eu de la chance qu'ils soient tous là, on est en été après tout. Personne n'a parlé d'avoir ramené votre petite famille d'où que ce soit. En fait, personne ne semble les avoir vus après lundi matin.

— Bon, ça sert à quoi de pinailler comme ça ? s'enquit Vic. Téléphonons à Camber pour en avoir le cœur net.

— Attendons sept heures, répliqua Masen. Il ne reste plus qu'un quart d'heure. Laissez-lui le temps de se passer de l'eau sur la figure et de se réveiller un peu. Les gérants de garage ont l'habitude de pointer de bonne heure, mais ce type-là est indépendant. »

Vic haussa les épaules. Tout ceci ne menait à rien. Kemp tenait Donna et Tad. Ses tripes le lui disaient tout comme elles lui avaient dit que c'était Kemp qui avait foutu la maison en l'air et éjaculé sur son lit.

« Bien sûr, il ne s'agit pas forcément d'un ami », reprit Masen d'un ton rêveur en contemplant la fumée de sa cigarette qui se dispersait dans l'air matinal. « Il y a tout un tas de possibilités. Elle a pu amener la voiture là-bas et y rencontrer par hasard quelqu'un qu'elle connaissait vaguement et qui lui a proposé de la reconduire en ville. Ou Camber a pu les ramener lui-même. Ou sa femme. Il est marié ?

— Oui, acquiesça Vic qui alluma lui aussi une cigarette.

— Mais tout ceci n'a pas beaucoup d'importance en fait, car la question subsiste toujours : où est la bagnole ? Cela ne change rien à la situation. Une femme et un gosse tout seuls. Elle doit bien faire des courses, aller chez le teinturier, à la poste, se rendre dans un tas d'endroits différents. Si son mari n'était parti que pour quelques jours, une semaine à la rigueur, elle aurait pu essayer de se débrouiller sans, mais pour dix jours ou même quinze ? Cela représente une sacrée trotte pour une ville où il n'y a qu'un seul taxi. Les gens d'ici sont trop contents de vous louer une voiture et même de vous la conduire à domicile dans ce genre de situation. Votre femme aurait pu demander à l'agence Avis ou Hertz de lui en amener une ici ou chez Camber. Mais alors, où est la voiture de location ? J'en reviens toujours là. Il aurait dû y avoir un véhicule dans ce jardin. Vous comprenez ?

— Je ne pense pas que ce soit important, déclara Vic.

— Vous avez probablement raison. Nous finirons par trouver une explication très simple et dirons : *Oh comment avons-nous pu être aussi bêtes ?* Mais ça m'intrigue curieusement… c'était la soupape, vous disiez ? Vous en êtes sûr ?

— Tout à fait. »

Masen secoua la tête. « Et pourquoi se serait-elle compliqué la vie avec ces histoires de prêt ou de location ? Réparer une soupape ne prend pas plus d'un quart d'heure à quelqu'un qui a les outils et qui s'y connaît. Le temps d'arriver et de repartir. Alors où est…

— … donc cette satanée bagnole ? » termina Vic d'un ton las. La réalité ne lui parvenait plus que par vagues, maintenant.

« Pourquoi n'iriez-vous pas vous allonger un peu ? proposa Masen. Vous avez l'air vidé.

— Non, je veux être là si jamais il se passe quelque chose…

— À ce moment-là, quelqu'un viendra vous réveiller. Les types du Bureau fédéral doivent venir poser un système d'écoute sur votre téléphone. En général ils font suffisamment de bruit pour réveiller un mort — vous n'avez donc pas à vous inquiéter. »

Vic se sentait trop épuisé pour éprouver autre chose qu'une terreur confuse. « Vous croyez que tout ce fourbi de table d'écoute risque de servir ?

— Mieux vaut en avoir un et ne pas devoir s'en servir, que de ne pas en avoir et en avoir besoin, répondit Masen en jetant sa cigarette. Prenez un peu de repos, ça vous aidera, Vic. Allez.

« — C'est bon. »

Vic monta lentement au premier. Le lit était nu ; il avait lui-même enlevé toute la literie. Il installa deux oreillers de son côté, retira ses chaussures et s'allongea. Le soleil matinal brillait déjà cruellement à travers la vitre. *Je ne parviendrai pas à dormir*, songea-t-il, *mais je vais me reposer. Je vais essayer en tout cas. Un quart d'heure... une demi-heure peut-être...*

Mais quand la sonnerie du téléphone le réveilla, il était déjà midi passé et il régnait une chaleur étouffante.

Charity Camber avala son café puis appela Alva Thornton à Castle Rock. Cette fois-ci, ce fut Alva lui-même qui répondit. Il savait déjà qu'elle avait parlé à Bessie, la veille au soir.

« Non, fit Alva. J'ai pas vu Joe et y m'a pas téléphoné non plus depuis ben le jeudi d'la semaine dernière, Charity. Il me ramenait un pneu de tracteur qu'il m'avait réparé. Il a pas causé d'aller donner à manger à Cujo, pourtant ç'aurait été de bon cœur.

— Alva, ça t'embêterait de monter jusqu'à la maison pour jeter un coup d'œil sur le chien ? Brett l'a aperçu lundi matin juste avant qu'on parte chez ma sœur et il lui a trouvé l'air malade. Et je ne vois vraiment pas à qui Joe a pu demander de le nourrir. » Enfin, comme tous les gens de la campagne, elle ajouta : « Surtout prends ton temps.

— Je vais monter voir, promit Alva. Je donne à manger et à boire à cette maudite volaille et j'y vais.

— Ce serait vraiment gentil, lui dit Charity d'un ton reconnaissant. Je te remercie beaucoup. »

Ils échangèrent encore quelques phrases, concernant principalement le temps. La chaleur qui durait commençait à inquiéter Alva à cause de ses poulets. Charity finit par raccrocher.

Brett leva le nez de son bol de céréales dès que sa mère entra dans la cuisine. Jim junior était occupé à faire des ronds sur la table avec son verre de jus d'orange tout en bavardant comme une pie. L'idée l'avait pris, au cours des dernières quarante-huit heures, que Brett était un proche parent du bon Dieu.

«Alors? interrogea Brett.

— Tu avais raison. Ton père n'a rien demandé à Alva.» Elle vit la déception et l'anxiété se peindre sur les traits de son fils et poursuivit : «Mais il va monter voir ce matin même, dès qu'il se sera occupé de ses poules. Je lui ai laissé le numéro cette fois-ci et il a dit qu'il rappellerait de toute façon.

— Merci, M'man.»

Dans un grand bruit de chaise, Jim se leva de table pour rejoindre Holly qui lui criait de monter s'habiller. «*Tu viens* avec moi, Brett?»

Brett sourit. «Je t'attends là, boxeur.

— D'accord.» Jim partit en courant et en trompetant : «Maman! Brett dit qu'il m'attend! Brett va attendre que je sois habillé!»

Un bruit de troupeau d'éléphants dans l'escalier.

«Il est très mignon, remarqua Brett l'air désinvolte.

— Je pensais, commença Charity, que nous pourrions rentrer un peu plus tôt. Cela t'irait?»

Le visage de l'enfant s'illumina, et, malgré toutes ses bonnes résolutions, cette joie évidente contraria légèrement Charity. «Quand? demanda-t-il.

— Que penserais-tu de demain?» Elle avait eu l'intention de proposer vendredi.

«Super! Mais» — il la regarda attentivement — «tu

387

crois que tu es restée assez longtemps, Maman? Enfin, c'est ta sœur. »

Charity songea aux cartes de crédit, au juke-box que le mari de Holly avait enfin pu s'offrir mais ne savait pas remettre en état. C'était ce qui avait marqué Brett, et d'une certaine façon, elle aussi sans doute. Peut-être avait-elle considéré tout ceci à travers le regard de Brett… à travers celui de Joe. Cela suffisait.

« Oui, répondit-elle. Je pense que ça ira comme ça. Je le dirai à Holly ce matin.

— Très bien, Maman. » Il lui jeta un coup d'œil un peu timide. « J'aimerais bien revenir, tu sais. Je les aime bien, vraiment. Et le gamin, il est vraiment mignon. Peut-être qu'il pourrait venir nous voir un jour.

— Bien sûr. » Charity le regarda, à la fois surprise et reconnaissante. Joe ne refuserait sûrement pas cela. « On pourrait sans doute arranger ça.

— D'accord. Tu me raconteras ce que t'aura dit Mr. Thornton.

— Promis. »

Mais Alva ne rappela jamais. Pendant qu'il nourrissait ses poules ce matin-là, le moteur de son climatiseur sauta et il dut combattre toute la journée pour tenter de sauver sa volaille avant qu'elle ne succombe à la chaleur. Donna Trenton aurait pu prendre ce désastre pour un nouveau coup du sort, ce destin qu'elle voyait se refléter dans les yeux vitreux et meurtriers de Cujo. Le temps que l'air conditionné soit rétabli, il était quatre heures de l'après-midi (Alva Thornton avait perdu soixante-deux poules dans l'histoire et estimait s'en tirer à bon compte) et la lutte qui se déroulait dans le jardin des Camber écrasé de soleil avait déjà pris fin.

Andy Masen était l'homme en vue du bureau de l'attorney général du Maine, et certains prédisaient qu'un jour — et même un jour très proche — il dirigerait le service criminel du bureau. En fait, Andy Masen visait beaucoup plus haut que cela. Il espérait bien devenir attorney général en 1984 et se trouver en position de briguer le poste de gouverneur dès 1987. Et lorsqu'on a assumé les fonctions de gouverneur d'État pendant huit ans, tout peut arriver…

Il était issu d'une famille nombreuse très modeste. Il avait grandi avec ses trois frères et ses deux sœurs dans un gourbi des banlieues pauvres d'une petite ville appelée Lisbon. Ses frères et sœurs avaient suivi la route — ou descendu la pente — qui leur était logiquement réservée. Seuls Andy Masen et son plus jeune frère, Marty, avaient réussi à terminer leurs études secondaires. Roberta avait semblé un moment devoir les imiter, mais elle s'était fait engrosser après un bal au cours de sa dernière année. Elle avait dû quitter le lycée pour épouser le garçon qui, à vingt-neuf ans, avait encore la figure couverte de boutons, buvait sa bière à même la canette et se montrait brutal avec elle et le gosse. Marty, lui, se tua dans un accident de voiture, sur la route 9, à Durham. Avec des copains complètement ivres, il avait essayé de prendre le virage serré de Sirois Hill à plus de cent dix kilomètres à l'heure. La Camaro avait fait deux tonneaux avant de prendre feu.

Andy était donc le crack de la famille mais sa mère ne l'avait jamais aimé. Elle le craignait un peu. Quand elle parlait de lui à ses amis, elle disait souvent : « Andy a un cœur de pierre », et elle n'exagérait pas. Il contrôlait toujours le moindre de ses sentiments, se tenait continuellement sur la réserve. Il savait depuis tout petit que, n'importe comment, il parviendrait au bout de ses études et deviendrait homme de loi. Les hommes de loi gagnaient beaucoup d'argent. Ils travaillaient avec logique et Andy ne jurait que par la logique.

Il considérait chaque événement comme un point d'où partait un nombre limité de possibilités. Au bout de chaque voie de possibilité se trouvait un autre point. Et ainsi de suite. Cette philosophie du pointillé l'avait plutôt bien servi jusqu'à présent. Après une scolarité brillante de bout en bout, il obtint une bourse d'étude et aurait pu choisir n'importe quelle université. Il opta pour celle du Maine, rejetant ainsi un éventuel diplôme à Harvard car il avait déjà prévu de commencer sa carrière à Augusta et ne voulait pas qu'un de ces bouseux en bottes de caoutchouc et gros anorak lui renvoie un jour Harvard en pleine figure.

En cette chaude matinée de juillet, tout se passait selon un emploi du temps minutieux.

Il reposa le combiné du téléphone de Vic Trenton. Personne ne répondait chez les Camber. L'inspecteur de la police d'État et Bannerman étaient toujours là, attendant des instructions tels des chiens bien dressés. Masen avait déjà travaillé avec Townsend, le type de la police d'État, et il s'entendait bien avec lui. Quand vous disiez cherche, Townsend se mettait à chercher. Bannerman, lui, était nouveau et ne lui plaisait pas beaucoup. Il avait les yeux un peu trop brillants et la façon dont il avait brusquement émis l'idée que Kemp aurait pu soumettre la femme en se servant du gosse… eh bien, ces idées-là, Andy Masen ne les acceptait que venant de lui-même. Tous trois restèrent donc assis sur le canapé, sans mot dire, attendant que les types du Bureau fédéral arrivent avec leur matériel de repérage téléphonique.

Andy réfléchit à l'affaire. C'était peut-être beaucoup de bruit pour rien, mais il pouvait s'agir de quelque chose de plus grave. Le mari était persuadé qu'on avait enlevé sa femme et son fils et n'accordait aucune importance à l'absence de la voiture. Il restait obnubilé par la certitude que Steve Kemp retenait sa famille.

Andy Masen n'en était pas si sûr.

Camber ne se trouvait pas chez lui ; il n'y avait personne là-haut. Peut-être étaient-ils partis en vacances. Cela paraissait vraisemblable ; juillet était le mois de congé par excellence et la jeune femme avait dû trouver porte close. Camber aurait-il accepté de prendre sa voiture s'il partait en vacances ? Peu probable. La Pinto ne serait sans doute pas là-bas. Il faudrait pourtant vérifier ; et il restait une éventualité que Andy avait préféré taire à Vic.

Imaginons qu'elle ait effectivement conduit la voiture jusqu'au garage de Camber. Imaginons que quelqu'un lui ait proposé de la ramener. Pas un ami, ni une connaissance, pas Joe Camber ni sa femme non plus, mais un étranger. Andy entendait déjà Trenton s'écrier : « Oh non, ma femme n'accepterait jamais de monter avec un étranger. » Mais, pour parler crûment, elle avait accepté de se laisser monter plusieurs fois par Steve Kemp, qu'elle ne connaissait pas vraiment. En supposant que l'homme se soit montré amical et qu'elle ait été pressée de ramener son fils à la maison, elle aurait pu accepter. Et cet homme, si sympathique et souriant, n'était peut-être qu'une espèce de sadique. Il y avait déjà eu Frank Dodd, ici, à Castle Rock. Le charmant chauffeur avait pu les laisser dans un buisson, la gorge tranchée, avant de leur lancer un de ses joyeux saluts. Si c'était le cas, alors la Pinto était chez Camber.

Andy ne pensait pas que cette possibilité-là fût véritablement *plausible*, mais il fallait l'envisager. Il aurait envoyé un homme chez Camber de toute façon — par pure routine — mais il aimait savoir dans quel but il faisait les choses. Il se dit qu'ainsi, il pourrait éliminer le garage Camber de la construction logique et ordonnée qu'il était en train d'élaborer. L'inspecteur supposait que la jeune femme avait pu arriver là-haut, s'apercevoir que les Camber étaient partis et puis que la voiture avait choisi ce moment-là pour la lâcher tout à fait. Mais la route municipale n° 3 de Castle Rock n'était quand même pas le bout du monde. Donna Trenton aurait pu marcher avec son fils jusqu'à la maison la plus proche pour téléphoner ; or, elle ne l'avait pas fait.

« Mr. Townsend, commença Masen de sa voix douce. Vous allez, le shérif Bannerman et vous, monter jusqu'au garage de Joe Camber. Là, vous vérifierez les trois points suivants : s'il ne se trouve pas là-bas de Pinto bleue immatriculée 218-864, si Donna et Theodore Trenton n'y sont pas non plus, et enfin si les Camber sont bien partis. Compris ?

— Très bien, répondit Townsend. Voulez-vous…

— Je ne vous demande que ces trois points », l'interrompit doucement Masen. Il n'appréciait pas la manière dont le regardait Bannerman, cette sorte de mépris fatigué. Cela le gênait. « Si jamais vous découvrez l'un de ces trois points sur place, appelez-moi ici. Si je ne suis pas là, j'aurai laissé un numéro où me joindre. Compris ? »

Le téléphone se mit à sonner. Bannerman décrocha, écouta puis tendit le combiné à Andy Masen. « Pour vous, grand chef. »

Ils se regardèrent droit dans les yeux, par-dessus le téléphone. Masen crut que Bannerman allait baisser les siens, mais il n'en fit rien. Andy finit par prendre le combiné. L'appel venait du poste de police de Scarborough. On avait retrouvé Steve Kemp. Il n'y avait ni femme ni enfant avec lui. Son fourgon avait été repéré dans la cour d'un petit motel à Twickenham, dans le Massachusetts. Après avoir vu le mandat d'arrêt, Kemp avait donné son nom puis n'avait plus dit un mot ; refusant de parler sans la présence d'un avocat.

Andy Masen jugea tout ceci de très mauvais augure.

«Townsend, venez avec moi, dit-il. Vous pourrez vous en sortir tout seul pour le garage Camber, n'est-ce pas, shérif ?

— C'est ma ville ici», répondit Bannerman.

Andy Masen alluma une cigarette et observa le shérif à travers la fumée. «Vous avez des problèmes avec moi, shérif ?»

Bannerman sourit. «Rien d'insurmontable.»

Bon sang, je ne peux pas sacquer ces paysans, songea Masen en regardant Bannerman s'éloigner. *Mais il est hors du coup, maintenant. Le bon Dieu a parfois de petites attentions.*

Bannerman se glissa derrière son volant, mit la voiture de police en route et sortit en marche arrière du jardin des Trenton. Il était sept heures vingt minutes. La façon dont Masen l'avait écarté de la scène l'amusait presque. Eux partaient vers le cœur de l'action, lui faisait route vers nulle part. Mais le vieux Hank Townsend allait devoir écouter les conneries de Masen toute la matinée, alors, peut-être n'était-il pas si mal loti après tout.

George Bannerman remonta sans se presser la route 117, en direction de la route Maple Sugar, sirène et gyrophare éteints. C'était vraiment une belle journée d'été. Il ne voyait aucune raison de se dépêcher.

Tad et Donna Trenton dormaient.

Ils avaient adopté une position très semblable : celle, plutôt inconfortable, que prennent les passagers contraints de passer de nombreuses heures dans les cars fédéraux. La tête affalée dans le creux de l'épaule, côté gauche pour Donna, droit pour Tad. Les mains de l'enfant reposaient sur ses cuisses comme deux poissons échoués sur le sable. Elles tressaillaient parfois. Sa respiration était pénible et stertoreuse ; ses lèvres crevassées, ses paupières violacées. Un trait de salive, partant du coin de la bouche et suivant la courbe douce de sa mâchoire, avait commencé de sécher.

Donna ne parvenait qu'à somnoler. Malgré son épuisement, les crampes, la douleur à sa jambe, à son ventre et maintenant à ses doigts (Tad l'avait en fait mordue jusqu'aux os) ne la laissaient pas s'endormir plus profondément. Ses cheveux pendaient de son crâne en cordes graisseuses. La gaze, sur sa jambe gauche, était de nouveau trempée et la chair, autour des blessures superficielles de son ventre, avait pris une vilaine teinte rougeâtre. La jeune femme respirait difficilement, mais pas autant que Tad.

Tad Trenton était au bout de ses forces. Il arrivait à un stade de déshydratation avancé. Son organisme avait perdu des électrolytes, des chlorures et du sodium en transpirant. Rien n'était venu les remplacer. Ses moyens de défense internes tombaient les uns après les autres et le petit garçon entrait maintenant dans l'ultime phase qui précédait la fin. Sa vie ne tenait plus qu'à un fil, ténu, tremblant, prêt à se rompre au moindre souffle de vent.

Dans ses rêves fiévreux, il voyait son père le pousser sur la balançoire, de plus en plus haut, mais au lieu du jardin de sa maison, la mare aux canards s'étendait devant le portique, et la brise était fraîche sur son front brûlé par le soleil, ses yeux douloureux, ses lèvres gercées.

Cujo dormait lui aussi.

Il était couché sur l'herbe, près du porche, son museau mutilé posé sur les pattes de devant. Il faisait des rêves confus, des rêves de dément. Le crépuscule tombait et le ciel était noir de chauves-souris aux yeux rouges. Il ne cessait de bondir vers elles, et à chaque fois en attrapait une, plantant ses crocs dans l'aile membraneuse agitée de mouvements saccadés. Mais les chauves-souris ne cessaient d'enfoncer leurs petites dents acérées dans les chairs fragiles de sa gueule. La douleur venait précisément de là. Toutes ses souffrances venaient de là. Mais il les tuerait toutes. Il…

Il s'éveilla soudain, et dressa la tête que ses pattes protégeaient depuis un long moment.

Une voiture approchait.

Pour son ouïe trop sensible, le bruit du moteur était terrible, intolérable ; il lui semblait entendre le bourdonnement de quelque énorme insecte prêt à lui injecter son venin.

Le chien réussit à se lever sur ses pattes en gémissant. Ses jointures paraissaient emplies de bouts de verre. Cujo jeta un coup d'œil vers l'automobile immobilisée. Il distinguait la forme figée de la tête de LA FEMME, à l'intérieur. Avant, Cujo n'avait aucun mal à regarder par la fenêtre et voir LA FEMME, mais elle avait fait quelque chose à la vitre et maintenant c'était devenu très difficile. Elle pouvait bien faire ce qu'elle voulait avec les carreaux ; de toute façon, elle ne pouvait pas sortir. Et LE GARÇON non plus d'ailleurs.

Le ronronnement approchait. La voiture grimpait la colline, mais… s'agissait-il vraiment d'une voiture ? Ou bien d'une abeille géante ou d'une guêpe qui allait fondre sur lui, le piquer, aggraver encore sa douleur ?

Mieux valait attendre de voir.

Cujo se glissa sous le porche où il avait si souvent trouvé refuge, les chaudes journées d'été, par le passé. L'endroit était envahi par les feuilles pourries des automnes précédents, feuilles qui dégageaient une odeur qu'il trouvait habituellement douce et extrêmement agréable. Ce parfum lui apparaissait aujourd'hui trop puissant, écœurant, suffocant, à la limite de l'insupportable. L'animal se mit à gronder et à baver. Si les chiens avaient le pouvoir de tuer les odeurs, Cujo aurait certainement tué celle-ci.

Le ronronnement semblait très proche maintenant. Puis une voiture surgit dans l'allée. Une auto aux flancs bleu foncé et au toit blanc surmonté de lumières.

S'il y avait une chose que Bannerman ne s'attendait pas à voir en pénétrant dans le jardin des Camber, c'était bien la Pinto de la disparue. George n'était pas un imbécile, et si la logique en pointillé de Masen l'avait agacé (il avait déjà eu affaire à toute l'horreur du cas Frank Dodd et savait que, parfois, la logique n'existait pas), il était arrivé en gros aux mêmes conclusions, quoique de façon plus intuitive. Il croyait tout comme Masen qu'il y avait très peu de chances pour que la femme de Trenton et son fils puissent se trouver là. Mais en tout cas, la voiture y était.

Bannerman s'apprêtait à prendre le micro fixé sous son tableau de bord, quand il se ravisa, préférant aller d'abord inspecter l'automobile. De là où il était placé, soit juste derrière la Pinto, il lui était impossible de déterminer s'il y avait quelqu'un ou non à l'intérieur. Les dossiers des sièges montaient un peu trop haut et les deux occupants avaient légèrement glissé dans leur sommeil.

Le shérif sortit de son véhicule en refermant la portière derrière lui. Avant d'avoir fait deux pas, il se rendit compte que la vitre côté conducteur n'était plus qu'un puzzle gauchi de petits morceaux de verre. Son cœur commença à battre plus vite et sa main s'approcha de la crosse de son .38 spécial police.

Cujo fixait L'HOMME qui descendait de la voiture bleue d'un regard de plus en plus haineux. C'était L'HOMME qui provoquait sa souffrance ; il en était certain ; L'HOMME qui faisait naître la douleur dans ses articulations et cette plainte stridente dans sa tête ; L'HOMME qui rendait l'odeur des feuilles en décomposition, sous le porche, si épouvantable ; L'HOMME qui l'empêchait de regarder l'eau sans avoir à gémir et à fuir en éprouvant l'envie de tuer cette eau malgré sa soif.

Un grondement jaillit de très loin dans sa poitrine énorme tandis que ses pattes se repliaient sous lui. L'animal sentait L'HOMME , la sueur que l'excitation faisait couler de ses pores, la viande bien grasse qui enrobait ses os. Le grondement s'assourdit puis se transforma en un terrible hurlement de fureur. Le chien bondit de dessous le porche et s'élança sur cet HOMME affreux, responsable de tous ses maux.

Lors de ces secondes décisives, Bannerman ne perçut même pas le grognement sourd de Cujo. Il s'était approché de la Pinto suffisamment près pour distinguer une masse de cheveux tout contre la vitre du conducteur. Il pensa tout d'abord que la femme avait dû être assassinée d'un coup de feu, mais par où serait entrée la balle ? La vitre semblait avoir reçu un choc massif, pas un coup de feu.

Puis il vit la tête remuer. Pas beaucoup — quelques centimètres — mais elle *avait* bougé. La femme vivait. Le shérif avança d'un pas… et ce fut à ce moment que lui parvint le rugissement de Cujo, suivi par une volée d'aboiements furieux. Il pensa d'abord

(Rusty ?)

à son setter irlandais, mais Rusty s'était fait écraser quatre ans auparavant, peu après l'affaire Frank Dodd. Et jamais il n'avait produit un son pareil. Pendant un instant, un instant crucial, Bannerman resta pétrifié par l'horreur.

Il fit volte-face, tira son arme et eut la brève vision d'un chien — d'un chien incroyablement gros — qui sautait sur lui. La bête l'atteignit en pleine poitrine, le projetant contre l'arrière de la Pinto. L'homme poussa un cri rauque. Sa main droite partit vers le haut et son poignet heurta violemment le rebord chromé du coffre. Le revolver vola. Il tourbillonna par-dessus le toit de la voiture pour atterrir dans les hautes herbes, de l'autre côté de l'allée.

Le chien était en train de le *mordre*, et, quand Bannerman aperçut les premières taches de sang s'élargir sur sa chemise bleu ciel, il comprit brusquement toute la situation. Ils étaient venus ici, la voiture avait refusé de repartir… et le chien était là. Et le chien n'entrait pas dans l'analyse si ordonnée de Masen.

Bannerman saisit la bête à bras le corps, essayant de lui passer les mains sous la gueule pour la soulever, l'arracher à son ventre. Il éprouvait soudain une douleur terrible, aveuglante. Le devant de sa chemise était en lambeaux. Le sang coulait à flots sur son pantalon. L'homme s'efforça de pousser mais le chien le plaqua contre la tôle avec une puissance effrayante, faisant trembler la Pinto sur ses amortisseurs.

George se surprit à se demander s'il avait fait l'amour à sa femme la nuit précédente.

Penser à une chose pareille. Penser à une...

L'animal enfonça encore ses crocs dans sa chair. Bannerman tenta de s'esquiver, mais le chien l'avait deviné, lui jetait un *sourire* mauvais, et l'homme ressentit tout d'un coup la douleur la plus intense de sa vie. Elle le galvanisa. En hurlant, il saisit à deux mains les mâchoires du chien et parvint à les écarter. Plongeant son regard dans ces yeux sombres et fous, il fut submergé par une vague d'horreur et pensa : *Alors, Frank, c'est toi, hein ? Tu avais trop chaud en enfer ?*

Puis Cujo lui happa les doigts, ne laissant plus qu'une masse de chair mutilée. Bannerman oublia Frank Dodd. Il ne pensa plus qu'à tenter de sauver sa peau. Il essaya de lever un genou pour se protéger de la bête mais n'y parvint pas. Une souffrance fulgurante au bas-ventre l'en empêcha.

Qu'est-ce qu'il m'a fait ? Oh, mon Dieu, qu'est-ce qu'il m'a fait ? Vicky, Vicky...

La porte côté chauffeur de la Pinto s'ouvrit. C'était la femme. George avait vu la photo de famille que Steve Kemp avait piétinée et il y avait remarqué une jolie jeune femme, bien coiffée, de celles sur lesquelles on se retourne dans la rue avec une idée bien précise derrière la tête. Quand on rencontrait une femme comme celle-là, on enviait le mari de l'avoir dans son lit.

Mais celle qui apparut n'était plus qu'une ruine. Le chien l'avait mordue elle aussi. Son ventre était maculé de sang séché. Sur l'une des jambes, le jean avait été arraché et un bandage trempé recouvrait la cuisse juste au-dessus du genou. Le pire restait cependant le visage ; on eût dit une affreuse pomme cuite. Son front brûlé était couvert d'ampoules et pelait. Ses lèvres craquelées suppuraient.

Ses yeux disparaissaient, enfoncés dans deux masses de chair violacées.

Le chien abandonna aussitôt Bannerman pour se ruer sur elle, en grognant, toutes pattes tendues. Elle battit précipitamment en retraite dans la voiture et claqua la portière.

(La voiture maintenant, appeler la radio, appeler.)

L'homme se mit à courir en direction de la voiture de police. Le chien le poursuivait mais il parvenait à le distancer. Il refermait la portière, saisissait le micro et faisait le code trois, celui dont se servent les policiers ayant besoin de secours. Du renfort arrivait. Le chien était tué. Ils étaient tous sauvés.

Toute la scène se déroula en moins de trois secondes dans l'esprit de George Bannerman. Au moment où il allait s'élancer vers sa voiture, ses jambes se dérobèrent et il s'écroula sur le sol.

(Oh Vicky qu'est-ce qu'il a pu me faire ?)

Le monde n'était plus qu'un soleil aveuglant. Bannerman ne voyait presque plus rien. Il réussit à se mettre à quatre pattes, puis, enfonçant ses doigts dans le gravier, parvint à s'agenouiller. Il baissa les yeux et vit qu'un épais tronçon d'intestin grisâtre pendait de sa chemise déchiquetée. Ses cuisses étaient rouges de sang.

C'était assez. Le chien l'avait suffisamment esquinté.

Prends tes tripes, Bannerman. Si tu dois crever, tu crèveras, mais pas avant d'attraper ce putain de micro et d'appeler à l'aide. Prends tes tripes et fous-toi debout...

(Le gosse bon Dieu son gosse est-ce qu'il est dedans ?)

Cela lui fit penser à sa propre fille, Katrina, qui entrait au lycée cette année. Elle commençait à avoir de la poitrine et devenait une vraie petite jeune fille. Des leçons de piano. Elle voulait un cheval. Il fut un temps où, si elle s'était rendue toute seule de l'école à la bibliothèque,

Frank Dodd l'aurait tuée, elle, au lieu de Mary Kate Hendrasen. Quand…

(Remue-toi.)

Bannerman se leva. Tout n'était plus que soleil et luminosité. Il lui semblait que son corps voulait se vider par le trou qu'y avait fait le chien. La voiture. La radio. Derrière lui, Cujo s'occupait d'autre chose ; la bête se jetait sans répit contre la portière déjà enfoncée de la Pinto, aboyant et grognant de façon effrayante.

Le shérif tituba en direction de sa voiture. Son visage était livide, ses lèvres d'un gris bleuâtre. Le plus gros chien qu'il eût jamais vu venait de l'étriper. De *l'étriper*, bon Dieu, et pourquoi tout paraissait-il si brûlant, si aveuglant ?

Ses intestins lui échappaient des mains.

Il atteignit la porte de sa voiture. Il entendait la radio qui, sous le tableau de bord, crachait son message. *J'aurais dû appeler avant. C'est le règlement. On ne discute jamais le règlement, mais si j'avais toujours respecté cette règle, je n'aurais jamais appelé Smith dans l'affaire Dodd. Vicky, Katrina, pardonnez-moi…*

L'enfant. Il fallait des secours pour l'enfant.

Il faillit tomber et se rattrapa au bord de la portière.

Et puis il entendit le chien courir vers lui et se remit à hurler. Il essaya de se dépêcher. Si seulement il arrivait à refermer cette portière… oh, mon Dieu, si seulement il pouvait fermer cette porte avant que le chien ne soit sur lui… *oh mon Dieu…*

(Oh mon DIEU *!)*

Tad avait recommencé à crier, à crier et à se griffer le visage, balançant la tête d'un côté puis de l'autre tandis que Cujo donnait des coups de boutoir dans la porte, la faisant trembler.

« Tad, arrête ! Arrête… mon amour, je t'en prie, arrête !

— *Veux papa… veux papa… veux papa…* »

Les coups cessèrent brusquement.

Serrant Tad contre sa poitrine, Donna tourna la tête à temps pour voir Cujo fondre sur l'homme au moment où celui-ci allait se jeter dans la voiture. La force de l'impact lui fit lâcher la portière avant qu'il pût la refermer.

Puis Donna ne voulut plus voir. Elle aurait aussi aimé ne plus entendre le son de Cujo achevant celui qui était venu les sauver.

Il s'est caché, songeait-elle, sentant l'hystérie la gagner. *Il a entendu la voiture approcher et il s'est caché.*

La porte de service. C'était le moment de courir vers cette porte pendant que Cujo était… occupé.

La jeune femme posa la main sur la poignée, l'actionna et poussa. Rien ne se produisit. La porte refusait de s'ouvrir. Cujo avait fini par l'enfoncer suffisamment pour qu'elle reste coincée dans son cadre.

« Tad, chuchota-t-elle fiévreusement. Tad, change de place avec moi, *vite*. Tad ? *Tad ?* »

L'enfant était agité de frissons. Ses yeux se révulsaient.

« Canards, prononçait-il d'une voix gutturale. Vais voir les canards. Formule pour le Monstre. Papa. Ah… Ahhh… *ahhhhhhh…* »

Les convulsions le reprenaient. Ses bras tombèrent mollement. Donna se mit à le secouer en criant son nom et essayant de lui maintenir la bouche ouverte, de laisser entrer l'air dans ses poumons. Sa tête commença à bourdonner et elle craignit de s'évanouir. C'était l'enfer, ils étaient en enfer. Le soleil matinal s'engouffrait dans la voiture, faisant naître son effet de serre, durement, impitoyablement.

Tad finit enfin par se calmer. Ses paupières se refermèrent. Son souffle prit un rythme rapide. Lorsque Donna posa ses doigts sur le poignet de son fils, elle eut du mal à sentir son pouls tant il était faible, ténu, irrégulier.

Elle regarda dehors. Cujo tenait le bras de l'homme dans sa gueule et le ballottait tel un chiot jouant avec une poupée de chiffon. Plusieurs fois, il se jeta sur le corps inerte. Ce sang… tout ce sang.

Comme s'il se rendait compte qu'on l'observait, Cujo leva la tête, la gueule dégoulinante. Il contempla la jeune femme avec une expression (un chien *pouvait*-il avoir une expression ? se demanda-t-elle, au bord de la folie) de dureté et de pitié mêlées… une fois encore, Donna eut le sentiment qu'ils se connaissaient maintenant parfaitement, et qu'il n'y aurait plus pour chacun d'eux de repos tant qu'ils n'auraient pas exploré jusqu'au bout leur terrible relation.

La bête s'acharna de nouveau sur l'homme à la chemise bleu ciel et au pantalon kaki trempés de sang. La tête morte roula sur les épaules. Donna détourna les yeux, ne sentant plus que la bile dans son estomac vide. Sa jambe blessée la faisait souffrir et élançait. La déchirure s'était rouverte.

Tad… comment était-il ?

Horriblement mal, répondit implacablement une voix dans son crâne. *Alors, que vas-tu faire ? Tu es sa mère, qu'est-ce que tu décides ?*

Que *pouvait*-elle faire ? Cela aiderait-il Tad qu'elle sorte et se fasse massacrer ?

Le policier. On l'avait envoyé ici. Et comme il ne reviendrait pas…

« Vite, émit-elle d'une voix rauque. Vite, par pitié. »

403

Il était huit heures et, à l'extérieur, il faisait encore relativement doux — vingt-cinq degrés. À midi ce jour-là, à l'aéroport de Portland, on relèverait une température de trente-huit degrés, un nouveau record battu.

Townsend et Andy Masen arrivèrent dans les locaux de la police de Scarborough à huit heures trente. Masen laissa Townsend prendre les rênes. La suite dépendait pour l'instant de sa juridiction, pas de celle d'Andy, et celui-ci respectait toujours scrupuleusement les compétences de chacun.

L'officier de service leur apprit qu'on reconduisait Steve Kemp dans le Maine. Kemp n'avait pas fait de difficultés, mais il refusait toujours de parler. Une équipe d'experts du labo avait passé le fourgon au crible. Ils n'avaient rien trouvé qui pût indiquer qu'une femme et un enfant avaient été retenus à l'intérieur, mais étaient tombés sur une jolie petite pharmacie dissimulée dans l'emplacement de la roue de secours — de la marijuana, un peu de cocaïne, et un cocktail explosif d'amphétamines. Cela leur fournissait un motif pour le garder sous clef, du moins pour le moment.

«Cette Pinto», commença Andy en portant à Townsend une tasse de café. «Où a pu passer cette foutue Pinto?»

Townsend hocha la tête.

«Bannerman a appelé?

— Non.

— Eh bien faites-le. Dites-lui que je veux qu'il soit là-bas quand ils amèneront Kemp. C'est sa juridiction et je suppose que c'est à lui de mener l'interrogatoire. Dans la forme en tout cas.»

Townsend revint cinq minutes plus tard, une expression de surprise peinte sur ses traits. « Je n'arrive pas à le joindre, Mr. Masen. Le radio a essayé et il dit que Bannerman ne doit pas être dans sa voiture.

— Bon sang, il est sûrement en train de prendre un café quelque part. Qu'il aille se faire voir. Il restera en dehors du coup. » Andy Masen alluma une nouvelle Pall Mall, toussa puis sourit à Townsend. « Je pense que nous pourrons nous débrouiller sans lui avec ce Kemp, non ? »

Townsend lui rendit son sourire. « Oh, sans problème. »

Masen secoua la tête. « Cette affaire commence à prendre un mauvais tour, Mr. Townsend. Un très mauvais tour.

— Cela ne se présente pas bien.

— Je finis par me demander si ce Kemp ne les a pas fourrés dans un fossé quelque part entre Castle Rock et Twickenham. » Masen sourit de nouveau. « Mais nous lui ferons cracher le morceau, Mr. Townsend. J'en ai maté des plus coriaces que lui.

— Oui, monsieur », répondit Townsend, plein de respect. Il ne doutait pas des paroles de Masen.

« On le fera parler même si on doit le laisser assis dans ce bureau et le faire suer pendant deux jours. »

Townsend s'éclipsa environ tous les quarts d'heure pour tenter d'entrer en contact avec George Bannerman. Il ne connaissait pas bien le shérif mais avait de lui une meilleure opinion que Masen, et il pensait que Bannerman méritait d'être averti des sentiments de l'inspecteur à son égard. À dix heures, n'étant toujours pas parvenu à le joindre, Townsend commença à s'inquiéter. Il se demandait aussi s'il devait parler de ce silence curieux à Masen, ou bien s'il valait mieux laisser l'inspecteur tranquille.

Roger Breakstone atterrit à New York par la navette de huit heures quarante-neuf, prit un taxi et arriva au Biltmore juste avant neuf heures trente.

« Vous aviez réservé pour deux ? s'enquit le réceptionniste.

— Mon associé a été rappelé chez lui d'urgence.

— Quel dommage », fit le réceptionniste d'un ton indifférent avant de tendre à Roger une fiche à remplir. Pendant que Roger écrivait, il raconta au caissier qu'il avait obtenu deux billets pour aller voir un match de base-ball, le week-end suivant.

Une fois dans sa chambre, Roger s'allongea, essayant de dormir un peu mais, malgré son manque de sommeil de la nuit, il n'y parvint pas. Donna baisant avec un autre. Vic s'efforçant de tenir le coup avec, en plus, cette histoire de saloperie de céréales pour gosses. Et maintenant Tad et Donna qui avaient disparu. Vic avait disparu. Tout semblait partir en fumée cette semaine. Le plus beau tour de passe-passe jamais vu, un, deux, trois, c'est fini, disparus. Quelle merde que la vie ! Il avait la migraine. La douleur le frappait en grosses vagues régulières.

Il finit par se lever, en ayant assez d'être seul avec ses maux de tête et ses idées noires. Il pensa qu'il ferait aussi bien d'aller à l'agence de marketing Summers pour les tarabuster un peu — il fallait bien qu'Ad Worx les paie pour quelque chose.

Roger s'arrêta dans le hall de l'hôtel pour demander une aspirine. La marche jusqu'à l'agence ne calma pas sa migraine mais lui donna le temps de réveiller toute son horreur de New York.

Je ne reviendrai pas ici, songea-t-il. *Il faudrait d'abord que j'en sois réduit à décharger des caisses de Pepsi pour ramener Althea et les filles ici.*

Les bureaux de Summers se trouvaient au quatorzième étage d'un gratte-ciel gigantesque, laid et angoissant. La réceptionniste sourit et hocha la tête quand Roger se fut présenté.

« Mr. Hewitt vient juste de sortir pour quelques minutes. Mr. Trenton n'est pas avec vous ?

— Non, il a dû rentrer chez lui.

— Très bien, j'ai quelque chose pour vous. C'est arrivé ce matin. » Elle tendit à Roger un télégramme dans une enveloppe jaune. Il était adressé à V. TRENTON/ R. BREAKSTONE/AD WORX/AUX BONS SOINS DES STUDIOS IMAGE-EYE. Rod l'avait fait suivre à l'agence Summers la veille au soir.

Roger déchira l'enveloppe et vit tout de suite que le télégramme venait du vieux Sharp et qu'il était plutôt long.

Lettre de renvoi, nous y voilà, songea-t-il en se mettant à lire.

La sonnerie du téléphone réveilla Vic peu avant midi ; sans elle il aurait pu dormir encore une bonne partie de l'après-midi. Son sommeil avait été lourd et abrutissant ; il sursauta et se sentit complètement désorienté. Le rêve était revenu. Donna et Tad dans un renfoncement rocheux, se protégeant à grand-peine d'une horrible bête mythologique. La pièce sembla tournoyer au moment où Vic décrochait le combiné.

Donna et Tad, pensa-t-il. *Ils sont vivants.*

« Allô ?

— Vic, c'est Roger.

— Roger ? » Il s'assit. Sa chemise lui collait au corps. Une partie de lui-même n'arrivait pas à s'arracher au sommeil et à ce cauchemar. La lumière l'aveuglait. Cette chaleur… il faisait relativement frais quand il était monté se coucher. Combien de temps s'était-il écoulé ? Combien de temps l'avaient-ils laissé dormir ?

« Roger, quelle heure est-il ?

— L'heure ? » Roger se tut. « Eh bien, il est midi pile. Qu'est-ce…

— Midi ? Oh, bon Dieu… Roger, j'ai dormi.

— Qu'est-il arrivé, Vic ? Ils sont rentrés ?

— Pas quand je me suis endormi. Ce salaud de Masen m'avait promis…

— Qui est Masen ?

— Il s'occupe de l'enquête. Roger, il faut que j'y aille. Il faut que je sache…

— Hé, attends un peu. Je t'appelle de chez Summers. Il faut que je te dise. Sharp a envoyé un télégramme à Cleveland. Nous gardons le contrat.

— Quoi ? Quoi ? » Tout allait trop vite. Donna… le contrat… Roger qui avait l'air presque joyeux.

« Il y avait un télégramme ici quand je suis arrivé. Le vieux et son gosse l'avaient envoyé à Image-Eye et Rob l'a renvoyé ici. Tu veux que je te le lise ?

— Dis-moi l'essentiel.

— Apparemment, le vieux et le gosse sont arrivés aux mêmes conclusions mais par des chemins différents. Le vieux voit l'affaire Zingers comme un nouvel Alamo — nous sommes les gentils qui restons debout devant l'assaillant, prêts à défendre le fort. Nous devons nous tenir les coudes, tous pour un, un pour tous.

— Oui, je me doutais qu'il réagirait comme ça, fit Vic en se frottant la nuque. C'est un vieux salaud mais il est loyal. C'est pour ça qu'il nous a suivis quand on a quitté New York.

— Le gosse aimerait toujours se débarrasser de nous, mais il ne croit pas que c'est le bon moment. Il pense que ça pourrait être pris comme un signe de faiblesse ou même de culpabilité. Non, mais tu te rends compte ?

— Rien ne peut plus m'étonner de la part de ce petit tordu paranoïaque.

— Ils veulent que nous nous rendions à Cleveland pour signer un nouveau contrat de deux ans. Évidemment, ce ne sont pas les cinq ans habituels, et quand il arrivera à terme, le gosse est presque sûr qu'il dirigera la boîte et qu'il pourra nous dire d'aller voir ailleurs, mais deux ans… ça nous suffit, Vic ! En deux années on aura repris le dessus ! On pourra leur dire…

— Roger, je dois…

— … de se foutre leurs saloperies de gâteaux au cul ! Ils veulent aussi parler de la nouvelle campagne et je pense qu'ils seront d'accord pour le chant du cygne du professeur des céréales Sharp.

— C'est formidable, Roger, mais je dois essayer de savoir ce qui est arrivé à Donna et Tad.

— D'accord, d'accord. C'était sûrement pas le moment d'appeler, mais j'ai pas pu m'en empêcher. J'ai cru que j'allais éclater comme une baudruche.

— Une bonne nouvelle tombe toujours bien », répondit Vic. Il éprouvait tout de même un pincement de jalousie en entendant la joie et le soulagement dans la voix de Roger, et aussi une amère déception de ne pouvoir partager le bonheur de son ami. Peut-être fallait-il considérer la nouvelle comme un bon présage.

« Vic, tu m'appelles dès que tu as quelque chose, d'accord ?

— Promis, Rog. Merci. »

Vic raccrocha, enfila ses mocassins et descendit au rez-de-chaussée. La cuisine était toujours dans le même désordre — il sentit son cœur se soulever en retrouvant ce spectacle. Mais sur la table, coincé sous la salière, un mot de Masen l'attendait.

Mr. Trenton,

On a arrêté Steve Kemp à Twickenham, une petite ville du Massachusetts. Votre femme et votre fils ne sont pas, je répète, ne sont pas avec lui. Je ne vous ai pas réveillé car Kemp veut se taire et il en a le droit. Sauf complication, il sera conduit directement aux bureaux de police de Scarborough pour vandalisme et détention de drogues interdites. Il sera sans doute ici vers onze heures trente. S'il y a du nouveau, je vous téléphonerai au plus tôt.

Andy Masen.

« Le droit de se taire, et *mon cul* », gronda Vic. Il se rua dans la salle de séjour, chercha le numéro des locaux de la police de Scarborough et le composa sur le cadran.

« Mr. Kemp est là, lui répondit l'officier de service. Il est arrivé il y a environ un quart d'heure. Mr. Masen est avec lui, maintenant. Kemp a demandé un avocat. Je ne pense pas que Mr. Masen puisse venir…

— Vous occupez pas de ce qu'il peut ou ne peut pas faire, le coupa Vic. Dites-lui que c'est le mari de Donna Trenton et qu'il a intérêt à venir me parler. »

Quelques instants plus tard, Masen se trouvait au bout du fil.

« Mr. Trenton, je comprends votre inquiétude, mais le peu de temps qui nous reste avant l'arrivée de l'avocat peut être très précieux.

— Qu'est-ce qu'il vous a dit ? »

Masen hésita puis répondit : « Il reconnaît l'acte de vandalisme. Je crois qu'il a fini par se rendre compte que c'était beaucoup plus grave que la came découverte à la place de sa roue de secours. Il a admis le vandalisme aux policiers du Massachusetts qui l'ont escorté jusqu'ici. Mais il assure qu'il n'y avait personne à la maison quand il y est allé, et qu'il en est parti sans rencontrer qui que ce soit.

— Vous ne croyez pas à ces bobards, si ?

— Il paraît assez convaincant, fit prudemment Masen. Pour l'instant, je ne crois rien du tout. Si je pouvais simplement lui poser encore quelques questions…

— Et le garage de Camber ?

— Rien. J'y ai envoyé le shérif Bannerman avec des instructions pour qu'il appelle aussitôt, si jamais votre femme ou sa voiture se trouvait là-bas. Et il n'a pas rappelé…

— Vous ne savez donc rien, c'est ça ?

— Mr. Trenton, il faut vraiment que je vous laisse. Si nous avons la moindre nou… »

Vic reposa violemment le combiné et resta quelques secondes, le souffle court, dans la salle de séjour. Puis il se dirigea lentement vers l'escalier et se mit à gravir les marches. Il se tint un instant immobile sur le palier puis entra dans la chambre de son fils. Les petits camions de Tad étaient soigneusement alignés le long du mur, garés en biseau. Vic sentit son cœur se serrer en les regardant. Le ciré jaune de Tad était pendu au crochet de cuivre, près de son lit, et ses albums de coloriages s'empilaient, bien rangés, sur son bureau. La porte du placard était ouverte. Vic la ferma l'esprit ailleurs et, sans même se rendre compte de ce qu'il faisait, mit la chaise de Tad devant.

Il s'assit sur le lit de son fils, les mains pendant entre les jambes, contemplant la lumière aveuglante du soleil, dehors.

Des impasses. Toujours des impasses. Où pouvaient-ils être ?

(Des impasses.)

Voilà un mot qui le poursuivait. *Impasses.* Sa mère lui avait raconté un jour qu'à l'âge de Tad il était fasciné par les voies sans issue. Il se demanda si l'on héritait ce genre de chose et si Tad lui aussi s'intéressait aux impasses. Il se demanda si Tad vivait encore.

Il lui vint soudain à l'esprit que la route municipale n° 3, qui menait au garage de Joe Camber, était, elle aussi, une impasse.

Vic leva brusquement la tête et s'aperçut que le mur, au-dessus du lit de Tad, était nu. La Formule pour le Monstre avait disparu. Pourquoi l'enfant l'avait-il prise ? Ou était-ce Steve Kemp, pour quelque obscure raison connue de lui seul ? Mais si Kemp était venu dans cette pièce, pourquoi ne l'avait-il pas saccagée comme le reste de la maison ?

(Impasses et Formule pour le Monstre.)

Avait-elle emmené la Pinto chez Camber ? Il ne se souvenait que vaguement de la conversation qu'ils avaient eue à propos de la soupape défectueuse. Donna n'avait-elle pas dit que Joe Camber lui faisait un peu peur ?

Non, pas Camber. Lui se contentait de la déshabiller mentalement. Non, c'était le chien qui l'effrayait. Comment s'appelait-il déjà ?

Ils avaient plaisanté à ce sujet. Tad. Tad qui appelait le chien.

Et de nouveau lui parvint la voix de son fils, fantomatique, tellement perdue et désespérée dans cette chambre à moitié vide, cette chambre maintenant terrifiante : *Cujo… iciii, Cujo… Cuuujo…*

Il se produisit alors quelque chose dont Vic ne parlerait jamais à quiconque. Au lieu d'entendre la voix de Tad dans sa tête, il l'entendait *vraiment*, lointaine, perçante, apeurée, une voix qui se perdait *au fin fond du placard.*

412

La gorge de Vic laissa échapper un cri et il se tapit sur le lit du petit garçon, les pupilles dilatées par l'horreur. La porte du placard s'ouvrait, repoussant la chaise qu'il venait de placer devant, et l'on entendait l'enfant crier « *Cuuuuuuu...* »

Puis Vic prit conscience qu'il ne s'agissait pas de la voix de Tad, mais du crissement de la chaise sur le parquet ripoliné, bruit que son esprit malade transformait en la voix de son fils. C'était simplement cela et...

... et il y avait des yeux dans la penderie, il voyait des yeux, rouges, purulents, épouvantables...

Il poussa un petit cri. La chaise se renversa sans motif plausible. Puis il aperçut l'ours de Tad à l'intérieur du placard, perché sur une pile de draps et de couvertures. Il avait vu les billes de verre de l'ours en peluche, rien d'autre.

Le cœur cognant dans sa poitrine, Vic se leva et s'approcha de la penderie. Une odeur en sortait, une odeur lourde et désagréable. Ce devait être la naphtaline — sans doute y entrait-elle en partie — mais ce parfum-là avait quelque chose de... fauve.

Ne sois pas ridicule. Ce n'est qu'un placard. Pas une caverne. Pas un repaire de monstre.

Vic regarda l'ours de Tad. L'animal en peluche le fixait lui aussi de ses yeux immobiles. Derrière l'ours, derrière les vêtements suspendus, c'était la nuit. Il pouvait s'y cacher n'importe quoi. *N'importe quoi.* Mais il n'y avait rien, naturellement.

Tu m'as fait peur, nounours, lança-t-il.

Monstres, n'entrez pas dans cette chambre, répliqua l'ours. Ses yeux brillèrent. Ce n'était que du verre mort, mais ils étincelèrent.

La porte est gauchie, c'est tout, dit Vic à voix haute. Il transpirait ; de grosses gouttes salées lui coulaient lentement sur le visage, comme des larmes.

Vous n'avez rien à faire ici, rétorqua l'ours.

Qu'est-ce que j'ai ? lui demanda Vic. *Je deviens fou, ou quoi ? Ce serait donc ça, la folie ?*

Ce à quoi l'ours répondit : *Monstres, laissez Tad tranquille.*

Vic referma la porte et observa, les yeux agrandis comme ceux d'un enfant, la poignée bouger toute seule. La porte se rouvrit.

Je n'ai pas vu ça. Je ne peux pas avoir vu ça.

Il claqua la porte et remit la chaise devant. Il saisit ensuite une grosse pile de livres d'images et les posa dessus pour faire du poids. La porte ne se rouvrit pas. Vic la contempla longuement, songeant aux impasses. Pas beaucoup de circulation dans les impasses. Tous les monstres devaient vivre sous les ponts, au fond des placards ou au bout des voies sans issue. Ce devait être écrit dans la Constitution.

Il se sentait maintenant très mal à l'aise.

Vic sortit de la chambre, descendit l'escalier et s'assit sur les marches du porche. Il alluma une cigarette d'une main qui tremblait légèrement et regarda le ciel, sentant son malaise croître en lui. Il s'était passé quelque chose dans la chambre de Tad. Il ne savait pas avec certitude de quoi il s'agissait mais il s'était indubitablement produit quelque chose.

Des monstres, des chiens, des placards, des garages et des impasses.

Qu'est-ce qu'il faut faire, maître ? Les additionner ? Les soustraire ? Les diviser ? Les multiplier ?

Vic jeta sa cigarette au loin.

Il croyait pourtant que c'était Steve Kemp, non ? Kemp avait tout fait. Il avait saccagé la maison. Kemp avait failli saccager leur mariage. Kemp était venu répandre son sperme sur le lit que Vic et Donna partageaient depuis trois ans. Kemp avait fait un grand trou dans la toile si confortable de la vie de Vic Trenton.

Kemp. Kemp. Tout était de la faute de Kemp. La guerre froide, la prise d'otages en Iran, la destruction de la couche d'ozone étaient de sa faute.

Ridicule. Car on ne pouvait lui imputer l'affaire des Zingers, par exemple ; on ne pouvait non plus lui reprocher la soupape défectueuse sur la Pinto de Donna.

Vic contempla sa vieille Jaguar. Il allait faire un tour. Il ne pouvait rester ici ; il allait devenir fou s'il ne partait pas. Il devrait prendre sa voiture et se rendre à Scarborough, attraper Kemp et le secouer jusqu'à ce qu'il avoue ce qu'il avait fait de Donna et de Tad. Mais l'avocat serait déjà arrivé, et, aussi incroyable que cela puisse paraître, aurait peut-être réussi à libérer le prisonnier.

La soupape. C'était le ressort qui maintenait la soupape en place. Quand le ressort ne fonctionnait plus normalement, la valve se coinçait et empêchait l'essence de passer dans le carburateur.

Vic se dirigea vers la Jag et y grimpa ; le cuir brûlant des sièges lui fit faire la grimace. Il fallait rouler pour qu'entre vite un peu d'air frais.

Mais aller où ?

Au garage de Camber, répondit aussitôt son esprit.

Cela paraissait idiot. Masen y avait déjà envoyé le shérif avec l'ordre de rappeler immédiatement s'il découvrait quoi que ce soit et le flic n'avait pas rappelé, cela signifiait donc…

(Que le monstre l'avait eu.)

De toute façon, rien ne s'opposait à ce qu'il y aille, n'est-ce pas ? Et cela lui donnait un but.

Vic mit le contact de l'auto et lui fit descendre la colline en direction de la route 117 sans savoir encore s'il tournerait à gauche vers la 1-95 et Scarborough, ou bien s'il prendrait à droite pour rejoindre la route municipale n° 3.

Il s'arrêta longtemps au panneau stop et quelqu'un s'impatienta derrière lui, donnant des coups d'avertisseur. Vic obliqua alors brusquement à droite. Passer en vitesse chez Joe Camber ne ferait de mal à personne. Il serait là-bas en un quart d'heure. Il jeta un coup d'œil sur sa montre et vit qu'il était midi vingt.

L'heure était venue et Donna le savait.

Peut-être même que le moment était déjà passé, mais elle devrait faire avec — mourir avec s'il le fallait. Personne n'allait venir. Aucun chevalier ne remonterait la route municipale n° 3 sur son beau destrier lancé au galop — Roger Moore était apparemment occupé ailleurs.

Tad était mourant.

Elle s'obligeait à le répéter d'une voix entourée et tremblante : « Tad va mourir. »

Elle n'était pas arrivée à faire circuler le moindre courant d'air dans la voiture, ce matin. Sa vitre ne pouvait désormais plus descendre et celle de Tad ne laissait entrer que davantage de chaleur. La seule fois où la jeune femme avait essayé de la baisser de plus d'un quart, Cujo avait quitté l'ombre du garage et s'était précipité aussi vite qu'il pouvait vers la portière de Tad en poussant des grognements d'impatience.

La sueur ne coulait plus sur le visage ni dans le cou de l'enfant. Il ne lui restait plus assez d'eau pour transpirer. Il avait la peau sèche et brûlante. Sa langue, gonflée et inerte, dépassait de sa lèvre inférieure. Le petit garçon respirait si faiblement que sa mère ne percevait presque plus son souffle. Deux fois, elle dut coller son oreille contre la poitrine de son fils pour s'assurer qu'il vivait encore.

Elle-même était au plus mal. La voiture semblait un haut fourneau. Il devenait impossible de toucher les surfaces métalliques sans se brûler ; il en allait de même pour le volant. Donna avait affreusement mal à la jambe et elle ne doutait plus que le chien lui eût transmis quelque germe infectieux. Il était sûrement trop tôt pour que ce fût la rage — elle priait Dieu pour qu'il en soit ainsi — mais la morsure avait pris un aspect rouge et enflammé.

Cujo ne paraissait pas en meilleur état. L'énorme bête semblait s'être ratatinée dans sa fourrure hirsute et couverte de sang. Ses yeux étaient brumeux, presque vides, un regard de vieillard atteint de la cataracte. Telle une machine de destruction usée, qui s'autodétruisait peu à peu mais restait encore terriblement dangereuse, Cujo montait la garde. Il ne bavait plus ; son museau n'était plus qu'une horrible plaie séchée. On eût dit un morceau de roche ignée recraché par le cratère d'un vieux volcan.

Le vieux monstre, songea Donna, *monte vaillamment la garde.*

Était-elle surveillée ainsi depuis quelques heures à peine, ou bien l'avait-elle été toute sa vie ? Tout ce qui s'était passé auparavant ne devait être qu'une illusion, juste le temps de se préparer avant d'entrer en scène. Sa mère que tout semblait dégoûter, repousser, son père, bien intentionné mais inefficace, l'école, les amis, les rendez-vous, les surboums — tout ceci lui apparaissait comme un rêve, maintenant, à la façon dont les vieux doivent penser à leur jeunesse. Plus rien n'importait, *rien* sauf ce jardin silencieux et écrasé de soleil où la mort avait déjà été distribuée, mais où d'autres cartes attendaient encore d'être jouées. Le vieux monstre montait la garde, et Donna sentait son fils glisser, glisser, glisser au loin.

La batte de base-ball. Voilà tout ce qui lui restait.

La batte de base-ball et peut-être, si elle parvenait jusque là-bas, quelque chose dans la voiture du policier mort. Un pistolet par exemple.

La jeune femme entreprit de mettre Tad à l'arrière, en grognant et soufflant, en luttant contre le vertige qui lui obscurcissait la vue. L'enfant fut enfin installé, aussi immobile et silencieux qu'une grande poupée de chiffon.

Donna regarda par la fenêtre, repéra la batte de base-ball dans les hautes herbes et ouvrit la portière.

Dans la gueule sombre du garage, Cujo se leva et se mit à avancer lentement, tête baissée, vers l'allée de gravier, vers elle.

Il était midi trente quand Donna Trenton sortit pour la dernière fois de sa voiture.

Vic quitta la route Maple Sugar pour prendre la route municipale n° 3 juste au moment où sa femme allait ramasser la batte de Brett Camber, dans les herbes folles. Il conduisait vite, souhaitant passer rapidement chez les Camber et repartir aussitôt pour Scarborough, à près de quatre-vingts kilomètres de là. À peine eut-il pris la décision de se rendre d'abord chez Camber que son esprit ne cessa de lui répéter qu'il faisait fausse route. Vic ne s'était jamais senti si impuissant de sa vie. Il roulait à près de cent kilomètres à l'heure et se concentrait tellement sur la route qu'il avait déjà dépassé la maison de Gary Pervier lorsqu'il se rendit compte que le break de Joe Camber était garé devant. Il appuya brusquement sur les freins de la Jag. Le nez de la voiture piqua vers la chaussée. Le flic avait dû aller chez Camber et trouver porte close car Camber se trouvait ici.

Vic regarda dans le rétroviseur, vit que personne n'approchait et fit une rapide marche arrière. Il rangea la Jag dans le jardin de Pervier et descendit.

Vic éprouva à peu près la même chose que Joe Camber quand, deux jours plus tôt, celui-ci avait découvert les flaques de sang (maintenant sèches et d'une teinte brunâtre) et le panneau de la porte vitrée fracassé. Une odeur fétide et métallique emplit la bouche de Vic. Il devait y avoir un rapport. D'une façon ou d'une autre, il devait y avoir un rapport avec la disparition de Tad et de Donna.

Il pénétra dans la maison et la puanteur l'assaillit tout de suite — le parfum ample et âcre de la décomposition. Il avait fait très chaud pendant ces deux jours. Au milieu du couloir, Vic distingua une forme qui évoquait une petite table renversée, mais il savait pertinemment qu'il ne s'agissait pas d'une petite table. À cause de l'odeur. Il s'approcha de la forme pour se convaincre que c'était bien un homme. Un homme dont la gorge avait été tranchée à l'aide d'une lame très émoussée.

Vic recula. Un son étranglé jaillit de sa gorge. Le téléphone. Il fallait prévenir quelqu'un.

Il allait se diriger vers la cuisine mais se figea. La vérité lui apparut comme une illumination ; on eût dit deux moitiés d'image qu'on réunissait pour former un tout en trois dimensions.

Le chien. C'était le chien qui avait tué cet homme.

La Pinto se trouvait bien chez Joe Camber. Elle était là-bas depuis le début. La Pinto et …

« Oh, mon Dieu, Donna … »

Vic se mit à courir vers la porte, vers sa voiture.

Donna faillit s'étaler sur le gravier ; ses jambes ne la portaient plus. Elle réussit à se ressaisir et attrapa la batte de base-ball sans même daigner vérifier que Cujo n'approchait pas avant d'avoir le bout de bois entre les mains, craignant de perdre à nouveau l'équilibre. Si elle avait eu le temps de regarder un tout petit peu plus loin, elle aurait vu le pistolet de George Bannerman qui gisait dans l'herbe.

Elle se retourna d'un pas mal assuré et vit Cujo fondre sur elle.

La jeune femme agita la lourde extrémité de la batte en direction de l'animal et eut l'impression que son cœur allait défaillir en sentant l'objet osciller dangereusement dans sa main — la poignée devait être près de se rompre. Le saint-bernard s'esquiva en grondant. La poitrine de la jeune femme se soulevait précipitamment dans le soutien-gorge de coton. Les bonnets blancs étaient couverts de sang ; elle s'était essuyé les mains dessus après avoir rattrapé la langue de Tad.

Ils s'examinèrent, chacun plongeant son regard dans celui de l'autre, se mesurant sous la lumière crue du soleil. Seuls s'entendaient la respiration courte de Donna, le grondement sourd de Cujo et le pépiement strident des moineaux, non loin de là. Les ombres étaient presque inexistantes.

Cujo entama un mouvement vers la gauche. Donna partit à droite. Ils se mirent à tourner en rond. Donna tenait la batte à l'endroit où la fissure semblait la plus profonde, serrant très fort les paumes sur le chatterton qui recouvrait le manche.

Cujo banda ses muscles.

« Allez, vas-y ! » lui cria-t-elle. Le chien bondit.

La jeune femme lança sa batte comme un joueur de

base-ball professionnel. Elle rata la tête de l'animal, mais lui frappa les côtes. Il y eut un gros bruit sourd et un craquement à l'intérieur de la bête. Cujo émit une sorte de cri et s'écroula sur le sol. Donna sentit le bois près de céder sous le chatterton — mais il tenait encore un peu.

Elle hurla d'une voix perçante et cassée avant d'abattre à nouveau son arme sur le poitrail du chien. Un nouvel os céda. Elle l'entendit nettement. La bête gémit et tenta de s'éloigner en rampant mais Donna ne la lâchait plus, levait sa batte, frappait, hurlait. Sa tête n'était plus que vertige et métal en fusion. Le monde dansait. Elle était les harpies, les sorcières de *Macbeth*, elle était la vengeance — pas pour elle, non, mais pour ce qu'on avait fait à son fils. Le manche brisé de la batte se soulevait et saillait sous ses mains, sous le chatterton qui le maintenait, au rythme d'un cœur battant la chamade.

Le bois était ensanglanté. Cujo essayait toujours de se soustraire aux coups mais ses mouvements s'étaient ralentis. Il évita un choc — l'extrémité de la batte frôla le gravier — mais le suivant l'atteignit au milieu du dos, le faisant retomber sur ses pattes arrière.

Donna crut l'avoir achevé ; elle recula même d'un ou deux pas, la respiration sifflante. Puis le chien émit un rugissement de colère et il sauta sur son adversaire. La jeune femme leva de nouveau son gourdin ; elle perçut une fois encore ce claquement sourd… mais au moment où Cujo roulait sur les gravillons, la vieille batte finit par se casser complètement. La partie renflée s'envola pour retomber sur le côté droit du capot de la Pinto, produisant un bruit de percussion très musical. Donna restait avec un petit bout de bois d'une quarantaine de centimètres entre les mains.

Cujo se relevait… se *ramassait* plutôt. Le sang lui coulait sur les flancs. Ses yeux jetaient des éclairs.

Donna voyait cependant le même rictus étirer sa gueule.

«*Allez, viens donc !*» hurla-t-elle.

Pour la dernière fois, l'épave agonisante de ce qui avait été le bon gros chien de Brett Camber se jeta sur LA FEMME à qui il devait toutes ses souffrances. Donna plongea en avant, armée du manche de la batte, et une longue écharde de hickory s'enfonça dans l'œil droit de Cujo, dans son cerveau. Il y eut un bruit léger — le son que produit un gros grain de raisin quand on l'écrase entre les doigts. Cujo continua sur sa lancée et heurta la jeune femme de plein fouet. Les mâchoires du chien claquaient à quelques centimètres de son cou. Elle leva un bras au moment où Cujo rampait un peu plus haut sur elle. L'œil de la bête suintait. Son souffle était horrible. Donna essaya de lui relever la gueule et les crocs se refermèrent sur son avant-bras.

«*Assez !* cria-t-elle. *Oh ! ça suffit, ça ne va donc jamais s'arrêter ? Pitié ! Pitié ! Pitié !*»

Du sang lui coulait sur le visage en un filet poisseux — son sang, le sang du chien. De son bras, la douleur semblait s'étendre au monde environnant… et petit à petit le chien arrivait à faire ployer le membre. Le manche éclaté de la batte s'agitait et pendait de façon grotesque, il avait l'air de pousser de l'orbite maintenant vide du chien.

Cujo allait atteindre le cou de Donna.

La jeune femme sentit les dents se poser sur sa peau et, en un ultime hurlement, elle propulsa ses deux mains en avant repoussant la bête de côté. Cujo tomba lourdement sur le sol.

Ses pattes arrière battirent le gravier. Elles se ralentirent… se ralentirent… puis s'immobilisèrent. Son œil restant se leva vers le ciel éblouissant. Sa queue retomba, très lourde, sur les mollets de la jeune femme. Le chien aspira une goulée d'air, l'éjecta. Il respira une fois encore, émit une sorte de ronflement puis soudain, un flot de sang jaillit de sa gueule. Il mourut.

Donna Trenton poussa un hurlement de triomphe. Elle tenta de se relever, tomba, puis parvint à se mettre debout. Elle fit deux pas traînants et trébucha sur le corps du chien, s'écorchant les genoux sur le gravier. Elle rampa jusqu'à l'endroit où était tombé le bout renflé de la batte dont l'extrémité était trempée de sang. La jeune femme la ramassa et se redressa en s'appuyant sur le capot de la Pinto. Elle retourna en chancelant vers Cujo et se mit à le frapper de son arme. Chaque coup produisait un son sourd quand le bois heurtait la chair inerte. Des bandes de chatterton noir dansaient et flottaient dans l'air chaud. Des éclats de bois pénétraient dans les paumes fragiles de Donna et des filets de sang coulaient sur ses poignets et ses avant-bras. Elle criait encore mais sa voix brisée n'émettait plus qu'une suite de grognements rauques ; les mêmes que ceux de Cujo, juste avant la fin. La batte montait et s'abattait. Donna s'acharnait sur la dépouille. Derrière elle, la Jaguar de Vic s'engouffrait dans l'allée des Camber.

Vic ne savait pas à quoi il s'attendait, mais sûrement pas à ceci. Il avait eu peur, mais la vue de sa femme — était-ce réellement Donna ? — debout devant cette masse déformée, écrasée, en train de lui assener des coups de ce qui semblait être un gourdin d'homme des cavernes… ce spectacle avait transformé sa peur en une panique qui excluait pratiquement toute faculté de penser. Pendant une fraction de seconde qu'il ne voudrait jamais admettre par la suite, il avait eu l'impulsion de faire marche arrière et de fuir… de fuir pour toujours. Ce qui se passait dans ce jardin calme et ensoleillé paraissait monstrueux.

Il coupa pourtant le moteur et sauta de la voiture. «Donna ! *Donna !*»

Elle semblait ne pas l'entendre ni même se rendre compte qu'il était là. Le soleil lui avait cruellement attaqué les joues et le front. La jambe gauche de son pantalon était déchiquetée et gorgée de sang. Son ventre avait l'air… avait l'air d'une grande *plaie*.

La batte de base-ball se levait et s'abattait, se levait et s'abattait. Donna produisait des beuglements. Le sang jaillissait de la carcasse molle du chien.

«*Donna !*»

Vic saisit la batte au moment où elle se relevait et l'arracha des mains de sa femme. Il la jeta au loin et prit Donna par les épaules. Elle fit volte-face, le regard vide, embrumé, les cheveux emmêlés, semblable à une sorcière. Elle le regarda… secoua la tête… et recula.

«Donna, mon chéri, mon amour», prononça-t-il doucement.

Vic était là, mais ce ne pouvait être lui. Il s'agissait d'un mirage. C'était le mal que le chien lui avait transmis qui la faisait délirer. Elle recula… se frotta les yeux… il était toujours là. Donna tendit une main tremblante que la vision pressa entre deux paumes brunes et vigoureuses. Cela la soulagea. Ses mains lui faisaient atrocement mal.

«Veh ? souffla-t-elle. Veh… Veh… Vic ?

— Oui, mon amour. C'est moi. Où est Tad ?»

Il ne s'agissait pas d'un mirage. C'était bien Vic. Elle voulut pleurer mais aucune larme ne vint. Ses yeux ne purent que rouler dans leurs orbites comme des roulements à billes brûlants.

« Vic ? Vic ? »

Il l'entoura de son bras. « Où est *Tad*, Donna ?

— Voiture. Voiture. Malade. Hôpital. » Elle parvenait à peine à murmurer, les forces lui manquaient. Elle ne pourrait bientôt plus proférer le moindre son. Mais quelle importance, maintenant ? Vic était là. Elle et Tad étaient sauvés.

Vic la laissa pour se diriger vers la Pinto. Donna resta où elle se trouvait, contemplant fixement le corps mutilé du chien. Ils ne s'en tiraient pas trop mal, en fin de compte, non ? Quand il ne restait plus que la survie en jeu, quand ne comptaient plus que votre carcasse, votre peau et vos os, vous pouviez vivre ou mourir et il n'y avait pas à discuter cette alternative. Le sang ne paraissait déjà plus si horrible, de même que la cervelle qui s'épanchait du crâne fracassé de Cujo. Tout semblait plus acceptable maintenant que Vic était là et qu'ils étaient sauvés.

« Oh mon *Dieu*. » La voix de Vic perça faiblement le silence.

Donna leva les yeux et vit son mari sortir quelque chose du coffre de l'automobile. Un sac de pommes de terre ? D'oranges ? Quoi ? Avait-elle fait des courses avant de venir ici ? Oui, mais elle avait déchargé la voiture à la maison. Elle et Tad avaient tout apporté dans la cuisine. Ils s'étaient servis de la brouette de Tad. Alors qu'est-ce…

Tad ! essaya-t-elle de crier en se précipitant vers lui.

Vic porta l'enfant jusqu'à l'ombre courte qui bordait la maison et l'allongea sur le sol. Le visage de Tad était crayeux. Ses cheveux semblaient de la paille sur son crâne délicat. Ses mains reposaient sur l'herbe, apparemment trop légères pour en écraser les brins.

Vic appuya la tête contre la poitrine de son fils. Il regarda Donna. Son visage avait pâli mais restait assez calme.

« Depuis combien de temps est-il mort, Donna ? »

Mort ? tenta-t-elle de hurler. Ses lèvres remuaient comme celles des gens, à la télévision, quand on a coupé le son. *Il n'est pas mort, il n'était pas mort quand je l'ai mis dans le coffre, pourquoi me racontes-tu qu'il est mort ? Qu'est-ce que tu veux me faire croire, salaud ?*

Elle s'efforçait de prononcer ces mots de sa voix aphone. Tad avait-il perdu la vie au même moment que le chien ? C'était impossible. Jamais Dieu, le destin ne sauraient se montrer aussi affreusement cruels.

Elle courut vers son mari et l'écarta d'une bourrade. Vic s'attendait à tout sauf à cela et il tomba par terre. Donna s'agenouilla au-dessus de Tad et lui releva les bras loin derrière la tête. Elle lui ouvrit les lèvres, lui pinça le nez et entreprit de faire le bouche-à-bouche à son fils.

Dans l'allée, les mouches somnolentes avaient décou- vert le cadavre de Cujo et celui du shérif Bannerman, époux de Victoria, père de Katrina. Elles ne marquaient aucune préférence pour l'homme ou pour le chien. C'étaient des mouches démocratiques. Le soleil dardait ses rayons triomphants. Il était une heure moins dix et les champs semblaient danser et miroiter dans le silence de l'été. Le ciel avait pris une teinte bleu très clair de denim délavé. Les prédictions de Tante Evvie s'étaient véri- fiées.

Donna insufflait de l'air dans les poumons de son fils. Elle soufflait, soufflait. Son fils n'était pas mort ; elle n'avait pas traversé cet enfer pour que son fils meure, c'était impossible.

C'était impossible.

Elle soufflait, soufflait. Elle insufflait de l'air dans les poumons de son fils.

Donna pratiquait toujours le bouche-à-bouche quand, vingt minutes plus tard, l'ambulance pénétra dans l'allée des Camber. Elle ne laissait pas Vic s'approcher de l'enfant. Lorsqu'il tentait un pas dans leur direction, elle montrait les dents et faisait mine de grogner.

Fou de douleur, persuadé au fin fond de lui-même que rien de tout ceci ne se passait véritablement, il brisa la vitre de la porte du porche que Donna avait si longtemps contemplée, évaluée. À l'intérieur, la porte menant dans la maison n'était pas verrouillée. Il prit le téléphone.

Lorsqu'il ressortit, Donna s'efforçait toujours de ranimer leur fils. Il allait la rejoindre puis changea brusquement d'avis. Il retourna près de la Pinto et rouvrit le coffre. La chaleur l'assaillit tel un lion invisible. Avaient-ils vécu à l'intérieur tout l'après-midi du lundi, la journée du mardi et la matinée d'aujourd'hui ? Cela paraissait inconcevable.

Sous le tapis de sol, contre la roue de secours, il trouva une vieille couverture. Vic la secoua et alla en recouvrir le corps mutilé de Bannerman. Il s'assit ensuite sur l'herbe et fixa du regard la route municipale n⁰ 3 et les sapins poussiéreux qui se dressaient au loin. Son esprit se mit à dériver tranquillement.

Le chauffeur et les deux infirmiers chargèrent la dépouille de Bannerman dans l'ambulance de Castle Rock. Ils s'approchèrent de Donna qui leur montra les dents. Ses lèvres desséchées esquissaient les mots : *Il est vivant ! Vivant !* Lorsque l'un des infirmiers voulut la relever doucement et l'écarter, elle le mordit. L'homme devrait par la suite subir lui aussi un traitement antirabique. L'autre infirmier vint lui prêter main-forte et elle les combattit tous les deux.

Ils reculèrent prudemment. Vic restait assis sur l'herbe, le menton posé dans ses mains, le regard perdu au-delà de la route.

L'ambulancier apporta une seringue. Il y eut une courte lutte, l'aiguille cassa. Tad gisait toujours, mort, dans l'ombre qui s'allongeait lentement.

Deux voitures de police arrivèrent. Roscoe Fisher se trouvait dans l'une d'elles. Quand l'ambulancier lui apprit la mort de Bannerman, il se mit à pleurer. Deux autres policiers s'avancèrent vers Donna. La lutte reprit, brève mais âpre, et Donna Trenton finit par être écartée de son fils par quatre hommes en sueur qui durent unir leurs forces. Elle faillit leur échapper et Roscoe Fisher, le visage baigné de larmes, dut se joindre à ses quatre compagnons. La jeune femme criait sans qu'aucun son ne sortît de sa bouche, agitait la tête dans tous les sens. On apporta une autre seringue dont on lui injecta, cette fois-ci, le contenu.

Les infirmiers descendirent une civière roulante de l'ambulance et la poussèrent jusqu'à l'endroit où reposait le corps de Tad. Ils mirent l'enfant sur la civière et le recouvrirent entièrement d'un drap. Ce spectacle décupla les forces de Donna qui parvint à dégager une main et commença à assener des coups de tous les côtés. Elle se retrouva soudain libre.

«Donna», fit Vic. Il se leva. «Mon chéri, c'est fini. Mon chéri, je t'en prie. Laisse, laisse-le partir.»

Elle ne se dirigea pas vers la civière où gisait son fils, mais vers la batte de base-ball. Elle la ramassa et se remit à frapper le cadavre du chien. Les mouches s'élevèrent en un nuage vert sombre et luisant. Le bruit du bois s'abattant sur la chair était horrible, un bruit de boucherie. La dépouille sursautait à chaque coup.

Les policiers firent un pas en avant.

«Non», les interrompit calmement l'un des infirmiers, et, quelques instants plus tard, Donna s'effondra. La batte de Brett Camber s'échappa de sa main molle.

L'ambulance quitta les lieux cinq minutes plus tard, toutes sirènes hurlantes. Les infirmiers avaient proposé à Vic une injection — «Ça vous aidera à retrouver votre calme, Mr. Trenton» — et, quoiqu'il se sentît déjà tout à fait calme, il avait accepté, par politesse. Il ramassa le papier cellophane qui enveloppait la seringue et examina attentivement le nom UPJOHN inscrit dessus. «Nous avons fait une campagne publicitaire pour eux, une fois, expliqua-t-il à l'infirmier.

— Vraiment?» demanda prudemment celui-ci. C'était un tout jeune homme et il se sentait près de vomir. Jamais il n'avait vu un tel carnage de sa vie.

L'une des voitures de police attendait de conduire Vic à l'hôpital de Bridgton.

«Vous pouvez patienter une minute?» leur demanda Vic.

Les deux flics firent oui de la tête. Eux aussi le regardaient avec prudence, comme s'il pouvait leur transmettre un mal dont il était atteint.

Vic ouvrit les deux portières de la Pinto. Celle de Donna lui donna beaucoup de peine; le chien l'avait enfoncée d'une façon qu'il n'aurait pas crue possible. Il découvrit à l'intérieur le porte-monnaie de Donna. Sa chemisette. Elle était largement déchirée, comme si le chien en avait arraché un morceau. Des emballages de biscuits et un thermos sentant le lait caillé traînaient sur le tableau de bord. La boîte Snoopy de Tad. Vic sentit son cœur se tordre et il se refusa à penser aux implications de tout ceci dans l'avenir — s'il pouvait y avoir un avenir après cette journée de fournaise. Il trouva une sandale appartenant à Tad.

Taddy, songea-t-il. *Oh ! Taddy.*

Ses jambes se dérobèrent et il se laissa tomber lourdement sur le siège côté passager, regardant entre ses jambes la bande chromée, au bas du cadre de l'ouverture. Pourquoi ? Comment pouvait-on permettre qu'une chose aussi atroce arrive ? Comment tant de circonstances avaient-elles pu se lier ainsi entre elles ?

Sa tête l'élançait violemment. Les larmes l'empêchaient de respirer. Il renifla pour ravaler les pleurs et se passa la main sur le visage. Vic se dit qu'en comptant Tad Cujo avait causé la mort d'au moins trois personnes, peut-être plus si l'on découvrait les Camber parmi les victimes. Le flic qu'il avait recouvert d'une couverture était-il marié, avait-il des enfants ? Probablement.

Si seulement j'étais arrivé une heure plus tôt. Si seulement je n'avais pas dormi...

Son esprit se lamenta : *J'étais tellement certain que c'était Steve Kemp ! Tellement certain !*

Si j'étais arrivé un quart d'heure plus tôt, cela aurait-il suffi ? Si je n'avais parlé si longtemps avec Roger, Tad vivrait-il à l'heure qu'il est ? Quand est-il mort ? Cela s'est-il vraiment passé ? Comment faire pour continuer à vivre sans devenir fou ? Qu'adviendra-t-il de Donna ?

Une nouvelle voiture de police arriva. Un agent en descendit pour aller s'entretenir avec l'un des policiers qui attendaient Vic. Ce dernier s'avança et dit d'un ton calme : «Je pense que nous devrions partir, Mr. Trenton. Quentin est venu nous prévenir que les journalistes seront ici d'une minute à l'autre. Vous ne voudriez pas leur parler tout de suite ?

— Non », acquiesça Vic qui se releva. Au même moment il remarqua un petit morceau de papier jaune qui dépassait du siège de Tad, par terre. Il le ramassa et s'aperçut qu'il s'agissait de la Formule pour le Monstre, qu'il avait écrite pour rassurer Tad, le soir. La feuille était froissée, déchirée en deux endroits et maculée de sueur ; les pliures, très marquées, devenaient presque transparentes.

Monstres, n'entrez pas dans cette chambre !
Vous n'avez rien à faire ici.
Pas de monstres sous le lit de Tad !
C'est bien trop petit là-dessous.
Pas de monstres cachés dans le placard de Tad !
C'est beaucoup trop étroit.
Pas de monstres derrière la fenêtre de Tad !
Il n'y a pas de place pour vous là-bas.
Pas de vampires, de loups-garous ou de bêtes qui mordent
Vous n'avez rien à faire ici.
Rien n'approchera Tad, ou ne lui fera de mal de tou...

Il ne parvint pas à lire plus loin. Vic écrasa la feuille de papier dans son poing et jeta la boulette sur la tête du chien. La formule était un mensonge sentimental, aussi fourbe que le colorant de ces céréales dégueulasses. Le monde était plein de monstres qui avaient le droit de s'attaquer aux faibles et aux innocents. Vic se laissa conduire jusqu'à la voiture de police. On l'emmena comme on avait emporté George Bannerman, Tad et Donna Trenton quelques instants auparavant. Un peu plus tard, une vétérinaire immobilisa son fourgon dans l'allée. Elle examina la dépouille du chien, enfila de longs gants de caoutchouc puis saisit une grosse scie circulaire. Les policiers restés là, comprenant ce qu'elle allait faire, détournèrent les yeux.

La vétérinaire décapita le chien et déposa la tête dans un grand sac de plastique blanc. Le sac serait, avant la fin de la journée, envoyé au laboratoire d'État compétent où l'on analyserait le cerveau.

Ainsi Cujo, lui aussi, était parti.

Il était quatre heures moins le quart, cet après-midi-là, quand Holly dit à Charity qu'on la demandait au téléphone. La jeune femme paraissait légèrement inquiète. «Ça a l'air officiel», annonça-t-elle à sa sœur. Près d'une heure plus tôt, Brett avait fini par céder aux prières incessantes de Jim junior et avait accompagné son jeune cousin au terrain de jeu de Stratford.

Aucun bruit n'avait depuis leur départ résonné dans la maison excepté les voix des deux femmes tandis qu'elles se rappelaient leur jeune temps — le *bon* vieux temps, corrigea intérieurement Charity. Quand Papa était tombé en plein dans une grosse bouse de vache (mais pas la fois où il les avait tant battues qu'elles ne pouvaient plus s'asseoir); la fois où elles s'étaient faufilées dans le cinéma Met Theater, à Lisbon Falls, pour voir jouer Elvis dans *Love me Tender* (mais pas quand on avait refusé la carte de crédit de Maman au supermarché et qu'elle était ressortie en larmes, laissant derrière elle tout un panier de provisions et plein de gens qui la regardaient); comment Red Timmins, un petit voisin, essayait toujours d'embrasser Holly lorsqu'ils rentraient de l'école (mais pas comment le même Red avait perdu un bras en août 1962, quand son tracteur s'était renversé sur lui). Toutes deux s'étaient rendu compte qu'on pouvait ouvrir les placards… tant qu'on ne regardait pas trop loin à l'intérieur. Il s'y trouvait peut-être encore quelque vilaine bête, prête à mordre.

Par deux fois, Charity avait ouvert la bouche pour annoncer à Holly que Brett et elle partiraient le lendemain, et elle l'avait refermée chaque fois, ne sachant comment le lui dire sans lui laisser croire qu'ils ne se plaisaient pas ici.

Le problème semblait remis à plus tard quand Charity s'installa devant la petite table où trônait le téléphone, une tasse de thé bien chaud à portée de la main. Elle éprouvait une certaine anxiété : personne n'aime recevoir un coup de fil officiel pendant qu'il est en vacances.

« Allô ? » commença-t-elle.

Holly regarda le visage de sa sœur pâlir à vue d'œil, elle l'écouta dire : « Quoi ? *Quoi ?* Non… Non ! Ce doit être une erreur. Je vous assure qu'il doit y avoir… »

Charity se tut, écoutant la voix dans le combiné. Holly songea qu'on devait lui apprendre quelque horrible nouvelle. Elle le voyait sur les traits de sa sœur qui se durcissaient, même si elle ne pouvait comprendre ce que disait la voix nasillarde à l'autre bout du fil.

Mauvaises nouvelles du Maine. C'était une vieille histoire. Charity et elle pouvaient bien s'asseoir dans la cuisine ensoleillée à boire du thé et manger des quartiers d'orange, à parler des journées mémorables de leur vie commune. Tout ceci était très bien mais n'empêchait pas que chaque jour de son enfance dont se souvenait Holly rapportait avec lui quelque mauvaise nouvelle, chaque jour, et que le tableau d'ensemble lui apparaissait si horrible que cela n'aurait pas véritablement gêné la jeune femme de ne jamais revoir sa sœur aînée. Les culottes déchirées dont les autres filles se moquaient à l'école. Ramasser des pommes de terre jusqu'à en avoir mal au dos et des vertiges dès qu'on se relevait. Red Timmins — Charity et elle avaient soigneusement évité d'évoquer son bras si affreusement écrasé qu'il avait dû être amputé, mais Holly avait été tellement contente lorsqu'elle l'avait appris, tellement *contente*. Car elle se souvenait à ce moment-là d'un jour où Red lui avait jeté une pomme à la figure, la faisant saigner du nez, la faisant pleurer. Elle se rappelait qu'il l'avait insultée et s'était moqué d'elle. Holly gardait en tête l'image d'un dîner composé de tartines de beurre de cacahuète un jour où il ne restait rien d'autre à manger. Elle sentait encore l'odeur qui régnait dans leur jardin quand il faisait chaud, l'été, une odeur de *merde* qui, au cas où vous ne le sauriez pas, n'avait rien de plaisant.

Mauvaises nouvelles du Maine. Holly savait que, pour une raison dont elles ne parleraient jamais même si sa sœur et elle devaient vivre cent ans, et même si elles passaient leurs vingt dernières années de veuvage ensemble, Charity avait choisi de vivre cette vie-là. Charity Camber semblait avoir vieilli en quelques secondes. Des rides apparurent autour de ses yeux. Sa poitrine s'affaissa ; malgré le soutien-gorge, elle s'affaissa. Six années seulement séparaient les deux sœurs, mais un étranger aurait plutôt évalué à seize ans la différence. Et le pire, songeait Holly, était que Charity ne paraissait pas se rendre compte qu'elle allait gâcher la vie de son fils, un garçon si gentil et si intelligent, en lui faisant mener la même existence… à moins qu'il ne soit malin, à moins qu'il n'en prenne conscience tout seul. Holly se dit avec une amertume mêlée de colère que, pour les touristes, le Maine était et resterait le pays des vacances. Mais quand on appartenait à cette terre, chaque jour apportait son lot de mauvaises nouvelles. Vous finissiez par vous regarder dans une glace et l'image que vous renvoyait votre miroir était celle de Charity Camber. Et voilà qu'il arrivait encore de mauvaises nouvelles du Maine, cette terre d'élection de toutes les catastrophes. Charity avait raccroché le combiné. Elle le regardait fixement, son thé fumant à côté d'elle.

« Joe est mort », annonça-t-elle brusquement.

Holly aspira une goulée d'air. *Pourquoi es-tu venue ?* eut-elle envie de crier. *J'étais sûre que tu ramènerais tout cela avec toi et ça n'a pas manqué.*

« Oh, ma chérie, déclara-t-elle, tu en es sûre ?

— On m'appelait d'Augusta. Un certain Masen. Du bureau de l'attorney général.

— C'est… c'est un accident de voiture ? »

Charity plongea son regard dans celui de sa sœur et Holly se sentit à la fois choquée et horrifiée de ne pas retrouver dans les yeux de Charity l'expression de quelqu'un venant de recevoir une affreuse nouvelle ; on aurait dit que sa sœur avait appris une *heureuse* nouvelle. Les lignes de son visage s'étaient adoucies. Son regard paraissait vide… mais cachait-il l'accablement ou l'espoir que commence une nouvelle vie ?

Si Holly avait pu observer les traits de sa sœur lorsque celle-ci avait vérifié les chiffres sur son billet de loterie gagnant, elle ne se serait pas posé la question.

« Charity ?

— C'est le chien, répondit la jeune femme. C'est Cujo.

— Le chien ? » Holly ne voyait pas quel lien pouvait exister entre la mort de son beau-frère et le chien de la famille Camber. Enfin elle comprit. L'explication lui vint en se rappelant le bras affreusement mutilé de Red Timmins. « Le *chien* ? » répéta-t-elle d'une voix plus perçante, plus stridente.

Avant que Charity n'ait eu le temps de répliquer — en admettant qu'elle en ait eu l'intention — de joyeux éclats de voix se firent entendre dans la cour : le pépiement aigu de Jim junior et le timbre plus grave, légèrement amusé de Brett qui lui répondait. Le visage de Charity s'altéra. Il trahit soudain l'effroi. Holly haïssait cette expression pour l'avoir trop connue, sur les autres qui devenaient alors tous semblables, et sur elle-même quand elle était gosse.

« L'enfant, prononça Charity. Brett, Holly… comment vais-je apprendre à Brett que son père est mort ? »

Holly ne pouvait rien répondre. Elle se contenta de fixer désespérément sa sœur du regard en souhaitant qu'elle et son fils ne soient jamais venus.

UN CHIEN ENRAGÉ FAIT QUATRE VICTIMES EN TROIS JOURS DE CAUCHEMAR, titrait le soir même l'*Evening Express* de Portland. En dessous, on pouvait lire : *L'unique survivante hospitalisée à Portland dans un état grave.* Le lendemain, le *Press-Herald* annonçait : LE PÈRE RACONTE LE COMBAT DÉSESPÉRÉ DE SA FEMME POUR SAUVER SON FILS. Le soir, le compte rendu de l'affaire était relégué au bas de la première page : LES MÉDECINS ANNONCENT QUE MRS. TRENTON EST SOIGNÉE POUR LA RAGE. Et sur le côté : LE CHIEN N'ÉTAIT PAS VACCINÉ : UN VÉTÉRINAIRE RÉPOND. Trois jours après le dénouement de l'histoire, l'article n'avait plus droit qu'à la quatrième page : LES SERVICES DE SANTÉ PENSENT QUE LE CHIEN FOU A ÉTÉ CONTAMINÉ PAR UN RENARD OU UN RATON LAVEUR ENRAGÉ. Un dernier article, cette semaine-là, précisait que Victor Trenton n'avait pas l'intention de poursuivre les survivants de la famille Camber qui, disait-on, étaient encore « très traumatisés. » L'affaire restait assez obscure mais fournissait ainsi un prétexte pour y revenir. La semaine suivante, un grand journal du dimanche publiait en première page un article de fond sur ce qui s'était effectivement passé. Huit jours plus tard, un quotidien national relatait l'histoire avec la plus grande passion : UNE LUTTE TRAGIQUE DANS LE MAINE OPPOSE UNE MÈRE ET UN SAINT-BERNARD MEURTRIER. Cet article marqua la fin du retentissement de l'affaire dans la presse.

En automne une véritable panique se déclencha dans tout le Maine à propos de la rage. Un spécialiste attribua cette psychose «à la rumeur et à l'incident affreux mais isolé qui s'était déroulé à Castle Rock».

Donna Trenton resta hospitalisée pendant près de quatre semaines. Elle subit sans problème grave mais avec beaucoup de souffrances son traitement antirabique. À cause de la gravité potentielle de la maladie — et de la profonde dépression dans laquelle elle avait sombré — elle fut surveillée de près.

Fin août, Vic la ramena chez eux.

Ils passèrent cette journée calme et pluvieuse autour de la maison. Le soir, ils s'installèrent devant la télévision, sans vraiment la regarder et Donna demanda où en était Ad Worx.

«Tout va bien, répondit Vic. Roger s'est occupé du dernier spot du professeur des céréales… avec l'aide de Rob Martin, bien entendu. Et nous allons commencer une grosse campagne pour l'ensemble des produits Sharp.» Il mentait à moitié ; Roger s'y était mis. Vic n'allait au bureau que trois ou quatre fois par semaine et ne parvenait qu'à gribouiller avec son stylo ou regarder fixement sa machine à écrire. «Mais les types de Sharp font bien attention de ne pas nous confier quoi que ce soit qui pourrait dépasser le contrat de deux ans prévu. Roger avait vu juste. Ils vont nous lâcher. Mais d'ici deux ans, ça n'aura plus beaucoup d'importance.

— C'est bien », déclara-t-elle. Donna avait maintenant des moments de vivacité, des moments où on la reconnaissait, mais elle restait apathique la plupart du temps. Elle avait perdu dix kilos et paraissait squelettique. Elle n'avait pas bonne mine et se rongeait les ongles.

La jeune femme contempla un instant l'écran de télé puis se tourna vers Vic. Elle pleurait.

« Donna, murmura-t-il. Mon chéri. » Il la prit dans ses bras et l'étreignit. Il la sentait, douce et pourtant dure, contre lui, les os trop saillants sous la chair.

« Pourrons-nous vivre ici ? parvint-elle à dire d'une voix tremblante. Pourrons-nous vivre ici, Vic ?

— Je ne sais pas, répondit-il. Mais je crois qu'il va falloir tout chambouler.

— Je devrais peut-être te demander d'abord si tu veux toujours vivre avec moi. Si tu réponds non, je comprendrai. Je comprendrai parfaitement.

— Tout ce que je veux, c'est vivre avec toi. Je crois que je le sais depuis le début. J'ai peut-être hésité une heure, juste quand j'ai reçu la lettre de Kemp. Mais ça a été le seul moment. Je t'aime, Donna. Je n'ai jamais cessé de t'aimer. »

Elle passa ses bras autour de la taille de Vic et se pressa très fort contre lui. Une légère pluie d'été frappait les carreaux, dessinant des ombres noires et grises sur le plancher.

« Je n'ai pas réussi à le sauver, reprit-elle. Je n'arrête pas d'y penser. Je ne peux pas m'en empêcher. Ça revient… revient… revient. Si j'avais essayé, avant, de courir jusqu'à cette porte… ou si j'avais pris cette batte plus tôt…» Elle déglutit. «Quand j'ai enfin eu le courage de le faire, c'était… trop tard. Il était mort.»

Il aurait pu lui rappeler qu'elle s'était plus préoccupée de la santé de Tad que de la sienne, pendant tous ces trois jours, que ce qui l'avait retenue de courir vers la porte avait justement été de penser à ce qui arriverait à Tad si le chien l'avait tuée. Il aurait pu lui dire que le siège avait probablement affaibli Cujo autant que ses victimes et qu'elle n'aurait sûrement pas pu le vaincre avec un simple bout de bois si elle était sortie plus tôt; même ainsi, le chien avait bien failli la tuer, à la fin. Mais Vic savait que lui-même et bien d'autres lui avaient déjà répété tout ceci un nombre incalculable de fois et que toute la logique du monde ne parviendrait pas à apaiser la douleur de tomber sur une pile d'albums à colorier poussiéreux, ou de regarder la balançoire immobile, accrochée à son portique dans le fond du jardin.

La logique ne pouvait atténuer la terrible sensation d'avoir échoué. Seul le temps en serait capable, et encore ne refermerait-il pas complètement la blessure.

«Moi non plus, je n'ai pas réussi à le sauver, répliqua-t-il.

— Tu…

— J'étais tellement certain que c'était Kemp. Si je m'étais réveillé plus tôt, ou si je ne m'étais pas endormi, ou si je n'avais pas parlé si longtemps à Roger.

— Non, fit doucement la jeune femme. Ne dis pas cela.

— Moi non plus, je ne peux pas m'en empêcher. Il faudra qu'on fasse avec. Il faut vivre quand même, tu sais? C'est ce que fait tout le monde. Ils essaient de vivre et de s'aider mutuellement.

— J'ai l'impression qu'il est toujours là… de sentir sa présence… dans tous les coins.

« — Oui, moi aussi. »

Un samedi, quinze jours auparavant, Vic et Roger avaient apporté tous les jouets de Tad à l'Armée du Salut. Ils étaient ensuite rentrés à Castle Rock et avaient regardé un match de football à la télé, devant une canette de bière, sans dire grand-chose. Quand Roger était rentré chez lui, Vic était monté dans la chambre de Tad, s'était assis sur le lit et avait pleuré jusqu'à se sentir vidé complètement. Il avait sangloté et voulu mourir mais il n'était pas mort et était retourné au travail le lundi suivant.

« Fais-nous donc un peu de café, proposa-t-il en lui donnant une petite tape sur les fesses. Je vais faire du feu. Il fait froid ici.

— D'accord. » Elle se leva. « Vic ?

— Oui ? »

Elle s'éclaircit la gorge. « Moi aussi je t'aime.

— Merci, répondit Vic. Je crois que j'en avais besoin. »

Elle eut un vague sourire et se rendit dans la cuisine. Ils survécurent à cette soirée malgré la mort de Tad. À la suivante aussi. La fin du mois d'août et le mois de septembre n'apportèrent pas beaucoup d'amélioration, mais quand les feuilles se mirent à tomber, ils se sentaient un peu mieux. Un tout petit peu.

Elle était tendue à l'extrême et s'efforça de ne pas le lui montrer.

Lorsque Brett rentra de la grange, fit tomber la neige de ses bottes et ouvrit la porte de la cuisine, elle buvait une tasse de thé, assise devant la table. Elle se contenta d'abord de le regarder. Il avait maigri et grandi durant ces six derniers mois. Il était maintenant tout dégingandé, lui qui avait toujours eu un corps souple et solide. Ses résultats scolaires avaient baissé pendant les deux premiers mois et il s'était battu deux fois dans la cour de l'école — sans doute à cause de ce qui s'était passé cet été. Mais depuis, ses notes avaient nettement remonté.

« M'man ? Maman ? Est-ce que…

— C'est Alva qui l'a apporté », expliqua-t-elle. Charity reposa lentement sa tasse dans la soucoupe, réussissant à ne pas la faire vibrer. « Rien ne t'oblige à le garder.

— Il a été vacciné ? » interrogea Brett et sa mère sentit son cœur se serrer en l'entendant poser cette première question.

« Oui, le rassura-t-elle. Alva a essayé de glisser là-dessus mais je lui ai demandé de me montrer la note du vétérinaire. Elle se montait à neuf dollars. La maladie de Carré et la rage. Et puis il a donné aussi un tube de pommade pour les tiques et la gale. Si tu ne veux pas le prendre, Alva me rendra les neuf dollars. »

Ils se voyaient maintenant contraints de compter. Elle s'était demandé quelque temps s'ils pourraient garder la maison, ou même s'ils le devaient. Elle en avait discuté avec Brett, d'égal à égal. Ils allaient toucher la maigre police d'assurance-vie qu'avait prise Joe, et Mr. Shouper, de la banque Casco de Bridgton, lui avait expliqué que si elle plaçait cette somme plus l'argent de la loterie sur un compte spécial, elle pourrait rembourser les traites de l'hypothèque pendant les cinq ans à venir. Charity avait trouvé une assez bonne place dans le service des expéditions de la fabrique d'optique Trace, seule véritable industrie de Castle Rock. La vente du matériel de Joe — y compris le moufle à chaîne neuf — avait rapporté trois mille dollars supplémentaires. Ils pouvaient *envisager* de garder la propriété, avait-elle expliqué à Brett, mais il faudrait consentir à certains sacrifices. L'autre possibilité était de prendre un appartement en ville. Brett avait attendu le lendemain matin pour donner une réponse, et il s'avéra qu'il désirait la même chose que sa mère : garder la maison. Ils étaient donc restés.

« Comment s'appelle-t-il ? s'enquit l'enfant.

— Il n'a pas encore de nom. Il est tout juste sevré.

— C'est un chien de race ?

— Oui, affirma-t-elle en riant. Un Kelton. Tu changes de tenue, tu changes de chien. »

Brett lui renvoya un sourire un peu forcé, mais Charity songea que cela valait mieux que pas de sourire du tout.

« Je peux le faire rentrer ? Il recommence à neiger dehors.

— Oui si tu mets des journaux par terre. Et s'il fait pipi partout, tu nettoieras.

— D'accord. » Il ouvrit la porte et sortit.

« Quel nom vas-tu lui donner, Brett ?

— Je ne sais pas encore. » Il y eut un long silence. « Je ne sais pas encore. J'y réfléchirai. »

Charity eut l'impression qu'il pleurait et dut se retenir pour ne pas courir vers lui. De toute façon, il lui tournait le dos et elle ne pouvait en être sûre. Il allait devenir un grand garçon, et, malgré la peine que cela lui causait, la jeune femme comprenait que les grands garçons n'aiment pas toujours que leur maman sache qu'ils pleurent.

Brett disparut et revint avec le chiot recroquevillé dans ses bras. Le petit chien ne reçut pas de nom avant le printemps ; alors, sans que la mère ou le fils eussent pu expliquer pourquoi, ils s'étaient mis à l'appeler Willie. C'était un petit chien vif à poil ras qui tenait surtout du terrier et le nom lui allait bien.

Plus tard ce printemps-là, Charity obtint une petite augmentation et elle commença de mettre dix dollars par semaine de côté. Pour Brett, quand il entrerait à l'université.

Peu après les événements tragiques qui s'étaient déroulés dans le jardin des Camber, on brûla les restes de Cujo. Les cendres partirent avec les ordures à l'usine de traitement des déchets, à Augusta. Il ne serait peut-être pas mal à propos de rappeler que Cujo avait toujours essayé d'être un bon chien. Il avait toute sa vie tenté de faire ce que L'HOMME, LA FEMME et surtout LE GARÇON attendaient de lui. Il serait mort pour eux s'il l'avait fallu. Il n'avait jamais voulu tuer personne. Il avait simplement été manipulé par quelque chose, le sort, le destin ou peut-être une maladie détruisant les nerfs et qu'on nomme la rage. Le chien n'était pas responsable.

On ne découvrit jamais la petite grotte jusqu'à laquelle Cujo avait poursuivi le lapin. Pour une raison connue d'elles seules, les chauves-souris finirent par élire domicile ailleurs. Le lapin ne réussit jamais à ressortir et mourut de faim, en une longue agonie silencieuse. Ses os, pour autant que je le sache, sont toujours avec ceux des petites créatures tombées avant lui dans le piège.

Suis venu pour vous dire,
Suis venu pour vous dire,
Suis venu pour vous dire,
Le vieux Blue est parti
Les bons chiens a suivis.

Folklore américain

Septembre 1977
Mars 1981

Stephen King
dans Le Livre de Poche
Derniers titres parus

Juste avant le crépuscule   n° 32518

Juste avant le crépuscule… C'est l'heure trouble où les
ombres se fondent dans les ténèbres, où la lumière vous fuit,
où l'angoisse vous étreint… L'heure de Stephen King.
Treize nouvelles jubilatoires et terrifiantes.

Duma Key   n° 32121

Duma Key, une île de Floride à la troublante beauté, hantée
par des forces mystérieuses, qui ont pu faire d'Edgar
Freemantle un artiste célèbre… mais, s'il ne les anéantit pas
très vite, elles auront sa peau !

Blaze   n° 31779

Clay Blaisdell, dit Blaze, enchaîne les casses miteux.
George, lui, a un plan d'enfer pour gagner des millions de
dollars : kidnapper le dernier-né des Gerard, riches à crever.
Le seul problème, c'est que George s'est fait descendre.
Enfin, peut-être…

Histoire de Lisey   n° 31513

Pendant vingt-cinq ans, Lisey a partagé les secrets et les
angoisses de son mari, un romancier célèbre et tourmenté.
À la mort de Scott, Lisey s'immerge dans les papiers qu'il a
laissés, s'enfonçant toujours plus loin dans les ténèbres…

Cellulaire   n° 15163

Si votre portable sonne, surtout ne répondez plus. L'enfer est
au bout de la ligne.

Minuit 2   n° 15157

Vous êtes-vous déjà demandé ce qui se passait après minuit ?
Le temps se courbe, s'étire, se replie ou se brise en empor-
tant parfois un morceau de réel. Et qu'arrive-t-il à celui qui
regarde la vitre entre réel et irréel juste avant qu'elle explose ?

Roadmaster   n° 15155

Un inconnu s'arrête dans une station-service, au volant d'une
Buick « Roadmaster » des années 1950… qu'il abandonne
avant de disparaître. Le véhicule est entièrement composé de
matériaux inconnus. Vingt ans plus tard, la Buick est toujours
dans un hangar de la police, et des phénomènes surnaturels
se produisent à son entour.

Tout est fatal   n° 15152

Ça vous dirait de vivre votre propre autopsie ? De rencontrer
le diable ? De vous tuer par désespoir dans les plaines enneis
gées du Minnesota ? De devenir assassin via Internet ou de
trouver la petite pièce porte-bonheur qui vous fera décrocher
le jackpot ?

Dreamcatcher   n° 15144

Quatre amis se retrouvent annuellement pour une partie de
chasse dans une forêt du Maine, jadis leur terrain d'aventures, en compagnie de Duddits, l'enfant mongolien qu'ils
avaient adopté comme un petit frère. Et le théâtre, aussi,
d'événements qu'ils se sont efforcés d'oublier.

Le Livre de Poche s'engage pour l'environnement en réduisant l'empreinte carbone de ses livres. Celle de cet exemplaire est de :
500 g éq. CO$_2$
Rendez-vous sur
www.livredepoche-durable.fr

PAPIER À BASE DE
FIBRES CERTIFIÉES

Composition réalisée par INTERLIGNE

Achevé d'imprimer en février 2013, en France sur Presse Offset par
Maury-Imprimeur – 45330 Malesherbes
N° d'imprimeur : 179271
Dépôt légal 1re publication : février 2006
Édition 05 – février 2013
LIBRAIRIE GÉNÉRALE FRANÇAISE – 31, rue de Fleurus – 75278 Paris Cedex 06

31/5156/0